CB137789

Copyright © 2024 Ler Editorial

Texto de acordo com as normas do novo acordo ortográfico da língua portuguesa (Decreto Legislativo Nº54 de 1995).

Todos os direitos reservados. Proibida a reprodução total ou parcial, de qualquer forma ou por qualquer meio, mecânico ou eletrônico, incluindo fotocópia e gravação, sem a expressa permissão da editora.

Editora – Catia Mourão
Capa – Joice Dias
Diagramação – Catia Mourão
Revisão – Halice FRS

CIP-BRASIL. CATALOGAÇÃO NA PUBLICAÇÃO
SINDICATO NACIONAL DOS EDITORES DE LIVROS, RJ

L979s

Luiz, Jéssica
Outside / Jéssica Luiz. - 1. ed. - Rio de Janeiro : Ler, 2024.
296 p. ; 23 cm. (Trilogia a elite ; 3)

ISBN 978-65-5055-078-3

1. Romance brasileiro. I. Título. II. Série.

24-93129 CDD: 869.3
CDU: 82-31(81)

Gabriela Faray Ferreira Lopes - Bibliotecária - CRB-7/6643
04/08/2024 07/08/2024

Foi feito o depósito legal.
Direitos de edição:

Ler Editorial

Outside

TRILOGIA A ELITE

LIVRO 3

JÉSSICA LUIZ

1ª edição
Rio de Janeiro – Brasil

SUMÁRIO

Nota da autora

Olá para você que já está comigo, e seja muito bem-vindo você que ainda não leu nenhum livro meu. Sejam bem-vindos a mais uma história que nasceu em uma tarde enquanto eu escutava uma playlist aleatória. Nessa tarde eu não "ganhei" só essa história, sim, outras duas, todas inspiradas em músicas, que na verdade não combinam exatamente com as letras. A inspiração veio das batidas, da melodia e do que eu senti quando escutei cada uma das três.

Os livros têm histórias *independentes*.

Esse livro conta a história do Brandon e da Taylor, dois personagens tão reais quanto eu e você. É um livro intenso, cheio de emoções e transparência por parte dos protagonistas e personagens secundários que farão você se apaixonar. *Não espere tramas mirabolantes.* Espere um enredo com problemas reais do cotidiano à nossa volta. Uma história que passa por várias nuances, desde a decepção até o mais genuíno amor. É um *new adult* com vibe universitária, que vai fazer você se divertir, sorrir e se emocionar (um draminha tem de ter, né? Haha).

Deixo aqui um ***alerta*** de gatilho para: traumas psicológicos por abandono/suicídio parental e uso de drogas licitas e ilícitas.

Não é um dark romance.

Com amor,

Jéssica Luiz

Dedico a todos que erraram, mas foram humildes o bastante para pedir perdão. A todos que foram magoados e corajosos o suficiente para perdoar.

Prólogo

É só quando estou sozinha
Às vezes só quero ceder
E não quero lutar
Sober* - *Demi Lovato

TAYLOR JONES

Assim que Pri desce para encontrar Justin, corro na minha bolsa e pego os dois testes de gravidez que comprei. Dois, só por precaução. Sento meio em pé e faço xixi nas duas tirinhas.

Saio do banheiro e deixo os dois testes em cima da bancada da pia.

Meu coração erra uma batida.

Os dois testes já têm as duas tirinhas rosadas que, aos poucos, vão ficando mais aparentes.

— Não, não, não... — Coloco a mão na cabeça, sentindo-me perdida.

Encosto na parede e vou descendo até sentar no chão.

Positivo.

Levanto os braços, ainda sentada, tentando puxar o ar que parece ter fugido dos meus pulmões.

Positivo.

Grávida.

Estou grávida.

— Isso não está acontecendo — falo, sentindo as lágrimas descerem pelo meu rosto.

Não sei o que vou fazer.

Não posso ter esse bebê.

Como eu o teria? Não tenho família. Não tenho suporte algum, então não posso simplesmente pôr uma vida no mundo para sofrer. Abortar vai contra tudo em que acredito, mas não é como se existisse outra opção. Boto a mão na minha barriga, enquanto as lágrimas descem como uma enxurrada dos meus olhos.

Como fui deixar isso acontecer? Como eu queria a minha mãe agora.

Levanto-me, chegando perto da bancada e vendo as listras visíveis nos dois testes. Caramba, eu devo estar de uns dois meses? Não faço a mínima ideia de como se conta em semanas. *Deus*! Caminho em direção à cama, ainda atônita e sem saber como agir. Deito-me de barriga para cima e volto a pôr a mão em meu ventre. O sono. Enjoos. Mudança de paladar. Tudo isso já eram indícios que eu ignorei, fingi não ver. Que mãe de merda!

Batem à porta e não preciso nem pensar muito para saber quem é. Levanto-me e abro a porta.

— Amor, trouxe pizza de pepperoni e banana nevada. Cara, eles demoraram para fazer hoje, fiquei mofando dentro do carro quase uma hora — ele fala e eu volto a me sentar na cama. Brandon larga as pizzas em cima da bancada e deixa a mochila sobre a cama da Pri. Quando me olha, franze a sobrancelha, percebendo que tem algo errado. — O que houve? — pergunta, puxando a cadeira da bancada e se sentando na minha frente.

— Fiz dois testes de gravidez... — Sua expressão nem se abala quando ele concorda, como me incentivasse a continuar a falar. — Os dois deram positivo.

Ele arqueia as sobrancelhas e se encosta na cadeira. Brandon ri, o que parece ser uma risada nervosa. Passa as mãos no cabelo e sorri. Um puta sorriso, daqueles que só o deixa mais lindo.

Como seria ter um bebê com o seu sorriso?

Fecho os olhos, sentindo as lágrimas voltarem a descer.

— Amor... — Sinto sua mão em minha bochecha, limpando as lágrimas. — Sei que está assustada, também estou. Estamos juntos nessa. — Ele volta a rir. — E em todas as outras. Eu sou louco por você, loirinha. Ter um filho com você, ainda que seja precoce, não me entristece.

— Brandon... — Abro os olhos. — Está se ouvindo? — questiono. — Eu não tenho ninguém. Não tenho suporte algum.

— Eu posso ser o suporte de que você precisa. O amigo, confidente, amante. Vou ser tudo de que você precisar.

— Eu não posso...

— Taylor, a minha família será a sua família. Tudo que eu tenho e terei será seu.

— Eu não posso. Não posso.

— Como não pode, amor? Você é forte e corajosa. Nós conseguimos.

— Eu não posso. Não vai acontecer.

— Como assim, não vai acontecer? — Ele me olha e fala com a voz falhando.

— Não vou ter esse bebê.

— Calma — diz, ficando nervoso. — Não vamos agir no impulso, ok? Respira e...

— Eu não vou ter esse bebê.

— É por que não confia em mim? — pergunta e sinto meu coração se partir.

— Eu confio em você, Bê. — Seguro sua mão sendo sincera. — Mas, eu... Não dá.

— Você... — Ele passa a mão livre em seu peito. — Vai tirar o nosso bebê?

— Não fala assim, ainda não é um bebê — falo engolindo a bile e a vontade de vomitar. — Precisamos ser racionais.

— Eu não quero ser racional. — Ele se levanta e tira o moletom, voltando a passar a mão no peito.

— Você disse que me amava. Se eu abortar, isso vai mudar?

— Não. Claro que não! Taylor, isso é uma extensão do que nós dois somos, pelo amor de Deus! Pensa um pouco mais. Acabamos de descobrir.

Mordo o lábio, segurando o choro.

— O corpo é meu, Brandon. Eu decido. — Respiro fundo. — Eu quero que você vá para casa, preciso ficar sozinha.

— Taylor...

— Por favor, Brandon!

— Eu vou. Mas dessa vez, não vou respeitar sua vontade de um todo, porque assim que eu chegar à fraternidade vou pedir que Priscila volte. Tem um pedaço de nós dentro de você, amor, e eu sei que você me ama. Então, por favor, leve a nossa história em conta e se ainda assim você quiser... — Ele não fala a palavra. — Vou estar com você porque te respeito, porém isso não significa que eu concorde.

Ele pega a sua mochila e caminha até mim, deixando um beijo casto em meus lábios e saindo do quarto em seguida. Levanto e tranco a porta. Encosto-me nela e ponho a mão à boca, contendo o choro alto que sai de mim. Não é sobre não querer, é sobre ser racional. Vejo seu moletom jogado no chão, as pizzas esquecidas em cima da cômoda. Nem tão esquecidas, já que o cheiro me atrai. Pego a de pepperoni e volto para minha cama. Ponho a embalagem grande sobre as minhas pernas, abrindo-a. Eu choro, mas também como. Choro por essa... Essa gestação. Choro por não ter minha mãe aqui. Choro pelo meu pai ter preferido morrer a ficar comigo. E choro por amar tanto Brandon ao ponto de esse amor doer. E, por último, choro por não poder ter esse bebê. Choro por não poder ser para ele a mãe que tive para mim.

Eu choro.

Choro e choro.

PASSADO

"Eu entendi naquele momento que
o amor é relativo.."

Capítulo 1

Apenas um jovem com o pavio curto
Eu estava tenso, queria me soltar
Eu sonhava com grandes coisas
Thunder — Imagine Dragons

BRANDON JAMES

Dois anos antes...

— Você é bom, moleque — Jamie fala, apertando meu ombro. — Continue assim.

Apenas meneio a cabeça em resposta. Dois meses na universidade e já me sinto outra pessoa. Fiz o teste para o time de futebol ainda na primeira semana de aula e fui o único calouro a passar. Dois meses depois estou aqui, o queridinho do capitão, o pupilo do treinador.

Sinto-me útil e importante.

Passei o primeiro mês em um quarto de alojamento com meu primo Justin, mas logo fui convidado para morar na fraternidade. Lógico que impus como regra que ele fosse comigo e que daqui a um ano, quando meu irmão entrar na faculdade, também more conosco.

Também consegui isso.

Precisaram de doações para manter a casa e óbvio que meus pais aceitaram ajudar. Não posso negar que não gosto de toda a fama e popularidade que adquiri. As pessoas querem estar perto de mim, as garotas querem um tempo comigo só para contarem que estão pegando o quarterback calouro. Elas me usam, eu as uso. É uma via de mão dupla, lucrativa para ambos os lados.

Pelo menos, enquanto estou fodendo metade da população feminina do campus não tenho tempo de pensar na Hope. Sim, eu me apaixonei pela namorada do meu primo morto. Certo, quando isso aconteceu, ele estava vivo e óbvio que nunca percebeu, e se percebeu também nunca disse nada. Não que eles realmente estivessem juntos há muito tempo, já que ele faleceu pouco depois do início do seu namoro.

Após a sua morte, continuei apaixonado por ela. Porém, em determinado momento, quando pensei em falar ou fazer algo, percebi o jeito que ela olhava para meu irmão. Uma merda do caralho. Eles sempre estavam um com o outro, mas Kane parecia totalmente alheio ao interesse da garota. Eles ficavam muito bem juntos, ainda que fossem só amigos, então quem precisava tirar o time de campo era eu.

Passei a sair com Justin, pegando garotas aleatórias e isso parece ter me ajudado muito. Agora, na faculdade, tudo só melhorou. Mesmo que os caras do time tentem se aproximar, Justin é o meu parceiro. Nossos laços de sangue não são nada perto do nosso fechamento. Então ele sempre será minha escolha aos caras. Ele e o meu irmão, é isso e foda-se o resto.

Meu irmão. Cara, não temos o mesmo sangue, no entanto a nossa ligação desafia a ciência. Quando meu pai me apresentou a Margot e a Kane, foi instantâneo. Tornamo-nos uma família. Nem um mês depois ela era minha mãe, meu pai era o pai de Kane e nós dois éramos irmãos. Ponto. Nunca disseram o contrário. E quem disser, provavelmente vai levar uma porrada.

Ninguém mexe com a minha família.

— Vocês estão enchendo muito a bola do novato — Nickolas, o babaca, se pronuncia.

— Como se você também não fosse novato — Matt retruca.

— Entrei no time antes dele — defende-se.

Continuo quieto. Nunca respondo às provocações dele. Não sei por quê, mas acho que ele não vai com a minha cara e desde que sua implicância comigo não afete os treinos e os jogos, por mim tudo bem. De qualquer forma, não é como se sua indiferença me incomodasse.

— Brandon, você foi ótimo, filho! — o treinador Caleb fala.

— Obrigado, treinador — agradeço, passando a toalha em meus cabelos.

— Continue focado, mantendo a agressividade e você vai longe.

Apenas aceno em positivo novamente.

— Cuidado, Jamie! — Nicky volta a cagar pela boca. — O novato vai tirar sua *coroa.*

— Ele realmente é mais rápido que eu — Jamie diz. — Sou o líder, cara, quero o melhor para os Tigers. Menos rivalidade, mais companheirismo. Se *você* quer a minha coroa, comece a ter isso em mente — o capitão responde ao marmanjo.

Viro-me de costas, caminhando até meu armário enquanto seguro o riso. Sério, que cara babaca. Não sei qual é a dele, porém só está conseguindo queimar o seu filme com a galera. Visto-me e jogo a toalha na mochila, colocando-a em meu ombro. Pego o par de meias e o tênis, fechando o armário logo depois. Calço o tênis, passo a mão nos meus cabelos só para tirar o amassado e pego meu celular na bolsa.

Refeitório.

Essa é a mensagem de Justin. Direto como sempre. Pelo menos hoje não "atrasou" por fumar um back antes de almoçar. Há alguns meses ele vem adquirindo esse hábito que não me agrada nem um pouco. E quando a maconha não for o suficiente? Vai partir para algo mais forte? Não quero nem pensar nisso.

Levanto-me e saio do vestiário, cumprimentando um ou outro no caminho. Inacreditável como o status de quarterback faz com que todos esqueçam que sou calouro. Sabe aquela coisa de filmes e livros, mostrando que sua popularidade realmente define como você é tratado? É verdade. Definitivamente é verdade e sou a prova viva disso.

As garotas me notam, os caras me respeitam e o mais hilário é que ninguém me conhece ou sabe porra nenhuma sobre mim. Uma hipocrisia do caralho... Não que eu esteja reclamando, claro.

Quando entro no refeitório, nome ridículo do restaurante da universidade, vejo Justin sentado no que parece ser a nossa mesa. Está com uma camiseta vermelha e um tênis branco com azul. Também usa um gorro laranja. Pode parecer estranha a combinação? Pode, mas funciona com ele e as garotas piram no seu estilo, ainda mais quando descobrem que ele é DJ.

— E aí — falo assim que me sento ao seu lado.

Alguns dos caras do time também já estão aqui.

— Eu beijei aquela garota na festa de sábado. — Ele nem me cumprimenta, indicando com um gesto de cabeça.

— Qual? — pergunto em dúvida.

— A loira de moletom azul.

Então eu vejo a garota. *Caralho!* E *que* garota.

— Porra! — exclamo. — Gata pra caralho.

— Gente boa — ele fala e volta a comer o sanduíche em suas mãos.

Meus olhos continuam na garota. Mesmo com o moletom largo, dá para ver que ela tem uma bela bunda. Os cabelos definitivamente são naturais, bem clarinhos. De longe também posso ver a boca rosada... Os olhos? Não sei. Verdes ou azuis... Não consigo ter certeza.

— Ficou interessado? — ele brinca, dando-me um jogo de braço.

— Vocês transaram? — pergunto.

— Não, só uns beijos mesmo. Ela é divertida, mas sei lá. Não rolou química — ele me olha por fim — acho que nem da parte dela. A gente mais curtiu que se pegou.

— Se importa? — Nem preciso explicar a pergunta.

— Claro que não — responde — mas acho que ela se importa.

Quando vou perguntar o nome dela, Amber aparece se sentando no meu colo. Ela é gostosa. Gostosa e boa de cama, do tipo que topa tudo e isso faz com que tenha a minha atenção.

— Admirando a vista, gatinho? — Ela passa o nariz por meu pescoço, enviando-me arrepios.

— Sempre — respondo, virando-me de lado e ajeitando-a em meu colo — Achei que nosso lance era aberto, então não banque a ciumenta.

— Ciumenta? — pergunta, arqueando a sobrancelha. — Nunca.

— Ótimo. Caso contrário, isso definitivamente não iria durar.

— Quem é a garota? — indaga.

— A loirinha. — Ela estreita os olhos como se procurasse. — Aquela de moletom azul.

Então ela sorri.

— Taylor.

— Conhece? — questiono, interessado.

— Fui colega de quarto dela por um mês até conseguir ser recrutada na Beta Theta. — Ela sorri e morde o lábio trazendo a boca ao pé do ouvido. — Adoraria ter vocês dois juntos na cama.

Caralho! Meu pau chega a pulsar na cueca.

— Gostaria, é? — pergunto, alisando sua coxa.

— Sim — ela suspira —, vocês dois são a combinação perfeita para uma noite inesquecível.

— Como sabe? Já a provou? — pergunto.

— Ei, Brandon! — Jamie fala, enquanto ele e a namorada se sentam no banco. Os dois estão juntos desde o colegial. — Vai rolar uma resenha na Phi Delta hoje, vamos?

— E aquele papo de que atleta precisa dormir cedo para treinar? — indago, fazendo as meninas rirem e Justin bufar.

— Hoje é quinta. Você não aguenta um treino depois de uma noite maldormida? É bom que aguente, ou vou dobrar suas flexões.

Sorrio de lado.

— Isso é um desafio, capitão?

— Quando for você vai saber, calouro — responde e, dessa vez, sou eu quem ri.

Meus olhos voltam à loirinha gostosa que está totalmente alheia a minha observação. Está sentada com dois caras e três garotas, porém não parece participar do assunto. Durante todo o almoço, eu a observo e, inexplicavelmente, nenhuma vez ela pegou o celular em mãos.

Qual jovem não fica com o celular por perto o tempo todo?

Depois de terminar de comer, ela apoiou um cotovelo na mesa e pousou a cabeça na mão, assumindo uma expressão entediada olhando para os colegas. Vez ou outra parecia sorrir, mas por pura educação. Em determinado momento, levantou-se e se despediu, saindo do refeitório sem nem olhar para os lados.

Não vou mentir. Fiquei curioso.

Enquanto voltávamos para a fraternidade, perguntei a Justin se tinha o número de telefone da garota e ele disse que não. Sério, meu primo é estranho. Quem pega um mulherão da porra daquele e não pede pelo menos o celular para tentar uma possível transa?

Aparentemente, ele.

Bem, darei meu jeito. Vou ter essa garota ou não me chamo Brandon Davis.

Capítulo 2

Na semana passada, percebi que anseio por pena
Quando reconto uma história, faço tudo parecer pior
Não consigo afastar a sensação de que sou apenas ruim em me curar
Getting Older — Billie Eilish

TAYLOR JONES

Pego a foto dos meus pais e suspiro pela saudade, contendo a vontade de chorar. Em um momento, éramos uma família feliz e, no seguinte, tudo desandou. Minha mãe sempre foi aquele estilo mãe leoa, sabe? Protegia-me de qualquer um que me oferecesse o mínimo de perigo possível.

Ela era linda.

Lembro-me de quando pequena vê-la e pensar "*quero ser assim*". Seus longos cabelos loiros e lisos sempre estavam soltos. Ela usava vestidos com estampas discretas e eles geralmente batiam no meio das coxas. Não me lembro de vê-la sem salto, tirando os momentos perto do fim em que mal caminhava.

Minha mãe era luz.

Luz na minha vida. Na vida de todos à sua volta. O alicerce e o elo que ligava todos de uma forma tão natural quanto respirar. Era carinhosa, forte e decidida. Ela era bondosa com todos à sua volta, mas nunca, jamais, eu a vi levando desaforo para casa. Tinha personalidade e isso só me encantava ainda mais.

Era fisioterapeuta e, talvez, minha escolha de curso seja um pouco por influência dela.

Eu achava lindo quando a via de jaleco branco, óculos de grau e prancheta em mãos analisando qual seria o melhor tratamento para os seus pacientes. Ela era vida. Sim, tudo ao seu redor ganhava vida e era contaminado por sua energia que vibrava como ondas contagiantes.

Ela era a primeira pessoa que eu via ao acordar e a última que via antes de dormir. Sempre estava lá por mim. Sempre.

De manhã, eu me arrumava para ir ao colégio. Elogiava os meus cabelos e enaltecia a minha beleza todos os dias, dizendo que eu era o seu presente de Deus, uma princesa, e que, quando crescesse, não poderia aceitar nada menos do que ser tratada como uma rainha.

Meu pai sempre foi mais ocupado com o trabalho, contudo, ainda assim, era presente. Ele me empurrava no balanço do quintal de casa e fazia castelos de areia comigo quando íamos à praia. Quando eu estava no colo da minha mãe, ele sorria e dizia ser o homem mais sortudo do mundo por nos ter em sua vida.

Todas as festas comemorativas eram em nossa casa. Minha tia, casada com o irmão da minha mãe, sempre vinha com seu marido e dois filhos. Nossa casa vivia cheia. Eu brincava com meus primos e com as crianças da vizinhança no quintal. Consigo me lembrar do cheiro de terra molhada e da maresia, já que morávamos perto do mar.

Se fechar os olhos, consigo sentir a brisa fresca tocar meu rosto e arrepiar meus braços pelo ar gélido.

Éramos felizes.

Eu fui feliz.

Mas a vida realmente não é fácil, não é? E, de repente, quem tinha tudo passa a ter nada.

Minha mãe começou a perder peso e a se sentir fraca. De início, achou que fosse stress devido ao trabalho e não procurou ajuda. Então, as dores abdominais vieram. Mais tarde, sensação de inchaço após comer, e ficava estranhamente satisfeita após ingerir pequenas quantidades de comida. Ela sentia náuseas, azia e indigestão.

Eu e meu pai a convencemos a procurar ajuda, no entanto já era tarde. Ela estava com câncer no estômago, estágio quatro. A doença já tinha se espalhado para outros órgãos, afetou os linfonodos e atingiu profundamente os tecidos adjacentes. Esse é o estágio conhecido avançado ou metastático do câncer.

As coisas aconteceram rápido demais. Foi quase um ano de luta com minha mãe já muito debilitada. Seu tratamento mudou toda a nossa rotina. Estávamos perdendo nosso ponto de equilíbrio. Meu pai fingia estar bem perto dela, mas, da porta para fora do quarto deles, ele desabava.

Quando fez nove meses que ela estava na cama, cheguei mais cedo em casa do trabalho e flagrei meu pai transando com a minha tia. Estavam fazendo isso no banheiro social que tínhamos embaixo da escada. Lembro que botei a mão na boca para conter o choque e o choro.

Subi as escadas e fui para o meu quarto puxando longas respirações. Minha mãe estava mal no cômodo ao lado e eu precisava ser forte. Ela não precisava dessa decepção no fim de sua vida. Segundo o diagnóstico dos médicos, tinha apenas mais três meses.

Fui para o seu quarto e, nem quinze minutos depois, meu pai entrou. Senti nojo dele e, de repente, não o conhecia mais. Há quanto tempo isso acontecia? Não sei. Talvez fosse melhor não saber. O que eu sabia era que minha admiração tinha acabado quando o vi com a minha tia, cunhada da minha mãe, traindo-a por suas costas em seu leito de morte.

Eu entendi naquele momento que o amor é relativo.

As pessoas são, provavelmente, movidas por impulsos carnais, anulando qualquer tipo de sentimento. Qual seria a outra explicação que justificaria uma traição em um casamento longo e aparentemente feliz?

Ele beijou os lábios da minha mãe e senti vontade de vomitar. Pelo menos ele teria escovado os dentes? Continuei ao lado dela. Fui forte.

No fim das contas, não durou mais de três meses, como os médicos disseram.

Um mês e meio após esse dia, em uma tarde chuvosa, minha mãe se foi. Até o tempo pareceu sentir a sua perda. Ela acordou fraca, sorriu pouco, porém murmurou um "te amo, filha" e então voltou a dormir. Depois disso, ela não acordou. O que me conforta é que pelo menos o momento da sua morte foi tranquilo e indolor.

Ela finalmente estava descansando e, enquanto isso, meu coração era arrancado do meu peito pela dor, pelo luto... O céu devia estar em festa por receber uma alma tão generosa e pura como a dela.

Não chorei na cerimônia de cremação. Também não chorei no breve culto fúnebre.

Eu apenas estava lá, parada, olhando para o elegante vaso onde estavam as suas cinzas. Recebendo as infinitas condolências de todos os que chegavam com um pequeno aceno de cabeça. Meu pai chorou. Muito. Algumas vezes me sentia feliz por ver sua dor, em outras, queria arrancá-lo de perto do caixão e o chamar de filho da puta traidor. Mas eu não tinha reação.

Meu corpo estava inerte, não conseguia agir.

Minha tia chorava do canto da sala com o marido ao lado. Ela chorava baixinho nos braços do marido, irmão da minha mãe.

Hipocrisia.

Essa era uma das palavras que não saía da minha cabeça. Em determinado momento, seus olhos se cruzaram com os meus e ela me encarou, de início preocupada, provavelmente pela minha falta de emoção. Eu a olhei, desviei os olhos para o meu pai e voltei a encará-la como em uma conversa silenciosa. Sua expressão de reconhecimento foi expressa através de um fechar de olhos com um suspiro.

Quando ela os abriu, não voltou a me olhar.

No momento em que voltei para casa com meu pai naquele fim de tarde, nós não conversamos. No outro dia, ele me chamou para comer e eu o fiz. Almoçamos juntos no mais absoluto silêncio.

Foi assim pelas duas semanas seguintes.

Eu já tinha recebido minha carta da *University Berkeley* há um tempo. Havia chegado três semanas antes da morte da minha mãe. Eu não iria, já estava decidido. Queria ficar perto dela, estar com ela no fim, e tinha esperança de que isso estivesse um pouco mais longe que o determinado pelos médicos.

Agora, olhava para a carta todos os dias.

Queria ir. Queria um futuro, honrar sua memória e sua criação. Ao mesmo tempo, e além de tudo, preocupava-me em deixar meu pai sozinho, já que ele não parecia nada bem. Exatamente um mês após a morte da minha mãe, acordei de manhã e desci as escadas em direção à cozinha. Tínhamos uma máquina de café expresso, e eu tomava o meu todas as manhãs.

Havia um envelope ao lado com o meu nome. Era a letra do meu pai. Não sei explicar, todavia, naquele momento, senti um frio na espinha e um sentimento estranho de que algo ruim estava por vir.

Segurei-me na bancada, sentindo-me tonta.

Algo estava errado.

Muito errado.

E pela primeira vez, desde a morte da minha mãe, senti algo.

Senti medo.

Um medo dilacerante que fluía por minhas veias, através do meu sangue. Respirei fundo.

Uma. Duas. Três vezes.

E então, criando uma coragem que não tinha, abri a carta e me lembro, como se fosse hoje, de cada palavra escrita.

Filha, vou começar te pedindo perdão por ser fraco, porém não posso mais suportar. Sua tia me contou que sabe do que aconteceu entre nós. Eu sei que isso não justifica, mas foram apenas três vezes. Eu me vi perdendo o amor da minha vida do dia para a noite e, em um momento de fraqueza, quis esquecer, nem que fosse por alguns minutos.

Eu amei a sua mãe com tudo de mim, Taylor. Não duvide disso nem por um segundo. Você foi fruto de um amor real. Quando descobrimos a gravidez, ficamos tão felizes que choramos como duas crianças.

Quando você nasceu e botei meus olhos em você, foi como se tudo à minha volta mudasse e de repente o mundo saísse de órbita. Você era tão linda. E, conforme cresceu, se tornou o espelho da sua mãe.

Você também é forte e corajosa igual a ela.

Ela sentia orgulho de você. Eu tenho orgulho de você.

Seja feliz e nunca se esqueça: você foi o nosso presente de Deus e isso é eterno.

Amo você.

Chame a polícia e peça para irem até a garagem.

Por favor, não vá até lá.

Li duas vezes. Não estava conseguindo assimilar. Minha reação foi subir e pegar meu celular, voltando para a cozinha com o papel em mãos. De repente, algo em minha mente deu um estalo e eu entendi: aquilo era uma despedida.

Meu corpo ganhou vida própria e, contra todas as possibilidades, fiz exatamente o que meu pai pediu que não fizesse. Andei até a garagem. Quando abri a porta, a primeira coisa que vi foi uma cadeira caída no chão. Minhas mãos tremeram e então levantei meus olhos, vendo uma das cenas que me assombra até hoje.

Meu pai tinha tirado a própria vida usando uma corda.

A cena brutal me atingiu de tal forma que todas as reações que não tive quando minha mãe faleceu aconteceram naquele momento. Eu gritei. Gritei tanto que os vizinhos vieram ao meu encontro e, por fim, não fui eu quem chamou a polícia.

Burocracia com papeladas e em menos de vinte dias depois minha casa estava alugada e eu estava me mudando para a universidade faltando mais de vinte dias para o início das aulas.

Agora, nesses dois meses e meio em que estou aqui, algumas coisas já aconteceram. Tive um breve envolvimento amoroso e até levei um pé na bunda. Consegui emprego em uma cafeteria familiar e fiz algumas poucas amizades.

Há uma semana, fui a uma festa com meus colegas e beijei um menino. Foi legal, divertido, nada mais que isso. As coisas pareciam caminhar normalmente, como a vida de qualquer outro universitário. A dor permanecia, porém estava adormecida e só em momentos como esse, em que estava sozinha no quarto, é que tinha tempo para lembrar e chorar um pouquinho em paz.

O que eu não sabia é que as coisas mudariam e que, novamente, seria forçada a lembrar que nem tudo é o que parece e que as pessoas podem ser cruéis.

Capítulo 3

Sim, eu posso vê-la
Porque toda garota aqui quer ser ela
Oh ela é uma diva
Eu sinto o mesmo e quero conhecê-la
Sexy Bitch (feat. Akon) — David Guetta

BRANDON DAVIS

— Vai ser na sexta, um DJ da sua fraternidade que vai tocar e...

— Meu primo. — Ela franze a sobrancelha. — O DJ é meu primo. Eu vou.

— aproximo-me, tocando seu rosto. — Minha pergunta é: teremos um tempo juntos? — Olho para seus lábios, sorrindo de lado e pisco. — Sozinhos.

Ela cora, sorrindo sem graça. O suspiro que dá quando desço a mão para sua nuca não me passa despercebido. Certo, transa de sexta garantida.

— Seu celular — peço, estendendo minha outra mão em sua direção.

Sem pensar, ela pega o aparelho no bolso da calça e o entrega desbloqueado para mim. Afasto-me, discando meu número e, em seguida, salvando.

— Me mande uma mensagem para eu salvar seu contato, princesa. — Ela sorri. — Você não me disse seu nome.

— Eu disse, é Kelly.

— Com certeza não, gata. Não me esqueceria do seu nome. — Faço-me de desentendido.

Eu *com certeza* esqueci.

— Eu vou... — Sua voz desaparece assim que eu vejo os cabelos loiros indo em direção aos meus colegas de time.

Meus olhos se fixam na loirinha gostosa: Taylor. Ela chega junto a Jamie, que sorri, abaixando-se para beijar seu rosto. Ele pega sua mochila e então entrega o que parece ser um molho de chaves na mão dela. Taylor sorri e sai por onde veio.

— Princesa — corto a menina que já esqueci o nome de novo —, podemos continuar essa conversa por mensagem? Tenho um compromisso inadiável agora.

— Tudo... — Ela começa a falar, mas volto a cortá-la.

— Aguardo sua mensagem — beijo o canto da sua boca e pisco antes de ir correndo em direção ao corredor pelo qual vi a loirinha sumir.

Ouço os caras me chamarem quando passo por eles, porém ignoro. Estou em uma missão. Quando a vejo caminhando tranquila um pouco à frente, penso no que fazer.

Pensa rápido, porra.

E então, sorrio. Rindo da minha própria criatividade. Viro, indo para o corredor do lado, caminhando rápido, pois preciso estar em vantagem para fazer o que tenho em mente. Entro novamente no corredor onde ela está, só que agora ando de frente para ela. Pego o celular, fingindo estar muito distraído, mas olho disfarçadamente. Ela olha para os lados, não está distraída, mas pensativa. Quando vejo que estou chegando perto, volto a olhar para o celular. Bato contra ela, leve o bastante para não machucar. Ainda assim, desequilibra e deixa alguns papéis que estavam soltos sobre os livros caírem.

— Nossa! — Faço-me de louco. — Desculpa! — peço, abaixando-me para pegar o papel, porém ela já o tem nas mãos.

Ela levanta os olhos furiosos na minha direção e, cara... Seus olhos são azuis com pequenos pontinhos mais claros. Seus lábios são naturalmente rosados, formando um contraste perfeito com sua pele branca e cabelos claros.

Porra, ela é gata *pra caralho.*

— Puta merda! Você estava em que mundo, garoto? — Sua abordagem agressiva me faz sorrir.

— Onde eu estava não importa, mas com certeza não quero sair de onde estou agora.

Ela arqueia a sobrancelha.

— Isso é um flerte?

— E se fosse? — Rebato sua pergunta com outra.

— Eu te diria que precisa baixar esse seu ego inflado de atleta famosinho.

— Famosinho, é? Então me conhece. — Sorrio de novo.

— Está com algum espasmo na boca? — ela ironiza. — Seus lábios estão repuxando para um lado.

A gargalhada que eu solto em seguida é alta, chamando a atenção de alguns alunos que passam.

— Antes que se ache o *pau de ouro*, não, não sou uma das suas fãs. Porém, gosto de esportes, então acompanho os Tigers. E se quer saber? Não sei se fizeram bem em te botarem como quarterback no lugar do Jamie. Você é mais rápido e agressivo, concordo, mas ele é centrado e técnico.

Caralho! Acho que estou realmente excitado.

— Sai comigo e vou ter tempo de te convencer que também tenho técnica. — Pisco.

Ela me olha com uma expressão desacreditada.

— Não — responde, desviando de mim e voltando a caminhar.

Por um momento fico parado. Cara, ela disse não. Um não bem... não. Mordo o lábio contendo um sorriso. Viro-me, indo atrás dela até estar ao seu lado.

— Acho que me apaixonei por você.

— Ah, cale a boca — ela retruca.

— É sério, Taylor. Um café, o que acha? — De repente ela para e estreita os olhos em minha direção.

— Como sabe meu nome? — pergunta.

— Eu... — Caralho! — Você ficou com o meu primo.

Ela me olha com uma cara estranha.

— Loiro, alto, DJ...

— Ah. Seja lá o que tenham em mente, esqueça. Que coisa bizarra — fala para si e volta a caminhar.

Droga.

— Espera! — Ela para novamente, encarando-me — Ele não sabe meu nome — declara. — Para ser sincera, nem eu sei o dele.

— Tenho os meus contatos.

— Você esbarrou em mim de propósito?

— Não! — *Mentiroso.* Minha consciência me acusa. — Não é como se eu estivesse te seguindo.

— Que bom — diz e volta a caminhar. — Eu não curto o estilo possessivo— dessa vez, é ela quem pisca, dando-me as costas em seguida.

Contudo, sou insistente e isso não acaba aqui.

— Você esbarrou nela de propósito? — Justin inquire.

— Claro. Seria uma jogada de mestre se fosse alguma garota que gosta dessas merdas de livros românticos clichês. Mas ela é do tipo arisca, e isso é mais sexy ainda.

— Você se ouve, Brandon?

— Como assim?

— Você fala das garotas como se fossem apenas buracos que você quer meter. Cara, isso é pesado.

— E você fala como se não fodesse com elas tanto quanto eu.

— Eu transo, sim, porém sou sincero. Não fico fazendo joguinhos psicológicos para aumentar o meu ego — bufo alto. — Você ilude e mente para todas com quem sai.

— Beleza. Descarrego a minha frustração em sexo e talvez eu seja um escroto. Mas, e você, Justin? Você está usando essas merdas direto e...

— Se eu me drogo, estou fodendo comigo mesmo. É a minha vida. Você não joga com a sua vida: você brinca com a dos outros.

Não gosto de brigar com ele e sua lógica até que faz sentido, mesmo assim, não consigo ficar quieto.

— Você vai perder o controle, cara.

— Não vou.

Espero que você esteja certo. Penso, porém, não falo.

Jamie escolhe essa hora para passar pela porta. Quando nos vê, nos cumprimenta e se senta ao lado do meu primo, tirando o controle das suas mãos. Os dois se empurram, brincando e rindo. Isso me lembra do meu irmão. Não vejo a hora de tê-lo aqui.

— Jamie... — Lembro-me da pergunta que quero fazer. — Hoje vi você entregando umas chaves para uma loirinha. Tem o número do telefone dela?

Jamie parece pensar por um momento, logo sua face mostra reconhecimento.

— Não. Ela trabalha na cafeteria, somos amigos, mas não ao ponto de eu ter o número dela.

— Na cafeteria dos seus pais? — pergunto.

— Isso.

Justin faz um gesto de negação com a cabeça, que ignoro.

— É aquela que fomos na manhã que não teve treino, né? Não a vi lá.

— Ela trabalha de uma e meia às seis e meia — ele responde ainda olhando para a televisão, então se vira, curioso. — Interessado?

Apenas sorrio, acomodando-me no sofá.

— Idiota — Justin diz.

Ignoro. De novo.

Encosto a cabeça nas costas do sofá, olhando para o teto e contendo um sorriso ao imaginar a visitinha que em breve farei Taylor.

Capítulo 9

Você e eu poderíamos escrever uma tragédia romântica
Oh-oh-oh-oh-oh
Oh-oh-oh-oh-oh-oh-oh
Quero sua tragédia romântica
Presa numa tragédia romântica
Bad Romance — Lady Gaga

TAYLOR JONES

— Vamos, Tay — Clark insiste. — Vai ser legal.

— Eu não vou ficar segurando vela para você e o Thomas — respondo.

Clark é sobrinha de Donald, o dono da cafeteria. Ela trabalha de manhã com ele, a esposa e outro menino. Geralmente, esse é o horário em que mais tem movimento. Como Donald ainda não achou ninguém para ficar à tarde comigo, Clark está cobrindo esse turno para não me deixar sozinha. Ela é engraçada e simpática, espero que a próxima contratada seja assim.

— Você não vai segurar vela — ela bufa. — Os amigos do Thomas também vão, podemos dançar e nos divertir enquanto eles vão estar muito ocupados bebendo.

— Não sei, eu... — ela me corta, olhando para a porta.

— Ai, meu Deus!

Franzo a sobrancelha virando para porta e... Ah, não.

O que eu fiz para merecer isso?

Em modo automático, puxo uma respiração longa. Ele sorri. A porra de um sorriso lindo. Chamá-lo de feio seria hipocrisia. Ele é lindo, gostoso e persistente.

Se não fosse minha atual dor de cotovelo pelo pé na bunda que levei da...

— Boa tarde, meninas — ele diz, atrapalhando meus pensamentos, puxando a banqueta e se sentando bem à minha frente. Apenas o balcão nos separando. — Oi, amor.

Reviro os olhos.

— Oi... — Faço cara de tédio. — Qual seu nome mesmo?

Ele volta a sorrir.

— Brandon — Clark responde por ele e eu a olho de cara feia.

Parece que nem o fato de ser comprometida a deixa imune aos encantos baratos desse cara.

É claro que eu sabia o nome dele. Fui a todos os jogos que pude dos Tigers até agora. Curto muito o esporte. Nem sempre os atletas.

— Nos conhecemos, gata? — Ele lança seu olhar para ela, com aquele sorrisinho idiota de lado.

— Não. Eu acompanho os jogos, sou prima do Jamie.

— Imaginei. Lembraria se conhecesse.

Contenho uma gargalhada. Todos sabem que ele trepa com todas as garotas possíveis. Duvido que saiba seus nomes ou que se lembre de todas elas. Clarke dá um sorriso sem graça, mexendo em algo no celular e pergunta se está tudo bem fazer seu intervalo agora. Quero gritar que "não", porém é claro que digo "sim".

— O que vai tomar? — pergunto quando estamos sozinhos.

— O que me indica? — ele indaga.

— Água. — Ele arqueia a sobrancelha. Mexo-me, fingindo olhar seu corpo. — Está meio gordinho para um atleta.

Claro que é mentira, porém, mesmo não sabendo o motivo, algo em mim insiste em implicar e provocá-lo.

— Me passa sua dieta, então? — Ele me mede de cima a baixo. — Porque você, gata, está no ponto.

— Frases montadas, atitudes esperadas. Um clichê ambulante de um atleta *bad boy* que leva todas as garotas possíveis para a cama.

— Cursa Direito, amor? É boa com acusações — responde, sem deixar se abater.

Dessa vez eu que sorrio. Ok. Ele é bom com respostas.

— Você não veio aqui só tomar café, veio?

— Eu vim ver você.

— Como descobriu onde trabalho?

— Sou um cara esperto.

Apoio meus cotovelos sobre a mesa e, em seguida, minha cabeça entre as mãos. Analiso-o: traços másculos, corpo esbelto com músculos nos lugares certos, cheiroso... Daqui posso sentir seu perfume. Enquanto faço minha análise, posso notar seu olhar em mim.

Suspiro alto.

— Você não vai desistir.

— Não vou. Bom que se deu conta disso.

— Você me cerca em um corredor, sabe meu nome e no outro dia aparece em meu local de trabalho. Só sendo muito burra para não perceber.

Ele sorri.

— É, discrição não é o meu forte.

— Olha, eu... — me atrapalho, sem saber ao certo o que dizer. Ele sorri.

— O que acha de irmos ao parque? Nós podemos nos divertir, comer alguma besteira para manter o meu corpinho. — Passa a mão no abdômen e pisca, fazendo-me rir. — E nos conhecermos melhor.

— Deve ter muito tempo livre para fazer tudo isso por uma transa.

Ele me encara por um longo momento.

— Você é realmente linda.

— Esse desvio de assunto não foi nada sutil.

— Como disse antes, discrição não é o meu forte.

— Acho melhor deixar isso pra lá...

— Taylor...

— Olha, você é lindo...

— Mas...? — pergunta, incentivando.

— Venho de uma série de acontecimentos trágicos. — Mordo o lábio, desconfortável. — Eu... estou em uma fase vulnerável.

— Sou bom em suprir carências — brinca, tentando quebrar o clima tenso.

— É sério, não quero me apegar, e você é exatamente o tipo de cara que pode quebrar o meu coração.

— Eu não vou — ele diz olhando nos meus olhos. — Saia comigo, sem compromisso algum de precisar me beijar no fim da noite. Vamos nos conhecer, só isso.

— Precisa me prometer que vai ser sincero comigo — peço.

— Eu serei — confirma sem nem pensar.

Suspiro. O máximo que pode acontecer é eu me envolver — de novo — e levar outro pé na bunda.

— Vamos ao parque, então — respondo por fim, fazendo-o sorrir.

— Me passa seu número — ele pede.

Passo o meu contato e ele ainda fica ali por mais alguns minutos até Clark voltar. Antes de sair, inclina-se sobre o balcão e beija meu rosto. Fui invadida por seu perfume. Durante o resto da tarde, tentei não pensar nele e culpei minha carência em vários momentos quando o fiz.

Eu realmente estava vulnerável e, ainda que o meu sexto sentido me falasse que ficar com o cara mais popular da universidade não era uma escolha inteligente, o ignorei.

Capítulo 5

Você está tão bonita nessa luz
Sua silhueta sobre mim
O jeito como isso destaca o azul de seus olhos
É o mar de Tenerife
Tenerife Sea — Ed Sheeran

BRANDON DAVIS

Bato à porta do quarto, ouvindo um murmúrio baixo avisando que já abriria. Quando ela o faz, meus olhos encontram os seus: tão azuis como a imensidão do mar. Cara... Linda é uma palavra simplória para definir a beleza dessa garota.

— Entra — ela diz e sorri. — Só vou calçar o tênis e podemos ir — avisa e volta a se sentar na cama, pegando o tênis do chão e o calçando.

Está com uma blusa simples branca e calças jeans de lavagem escura. Ainda que o lugar que vamos peça uma roupa confortável, fico surpreso com sua escolha. Nenhum decote, nada de calças justíssimas marcando todas as suas curvas. Não. Ela está vestida de uma forma bem... normal. Desvio os olhos quando percebo que a inspeção está minuciosa. Minuciosa demais.

— Tranquilo — finalmente respondo. — Temos tempo, amor.

Ela revira os olhos, provavelmente por conta da palavra "amor", fazendo-me sorrir. Olho para o quarto. De lados opostos, há duas camas de solteiro. Entre elas, uma janela grande e embaixo uma bancada com uma pequena divisória, estabelecendo limites. O lado da garota já está cheio de livros e alguns cadernos. Sua cama está bagunçada, com um notebook desligado em cima.

Em frente à cama dela, tem um armário com gavetas e um frigobar enferrujado embutido, tal como um micro-ondas amarelado em cima do móvel. Em cima, há uma prateleira com alguns pratos e talheres de cores diferentes. Obviamente não é de família rica e provavelmente economiza cada centavo que ganha na cafeteria para conseguir suprir seus gastos. Meus olhos se voltam aos seus e percebo que, enquanto eu analisava tudo, era analisado por ela. Cruzo os braços, encarando-a com uma expressão divertida.

— Por que tenho a impressão de que não é a minha aparência que está passando por uma análise?

— Porque realmente não é — ela dá de ombros e se levanta pegando um prendedor de cabelo em cima da bancada. Ela o põe no pulso e, com as duas mãos, puxa os cabelos para cima, penteando-os com seus dedos para logo o amarrar. O movimento deixa seus seios ainda mais empinados, o volume convidativo é atraente demais e não me preocupo em disfarçar meu interesse. — Meus olhos estão aqui em cima, *amor* — repreende com ironia.

— Ainda que seus olhos sejam lindos, realmente não eram eles que tinham minha atenção. — Pisco e ela bufa.

— Por que aceitei sair com você? — Ela não me deixa responder. — Ah, claro. Porque virei um desafio, e você tem instinto competitivo. Nós saímos, se eu ficar interessada rola uns "pegas" e depois você some. Tudo volta a ser como era antes e posso seguir minha pacata vida sem um atleta famosinho no meu pé.

Exatamente isso, porém é lógico que não admito.

— Você já me definiu com um estereótipo de atleta. Me acha burro também?

— Não, você é inteligente e obstinado. Só para deixar claro: isso não é um elogio.

Sorrio.

— Você realmente deveria consultar um médico. Esse espasmo no seu lábio aparece constantemente.

Dessa vez eu gargalho.

Ela pega uma jaqueta azul de cima da cama e a veste, pega uma bolsa também, colocando-a no ombro. Então me empurra para fora do quarto, trancando a porta em seguida. Seguimos pelo corredor em um silêncio confortável. No caminho, cumprimento um e outro. Quando saímos do prédio, eu a guio até o estacionamento onde meu carro está. Três garotas sorriem para mim durante o percurso, fazendo Taylor rir ao meu lado.

— Qual a graça, amor? — pergunto.

— Você realmente é todo um estereótipo — diz, sem olhar para mim.

— É? — Analiso seu perfil enquanto caminhamos. — Defina qual é então.

Ela nem pensa antes de responder.

— Alto, bonito e gostoso. Gosta de um desafio e usa o fato de todos serem encantados por todo o pacote de atleta famosinho ao seu favor para ter tudo o que quer. Não aceita perder. É rico e provavelmente não sabe lavar uma colher.

Quando ela vira para me olhar, sou eu quem desvia os olhos, incomodado com a impressão que carrega de mim. Ela dá uma risada fraca.

— Seu carro é o preto? — Questiona, apontando para a minha Range Rover. Apenas aceno em positivo. — Claro que é — fala baixo.

Desativo o alarme e mal tenho tempo para abrir a porta para ela, já que se adianta e o faz, subindo e se sentando no banco do carona. Contorno o veículo, e entro.

— E você? — pergunto, atraindo sua atenção. — É o estereótipo de universitária que largou tudo para vir seguir seu sonho de ter um diploma?

— Não — responde olhando nos meus olhos. — Só larga tudo uma pessoa que tem o que deixar para trás. Eu não tenho nada — fala séria, e percebo certa melancolia em sua voz, todavia não tenho tempo de questionar. — E você? É do tipo que encara a montanha-russa ou só anda no carinho bate-bate? — indaga arqueando a sobrancelha.

Sorrio.

— Você verá, amor. — Pisco, dando partida no carro.

— Não está mesmo nervosa? — pergunto perto do seu ouvido, ela se vira estreitando os olhos. — Se quiser desistir...

— Sabe o que eu acho, quarterback? — inquire, sem me dar chance de resposta. — Que é você quem está com medo.

— Eu curto a adrenalina, amor, e curto endorfina também. Se quiser testar, sei uma forma prazerosa de liberar esse hormônio.

Ela me encara e faz um gesto de negação com a cabeça.

— Como você consegue levar as garotas para a cama? Essas indiretas são tão idiotas que estou surpresa por você não ser virgem.

Gargalho alto, chamando atenção das pessoas à nossa volta. Já Taylor continua séria, pensativa. Ponho a mão na sua cintura, inclinando-me para falar em seu ouvido:

— Eu sou gostoso... e interessante pra caralho.

— Claro. Se esqueceu de citar o fato de que caga pela boca.

Ponho a mão no peito, fingindo me sentir afrontado.

— Assim você me magoa, loirinha.

— Desculpa! — Ela bate os cílios de forma exagerada. — Não quis ser insensível ou trazer algum risco ao seu ego frágil.

Dou um passo para frente, encostando meu corpo no seu.

— Essa *vibe* de provocações só torna as coisas ainda mais interessantes. Sabe disso, não?

— Na verdade, não. É algum tipo de sádico que gosta de ser maltratado?

— Ao que parece, sim. Tudo em você é sexy pra caralho. Você não me irrita, e sim me excita.

Seus olhos continuam encarando os meus. Ela não desvia o olhar por um segundo sequer; já eu, miro sua boca vermelhinha incapaz de pausar as imagens obscenas que invadem a minha mente. A fila anda e Taylor se afasta caminhando alguns passos à frente. Paramos, sendo os primeiros da fila.

Agora ela observa a montanha atentamente. O funcionário do parque confere se todos estão com as travas de segurança seguras e volta para a cabine de comando do brinquedo. Os carinhos começam a andar sobre os trilhos, fazendo sons semelhante a estalidos. Ela encara a montanha-russa enquanto eu a contemplo.

Um misto de emoções passa por suas feições e, em certo momento, ela parece olhar para o brinquedo, só que de forma automática. Como se toda adrenalina e perigo iminente que ele emana não fosse nada perto do que quer que seja que está pensando. Suas sobrancelhas se franzem de uma forma diferente deixando sua expressão fofa e...

Fofa?

Praguejo mentalmente, balançando a cabeça a fim de trazer sensatez aos meus próprios pensamentos. Sou um homem com uma missão — ou duas — e vou cumpri-las. Os gritos cessam conforme o brinquedo perde a velocidade até parar e as pessoas começarem a sair.

— Agora está com medo, loirinha? — Volto a perguntar.

Ela apenas revira os olhos sem de fato me olhar.

O homem nos chama e não me passa despercebido o olhar demorado que oferece a Taylor, ela parece alheia à situação. Quando os olhos dele encontram os meus, o encaro em um aviso silencioso para parar, pois ela está acompanhada. Ele tem a decência de disfarçar. Sento-me ao lado dela, que tenta puxar a alavanca, facilito seu trabalho, puxando-a sobre seus ombros e conferindo duas vezes se a trava está ativa. Faço o mesmo comigo. Quando olho para o lado, vejo seu rosto pálido.

— Ainda dá tempo de descermos — falo, dessa vez sem o tom de gozação anterior.

— Não.

— Taylor...

— Não — volta a negar, com o nervosismo tão palpável que vejo o movimento da sua garganta no momento que engole em seco.

Sabe quando alguém fica nitidamente apavorado ao assistir a um filme de terror ou está prestes a apresentar um trabalho mesmo tendo fobia de falar em público? Essa é a expressão estampada no rosto dela. Alguns, quando se veem em situações de risco, tentam lutar ou até mesmo fugir já que está congelada.

— Eu acho melhor nós descermos... — Minha fala é cortada pelo brinquedo que se põe em movimento.

Pela minha visão periférica vejo o medo, a ansiedade e a insegurança tomarem conta dela. O momento de arrependimento chega quando ela vira o rosto como pode para mim.

— Quero descer, Brandon! — grita.

— Ei, eu estou aqui...

— Foda-se! — corta-me — Para essa merda! — berra. — Eu quero descer.

Controlo a vontade de rir, pois, ainda que esteja nervosa, a situação é engraçada.

— Vou te matar, seu filho da puta! — ela fala para mim e dessa vez eu gargalho.

O brinquedo começa a subir.

— Eu vou quebrar esse seu rostinho bonito!

— Lindo — corrijo, recebendo um xingamento em resposta.

— *Eu quero descer! Eu quero descer!*

— Taylor, se acalme.

— O caralho que vou me acalmar!

Alcanço sua mão, segurando firme e tento passar algum tipo de força.

— Estamos subindo — ela diz o óbvio.

O carrinho para e então desce, pegando embalo, logo despencando. A queda brusca traz uma sensação de frio na barriga tão intensa que é como se pudesse sentir meus órgãos se movendo.

Ela grita.

Grita, grita e grita. Contudo, em momento algum fecha os olhos, como se quisesse de fato encarar seu medo. Como se isso fosse realmente importante para ela. Por um momento, sinto-me culpado. Talvez não devesse seguir adiante... O som da sua risada atrai a minha atenção.

Ela gargalha e, mesmo podendo jurar que é de nervosismo, sou incapaz de conter um sorriso em resposta. Seu rabo de cavalo está desarrumado e os fios loiros estão uma confusão por conta do vento.

É uma cena totalmente atípica, mas que tem um efeito diferente em mim. É tão simples, espontâneo e intenso que desvio os olhos, desnorteado com esses pensamentos totalmente equivocados. Fecho os olhos com força.

Todas as mulheres são iguais.

Seja a minha mãe, que me deixou com quatro anos de idade, ou a Hope, que se apaixonou pelo meu primo e depois pelo meu irmão. Definitivamente, não tenho sorte.

Respiro fundo.

Eu tenho o controle.

Eu tenho o controle.

Eu tenho o controle.

Continuo repetindo mentalmente até ser inundado novamente por minha autoconfiança. O aperto em minha mão faz com que eu olhe novamente para ela, que agora parece estar apreciando a emoção. Olho para frente, fazendo o mesmo. O brinquedo faz sua última volta até parar.

Desço com uma sensação de formigamento nas pernas, ajudo Taylor no processo e aproveito o movimento para não largar sua mão. Caminhamos para fora até que sinto que ela para de caminhar. Está pálida e trêmula.

— Opa! — Seguro sua cintura quando percebo que está tonta. — Tudo bem?

— Minhas pernas estão bambas — responde.

— Você ficou tensa, isso deve ser normal — explico —, se segura — peço, sem dar tempo para que pense, e abaixo-me, segurando sua cintura e a levantando em meus braços.

Os seus envolvem o meu pescoço em um reflexo automático, porém, inexplicavelmente, não reclama. Caminho até um canto afastado atrás dos containers de tiro ao alvo, colocando-a sentada em um banco improvisado.

Ela apoia as costas no container, fechando os olhos e respirando fundo. Ajoelho-me em sua frente.

— Se sente melhor?

Ela acena em positivo. Tiro os fios soltos da sua testa, colocando atrás de sua orelha. A cor está começando a voltar ao seu rosto, fazendo-me respirar aliviado.

— Foi fraqueza muscular. — Ela abre os olhos e percebe meu questionamento silencioso. — As pernas bambas. No término de uma situação de estresse, aos poucos o fluxo sanguíneo começa a voltar ao normal, ele para de priorizar os músculos, isso leva o corpo à sensação de fraqueza muscular.

Sorrio.

— Aprendeu isso no doutor Google? — brinco, disfarçando e ignorando o quanto estou fascinado por essa garota.

— Minha mãe era fisioterapeuta... Aprendi muitas coisas ao longo dos anos.

O "era" não me passa despercebido.

— Eu...

— Sente muito — ela completa com um sorriso fraco. — Eu sei. Todos dizem isso.

Por um momento, um silêncio desconfortável toma o ambiente e sinto uma necessidade que não consigo explicar de fazer com que ela fique bem.

— Estudo Administração de Empresas, e você? — pergunto mudando de assunto.

— Fisioterapia.

Seguindo os passos da mãe. Penso, mas não falo.

— Chegar fraturado a um consultório e ter você como fisioterapeuta vai ser no mínimo interessante para a população masculina.

— Cretino — ela murmura, porém sorri e, de repente, tudo parece voltar ao normal.

— O que acha de uma maçã do amor? — pergunto.

— Você não cansa de ser clichê?

— Não tenho culpa se todas as situações colaboram ao meu favor.

Levanto e estendo a mão em sua direção. Ela encara minha mão estendida por alguns segundos, mas enfim aceita o convite, levantando-se.

Caminhamos até a barraquinha da maçã do amor, Taylor pega uma e, mesmo com alguns protestos, dividimos a fruta envolta de açúcar. Tento não pensar no quanto essa bomba calórica pode afetar meu rendimento no treino, mas ela não me deixa esquecer.

— Eu quero aquele. — Ela aponta para o imenso urso azul. — Vamos ver se é bom de pontaria — fala, em um nítido desafio.

— Loirinha, você atiçou meu lado competitivo.

Eu miro e erro.

Erro oito vezes.

Ela ri da minha cara conforme fico mais indignado por não acertar no alvo.

— Desiste, quarterback — fala rindo. — Não se pode ter tudo nessa vida.

O idiota do carinha que me vendeu as fichas não disfarça o quanto está se divertindo com a minha derrota. Tento mais uma vez, acertando em um urso em forma de cachorro. Olho para ela pronto para ver mais uma gozação, porém ela parece fascinada com o cachorro. O homem, a contragosto, pega o urso e entrega na mão da loirinha que sorri, avaliando o bicho de pelúcia.

— Ele é lindo! — Ela me olha. — Obrigada! — Sorri. — Até que você não é tão babaca assim.

— Não é o que você queria — respondo.

— A vida é imprevisível, Brandon. — Dá de ombros. — Nem tudo é como queremos, então escolho ser feliz com o que posso ter.

Por um momento, eu a encaro. Não... Ela não pode ser tão simples assim. Tem alguma coisa por baixo dessa figura de boa moça. Tenho certeza.

— Vamos na roda-gigante? — chama, já saindo em direção ao brinquedo.

Adianto-me, caminhando ao seu lado.

— Você não ficou legal depois da montanha-russa, acho melhor não irmos.

— Eu quero ir à roda-gigante.

Durante a espera na fila imensa, compro algodão doce, perdendo um bom tempo vendo a forma que ela o comia. O jeito como lambia os lábios... *Caralho*. Mesmo estando nítido que seus movimentos não tinham intenção de serem ousados, maliciei cada um deles.

Sua boca... Porra!

— Brandon! — ela diz assim que a roda-gigante para e, ainda que não tenha parado bem em cima, a vista é linda. — Você estava me encarando com uma expressão estranha... — fala e logo desvia os olhos. — É tudo tão lindo daqui de cima.

— Não tanto quanto você — digo, sendo extremamente sincero.

Ela volta a me olhar arqueando a sobrancelha com uma expressão divertida no rosto.

— Não teria como ser mais clichê.

— Na verdade, tem, sim — respondo, desviando os olhos dos seus para a sua boca. — Eu quero muito te beijar. — Volto a mirar seus olhos.

Eles parecem refletir a mesma vontade, ainda que sua boca não verbalize uma aprovação. Então, correndo o risco de levar um tapa na cara, aproximo-me, meu movimento faz com que a cabine balance e isso desvia a atenção dela.

Não a minha.

Toco seu braço, fazendo com que volte a me olhar. Não falo nada. Apenas escorrego minha mão até seu rosto, levando minha boca à sua.

Roço de leve meus lábios, sentindo a textura tão macia quanto veludo.

Fecho meus olhos, focando toda a minha atenção em nossas bocas se tocando. Sinto como se todas as minhas terminações nervosas estivessem totalmente sensíveis. Minha pulsação acelera e, de repente, todos os meus sentidos estão aguçados.

Minha língua tem acesso liberado e quando a sinto corresponder ao beijo, é como se a porra do mundo parasse e só existisse nós dois e esse momento. Como se um afrodisíaco fosse liberado e nos tornássemos um só.

Ela toca o meu braço, fazendo-me arrepiar. Um simples toque no meu braço. É tudo tão confuso. Intenso. Real. O mundo deixa de existir e só quando ouço um pigarro pareço voltar à órbita.

— É a vez de vocês descerem — o homem fala e, por um segundo, o encaro, perdido.

A roda-gigante não estava parada lá em cima?

Ela reage antes de mim, ficando de pé e saindo da cabine. Ainda atordoado eu me levanto e sinto uma leve tontura. Respiro fundo.

— Tudo bem? — ela pergunta.

Apenas faço um gesto positivo, forçando um sorriso.

— Tem certeza de que está tudo bem? — Volta a perguntar.

Não.

— Claro! — É o que respondo. — Topa um hambúrguer?

— É... Já está tarde — ela nega, parecendo tão sem jeito quanto eu.

Desde quando um beijo me deixa perdido dessa forma?

— Tudo bem. — Não insisto. Na verdade, até me sinto aliviado por ter negado. — Levo você ao alojamento.

Caminhamos em silêncio até o carro. Durante todo o trajeto seguimos em silêncio, salvo pela música que tocava. Eu estava muito absorto em meus pensamentos e, ao que parece, ela também. Antes de descer do carro, agradeceu a tarde divertida e saiu sem mais palavras.

Naquela noite, não fui a nenhuma festa.

Minha cabeça girava em um looping sem fim até o momento do nosso beijo. Ela esteve em meus sonhos e mal sabia eu que também tinha se infiltrado em meu sistema.

Capítulo 6

Oh, eu sabia que você era problema quando apareceu
Bem feito para mim, agora
Me levou a lugares que nunca tinha visitado
Agora estou deitada no chão duro e frio
I Knew You Were Trouble — Taylor Swift

TAYLOR JONES

Olho mais uma vez para a mensagem na tela do celular.

Ei, loirinha
Topa ir ao jogo do Tigers amanhã?
Consigo um ingresso com um lugar
privilegiado para você.

Seria um convite totalmente normal, se ele não tivesse sumido por duas semanas. Bem, não é como se realmente tivesse desaparecido. Eu o vi no refeitório algumas vezes da semana, nossos olhares se cruzaram três vezes e em todas elas Brandon me encarou até sorrir. Justin, o DJ que dei uns beijos na última festa que fui, sempre que passa por mim me cumprimenta. Bom, só sei o nome dele porque, ao que parece, eles são intitulados como "A Elite" e aparentemente são o assunto constante entre os universitários.

A questão é que Brandon não tentou contato nenhum depois do dia em que fomos ao parque. É estranho, tudo bem que sou naturalmente carente, porém podia jurar que tínhamos criado uma conexão.

Só tivemos um encontro? Sim. Não sei explicar. Quando nos beijamos foi diferente. Se é que existe alguma palavra capaz de definir aquele momento que, ao que parece, significou alguma coisa só para mim.

Eu fiquei pensando nele... Realmente pensei nele! O que é bizarro, eu sei. Bom, no entanto não é como se alguém fosse capaz de se apaixonar apenas com um beijo, não é?

Loirinha?

Uma nova mensagem surge na hora e fecho os olhos, praguejando mentalmente. Ele vai ver que eu estava com a conversa aberta! Logo os três pontinhos voltam a aparecer e saio, rapidamente, da conversa. Covarde, eu sei. Chega uma mensagem. Duas. Três. Respiro fundo, tentando conter — em vão — a curiosidade.

Você estava com nossa conversa aberta, isso deve significar algo
Eu estive ocupado os últimos dias...
Realmente quero te ver de novo

Leio as mensagens sem saber o que responder. Também quero vê-lo, óbvio. Mas nem fodendo que vou parecer a emocionada que estava esperando por sua atenção.

Sei que está aí, loirinha...
Enfim, Jamie vai entregar um ingresso para você
Gostaria mesmo de ter você assistindo ao jogo

Vou responder, pois não sou mulher de me esconder, porém nem pensar que vou dar o braço a torcer e ir vê-lo jogar, ainda que eu queira — e muito — isso.

Vou estar ocupada
Bom jogo, Brandon.

Ele visualiza a mensagem no momento em que envio, contudo não responde. O que eu esperava? Que ele implorasse.

— Ah, por favor, Taylor — falo sozinha. — Deixe de ser ridícula!

Ativo o despertador do celular, decidida a esquecer esse garoto e dormir, já que amanhã tenho aula cedo.

— Vocês acham que essa teoria realmente faz alguma diferença? — Charles, meu colega da aula de anatomia, nos questiona enquanto entramos no refeitório.

— Se nosso professor disse que sim, é porque, obviamente, faz — Sarai, a puxa-saco de todos os professores, responde.

— Ele realmente está vindo na nossa direção? — Milla questiona, fazendo-me olhar para ela. — Ele está — ela afirma, passando as mãos no cabelo, ajeitando-os.

Franzo a sobrancelha para ela e...

— Taylor.

Levanto o rosto, disfarçando enquanto respiro fundo. Quando meus olhos encontram os dele, ele sorri. Lembrando que tem gente à nossa volta, ele os cumprimenta com um simples "oi".

— Cara, você arrasou no Touchdown no último jogo — Charles diz, mostrando ser puxa-saco de jogadores de futebol em vez de professores.

— Obrigado — Brandon agradece, voltando-se a mim. — Podemos conversar um minuto?

Ele não me dá opção de resposta. Segura levemente meu braço, apenas para me guiar para um canto mais tranquilo do refeitório.

O que é o refeitório? O restaurante da faculdade. Faltou criatividade com o nome do estabelecimento, concordo.

O fato de me puxar para um canto afastado de nada adianta, já que posso sentir muitos olhares em nós. Merda! Eu odeio ser o centro das atenções.

— Eu acho que fui rude com você — ele começa. — Se quero que vá ao jogo, eu mesmo deveria te dar o ingresso. — Ele tira a carteira do bolso, estendendo-me. — Para seus amigos.

— Vou dar os ingressos a eles, vão ficar felizes. Obrigada!

Quando começo a me afastar, ele volta a segurar meu braço.

— Taylor... — Sorri, sem jeito. — Posso esperar por você lá?

— Não. — Ele continua me encarando. — Eu te falei ontem que não iria.

— Eu sei que sumi, mas...

— Brandon — interrompo-o —, você não me deve nada.

— Eu sei — fala e larga o meu braço —, mas eu... preciso de você por perto.

— Por quê? — pergunto sem rodeios.

Ele passa as duas mãos nos cabelos em um nítido gesto de frustração.

— Não sei — diz por fim. — Olha, se não quer ir ao jogo, pode aparecer na festa que vai ter de comemoração...

— Não.

— Taylor, por favor — pronuncia, como se não fosse acostumado a pedir isso para ninguém.

Talvez não seja.

— Por que essa insistência? — questiono. — Por acaso fez alguma aposta para tirar a minha virgindade? Porque, querido, se for esse o motivo, lamento: não sou virgem.

Ele sorri.

— Você é hilária.

— E você é estranho.

— Vou esperar você lá.

Reviro os olhos, saindo de perto dele, muito tentada a, de fato, ir.

Foi uma péssima ideia ter ido ao jogo. O que era aquele garoto vestindo o uniforme justo, correndo de um lado para o outro e literalmente atropelando tudo que ousava tentar passar em sua frente?

Ele é bom.

Não que eu vá admitir isso algum dia em voz alta.

Foi uma ideia pior ainda vir até essa festa. Todos os jogadores chegaram aqui de terno, conforme o protocolo manda que saiam dos jogos. Pergunto-me como, na vida, o Brandon consegue ser ainda mais lindo de terno?

Ele é tão bonito que chega a ser absurdo.

No fim das contas, na tentativa de ficar calma, posso ter virado umas quatro doses — ou mais — de tequila. Bem, pelo menos agora sei que bebida só potencializa desejo e tesão.

Quando me viu, veio até mim, beijou meu rosto e disse "vou trocar de roupa e já volto". Quando disse isso, quase que perguntei se precisava de ajuda ou se queria que quem tirasse a roupa fosse eu. Aqui no meio da sala mesmo.

Qual é o problema de eu ter um lance casual? É só sexo. Posso muito bem ignorar aquela conexão absurda que senti quando nos beijamos. Não é como se o Brandon fosse um mau caráter ou estivesse apostando a minha virgindade — tipo Hardin fez com Tessa.

É sexo. Só sexo. E com isso eu posso lidar.

— Taylor! — Milla pega minha mão, puxando-me em direção à pista de dança improvisada. — Vamos dançar.

Vou sem reclamar. Não é como se eu fosse uma grande dançarina, porém me viro bem. Dançamos ao som de "*Bod Say*", de Demi Lovato. Eu adoro essa música e a batida sexy que transmite. Milla dança na minha frente sorrindo. Ela é uma das poucas colegas de curso com quem tenho algum tipo de companheirismo.

Milla namora um garoto desde o colegial, na verdade, os dois ficaram noivos há pouco tempo. Minha colega estuda de manhã e trabalha à tarde junto com ele em uma loja no shopping. Ele já é formado e gerencia o estabelecimento e ela é operadora de caixa. Os dois moram juntos e Milla é completamente apaixonada.

— Ela está olhando para você — Milla se inclina falando ao meu ouvido.

Ela também é a única que sabe sobre o meu curto e trágico relacionamento. Só sabe, pois, percebeu que eu estava mais abatida que o normal. Não é como se fôssemos confidentes.

— Deixe que olhe... — Paro de falar quando sinto duas mãos em minha cintura, olho por cima do ombro e vejo Brandon.

— Vou pegar uma bebida — minha colega diz, saindo com um sorrisinho.

Brandon me incentiva a virar e ficar de frente para ele.

— Demorei? — pergunta.

— Não faço a mínima ideia, não é como se eu estivesse te esperando — respondo, fazendo-o sorrir.

— Você bebeu quanto? — indaga com uma expressão divertida.

— Algumas doses de tequila — falo, ficando nas pontas dos pés e passando os braços por seu pescoço. — Não fica com meninas bêbadas?

Ele arqueia a sobrancelha.

— O quê? — pergunto. — É óbvio que quer me dar uns pegas, caso contrário não perderia seu tempo vindo até mim.

— E você está bêbada?

— Claro que não, Brandon. Só levemente alterada.

Ele ri, fazendo um gesto de negação com a cabeça.

Suas mãos me puxam para perto de si, colando nossos corpos enquanto me encara, olhando como se quisesse me devorar. Puxo o seu rosto para perto do meu, mostrando que é exatamente isso que quero.

— Você sumiu — falo, incapaz de manter a língua dentro da boca.

— Eu não mereço uma garota como você — ele diz, ainda me encarando.

— Não quero namorar você... — Ele suspira pesado. — Mas quero descobrir se aquele lance de os atletas estarem cheios de energia para queimar depois dos jogos é verdade...

Posso jurar que seus olhos escurecem.

— Não está bêbada mesmo? — volta a perguntar.

— Isso importa?

— Com certeza — responde sério e até se afasta um pouco. — Eu não presto, mas, até para mim, existem limites.

Eu não presto. Ignoro sua fala, esticando-me ainda mais sobre o seu corpo, até minha boca encostar em sua orelha.

— Vamos para um lugar reservado e vou te mostrar que não estou bêbada através do meu equilíbrio.

Suas mãos envolvem minha cintura, mantendo-me no lugar, e dessa vez é ele quem fala em meu ouvido.

— Se subirmos para o meu quarto, vou te foder, loirinha. Não vai ter volta.

— Não? — questiono, afastando o rosto e mirando os seus olhos.

— Não. — Ele me olha como se enxergasse além da minha alma. — Você vai estar tão tonta de tesão que desistir não vai ser uma opção.

Arqueio a sobrancelha em um gesto de afronta.

— Prove, então.

Ele não diz nada, mas afrouxa o aperto em minha cintura, levando meus pés ao chão. Então pega minha mão e caminha saindo do meio da sala, onde estávamos na pista de dança improvisada. Passamos por vários universitários que cumprimentam o quarterback, alguns até tentam conversar, porém ele os dispensa educadamente. Sobe as escadas e no caminho passamos por dois casais que se agarram violentamente. Ele para em frente a uma porta e tira a chave do bolso da calça jeans, no entanto, quando tenta girar, percebe que a porta está destrancada.

— Que descuido — brinco, ele me olha por cima do ombro rindo.

— Tivemos sorte — diz, puxando-me quando vê que não tem ninguém dentro. — Alguém mais cedo ou mais tarde descobriria a porta aberta.

— É, realmente hoje é o seu dia de sorte — volto a brincar.

— Com certeza é. — Ele empurra a porta com o pé, que fecha com um baque alto. — Você ainda tem alguns segundos para desistir.

— Eu não volto atrás.

— Ótimo! — Ele me empurra contra a parede, segurando meu queixo com uma das mãos. — Eu vou te comer tão gostoso, Taylor... — Traz o rosto próximo ao meu. — Que você vai implorar para eu meter de novo e de novo.

— Você fala demais e age de menos — respondo com a voz afetada.

Um sorriso sombrio se espalha por seu rosto.

— Está acostumada a sexo meia-boca, amor? — ironiza. — Você se surpreenderia se eu te deixasse melada sem beijar a sua boca ou te tocar?

— Tcs, tcs, tcs... — Estralo a língua. — Palavras e palavras....

Paro de falar quando ele me cerca com duas mãos, uma em cada lado do meu rosto, apoiando-se na parede. Brandon abaixa o rosto sem desviar os olhos dos meus, a boca a centímetros da minha.

— Cada vez que olho para essa sua boca vermelhinha sabe o que eu imagino? — pergunta, fazendo-me sentir o calor do seu hálito perto do meu rosto. Aceno em negativo. — Penso em como seria gostoso ter esses lábios em volta do meu cacete.

Brandon se aproxima um pouco mais.

— Você seguraria meu pau na sua mão em uma massagem lenta, porém firme — suspira e passa a língua nos lábios —, o manteria ereto e chegaria perto só para estender a língua e soltar um fio de saliva sobre a cabeça do meu pau, que nesse momento já estaria babando, pingando por você.

Ele desvia o rosto para perto da minha orelha, mas se mantém firme na promessa de não me tocar. — A sua baba se misturaria ao meu pré-gozo e, então, você passaria o dedo espalhando a lubrificação e eu gemeria alto.

Sua voz está rouca e fecho os olhos, incapaz de não imaginar a cena.

— Você o engole todo... — ele geme e o meu corpo se inclina contra o seu. — Dando uma atenção especial a cada veia saliente que está implorando por sua atenção.

Dessa vez quem geme sou eu. Engulo a saliva que se acumula em minha boca, porque sim, isso tudo é tão erótico que chego a salivar com vontade de cumprir cada palavra que sai da sua boca.

— Então, você finalmente desce essa boquinha em volta do meu pau e o chupa com vontade. — Ele respira fundo contra meu pescoço, fazendo-me arrepiar inteira. — Você chupa como uma esfomeada e geme tanto quanto eu, nos levando à loucura. Eu inclino meus quadris, exigindo mais da sua boca e você recebe com gosto. Enlaço o seu cabelo, segurando firme, te ajudando a me engolir por inteiro, fodendo a sua boca sem parar.

Assim que ele geme uma de suas mãos sai da parede para apertar seu membro sobre a calça. Mordo meu lábio apertando uma coxa contra a outra.

— Meto com vontade, excitado pra caralho com a sensação e estimulado pelos sons molhados que você faz. Fico ainda mais louco quando imagino que, em alguns segundos, vou te ver engolir toda a minha porra. — Ele tira o rosto do vão do meu pescoço e o movimento me faz abrir os olhos, suas pupilas dilatadas e seus olhos mais escuros que o normal me fazem arfar. — Abra as pernas, Taylor.

Olho para ele, impactada com o pedido. Ele não sorri, continua sério, e seus lábios entreabertos o deixam ainda mais sexy do que é.

— Abra as pernas — repete baixo.

Eu o faço. Como a porra de uma marionete, faço sua vontade, abrindo minhas pernas. Sem desviar os olhos dos meus, sua mão se arrasta pelo meio das minhas coxas até chegar ao topo da minha calcinha, onde passa um dedo de cima a baixo, sentindo o tecido úmido. Seus olhos se fecham e ele os aperta com força puxando uma respiração longa. Então, ainda com os olhos fechados, puxa a renda para o lado, encostando um dedo de leve.

— Caralho! — Ele abre os olhos. — Você está tão melada, amor. Puxa esse vestido para cima — ele pede e, com a mão que não está no meio das pernas, me ajuda a levantar a peça justa que fica embolada em minha cintura.

Enfia um dedo entre meus lábios, fazendo nós dois gemermos juntos. Sem aviso, põe outro dedo e me penetra lentamente.

— Brandon... — ofego.

— Olha isso, loirinha. — Sigo seu olhar para o nosso meio e vejo que junto dos seus dedos vem um fio de lubrificação. Ele se parte e então Brandon traz os dedos até sua boca, gemendo, como se tivesse acabado de provar um manjar. — Deliciosa — decreta. — Sabe o que vou fazer agora, amor? — pergunta, como não respondo, ele mesmo o faz. — Vou bater uma punheta gostosa.

Então, desafivela o cinto e abaixa a calça apenas um pouco, revelando a cueca branca, e, em seguida, puxa o pau para fora. Eu quero abaixar os olhos e ver cada detalhe, porém estou envolvida demais por suas palavras.

— Vou bater uma punheta gostosa enquanto vou estar com a cabeça enfiada entre suas pernas, chupando e lambendo esse tesão que chama de boceta.

Juro, sinto minhas pernas tremerem, fracas, diante de tudo que fala. Ele chega perto do meu rosto e passa a língua por meus lábios.

— Você vai rebolar gostoso na minha boca, amor — fala entre gemidos. — Vai esfregar esse grelo delicioso na minha língua e gemer o meu nome como uma boa safada faria. — Morde meu lábio inferior. — Vai ser minha putinha hoje, loirinha?

Minhas pernas vibram e me sinto a ponto de gozar? Ele ri, dando-se conta do mesmo que eu. Sem mais, ele se abaixa. Sinto sua respiração perto da minha virilha, arrepiando-me e tremendo pela antecipação.

— Isso foi maravilhoso. — meu corpo congela. — Mas agora realmente não aguento mais só olhar.

Brandon parece se assustar, levantando-se. De repente, sinto-me totalmente fora do meu corpo e toda a áurea de sedução se vai.

— Amber — falo, olhando para sua figura agora nítida pela claridade da janela. — O que...

Ajeito meu vestido, sentindo-me exposta.

O quarterback olha de mim para ela, sem saber como agir.

— Linda, que você é um furacão na cama eu já sabia, mas te assistir submissa e entregue ao Bê foi sexy demais! Obrigada por ficar com ela, gatinho. — Ela pisca para Brandon que tem as sobrancelhas levemente franzidas.

Obrigada, gatinho.

Obrigada, gatinho.

Mas o quê...?

— Como assim, "obrigada, gatinho"? — pergunto em um fio de voz.

— Você não contou para ela, Bê?

— Vocês se conhecem? — Ele responde sua pergunta com outra.

— Não me contou o quê, Brandon? — questiono, ignorando sua pergunta.

— Taylor, isso foi antes...

Interrompo sua fala, voltando a perguntar:

— Isso o quê?

— Nós gostamos de apimentar as coisas. — Ela sorri. — Você sabe, a rotina me cansa.

É, eu sei. Fiquei com Amber por quase um mês. Eu gostava dela, do que tínhamos, mas a insistência para incluir uma terceira pessoa em nossa relação me deixava frustrada. Queria ficar só com ela. Sou ciumenta e monogâmica. Não posso mudar isso.

Eu sinto meu coração acelerar, sentindo-me tonta...

— Eu... — gaguejo. — Isso é verdade? — pergunto, levantando os olhos para ele.

Ele abre a boca, mas logo fecha. Encaro-o incrédula.

— Vocês são um casal? — Ele não responde. Então de repente tudo fica claro. Cristalino. Viro-me para Amber. — Terminou comigo para ficar com ele, não é?

— Taylor, eu gosto de vocês dois e agora que vocês já se deram bem...

— Cala a boca, Amber! — respiro fundo, controlando a náusea. — Vocês me usaram.

— Taylor... — Brandon começa.

— Você acha isso normal, Brandon? — pergunto. — Seduzir a ex da sua atual e me usar como um fetiche ridículo? — Balanço a cabeça em negação. — Eu falei que vinha de um momento difícil e só pedi sinceridade. Se queria um ménage, deveria ter me consultado.

— Taylor... — Ele tenta falar enquanto ajeita a cueca e a calça.

— Eu sei que você ficou abalada com nosso término, mas podemos passar por cima disso, nós três e... — Amber começa, mas eu a interrompo.

— Você acha mesmo que o momento difícil a que me refiro foi o pé na bunda que você me deu? — Balanço a cabeça, incrédula. — Claro que acha isso. É superficial o suficiente para ter morado comigo por um tempo e transado por dias e não notar que eu já estava na merda. Minha mãe morreu recentemente e depois disso meu pai se matou. O encontrei com uma corda no pescoço na nossa garagem.

Os dois têm a decência de ficarem constrangidos.

— Pare de pensar que o mundo gira em torno do seu umbigo, Amber. — Viro-me para Brandon. — Que você era um mulherengo mentiroso, eu sabia, mas que era um idiota que usa as pessoas e brinca com elas, não. Você realmente é inteligente, Brandon. — Ele abre a boca para falar, mas eu o silêncio com um gesto. — Você é todo um pradrãozinho. O típico garoto rico que se acha dono do mundo, que pensa que pode tudo. Você é cruel.

— Taylor — ele fala baixo.

— Se tivesse feito uma aposta me machucaria menos do que tentar me usar como um objeto. Esqueça o que aconteceu entre nós e nunca mais me dirija a palavra.

Viro-me com as mãos trêmulas destrancando a porta e saindo de lá em seguida.

— Taylor! — Ouço Brandon me chamando. Justin vem pelo corredor, fumando um back. Ele me olha e então além de mim. — Taylor, me deixa te explicar.

Ele segura meu braço, mas eu puxo com força para que não me toque.

— O que houve? — Justin pergunta com o semblante fechado.

— Você pode me dar uma carona até o alojamento? — peço.

— Taylor... — Brandon tenta falar.

— Chega, Bê — Justin o repreende.

— Cara... — ele tenta falar, mas o DJ não deixa.

— Me dê as chaves do seu carro. — Ele estende a mão na direção do primo.

— Justin, você está chapado.

— Eu acendi o cigarro subindo as escadas. — Joga o cigarro no chão, pisa e chuta para o canto da parede. — Dá as chaves.

— Eu preciso falar com ela.

— Dá a porra das chaves de uma vez, caralho! — o loiro grita.

Brandon fecha os olhos e vira, voltando até o quarto. Nem vinte segundos depois, volta com as chaves. Nossos olhos se encontram por uma fração de segundo, porém faço questão de desviar. Justin pega as chaves e me indica o caminho para que eu vá a sua frente. Caminho no modo automático, com uma das mãos de Justin repousando sobre meu ombro. Ele indica a caminhonete do Brandon assim que chegamos diante da casa, onde também há universitários rindo e bebendo, entro e sou invadida pelo perfume do quarterback. Assim que Justin liga o carro, abaixo os vidros o máximo que posso, na intenção de não sentir mais o perfume daquele filho da puta.

O trajeto é feito em silêncio.

A única que vez que o DJ fala é quando me pergunta em qual alojamento moro. Eu o respondo. O maldito alojamento me lembra de Amber. Minha ex-colega de quarto e minha ex... Seja lá o que for que tivemos.

Eles me usaram.

Brincaram comigo como se eu fosse a porra de um objeto descartável.

— Chegamos — Justin fala quando estaciona. — Vou levar você até a porta do seu quarto.

— Não precisa — digo e desço do carro, mas ele me ignora e também desce.

Novamente ficamos em silêncio e quando finalmente paro em frente à porta do quarto, olho para ele.

— Obrigada — agradeço, ele apenas acena, sem sorrir.

— Ele não é assim, talvez seja esse endeusamento repentino que todos...

— Você não precisa justificar as merdas do seu primo, porque, acredite, nada do que disser vai mudar o que aconteceu ou minha opinião sobre ele. Obrigada de novo, Justin.

Ele apenas faz um gesto de cabeça e se vira, fazendo seu caminho de volta.

Entro no quarto, trancando a porta em seguida. Tiro o vestido e vou para o box, abrindo a ducha e me sentando no chão, incapaz de me manter em pé. Dobro os joelhos, abraçando as minhas pernas. Um soluço escapa e então choro. Choro pela minha mãe, pelo meu pai, por me sentir sozinha, por me sentir usada. Choro pela vida ser uma merda. Por enfim constatar o fato de que a felicidade não existe para todos e, infelizmente, sou uma das pessoas que não é e nunca será agraciada por tal sentimento.

Vazia.

Capítulo 7

Jogando com o inimigo
Apostando a minha alma
É tão difícil dizer não
Dancing With The Devil — Demi Lovato

BRANDON DAVIS

Um ano depois...

— Ele não mandou mensagem ainda? — Kane pergunta pela quarta vez na noite.

— Não. — Forço um sorriso. —Há um mês você entrou na faculdade, mano, vai aproveitar.

— Quem gosta de todo esse lance superficial é você, Bê.

— Eu não sou superficial.

— Não, você não é, mas está agindo como se fosse.

— Por que diz isso?

— Brandon... — Ele me encara. — Você trepa com uma garota por semana e mantém um relacionamento estranho com Amber... É idolatrado por todos da faculdade e, ainda assim, não parece feliz.

— Você está viajando, Kane.

— Estou sendo sincero. Você vive um personagem.

Fico calado. Não é como se eu fosse o cara mais feliz do mundo, mas sou ao meu modo. No entanto, hoje as coisas estão estranhas. Justin pegou pesado com as drogas ano passado, porém, nas férias, ele parou. Ele passou esse tempo comigo e com Kane na casa da praia, na esperança de fingir que Bryan, seu irmão adotado, não existe.

Hoje o processo de adoção foi completado e ele ganhou nosso sobrenome. Justin não reagiu muito bem a isso e começou a beber uísque de manhã, acho que não eram nem onze horas. Vim para casa assim que soube, por um colega de fraternidade e de time, que meu primo estava se embriagando desde cedo. Quando entrei em seu quarto, mal dava para ficar lá dentro sem chapar junto, de tão forte que estava o cheiro de maconha.

Nós discutimos, ele estava tão bem, como foi recair dessa forma? Caralho, Bryan é uma criança inocente. Não é como estivesse tomando o lugar do John. Justin deveria ser grato por ter oportunidade de ter um novo irmão. Ele não gostou nada das coisas que eu disse e me enxotou do quarto.

No fim da tarde, saiu. Tocaria às dez da noite e às seis da tarde já não estava em casa. Agora, perto da uma da manhã, mal consigo engolir um gole de água, de tão nervoso, quanto mais um gole da cerveja quente que tenho em mãos.

Sabe quando um pressentimento te assombra em um looping sem fim? É exatamente assim que me sinto. Quase como em uma premonição, sinto que tem algo de errado. Ele não responde às mensagens, na verdade, nem as recebe. O que me leva a crer que sua internet está desligada com a intenção de evitar qualquer tipo de interação seja comigo e com Kane ou com seus pais.

Não sei o que pensar, só posso sentir. Angustiado. Apreensivo. Achava que essa merda tinha passado, que essa fase de rebeldia não voltaria, porém começo a pensar que essa rebeldia é, na verdade, um vício, ou... Não sei. É como se ele quisesse se punir, machucar-se, esquecer-se de tudo.

Foda! Foda pra caralho, pois me sinto de mãos atadas.

Justin também é como um irmão para mim e é triste demais ver alguém que você gosta fazer esse tanto de merdas com a própria vida. Suspiro e passo a mão no rosto, em um gesto evidente de cansaço. Ao meu lado, meu irmão não está nada diferente. Eu disfarço com um copo de bebida na mão, que já deve até ter fermentado, pois acredito que estou o segurando há umas duas horas.

Cumprimento e sorrio para as pessoas, porque me acostumei a ser esse cara. Em parte, Kane está certo sobre eu encenar um personagem: sempre estou bem, pois é o que todos esperam. Eles também esperam o atleta pegador, que é o rei da mulherada. Não que isso seja ruim, mas é cansativo.

Olho de novo para a mesa de sinuca à esquerda da nossa fraternidade. Insisto em dizer para mim que não escolhi sentar-me nesse sofá, em um canto isolado e escuro por causa dela, que está ainda mais linda que o normal... Ela consegue ficar mais maravilhosa a cada dia e isso é estranhamente assustador.

Veste uma calça jeans justa de lavagem clara, uma blusa preta larga, que esconde a curvatura perfeita que eu sei que seus seios têm, e disfarça parte de sua bunda também. Nos pés, calça botas. Mesmo de longe, consigo ver que usa pouca maquiagem e, ainda assim, para mim, é de longe a garota mais bonita da festa.

Ela nunca me olha. E quando acontece, não demonstra nenhum tipo de sentimento, a não ser indiferença. Ela é indiferente a mim e à minha presença. Quando nossos olhos se cruzam pelos corredores da universidade ou de qualquer outro lugar, Taylor apenas finge que não existo. É foda sentir o seu desprezo.

Eu não sabia que ela era ex da Amber.

Bem, não sou de um todo santo, imaginei como seria transar com as duas e, sim, eu queria que rolasse, porém não armei para Amber estar lá. Aconteceu. Ela e eu sempre incluímos terceiros em nossas transas, e eu pretendia convidar Taylor para um ménage no futuro, contudo, quando tudo aconteceu, era para ser um momento nosso. Só nosso.

Aquele maldito beijo na roda-gigante me assombrou por duas semanas. Aquela conexão, aquela química... Não sei se esse tipo de coisa acontece duas vezes na vida. Fiquei aterrorizado. E se ela fosse a garota? Aquela que te tira dos eixos e inibe a necessidade de ter qualquer outra?

Cara eu era e ainda sou, muito novo para isso. Não sabia como lidar com a situação, então me afastei. Lógico que não adiantou e tive a brilhante ideia de chamá-la para o jogo. Eu não a vi lá e, até pode parecer louco, porém sentia seu olhar em mim.

Quando cheguei à fraternidade e vi a forma que me olhou, decidi que jogaria esse pavor para a casa do caralho. Aconteceu tudo tão rápido depois: a tensão sexual, a Amber aparecendo, Taylor me afastando de sua vida.

Eu a deixei ir.

Amber e eu discutimos, entretanto... acabou em sexo. É, sou um fodido filho da puta por ter ficado transando enquanto a garota, provavelmente, se sentia na merda naquele quarto de alojamento. Quando o sexo acabou, pedi para que Amber saísse do quarto e daquela vez, pela primeira vez, ela não discutiu. E a verdade? Acho que ainda é a fim da Taylor. Não posso julgá-la, porque talvez eu também seja.

Um único beijo e talvez ela tenha arrasado comigo para qualquer outra mulher, já que todos os lábios que tocam os meus são sempre iguais aos outros e diferentes dos dela.

Talvez eu ainda não saiba lidar com o que Taylor me fez sentir, com o que ela desperta em mim.

Depois daquele dia, as coisas entre mim e a Amber se tornaram ainda mais sexuais. Ela conhece os limites da nossa relação e estamos longe de ter algum tipo de exclusividade, é tudo sobre a conveniência de poder ter sexo sem ter que procurar alguém para isso.

— Vou lá em cima botar o celular para carregar — Kane diz, levantando-se. — Já volto.

Apenas aceno em concordância, voltando a olhar para ela. Está jogando sinuca com um pessoal, mas todos são amigos. Nunca a vi envolvida com alguém, sexualmente falando. É idiota, porém isso me deixa tranquilo. É. É bem idiota da minha parte, já que não temos nada. Ainda assim, ela não me bloqueou.

O que eu poderia fazer? Dizer "não sabia que você e Amber tiveram um lance, mas eu realmente esperava um ménage, só que não naquele momento. Você e tudo que pode significar — ou já significa — me assusta". Não. A garota merece alguém melhor que eu.

Levanto-me com a intenção de ir à rua tomar um ar. Talvez o ar gelado de Boston me ajude a clarear um pouco as ideias. Deixo o copo de cerveja sobre o aparador e caminho em direção à porta da casa. Cumprimento um casal que me olha sorrindo, abaixo a cabeça sem vontade alguma de bancar o astro da faculdade no momento. Quando chego ao hall de entrada, meus olhos avistam tênis alaranjados, levanto os olhos e vejo Justin com as mãos no espelho, olhando-se.

Ele parece muito bêbado.

Quando vira e seus olhos cruzam com meus, ele tenta caminhar, mas cambaleia e me apresso para segurar seu corpo.

— Justin! — Tiro seu gorro e viro seu rosto para mim. Ele está... azul? — Justin — chamo sacudindo seu corpo. — Ai, caralho!

Abaixo-me com ele em meus braços.

— Precisa de ajuda? — Poderiam se passar anos e eu ainda reconheceria sua voz. — Ai, meu Deus!

— Liga para a emergência, por favor! — peço, tirando os olhos do Justin por apenas um momento, olhando para Taylor. Ela já tem o celular em mãos. — Cara, o que você usou? — falo sozinho.

Ele está desacordado.

Seu nariz começa a sangrar e eu me desespero.

— Você ligou? — pergunto desesperado, pessoas se acumulam à nossa volta.

— Eles estão vindo — ela responde e se abaixa ao meu lado.

— Ele está suando muito — falo para ninguém em especial, então olho para cima e grito para que se afastem.

Porra. Porra. Porra.

— Justin! — chamo. — Cara, reaja, por favor!

Senhor, não o deixe morrer.

— O que... — Olho para cima, vejo quando meu irmão estaca sem ação, olhando para Justin em meus braços.

— Esse caralho dessa emergência vai demorar — falo para mim mesmo. — Vou levá-lo ao hospital no meu carro...

— Não — Taylor toca o meu braço —, eles pediram que não o movesse... — Sua voz vacila.

— Por quê? — pergunto, imaginando que nada bom pode sair disso.

— É perigoso...

Encaro-a sem saber como processar sua frase subentendida.

Escutamos barulhos de ambulância e então tudo acontece muito rápido. Pegam-no dos meus braços e começam o que chamam de "redução de danos". Ele vomita e até seu vômito parece diferente. Começam a carregá-lo, eu me viro e peço para Kane ligar para os nossos pais, deixando a cargo deles informar aos nossos tios. Entro na ambulância, acompanhando Justin até o hospital e respondendo como posso a todas às perguntas dos paramédicos.

É tudo terrivelmente assustador.

Uma das paramédicas estende um lenço de papel na minha mão e franzo a sobrancelha, confuso, o pegando. Quando boto a mão no rosto, percebo que estou chorando.

Chorei quando levaram Justin barrando minha entrada e me mandando esperar em uma sala destinada a isso. Chorei quando Kane chegou. Chorei quando vi meus pais chegarem junto aos meus tios que estavam desesperados. Chorei por meu primo. Contudo, acima de tudo, eu orei. Nunca fui religioso, mas, naquele momento, apeguei-me a qualquer resquício de fé que pudesse existir em mim.

O estado de Justin era crítico, o tempo era nosso inimigo e nós precisávamos de um milagre. De repente tudo pareceu sem sentido... Essa popularidade ridícula e todo o resto superficial que isso me trazia.

No fim das contas, quem se abaixou e esteve comigo quando precisei foi ela. Quem está ao meu lado é o meu irmão. Nossa família.

Algumas coisas se quebram e naquele momento de lucidez, devido ao trágico acontecimento, eu percebi: quero ser mais que apenas a estrela do time, quero ser mais que o garoto fútil.

Voltei a orar pela vida do meu primo. Orei por uma nova chance. Para todos nós.

PRESENTE

"Nós fomos feitos para durar, não importa o que tenhamos que passar."

Capítulo 8

Eu tenho uma lista de nomes
E o seu está em vermelho, sublinhado
Look What You Made Me Do — Taylor Swift

TAYLOR JONES

Um ano depois...

Ouço o despertador tocar e como sempre, demoro alguns segundos, para então desligá-lo.

— Pri — murmuro quando me sento na cama e passo as mãos no rosto —, bom dia!

— Bom dia, galega — responde, já levantando. — Posso tomar banho primeiro?

— Claro. — Faço um gesto com a mão, dispensando-a.

Demoram alguns minutos para que minha alma volte para o corpo quando acordo. Pri vai ao banheiro e em seguida para o banho, isso facilita nosso convívio, pois dividimos bem nosso espaço. Se bem que eu preparo o café antes mesmo de fazer xixi ou lavar o rosto. Eu e o café temos um caso sério de amor.

Há duas semanas tudo mudou. Priscila, minha nova colega de quarto, chegou à minha vida trazendo luz. Assim que bateu à porta, eu a amei. Ela chegou com seus pais e até senti um momento de nostalgia ao ver sua mãe olhá-la com tanto amor. Quando foram embora e eu tive uma breve conversa com ela, já que estava cansada da viagem, senti que nos daríamos bem. E eu estava certa. Depois de dois anos, eu, enfim, tinha uma colega de quarto que podia chamar de amiga.

Nós conversamos muito nesse meio tempo. Um pouco sobre minha cidade, sobre meus pais. Ela me contou sobre o relacionamento abusivo que viveu por anos e sobre como foi difícil identificar que ela era a vitíma. No primeiro dia de aula, ela trouxe Andrew para almoçar conosco. Eu preciso ser sincera em admitir que no início tive ciúmes, porque ela era a minha amiga. Isso não durou mais do que alguns segundos, pois percebi que Andy vinha para somar, e, desde então, vivemos juntos. Andy vem dormir várias vezes aqui no dormitório, ainda que seja proibido. Botamos no chão os dois colchões de solteiro no pequeno espaço entre nossas camas e dormimos os três: apertados e desconfortáveis.

Há algum tempo não me sentia amada como me sinto agora.

Nosso quarto é como um mini flat, graças às mudanças que a mãe da Pri fez. Inclusive, temos um fogão elétrico e uma cafeteira foda que é o ponto alto do nosso quarto. Por não ser caloura, no primeiro dia de aula expliquei mais ou menos como funcionava a hierarquia da faculdade.

Mesmo fazendo parte do grupo dos invisíveis, sei das fofocas. Mostrei todos os grupos, inclusive a Elite. Ali temos os meninos do time de futebol americano, líderes de torcida e o pessoal da banda. São os populares. Integrantes das duas fraternidades mais famosinhas e que promovem as melhores festas.

Ele é parte da Elite.

Balanço a cabeça ignorando essa merda. Venho lutando contra todo e qualquer tipo de pensamento sobre Brandon Davis. *Quero que ele se foda.* Filhinho de papai do caralho que se acha o dono do mundo. Entro no banheiro, faço xixi, depois vou até à bancada e lavo as mãos. Ponho creme dental na escova e me apoio na parede, escovando os dentes. Pri sai do boxe enrolada na toalha e, como sempre, fico sem jeito, virando de costas.

— Vai ser sempre assim? — pergunta.

Largo a escova na pia e ponho água na boca, tirando o creme dental.

— O quê? — inquiro, ainda de costas.

— Toda vez que vou mudar de roupa, ou saio de toalha do box, você fica desconfortável.

Suspiro alto e me viro para ela.

— Eu não fico desconfortável — declaro. — O que não quero é que você se sinta assim. Sei que o fato de eu ficar com meninas pode te deixar constrangida, sei lá. Não quero que fique um clima estranho.

— Você quer ficar comigo? — pergunta, confusa.

— Não... — Solto uma risada. — Somos amigas. Tenho medo de você pensar que estou te secando.

— Você tem medo que eu te julgue? Não sei o tipo de gente que está acostumada a lidar, mas não sou assim. Gosto de homem, porém, o fato de eu gostar do sexo masculino não faz com que sinta desejo por todos os homens na terra.

— Sim. — Respiro fundo. — É que o julgamento é tão grande que já prefiro prevenir.

— Não precisa ficar pisando em ovos comigo. Somos amigas, moramos juntas. — Ela tira a toalha, ficando só de calcinha. Pega o sutiã e o coloca.

— Sem climão então? — indago, sorrindo com a espontaniedade.

— Sem climão — responde.

— Ai, você é tão fofa — vou até ela e aperto a sua bochecha.

— Ei, para! — Empurra-me, rindo.

Gargalho, indo para o boxe tomar banho, sentindo-me aliviada. É complicado ser bissexual em um mundo onde tentam nos apagar e anular de todas as formas possíveis. Já sofri muito preconceito e ouvi frases ridículas como "você está confusa", "é só uma fase". Eu não gosto de ser rotulada, porque me aceitei e também aceitei o fato de gostar de pessoas e ponto. Por outro lado, entendo a importância, pois não falar acaba nos tornando mais e mais invisíveis e o efeito colateral em quem não vive na comunidade LGBTQ+ é o de talvez achar que a pessoa ainda não se entendeu direito ou não encontrou "a pessoa certa". Acontece que não existe certo e errado aqui.

Existe afeto, carinho, amor, desejo. Não importa se eu amar um homem, casar-me com ele e ter filhos. Não importa se esse casamento durar 30 anos. Não, não importa. Afinal, estar em um relacionamento não significa *ser* esse relacionamento. Isso não invalida o fato de que continuo fazendo parte da comunidade da mesma forma que antes.

Quando me descobri, não foi fácil. Passei por várias fases que foram desde dúvidas, crises e, ao final, aceitação. Ainda assim, tenho receio do julgamento, visto que somos muitas vezes tratados como espectros, fora e infelizmente, algumas vezes, dentro da comunidade LGBTQ+.

No entanto, por amor a mim e à minha saúde mental, eu decidi, na grande maioria das vezes, esconder-me no armário. Não é legal ser alvo de um dos maiores fetiches masculinos. Das pessoas acharem que, por minha sexualidade, sou leviana ou que tenho caráter duvidoso. E isso me faz lembrar Brandon: da forma como fui usada igual a um objeto de fetiche sujo.

Sacudo a cabeça, amaldiçoando-me mentalmente por me lembrar dele novamente em um espaço tão curto de tempo.

Desligo o chuveiro e me enxugo com a toalha. Em seguida, saio do boxe e vou até o closet pegando uma roupa.

— Hoje sou eu quem fecha a Coffe Academics. Você e o Andrew poderiam ir lá, né? Das seis às sete a cafeteria é quase deserta — digo, fechando o zíper da calça jeans.

— Claro, desde que você guarde uma mil-folhas para mim — ela responde.

— Interesseira — brinco, negando com a cabeça.

— A interesseira aqui vai fazer um misto quente, você quer? — ela pergunta e eu sorrio, por mais que ela não possa me ver.

— E eu lá sou de negar comida? — respondo, colocando a blusa no pequeno corredor até o quarto.

— Não sei se é uma boa ideia — falo assim que engulo a comida.

— Por quê? — Andrew retruca. — Eu só tenho dois anos aqui, quero viver intensamente cada momento.

Sorrio, negando com a cabeça.

— O que você acha, Pri? — pergunto.

— Por mim... — Dá de ombros.

— Ela ainda está chateada por causa daquele trabalho. — Ele revira os olhos e eu bufo.

Pri nem o escuta, viajando nos próprios pensamentos.

— Ei! — Estalo os dedos em frente ao seu rosto. — Para de ficar se martirizando. Se seu colega não aparecer na próxima aula, você volta a se preocupar, agora esqueça isso. — Viro o rosto para Andrew, decidida. — Vamos a essa festa!

— Ah! — ele grita comemorando, fazendo nós duas gargalharmos. — Com que roupa vocês vão?

— E o que você tem a ver com isso? — Pri pergunta, arqueando a sobrancelha.

— Bebê, não aceito menos que muita pele à mostra! Vai ser tipo *Triteto* Fantástico.

— *Triteto*? — digo, mordendo o lábio.

— Sim! Se a Marvel criou o Quarteto Fantástico, acabo de criar o *triteto*. — Empina o nariz. — Eles que lutem.

Os olhos da Pri vão para a porta do refeitório. Vejo Kane entrando com a sua pose de "foda-se, eu sou lindo", o pior de tudo é que esse parece ser o natural dele. Diferente do Justin que é sério e do *outro*, que naturalmente se acha, Kane parece ser ele mesmo. Usa uma calça jeans preta skinny rasgada, camisa preta e coturnos pretos. Tem uma jaqueta jeans amarrada na cintura e ostenta um cabelo despenteado que o deixa ainda mais gato. Ele é lindo, realmente lindo.

— Ele é muito gostoso — Andrew fala.

Não preciso olhá-lo para saber que também se refere a Kane.

— Quando vocês virem o trio juntos, vão atualizar com sucesso o significado de beleza em seus dicionários — falo, remexendo na minha comida.

— Os primos? — Pri pergunta.

— Sim — afirmo.

— Ele está vindo! — Andrew diz e logo disfarça, pegando o copo de suco e tomando, sinto vontade de rir.

— Oi, bebê. — Ouço-o falar e, quando levanto os olhos, vejo que é para Pri.

Ele pisca para Andrew, que suspira, e então se vira para mim.

Ele se sentou do meu lado, porém com uma perna de cada lado do banco, ficando de frente para mim. Kane adquiriu certa "amizade" com a Pri desde que salvou ela de uma briga com a Amber. Priscila apenas esbarrou na líder de torcida, mas isso foi motivo o suficiente para ela surtar.

— Oi, loirinha. — Ele sorri e pega uma batata do prato dela.

Loirinha.

Eu o encaro, estreitando os olhos e lembrando que foi exatamente assim que Brandon me chamou no curto espaço de tempo que tivemos contato. Ele pega uma e então duas batatas minhas despertando a minha fúria.

— Por que não pega uma folha de alface em vez da batata?

Ele gargalha alto.

— Eu não mantenho uma alimentação saudável, linda. — Ele faz uma careta. — Se bem que isso muda com a chegada de Brandon.

— Ele chega quando? — Penso alto, surpreendendo a mim mesma.

Kane sorri de lado.

— Interessada no meu irmão?

— Claro que não — afirmo, para logo questionar. — Vocês são irmãos?

— Meio-irmãos.

— Sério? — pergunto, arregalando os olhos.

— Meu pai se casou com a mãe dele quando éramos crianças — apenas faço um aceno de entendimento com a cabeça.

— Então, posso deduzir que o Honey bun[1] também estará de volta — pergunto, mudando o foco do assunto.

Ele abre um sorriso lindo.

— Como sabe que o chamo assim? — Kane questiona.

— E quem não sabe? — devolvo.

Todos sabem sobre tudo da Elite.

— Amanhã é a primeira festa da Khapa Alfa. Não sei se já foram convidados...

— Não fomos — Andrew fala rápido e Kane sorri de lado por sua afobação.

— Em que festa nós iríamos, então? — pergunto, franzindo a sobrancelha.

— Quem se importa? — Andrew responde, fazendo todos nós rirmos.

— Vou esperar vocês lá. — Então se vira para mim. — Eu pediria seu número, mas está na cara que tem uma quedinha pelo meu Teddy Bear[2]. E quer saber? Ele se deitaria para você rolar por cima.

— Não quero nada com seu irmão. Foi só uma curiosidade — declaro, sucinta.

— Sei — fala já se levantando. — A gente se vê.

Diz para todos nós, dá duas batidinhas na mesa e vai em direção onde costumam ficar a Elite.

— Esse boy é muito quente — Andrew diz, puxando a gola da sua camisa.

— Sabe, amiga — Pri começa —, acredito que esse ódio pelo tal Brandon é...

— Tesão incubado — Andy decreta e eu confirmo com um mover de cabeça.

— Eu já falei, ele é um babaca egocêntrico — respondo. É natural que mesmo eles não conhecendo o quarterback, Brandon seja o assunto algumas vezes. Sempre trato de deixar claro o meu desprezo e às vezes as pessoas entendem isso de forma distorcida. — Sobre as roupas — falo, desconversando —, não sei se tenho algo decente. Não costumo sair.

— Tudo que eu trouxe é bem normal... — Pri diz.

---

[1] Pão de mel.

[2] Ursinho.

— Vamos às compras! — Andrew rebate, animado.

— Eu trabalho hoje à tarde, amigo — digo, desanimada, mas logo sorrio. — Porém, amanhã de manhã é minha folga.

— Resolvido! Amanhã vamos ao shopping, depois para o meu apartamento. Passamos o dia por lá e à noite vamos juntos à festa.

Pri e eu nos olhamos, ela apenas dá de ombros e eu suspiro, sabendo que questionar Andrew é uma causa perdida. Voltamos a comer em um silêncio confortável.

Khapa Alfa é a fraternidade *dele.* Então, provavelmente, em algum momento vamos acabar nos esbarrando. Bom, não é como se não o visse frequentemente. No primeiro ano, logo em seguida ao que eu chamo de "tragédia romântica", estava extremamente magoada. Algo dentro de mim esperava que ele viesse e se desculpasse. Que dissesse que tudo era um grande mal-entendido.

Lógico que isso não aconteceu.

Depois disso, eu o via diariamente flertando com várias garotas. Lógico que eu já imaginava isso dele. Juro, ele parecia trocar de mulher como se troca de roupa e isso só me deixou ainda mais revoltada por ter caído na sua lábia. O mais incrível? Ele e a Amber continuavam em um relacionamento bizarro que ninguém entendia. Ela vivia pendurada no seu pescoço, sentada no colo dele. No segundo ano, eu fui à terceira festa da fraternidade dele, foi quando tivemos um mínimo contato, na overdose do Justin. Não fiquei com pena do Brandon, porém fui humana o suficiente para me compadecer da situação enquanto todos olhavam a cena como se fosse o capítulo final de uma novela mexicana.

Depois disso, soube — assim como todos — que ele trancou boa parte de suas disciplinas para estar com o Justin algumas vezes na semana na clínica de reabilitação em que estava internado. Gesto nobre? Talvez. Mas que para mim não muda em nada a visão que tenho do caráter dele.

Eu o vi bem menos que no ano anterior e isso foi bom. Libertador, na verdade. Agora, com Justin saindo da clínica — sim, a rádio corredor da faculdade já comenta sobre o assunto — significa que Brandon vai voltar a estar frequentemente nos almoços com o seu grupinho. Vou passar a vê-lo diariamente e isso é a porra de uma merda.

Espero que ele tenha esquecido que eu existo. Espero que não fique me olhando em toda oportunidade possível. Se existe uma coisa que eu quero dele, é distância.

Capítulo 9

Às vezes eu queria que minha pele fosse uma fantasia
Que eu pudesse apenas abrir o zíper e tirar
Mas quem eu sou é quem eu devo ser
Love Me — Katy Perry

BRANDOB DAVIS

— Custava se despedir de forma decente dos seus pais? — indago assim que me sento no banco do motorista, ao lado de Justin.

Ele não responde e eu apenas respiro fundo.

— Kane está impaciente — conta assim que dá partida no carro.

— Sim, não para de mandar mensagens — respondo.

Meu irmão está eufórico porque enfim estaremos os três juntos, todos os dias. Ele entrou ano passado na faculdade, um ano depois de mim e Justin, e, bem no começo das aulas, nosso primo foi internado.

— Já vai começar com isso, Justin? Vai afetar o carro com o cheiro dessa porra, caralho — reclamo quando ele acende um cigarro.

Ele me ignora.

— Ele quer que eu toque hoje à noite — fala como se isso não fosse importante, como se não sentisse falta dos palcos.

— Você vai tocar, né? — incentivo.

— Acho que vou. — Dá de ombros, fazendo-me sorrir.

— Ah, para de agir como se fosse indiferente a tudo, cara. Comigo isso não funciona.

Ele disfarça, contendo um sorriso que insiste em sair dos seus lábios.

— Sinto falta de tocar — declara.

— Claro que sente.

De canto de olho, vejo-o tragar o cigarro. Ele pediu duas coisas quando foi internado: que não tirassem o cigarro e que liberassem a visita pelo menos duas vezes na semana. Lógico que quanto às visitas teve meu total apoio. Tranquei algumas disciplinas, pois fazia questão de estar ao seu lado. Queria que ele visse o quanto era amado, que sentisse meu apoio e percebesse o quão forte era, e principalmente, que não precisava das drogas.

Eu estive ao lado dele duas vezes por semana e faria tudo de novo.

Sinto que ele está lúcido, com a cabeça no lugar, entretanto, para que esse trauma seja realmente deixado para trás, Justin precisa se perdoar e aceitar o Bryan. Não existe cura pela metade.

Porém eu tenho medo. Medo de que ele se entregue às merdas que sua cabeça projeta e aos comportamentos destrutivos, buscando o consolo nas drogas.

No que depender de mim e do Kane, ele está bem fodido. Não vai dar um passo sem estarmos ao seu lado e foda-se quem disser "dê espaço para ele" ou "deixe-o viver". Um caralho que deixo. Quem o segurou nos braços desacordado e convulsionando fui eu. E prometi para mim que isso nunca mais vai acontecer.

— Justin, sobre hoje... — começo.

— Vai me pedir que fique longe da bebida? Ou vai ser ousado o suficiente para usar as palavras "fique limpo"? — Faz aspas com os dedos.

— É claro que quero que fique limpo — respondo, sem nem titubear.

Ele apaga o cigarro, jogando-o na estrada pela janela.

— Não vou beber, não vou me drogar — fala depois de um tempo, e eu respiro fundo. *Quase* aliviado.

Sei que ele não é um viciado. Os médicos dizem que seu problema é que é uma pessoa de extremos, pode passar muito tempo sem usar e então algo pode o engatilhar, a ponto de se drogar até ter uma overdose. A ponto de se matar. Ele costumava usar alguma coisa ou outra nas festas, mas há algum tempo estava de boa. Só que naquele dia perdeu o controle.

— O mano disse que tem umas calouras bem interessantes — falo, quando percebo que seus pensamentos estão longe.

— Espero que sim — diz, sorrindo de lado. — Se bem que para Kane, tendo uma alma bonita já é o suficiente.

Gargalha alto.

— Vou contar isso para ele — digo.

— Sei que vai — responde.

— Parece que ele canta transando com o pedestal do microfone — falo alto para ser ouvido e Justin apenas concorda.

Meu irmão atrai a multidão e a forma que canta é como uma preliminar ao sexo. Todos dizem isso e, porra, é nojento ouvir as pessoas falando assim do seu irmãozinho. Foda-se se ele é só um ano mais novo que eu, continua sendo o meu pequeno.

A iluminação do pátio fica por conta das poucas luzes de LED dispostas pelo local e pela própria luz natural da noite. Então, *Highway to Hell* do *AC/DC* começa a tocar e todos ficam ainda mais animados.

— Já volto — Justin avisa, chamando a minha atenção.

Nem tenho tempo de questioná-lo, pois decidido caminha em direção a uma garota baixinha de cabelos curtos, mas não é ela que faz eu puxar uma respiração profunda.

Taylor.

Puta que pariu! Passo a mão no queixo, disfarçando e indo até a minha boca para ver se não escorreu baba porque... *Caralho!*

Ela usa uma calça jeans justa deixando a bunda ainda mais perfeita. Levanto os olhos, vendo um body rendado preto. Ela ri para o garoto que está ao seu lado, contudo, como se sentisse o peso do meu olhar, vira-se, encontrando-me boquiaberto com toda a sua beleza. Não consigo parar de olhar para os seus seios moldados em um decote generoso. O resto da renda se agarra à sua cintura, deixando algumas partes do abdômen expostos pelo tecido fino. A calça jeans parece ainda mais perfeita em suas coxas grossas do que na parte traseira.

Meus olhos voltam aos seus, encontrando toda a frieza que tenho certeza de que é para mim, mesmo de longe posso sentir. Ela comprime os lábios pintados com um vermelho vivo em uma linha fina. Porra, o que eu não daria para ter aqueles lábios sugando gostoso o meu pau. Então ela se vira, parecendo desconfortável.

Olho para Justin, que está aos beijos com a morena baixinha. Sorrio internamente por vê-lo de volta à vida. Forço o meu cérebro a não olhar de novo para a loirinha que me assombra há dois anos. Meu irmão faz toda aquela cena de beijar alguém no palco e, como sempre, acho engraçado, incrédulo com o fato de que ele cresceu. Cara, ele realmente cresceu e...

— Oi, gatinho! — Amber fala, interrompendo os meus pensamentos e se pendurando no meu pescoço.

Se existiu em outra vida, ela com certeza era um Coala.

— Amber — respondo.

— Você chegou e nem me chamou. — Faz bico.

— Isso é uma cobrança?

Diga que sim, dê-me um motivo para acabar com essa porra.

— Claro que não, Bê.

— Então não entendi o motivo do comentário — começo —, só nos encontramos aos fins de semana quando queremos transar.

— E você não quer? — pergunta e vem para me beijar.

— Hoje não — respondo sem rodeios.

— Qual é, Brandon? Vai mesmo me deixar na vontade?

— Você não precisa ficar na vontade, Amber. — Afasto-me, acenando à nossa volta. — Olha o tanto de gente que tem aqui.

— Você é um escroto! — diz, já virando a cara e se afastando.

Como se eu não soubesse.

Vejo Justin subir ao palco, posicionando-se em frente ao mixer. Como sei que meu irmão não vai sair do lado dele, finalmente me sinto à vontade para respirar tranquilo e ir até a cozinha buscar algo gelado para beber. No caminho, uma galera me cumprimenta; não conheço mais da metade deles.

Faço gestos breves e não paro nem quando tentam puxar assunto, porque há um tempo venho repensando tudo. A verdade é que a popularidade não é tudo o que pensam, não é tudo que eu pensava. No início, gostei dessa *vibe* de pegador, de ser aclamado pelos corredores da universidade e tratado com um semi Deus.

Acontece que as coisas mudam. As pessoas também.

E eu? Sinto-me completamente exausto de ficar pagando de *bad boy* por aí. Uma vez, minutos antes da fatídica noite da overdose, meu irmão me disse que eu vivia um personagem. Ele estava certo.

Não sou o que pensam que sou. Uma fraude, é assim que me sinto. Entro na cozinha e abro o freezer procurando uma garrafa de água, até que olho para o canto da cozinha e a vejo. Pego a garrafa, fecho a porta da geladeira e fico a encarando, ela parece pensativa enquanto encara o vidro da porta que dá para a rua. Como antes, Taylor parece sentir meu olhar, virando-se e me encontrando ali. Fica surpresa, porém finge bem quando empina o nariz e arqueia as sobrancelhas de forma afrontosa.

— Precisa de alguma coisa? — pergunto.

— Sim, distância.

Contenho um sorriso.

— Isso você já tem — falo, fazendo-me de louco. — Um vidro separa você deles — aponto para os universitários que dançam distraídos no palco.

— Se você já pegou o que queria, pode, por favor, sumir? — Deveria me sentir ofendido, mas suas afrontas só me fazem sorrir.

— Na verdade, há um bom tempo não pego o que quero.

Ela me encara por um momento.

— Vai se foder, cretino — diz, irritada.

— Eu até consigo foder sozinho, mas se você me acompanhasse...

Então eu vejo. Vejo exato momento em que sua irritação muda para mágoa. Ela me encara e a forma como seus olhos de repente ficam vazios é angustiante, dilacerante. Sem nenhuma palavra, ela se desencosta do vidro e se move em direção à porta.

Seu cheiro cítrico me invade e por impulso seguro seu braço, de forma leve para não a machucar. Ela olha para cima, encarando-me com aqueles olhos azuis lindos. Contenho um suspiro, contemplando o quanto é bom tê-la por perto.

— Me solta — fala baixo, porém firme —, agora.

— Taylor... Eu...

Nada sai. Pois, na verdade, não é como se eu tivesse algo para realmente falar.

— Você? — incentiva, encarando-me de perto. — Vamos lá, Brandon. Seja homem. Você...?

Solto seu braço devagar.

— Você é linda.

Praguejo mentalmente. Sério, porra?

— Você acha que eu sou algum tipo de idiota? — Seu rosto fica vermelho. — Acha que tenho cara de palhaça? — Aproxima-se e, mesmo eu tendo uns bons trinta centímetros a mais que ela, fico com medo. — Acha que depois de dois malditos anos sem pelo menos me pedir desculpa por aquela merda você simplesmente vai mandar um "você é linda" e vou me ajoelhar e chupar o seu pau?

Ela termina a frase gritando.

Engulo em seco.

— Eu estava errada quando disse, dois anos atrás que você era inteligente. Você é burro! Muito burro.

— Taylor... — Tento tocar novamente seu braço, mas não esperava seu movimento a seguir.

Curvo-me, sentindo a dor dilacerante assim que seu joelho se move com tudo contra o meu saco. Puta que pariu! Sinto um ardor e posso jurar que sinto dor de estômago ou uma dor percorrendo todo o meu abdômen. Ela puxa meus cabelos, fazendo-me levantar a cabeça e olhar para ela.

— Fique longe de mim, seu cretino idiota.

Então empurra a minha cabeça, quase me fazendo desequilibrar. Assisto, ainda curvado, quando ela sai da cozinha, perdendo-se entre as pessoas na sala. Aos poucos a dor vai passando e vou conseguindo ficar ereto. Apoio os braços na bancada, ainda desnorteado e com as pernas bambas pelo belo golpe que ela me deu.

Então começo a rir. Uma garota de um metro e sessenta, no máximo, com um chute conseguiu pôr um homem de um metro e noventa de joelhos. *Se isso significasse tê-la por perto, até deixaria que fizesse de novo.*

Afasto esse pensamento irracional. Eu deveria ficar longe, contudo é empolgante tê-la perto de mim novamente. Como se as coisas voltassem a ter sentido. Como se eu tivesse um propósito novamente.

Capítulo 10

Eu não gosto dos seus joguinhos
Não gosto do seu palco inclinado
Do papel que você me fez passar
De idiota
Não, eu não gosto de você
Look What You Made Me Do — Taylor Swift

TAYLOR JONES

O sino da cafeteria toca indicando que alguém chegou. Olho o relógio de parede, vendo que falta pouco mais de uma hora para fechar. Deixo as xícaras sobre o balcão da pia e seco as mãos no pano de louça. Quando me viro, preciso disfarçar minha reação ao ver Kane, Justin e Brandon.

— Oi, loirinha — Kane cumprimenta.

Ignoro o jeito que Brandon encara o irmão.

— E aí, Taylor — Justin cumprimenta polido, como sempre.

— Oi, roqueiro! — Sorrio. — A cada dia que passa você fica mais lindo.

Estou sendo infantil? Talvez. Foda-se!

— É, gata, esse é o meu charme natural — ele diz.

Não olho para Brandon.

— Oi, DJ! — Sorrio, simpática.

— Vamos pegar a mesa do canto — Justin fala para ninguém em especial, indo até a mesa.

Viro-me de costas e, disfarçadamente, respiro fundo. Volto a me virar, pegando o bloco de anotações do balcão e a caneta e vou até a mesa deles. Assim que caminho em direção a eles, meus olhos se chocam com os de Brandon, que me encara sem nem disfarçar e desvio o olhar rapidamente.

— Já sabem o que vão pedir? — pergunto, parando e olhando para ninguém em especial.

— Posso adicionar um extra de raspas de chocolate nesse chocolate quente? — Kane pergunta.

— Pode. — Olho para ele. — O chocolate quente já é bem doce. Quer mesmo assim?

— Sim — ele fala, ainda olhando para o cardápio. — Quero também mil folhas de creme de baunilha e morango.

Nossa.

— E para vocês? — pergunto olhando para Justin.

— Um café preto e um sanduíche — responde.

— E você? — Encaro o cretino que parece conter um sorriso idiota.

Sério, que garoto filho da puta.

— O que você me sugere?

Que você suma.

Ele arqueia a sobrancelha esperando uma resposta.

— Um pastel de pizza — sugiro o pastel com mais calorias do cardápio. — E um milkshake duplo.

Justin ri, mas logo finge uma tosse. Kane parece não entender que isso foi nitidamente uma provocação. E Brandon? Como sempre, ele sorri. Maldito!

— Vou querer água sem gás e uma quiche de palmito sem glúten. E, amor — ele diz e eu o encaro com uma vontade imensa de jogar a caderneta na sua cara —, tentar engordar o quarterback é afronta à sua universidade.

— Ou uma bênção, já que assim ninguém mais precisaria aturar esse seu ego inflado — quando ele abre a boca para falar, eu o interrompo. — Já foi ao médico?

— Como? — pergunta, confuso.

— Dizem que pessoas egocêntricas são assim para compensar uma falta. No seu caso é o quê? — Olho para os lados fingindo observar se tem alguém por perto, então me aproximo mais da mesa e falo baixo. — Pau pequeno?

Kane solta uma gargalhada alta, Justin também. O cretino não gargalha, mas sorri abertamente, sentindo-se zero afetado. Dou as costas e vou para o balcão arrumar os pedidos. Sinto vontade de cuspir na quiche do idiota? Sim, sinto, porém não o faço, pois sei separar as coisas: aqui ele é cliente e merece um bom atendimento. Arrumo todos os pedidos na bandeja e levo até eles, logo colocando seus pedidos sobre a mesa.

Sinto uma vontade imensa de jogar na cara de Justin que ele foi um idiota com a minha amiga, entendendo tudo errado, mas me contenho. Não vou entrar nesse assunto, pelo menos não agora. Deixo os pedidos sobre a mesa sem dar conversa para nenhum deles, querendo sair o mais rápido possível de perto. Pego a toalha, enxugando a louça o mais devagar que consigo para me ocupar. Quando estou no último copo, Pri entra na cafeteria. Estendo a toalha e vou até ela.

— Oi — cumprimenta, sentando-se na banqueta.

Sorrio para ela e mordo o lábio.

— Não olhe — digo. — Na mesa do canto estão Kane, o irmão e o primo.

Ela respira fundo, fechando os olhos. Eles ficaram na festa da fraternidade no sábado e o idiota entendeu tudo errado, sendo um babaca depois de praticamente engoli-la na frente de todo mundo.

E para piorar, vão ser colegas de classe.

— Um cappuccino? — pergunto, sentindo-a desconfortável.

— Sim — responde, pegando seu celular.

Começo a fazer sua bebida e, nesse meio tempo, Jamie chega à cafeteria. Ele flerta descaradamente com minha amiga, que cora sem jeito com as investidas.

— Jamie — o cretino chama.

— E aí, Bê? — Jamie o cumprimenta sorrindo. — Saindo da dieta? — pergunta brincando.

— Não — ele responde rindo. — Meu irmão é como uma criança, quando fica com vontade de comer doce, tenho que trazê-lo para comer.

— Vai se foder — reconheço essa voz como a de Kane. — Ei, bebê — ele chama a Pri e ela se faz de louca. — Pri? — Ele insiste.

Ela se vira devagar.

— Que feio, bebê. Estava fingindo que não estava ouvindo? — O roqueiro volta a falar. Pri apenas nega com um gesto de cabeça. — Esse é o meu irmão, Brandon. — Aponta para o cretino em sua frente, que sorri para ela. — Aquele que a Taylor tem uma quedinha, lembra?

O sorriso de Brandon aumenta à medida em que olha para mim.

— Cala a boca, Kane! — Falo o que me vem na mente. Mas que merda...?

— Não se irrite, amor. Sempre soube que você tem um crush em mim — ele diz, olhando-me, convencido.

— Ah, vai se foder, babaca! — Solto, sem me conter.

— Tão doce ela. — Ele finge um suspiro.

Fuzilo-o com o olhar. Como ele pode ser tão cínico?

— Esse é Justin — Kane fala, por fim, dando um sorrisinho de lado para Pri —, mas você já o conhece.

Ela cora.

— O que perdi? — Jamie pergunta.

Isso chama atenção de Justin, que levanta a cabeça. Seus olhos passam por minha amiga e param em Jamie.

Jamie o olha de volta e eles se encaram, em questão de segundos o clima de toda a cafeteria parece pesar. Lembro-me de que pouco tempo depois de Jamie e Paige terminarem, comecei a ver Justin e ela juntos. Deve ser esse o motivo da briga de testosterona

— Então — pigarreio —, Jamie — eu chamo.

Ele dá um sorriso de lado, ainda na direção de Justin, logo voltando sua atenção para mim. Eu estendo seu pedido.

— Obrigado — agradece, simpático, então se volta para Priscila. — O que acha de tomarmos um café qualquer dia desses? — pergunta. — Pode ser aqui, assim Taylor pode garantir sua honra.

Ai que ridículo. É sério isso? Alguém dá um troféu de idiota para ele.

— Garantir minha honra? — Ela balança a cabeça. — Quem sabe quando suas cantadas melhorarem, eu aceite.

Não consigo conter a gargalhada, ele mereceu. Kane me acompanha nas risadas.

— Posso melhorá-las por você — inclina-se, deixando um beijo em seu rosto, bem perto da boca. — Nos encontramos por aí, linda. — Pisca e sai da cafeteria.

— Porra, ele é meu capitão, Kane! Disfarça, caralho — Brandon reclama.

— Cara, impossível não rir — Kane responde.

Apoio-me no balcão, ficando perto da minha amiga.

— Isso foi muito foda! — digo baixinho, ainda sorrindo.

— O que ele quis dizer com "honra"? Achei machista — responde, também baixinho.

— Ei, donzelas, é feio cochichar assim, sabia? — Brandon diz, vejo os três vindo em direção ao balcão; Justin é o último.

— Feio é se meter na conversa dos outros — rebato, afiada.

— Adoro esse seu jeito carinhoso de ser — Brandon comenta e quando vou mandá-lo tomar em um lugar específico, minha amiga me interrompe.

— Vocês se conhecem? — pergunta.

— Pois é... — Kane para ao lado dela e passa um braço por seus ombros. — Se conhecem?

— Não! — respondo ao mesmo tempo em que Brandon diz "sim".

E ele continua sorrindo. Senhor! Que ódio desse babaca.

Kane estreita os olhos para nós.

— Justin? — Kane pergunta.

Ele apenas dá de ombros.

— O que ele sabe que eu não sei, *Teddy Bear*? Pensei que éramos um trisal! Nada de brincar sem o amiguinho — Kane fala. Justin continua com a mesma expressão, já eu fico sem jeito.

Odeio me lembrar daquele dia e em como me senti mal.

— Pode somar a conta? — Justin pede.

Graças a Deus, mudando o foco do assunto.

Justin paga a conta e sai sem se despedir. Kane faz um gesto com a mão e Brandon se despede com um "até". Não olho para nenhum deles. Sério, vai ser assim agora? Vou precisar aturá-lo em todo o lugar que estiver?

— Pode ir contando — Pri fala.

— Vou fechar o caixa para podermos ir — digo desconversando, já me afastando.

Ela entende meu momento e não pede mais repostas.

As duas semanas seguintes passam rápido.

É incrível como, mesmo sendo início de semestre, já tenho vários trabalhos para fazer, mas sempre acho um tempo para meus amigos. Não fomos mais a nenhuma festa, pois em um fim de semana eu estava com cólica, então ficamos no apartamento do Andy e ele e a Pri beberam todas.

Ri muito naquele dia. Eles me perguntaram sobre Brandon, falei que tinha rolado algo, porém não queria falar sobre o assunto e não fui pressionada.

Eu amo isso nos dois. Respeitam meu tempo, meu limite. Por causa disso, e de mais mil motivos, ter os dois por perto é reconfortante. Eu costumo afastar as pessoas, pois prefiro ser eu a me distanciar do que perder alguém de novo. Com os dois nunca tive vontade de dar um tempo ou ficar na minha. Quero estar com eles.

Só eu sei como a solidão é difícil.

Caminho até o que chamo de "minha árvore favorita" e me sento diante dela. Respiro fundo o ar gelado quando apoio as costas no tronco. Amo esse cantinho. Ele é afastado o suficiente para ninguém me incomodar e, ao mesmo tempo, perto o bastante, deixando-me ver outros calouros no gramado.

Um casal se pega em uma parede lateral, fazendo-me rir, lógico que eles foram para aquele lado achando que não seriam vistos. Os dois parecem eufóricos e apaixonados, dá para perceber quando é só tesão e quando tem algo a mais. A forma que ele segura cintura dela com uma das mãos enquanto com a outra segura o seu rosto deixa isso claro.

— Não conhecia esse seu lado voyeur!

Grito com o susto, colocando a mão no coração.

— Quer me matar, garoto? — Respiro fundo. — Puta merda! Você surgiu de onde? Chernobyl?

Ele ri. Como sempre.

— Quero conversar com você.

— Quer conversar comigo. — Olho para ele, incrédula. — Bem, fale então.

Ele se abaixa, sentando-se na minha frente, todo desajeitado. É, não deve ser fácil sentar-se no chão com toda essa altura.

— Justin está a fim da sua amiga.

— Eu sei.

— Como sabe? — Franze a sobrancelha.

— Porque é óbvio.

— Ele terminou o lance dele com Paige, deve falar com ela em breve.

— E o que você tem a ver com isso? Não estamos no colegial, quarterback. Deixe que os dois encontrem o próprio caminho naturalmente.

— Eu sei...

— Então está aqui bancando o fofoqueiro? Francamente, Brandon...

— Você adora me julgar.

— Claro, e tenho todos os motivos do mundo para isso.

Por um minuto, apenas nos encaramos. Ele pensativo, eu irritada.

— Vai ficar me olhando com essa cara de cachorrinho? Porque, porra, não funciona mais comigo.

— Taylor...

E eu espero por quase um minuto. Nada sai. Pego minha bolsa ao lado e me levanto, exausta e de saco cheio dessa merda.

— Espera. — Ele segura meu braço. — Sei que você me acha um babaca egocêntrico. No fundo todos acham isso, mas eu não sou assim de verdade.

Busco mentira em seus olhos, entretanto, só vejo sinceridade. O problema é que Brandon Davis mente muito bem e não vou cair na sua lábia de novo.

— Sim, você é.

— O que nós tivemos significou...

— Ah, não. — Puxo meu braço de seu agarre. — Não vem dizer que significou algo porque não significou porra nenhuma — ele dá um passo para frente e eu o empurro. — Conversamos, trocamos mensagens, saímos uma vez juntos e só.

— Você sabe que não foi bem assim, Taylor.

— Eu sei? Vou te dizer o que sei. — Empurro seu peito com força, mas ele mal se move. — Você me perseguiu, foi fofo, seduziu-me e, quando estava prestes a conseguir o que queria, foi desmascarado.

— Então você sabe que ela estava no meu quarto por acaso? Sabe que não combinei nada com ela?

Sim, eu percebi isso naquele dia.

— Isso não muda o fato de que *vocês* me queriam na cama de *vocês.*

— Loirinha...

— Para de chamar por um apelido, pois não temos intimidade para isso! — explodo.

— Olha, eu não sabia que ela era sua ex e não sabia que ela estava no meu quarto.

— Isso não muda nada.

Ele passa as mãos nos cabelos, nervoso.

— Me desculpe.

Rio, incrédula.

— Eu queria um pedido de desculpa dois anos atrás! — grito de novo. — Queria que você tivesse ido atrás de mim e me dito que era tudo um mal-entendido.

— Taylor, ela comentou que gostaria de algo a três quando percebeu meu interesse em você. Não afirmei que isso aconteceria, mas a falta da minha negação a fez pensar que poderia rolar.

— É fácil jogar a culpa nela, né? Escroto! — xingo, virando-me para sair, porém ele me segura de novo. — Me solta!

— Eu não sou escroto. — Arqueio a sobrancelha. — Ok, talvez eu seja, mas não estou mentindo agora. Nada foi premeditado.

— Por que se aproximou de mim? — pergunto.

Ele fecha os olhos, acho que buscando calma.

— Por que se aproximou de mim?! — berro, repetindo a pergunta.

— Porque eu te achei gostosa, porra! — grita na mesma altura que eu, mas logo respira fundo. — Olha, se Justin e Pri ficarem juntos, vamos estar perto um do outro com frequência. Quero ter uma relação civilizada com você.

— Civilizada é o caralho! — puxo meu braço com toda força que consigo. — Já falei que de você só quero distância.

— Sabe o que isso parece? — fala, seguindo-me enquanto caminho determinada em direção a... qualquer direção. — Que você é a fim de mim e não suporta essa ideia.

Viro-me em um rompante, quase trombando em seu corpo.

— Você realmente se acha o pau de ouro, né? Olha, merece um prêmio por ser tão prepotente!

— Prepotente ou realista?

— Garoto...

— Eu não sou um garoto, Taylor. Sou um homem que está tentando conversar com você, de boa. Agora, você sim está parecendo uma garota mimada.

— Seu... — Estapeio seu abdômen, seu braço.

Ele ri e, em um movimento rápido, segura-me contra si.

— Amor, assim eu me apaixono. — O arrepio que sua voz causa contra meu pescoço faz com que eu me odeie internamente. — Você é tão cheirosa...

Mexo-me, tentando sair do seu aperto, mas isso faz com que ele me puxe para cima, tirando minhas pernas do chão. Afasto-me como posso para encará-lo.

— Você é um filho da... — E, novamente, ele é mais rápido, atacando meus lábios e me calando com um beijo.

Ele me beija.

Fico momentaneamente surpresa. Meu corpo corresponde ao seu como um ímã responde ao metal. Dessa vez, eu não tento me afastar — e talvez nem queira isso — então o beijo de volta e isso faz com que ele suspire e solte um gemido de empolgação.

Acho que mesmo se estivéssemos fazendo sexo aqui, em público, ainda assim não seria tão íntimo como esse beijo é. Seu beijo é... Não sei. Sinceramente? Não consigo definir. A sensação dos seus lábios no meu é tão intensa, traz um misto de emoções tão grande que nem se eu quisesse conseguiria articular palavras capazes de justificar isso.

De justificar nós dois.

Somos uma confusão. Um monte de mentiras e um caos eminente.

Brandon é como um precipício do qual não posso me jogar.

E quando percebo isso, junto todas as forças do meu corpo para me afastar. Mordo seu lábio com força e o ato inesperado faz com que separe sua boca da minha. Empurro seu peito e, ainda atordoado, ele me põe no chão. Movida pelo impulso, causado pela mágoa e pela raiva, dou um tapa em seu rosto.

O som da minha palma contra sua face é tão alto que assusta a mim mesma.

— Fique longe mim! — peço com a voz baixa, inundada por sentimentos que não deveriam existir.

Afasto-me, fechando os olhos com força, porém, lembro-me de algo e viro-me para ele. Brandon tem uma das mãos contra o rosto onde acabei de bater, mas não parece chateado... há algo em seu olhar, em sua expressão, que não consigo decifrar.

— Como sabia que eu estava aqui? — pergunto.

Ninguém sabe. Esse é o *meu* lugar.

— Sei o que você come todos os dias, que às vezes burla as próprias regras almoçando hambúrguer. Sei sua cor preferida. — Ele olha para o meu moletom azul. — E também que vem aqui com frequência. Sempre sozinha.

Mordo o lábio tentando disfarçar o impacto que suas palavras têm em mim. Isso não é justo, porra. Não é.

— Brandon — falo seu nome com a voz trêmula. — Vou te pedir com educação, apenas dessa vez, por favor, fique longe de mim.

Ele sorri sem mostrar os dentes. Um meio sorriso triste.

— Me peça qualquer coisa, mas não isso.

Quando percebo que as lágrimas vão cair, viro-me sem falar mais nada e, dessa vez, ele não me impede. Puxo o gorro do moletom, cobrindo meus cabelos e abaixo a cabeça enquanto caminho pelo corredor que tem saída para a área dos dormitórios.

Como uma confusão emocional de pensamentos, sigo para o meu bloco. Não me importo de perder um período de aula, quero o meu quarto, preciso ficar sozinha.

Capítulo 11

Eu conheço uma garota, ela é como uma maldição
Tantas noites tentando encontrar alguém novo
Elas não significam nada comparados a você
Why — Shawn Mendes

BRANDON DAVIS

— Você não vai beber com os caras? — Justin fala, despertando minha atenção. — Não vai dançar com as garotas, caçar alguém... ou até trepar com Amber?

Apena nego com a cabeça.

— O que você tem? — questiona.

— Nada, só não estou na *vibe.* — Dou de ombros e ele não volta a fazer perguntas.

A verdade é que ando mais pensativo do que nunca. Ando pensando nas minhas escolhas dos últimos tempos e não consigo ver verdade em nenhuma delas. Os questionamentos internos são tantos que penso até se o esporte é a escolha certa.

Eu amo jogar. O futebol americano faz parte de quem sou. O problema é o conjunto que vem com ele. Queria apenas jogar. Fazer a minha parte e voltar para casa, tomar um banho, curtir um filme, jogar videogame ou apenas ficar em silêncio. Essa agitação... Todo esse aglomerado vem me irritando.

Porra!

Passo a mão em meus cabelos em um gesto nervoso. Estou exausto de toda essa merda. Estou cansado de não ter paz. Isso faz com que eu pareça um velho aos vinte e cinco anos? Talvez. Mas essa é a real. No início gostei da popularidade, de ser tratado com um semi Deus, porém as pessoas mudam e eu mudei.

A overdose e a internação do Justin me fizeram repensar muitas coisas que já vinham martelando pesado em minha cabeça. Eu tinha um milhão de pessoas à minha volta me bajulando. Contudo, quando precisei, ironicamente, foi ela que, mesmo me odiando, se abaixou e, de alguma forma, me apoiou.

Eu já me sentia um merda por tudo que tinha acontecido entre nós, mas naquela noite me senti muito pior.

Já faz quase três semanas do nosso beijo no pátio da faculdade. Passei dois anos me esgueirando entre os pilares do corredor para poder vê-la naquele canto afastado do campus. Algumas vezes estava estudando, atenta ou confusa. Em outras, ouvindo música com os seus fones de ouvido, com os olhos fechados; às vezes está apenas olhando para o nada. Eu me sentava entre as colunas e ficava a olhando, pois, mesmo de longe, ela me trazia paz.

Ela não sabe, contudo, de alguma maneira, aquele lugar era nosso. Eu sempre estive ali, mesmo que escondido.

Ano passado ela apresentou uma tese sobre fisioterapia desportiva e eu estava lá: sentado no último corredor de cadeiras, no alto da arquibancada. Ela falou sobre o assunto com uma segurança tão grande que me fazia sorrir a cada fim de frase sua. O jeito que explicou sobre os atletas serem humanos e precisarem de suporte constante, e até de um pré-diagnóstico de possíveis lesões, deixou-me... Não sei como me deixou, mas, caralho, isso só a tornava ainda mais perfeita.

Eu agia no escuro, como um idiota apaixonado, seguindo a garota por todos os cantos sem ninguém ver. Meu sentimento por ela era apenas meu e isso de certa forma me deixava feliz.

Agora não sei como me sentir.

Depois que a Priscila e o Andrew entraram na vida dela algo mudou. Fico imensamente feliz por não ser mais a garota triste e sozinha, por tê-los. O problema é que a partir do momento que começou a circular em festas, ela, obviamente, começou a ser notada. Como não olhar para ela?

Tenho vontade de quebrar a cara de cada filho da puta que a olha com cobiça ou de matar qualquer um que a toca. Mesmo que o toque seja no braço, eu... Porra! Não gosto nem de pensar.

Eu já tive ciúmes dela com o meu irmão.

Caralho, *com a porra do meu irmão* que tenho certeza de que é um dos caras mais confiáveis e decentes do mundo. É irracional a possessividade que sinto sobre ela. Não que eu tenha algum direito.

— Kane disse que a Pri vem — falo para Justin.

— Ele também me disse.

— E você não vai procurá-la? Tentar falar com ela?

— Ela está com Jamie.

— Até parece que se importa com isso. — Rio, empurrando seu ombro, ele sorri.

— Quando fiz merda pegando Paige enquanto estavam juntos, acredite, eu me importei. Era a garota *dele.* Mas Priscila não é dele, e os dois sabem disso.

— Porra! — brinco de novo. — Isso que é autoconfiança.

— Rolou muita química, cara. Não transamos, foi um beijo, mas, sinceramente, não preciso de mais do que isso para ter certeza de que o sexo e tudo mais entre nós seria incrível.

Entendo. E como entendo. Beijar a Taylor é melhor que ter um orgasmo com outra garota. Eu trocaria *todos* os orgasmos possíveis se isso significasse que um deles seria com ela.

— Você sabe que não precisa ficar cuidando de mim, né? — Justin diz. — Pare de bancar a babá e vá se divertir, caralho.

— E você deixe de ser chato, puta que pariu! — rebato.

Dessa vez é ele quem empurra o meu ombro rindo.

— Vem! — Levanto. — Preciso de uma água e de um analgésico. O treino foi foda hoje.

— Você já foi mais forte — ele fala já se levantando.

— Vá se foder, Justin — digo e ele ri.

Caminhamos em direção à cozinha. Sigo ignorando alguns olhares femininos e outros de caras que com certeza querem falar algo sobre os jogos.

— Saiam daqui agora. — Ouço a voz do meu irmão, parecendo bem irritado quando estou prestes a entrar na cozinha. Justin me olha e franze a sobrancelha, apressando o passo na minha frente. — Ou eu vou chamar os caras e vocês... — Ele para de falar assim que Justin entra na cozinha, comigo logo atrás.

A tensão se instala no ar. Justin desce os olhos até o pó branco posicionado em linha reta na bancada. E então, como se não tivesse visto nada, abre a geladeira, pega uma garrafa de água e sai. Kane o segue com o olhar, enquanto eu encaro os três garotos. Caminho ameaçadoramente até a ponta da mesa, abaixo-me e assopro com força, dispersando o pó. Os garotos se afastam da bancada, recuando.

— Quero vocês três fora dessa república. Agora — falo calmo, porém, com vontade de matar esses filhos da puta.

— Mano, isso é normal...

— Eu acho bom seguirem a ordem dele. — Reconheço o timbre de voz de Jamie. — As drogas foram banidas daqui assim que algumas coisas saíram de controle. Todos que frequentam a casa sabem disso e são espertos o suficiente para fazerem isso na *surdina*.

Um deles é o primeiro a se retirar, passando por mim sem me encarar, sendo seguido pelos outros dois. Jamie vem atrás até mim.

— Vou me formar feliz por saber que tudo vai ficar em suas mãos. — Jamie põe a mão em meu ombro. — No time você já tem o respeito dos caras. Aqui na república, vai precisar ser mais assustador, pelo menos até que saibam quem é que manda.

— Vou procurar Justin — digo ignorando o que acabou de falar.

— Não — Jamie fala —, dê um voto de confiança a ele. Isso não significa que não possa checar sem ser visto, só por preocupação.

Sorrio e apenas volto a assentir, saindo da cozinha.

Caminho em direção às escadas e, dessa vez, nem me dou ao trabalho de ser educado com ninguém. Subo e entro no corredor do nosso quarto. Chego perto do de Justin e já vejo a luz acesa. Mais perto, e disfarçadamente, coloco o rosto na porta, tentando escutar algo. Ouço-o mexer em algo e logo o som do mixer ligado, que desaparece rapidamente. Ele deve ter botado os fones. Vai compor. Respiro aliviado.

Por um momento, penso em ir para o meu quarto e fingir que essa festa não existe, então penso em Kane e no quanto estava irritado. Já que vê-lo dessa maneira é uma raridade, decido descer novamente para ver se está tudo bem.

Desço as escadas e quando vou entrar para a cozinha vejo Taylor, parada na frente do banheiro da escada, acredito que está esperando para usar. Ela se desequilibra mesmo parada e eu me aproximo por instinto.

— Tudo bem? — pergunto.

Ela me olha e, quando vê que sou eu, fecha a cara.

— Isso te interessa? — retruca e pela fala afetada percebo que está bêbada.

— Quanto você bebeu? — indago.

Ela dá de ombros e me faz um gesto, mandando sair.

— Não vou sair, eu moro aqui, lembra?

Olho para sua roupa. Um vestido justo, colado e curto. Porra. Cara, ela é gostosa. Gostosa pra caralho.

— Você não tem vergonha de me comer com os olhos sem nem disfarçar? — pergunta. — Pelo menos disfarça que gosta do que vê.

— E quem não gosta? — Amber fala saindo do banheiro.

Sério? Olha, puta que pariu! De tanta gente nessa merda de festa, tinha que ser Amber a estar ali?

— Você fica a cada dia mais linda — Amber diz, nitidamente seduzindo Taylor.

Eu não gosto. Não gosto *nada* disso. Taylor olha para Amber com as sobrancelhas franzidas, mas logo se vira para mim e sorri.

— Você tem bom gosto, no fim das contas — ironiza. — Dá para entender por que queria nós duas ao mesmo tempo.

Fico sério, não gostando do rumo da conversa.

Ela chega perto da Amber e passa os dedos por seu rosto.

— Taylor — chamo.

— Tudo bem, Brandon. Você vai gostar desse showzinho.

Ela leva as duas mãos ao rosto da líder de torcida e se aproxima. Amber sorri e puxa sua cintura fazendo com que os corpos das duas fiquem colados.

— Taylor — chamo de novo, mas ela não me ouve e beija Amber.

Ela beija Amber!

A cena não tem nada de excitante aos meus olhos e sinto as minhas mãos suarem. Eu posso jurar que algo embrulha o meu estômago, semelhante à náusea. Ver Taylor beijar outra pessoa é insuportável. Fecho os olhos, puxando uma respiração longa. Quando os abro, Amber as gira e encosta Taylor contra a parede, botando o joelho entre as pernas da loira.

E de repente é demais para mim.

Dou as costas para as duas, voltando a subir as escadas e ignorando algum dos caras do time que me chama. Caminho rápido pelo corredor, pegando a chave no bolso e abrindo a porta do meu quarto.

Quando entro, tranco, e então me sento na cama, sentindo-me atordoado. Boto a cabeça entre as mãos, ignorando o aperto em meu peito e o fato de que provavelmente Amber vai levar Taylor para a cama.

Vai transar com ela.

— Porra! — grito, nervoso.

Eu sabia que era a fim dela, isso estava claro, mas vê-la com outra pessoa foi dilacerante. E então me dou conta: Taylor roubou meu coração no momento em que nos beijamos naquela maldita roda-gigante. Ela entrou em meu sistema e me tomou por inteiro. E isso é a porra de uma tragédia. Somos como fogo e gasolina. Como um vulcão em erupção. E nada de bom pode sair disso.

Capítulo 12

Quando você estiver com dor
Quando você pensar que não aguenta mais
Não desista jamais
Up&Up — Coldplay

TAYLOR JONES

— Que risinhos são esses? — pergunto assim que Pri e Andy se sentam para comer.

— Galega, nossa bebê estava aos beijos no pátio. Pareceu cena de livro, o *bad boy* amassando a novinha na árvore.

Jogo a cabeça para trás e gargalho alto. Andrew não tem papas na língua e isso só me faz amá-lo ainda mais.

— Brandon está olhando para você — Pri diz.

— É impressão sua — murmuro, ajeitando a postura.

— Não é não — Andy confirma.

Dou de ombros e não olho na direção da mesa da Elite, que com certeza é onde ele está sentado.

— Você é realmente das bravas, hein?! — Andy torna a falar.

— O que vocês esperam? Que eu comece a flertar e combine uma transa por causa de um olhar? — Rio, irônica. — Para brincar no meu parquinho de novo ele vai ter que rebolar muito.

Pri e Andrew se olham em uma conversa silenciosa e quando voltam a olhar para mim, nego com a cabeça, respirando fundo, dando-me conta da confissão que acabei de fazer.

De novo. Merda.

— Vocês já transaram? — É Andy quem pergunta.

— Sim.

Na verdade, não, porém não quero prolongar a conversa.

— Foi bom, mas depois não foi — falo —, é complicado. Não é que eu não confie em vocês, é que é desagradável para mim.

— Tudo bem — Pri diz —, vamos no seu tempo. Quando se sentir confortável, conversamos sobre isso.

— Ele não devia ficar olhando — comento. — Ele não tem esse direito.

Almoçamos em um silêncio confortável, até que Pri volta a falar.
— Justin me convidou para sair sábado.
— Huuuummmmmm... — Andrew murmura.
— Já sabe aonde vão? — pergunto, animada.
— Acho que a uma pizzaria.
Andy e eu nos entreolhamos.
— Então não é só uma saidinha casual — digo sondando. — É um encontro.
— Deveria ficar triste por ele não sugerir sexo de primeira ou lisonjeada pelo convite para comer algo e nos conhecermos melhor? — pergunta.
— Eu ficaria triste, com certeza — Andy comenta e, dessa vez, somos eu e Pri a rirmos juntas. — Menina, se eu saísse com aquele loirinho tatuado que tem cara de bebê, daria. Daria muito! Seria um tal de me joga na parede, chão, sofá, tapete.
— O que tem o tapete? — Thiago pergunta, sentando-se ao seu lado.
Gargalho ainda mais alto, vendo Andrew perder a cor. Thiago e Andrew estão ficando desde a última festa que fomos, a mesma festa em que beijei Amber e depois fugi. Thiago franze a sobrancelha, divertido, e volta a perguntar:
— Vamos lá, querido. O que tem o tapete?
— Nada, Thi — ele diz e faz um gesto de dispensa com as mãos. — Estava só aqui rindo com as meninas.
— Sei — o roqueiro responde, estreitando os olhos.
— Justin convidou a Pri para sair.
— Andrew! — Pri repreende toda tímida.
— Sério? — Thiago questiona sorrindo.
— Por favor, finja que não sabe — minha amiga pede e logo volta a olhar feio para Andy.
— Ele vai guardar segredo — meu amigo diz.
— Claro que vou — o roqueiro se defende. — Vão ao ensaio da banda hoje? — ele pergunta olhando para o ficante, ou namorado, não sei.
— Sim. Vamos, né, meninas?
— Eu tenho prova amanhã, Andy. Foi mal — defendo-me.
— Tudo bem, doutora. Você eu deixo passar, mas você — ele aponta para Pri —, vai comigo.
— Posso fazer essa informação chegar até certo DJ — Thiago diz, casualmente.
— Para com isso, menino — Pri pede. — Não precisa.
— Precisa, sim. Adoro — Andy fala, fazendo o quase namorado sorrir.
Os dois engatam uma conversa sobre uma série, enquanto fico encantada olhando a interação. *Tão lindos*. Como pode alguém menosprezar esse tipo de amor? Alguém tipo o pai de Andrew. Espero que os dois consigam superar as adversidades, os preconceitos e possam ser felizes. *Juntos.*
Logo me lembro de ter beijado Amber. Era para ser uma provocação no Brandon. Sei lá. Nem eu entendo o motivo de ter feito aquilo, não

compreendo o propósito. Quando ela se empolgou, discretamente me afastei e quando meus olhos não o viram, soube que não curtiu. A verdade é que ele pareceu chateado só por eu chegar perto dela. Bom, eles ficam direto, então talvez tenha sentido ciúmes e não o julgo por isso.

Suspiro.

Ainda que admitir que eu queria que ele sentisse ciúmes de mim me faça uma idiota, essa é a mais pura verdade. Eu nunca o esqueci e não é como se isso fosse amor, mas, de alguma forma, gosto dele. O que Brandon me falou depois daquele beijo no gramado mexeu comigo de uma maneira que não consigo explicar. Venho tentando de todas as formas não estar no mesmo local que ele, justamente porque não sei lidar com a sua presença. Ele me irrita na mesma proporção em que me atrai e isso é confuso demais.

A verdade é que eu não tenho prova amanhã, só arrumei um pretexto para não o encontrar. Ao mesmo tempo em que quero estar na presença de Brandon, também não quero. Então fico irritada e começo a agir como se estivesse na adolescência. Ser grossa, sarcástica e irônica é a única forma que encontrei de lidar com essa situação.

É tudo confuso. Sinto-me constantemente angustiada, principalmente quando me lembro do porquê de ele ter se aproximado de mim há dois anos.

Humilhada.

Usada.

Minha mãe sempre me disse que quando eu gostasse do homem certo, sentiria leveza e segurança. Contudo, quando penso no Brandon, as palavras que veem à minha mente são mentira e caos.

É isso que ele faz, ele traz o caos para a minha vida.

— Sua comida vai esfriar — Andy diz, tirando-me dos meus próprios pensamentos e me lembrando de voltar a comer.

Capítulo 13

É perigoso se apaixonar
Mas eu quero queimar com você esta noite
Me machuque
Fire Meet Gasoline — Sia

BRANDON DAVIS

Tudo parece estar diferente.

Em uma rara quinta-feira, estamos todos juntos na sala da república. Jamie se mudou de volta um dia após a conversa dele com Justin, o que significa que agora eu e meu irmão dividimos um quarto. Justin e Kane disseram que poderiam dividir um quarto para eu poder continuar sozinho, em função da minha rotina de treinos, mas neguei e disse que Kane não incomoda, o que realmente é verdade. Meu irmão é extrovertido, porém, em seu espaço pessoal, é um dos mais silenciosos da casa. Irônico para um roqueiro, não? No entanto é a mais pura verdade. Ele sempre foi muito de boa.

Alguns caras do time estão nos sofás e outros no tapete no chão. É sempre agradável estar com eles. As provocações são as mais variadas possíveis, em meio às bebidas, petiscos e jogos de videogame. Além disso, Justin e Pri engataram em algo sério. Parece que ainda não foi definido um rótulo, mas meu primo está de quatro pela brasileirinha, o que significa que em breve deixará claro que quer namorar. E isso me leva a Taylor.

Cara, é engraçado como o destino é um grande filho da puta. Eu fui um babaca lá trás, admito. Fiquei observando-a na surdina como pude durante dois anos e então, de repente, meu primo se envolve com a melhor amiga dela e começamos a ter contato com frequência.

E o que acontece? Ganho um chute no saco. Roubo um beijo. Uma mordida que por pouco não corta o meu lábio. Levo um tapa na cara. Depois, ela beija Amber na minha frente. Gargalho sozinho, atraindo atenção de um dos caras, que me olha estranho.

É, o chute no saco doeu pra caralho. Puta merda, doeu mesmo. O tapa fez um barulho muito alto, porém mais me assustou o som do que o ardor e sensação de queimação, que passaram logo depois.

O que realmente me quebrou foi ela pedir por favor para que eu me afastasse e depois, como se quisesse fechar com chave de ouro seu pedido, beijou a Amber. Então, afastar-me é o que venho tentando fazer. Juro.

— Bê — Carl me chama. — Vamos! — Joga o controle que pego ar. — Você vai levar uma surra.

E talvez eu leve mesmo.

— E então disse que não iria rolar mais — meu irmão conta.

— Não vai rolar mais porque ela se envolveu e você não? — pergunto.

— Sim! Dá pra acreditar? Quando encontro uma menina maneira, que se envolve afetivamente, eu não sinto nada. Cara, é uma merda. Tudo que quero é encontrar alguém legal, namorar e ficar na minha. Isso aconteceu e eu não consigo sentir mais que atração física — diz, indignado, fazendo-me rir.

— Isso é normal, mano.

— Não me conformo — ele torna a falar, fazendo-me rir ainda mais.

Dou seta e estaciono em frente à casa dos meninos da banda, onde geralmente são os ensaios. Descemos e caminhamos em direção à garagem, de longe já os vejo bebendo e fumando narguilé. Justin está sentado na poltrona com a Pri em seu colo e ao lado, no sofá, está *ela*.

— *Cheguei, galera*! — Meu irmão grita como se fosse o rei do local.

Talvez seja.

— Fala sério — Taylor murmura, reclamando, quando me sento ao seu lado.

— Oi, Pri — cumprimento e então olho para a loirinha ao meu lado. — Oi, amor.

Ela me encara por alguns segundos, até, simplesmente, olhar para frente, ignorando-me por completo. Olho para ela, franzindo a sobrancelha. Eu me afastei, como foi pedido, custava pelo menos dizer "oi"?

Qualquer provocação ou xingamento é definitivamente melhor do que ser ignorado. Justin me olha e vejo o pedido silencioso para que fique na minha, deixar as coisas como estão. Desvio o olhar, voltando a observar a loira que continua fazendo questão de estar alheia à minha presença.

Mas que porra?!

Kane testa o microfone e logo eles começam a ensaiar. De novo, quando ele começa a cantar, parece enfeitiçar todos à sua volta. Priscila e Taylor também olham para ele, inebriadas. A voz rouca e os seus movimentos envolvem a todos em uma aura sexual palpável.

Faço uma última tentativa, tentando me espreguiçar e estico o braço, passando por trás da Taylor. Não toco o seu ombro, mas faço questão de que perceba o contato do meu braço roçando no pescoço dela.

Nada.

A garota não faz nenhum gesto corporal que mostre reconhecimento ao meu toque, nem para de cantar baixinho ou encarar o meu irmão cantando. Fico irritado, porém as músicas vão passando e me acalmo. Vou conversar com ela, com certeza vou. Priscila ri e repreende o Justin, que fala algo em seu ouvido e ganha um tapa.

— Tudo bem aí, casal? — questiono e mando um olhar para o meu primo que diz "*eu sei o que está fazendo*".

— Eles não têm culpa da sua vida sexual ser tão empolgante quanto um café gelado. Deixe que aproveitem — Taylor adverte.

— Ah, para falar merda você reconhece a minha presença? — respondo.

— A merda é a sua presença.

— Se quer abalar meu ego, vai precisar de mais, loirinha.

— Seu ego me importa tanto quanto. — Ela finge pensar, então olha para mim e sorri. — Nada. Isso, nada. Uma boa definição do que você é para mim. Nada. — Ela faz questão de repetir.

Nada. Ignoro a porra do aperto que sinto no peito. Eu me recomponho rápido, se ela acha que é assim que tem que ser, que temos que agir como duas crianças mimadas, é isso que ela terá.

—Taylor — começo —, ou você é rancorosa pra caralho ou tem um amor encubado por mim.

— Querido, a única coisa encubada aqui é o tamanho do seu pau.

Pau que você não conhece, que você nunca viu. Contenho essas palavras e, então, decido ser ácido. Dois podem jogar esse jogo.

— Engraçado — volto a falar —, quando você chupou e rebolou não me lembro de ter reclamado.

De início, ela fica momentaneamente chocada, já que tais fatos *nunca* aconteceram.

— Devia estar me tocando nas duas vezes, é a única explicação plausível para a mínima demonstração de tesão que eu tenha tido — ela responde, afiada.

— Na verdade, eu estava te tocando enquanto te comia.

Continuo, irritado e de saco cheio.

— É... — Ela não se abala. — Talvez seus dedos tenham feito um trabalho melhor que o resto do seu corpo.

— Porra — Thiago murmura de algum canto da garagem.

— Então... — Kane fala, tentando quebrar o clima, e só agora percebo que a música parou.

— Então devo te lembrar que você também gozou na minha boca — falo ácido.

— Sério? — ela pergunta e ri. — Foi mal, *bonitinho,* mas não parece ter sido tão bom assim, já que não lembro.

Sinto todo o sangue do meu corpo subir para o meu rosto. Rejeitado e humilhado: é assim que me sinto. Ela acabou de fazer comigo exatamente o que minha mãe biológica fez.

— Mano — Kane me chama. Não consigo tirar os olhos de Taylor, encarando e sendo retribuído com louvor por ela, que parece não piscar. — Brandon! — Kane fala mais alto.

Devagar, viro o rosto vendo meu irmão.

— O delivery só dá ocupado, vamos precisar ir lá para pedir as pizzas.

Assinto e me levanto, caminhando pela garagem sem olhar para trás, ouvindo Kane atrás de mim.

Entro no carro e respiro fundo, tentando me acalmar. Kane desce, dá a volta e abre a porta do motorista.

— Vai para o banco do carona. Eu dirijo.

Não discuto, apenas passo pelo console e me sento no banco do carona. Ele liga o carro, olha pelo retrovisor e vai em direção à pizzaria, onde desce e faz os pedidos sem me chamar. Está me dando espaço, porém isso muda assim que volta para o carro.

— Mais calmo? — pergunta.

— Sim.

— O que está rolando, Bê? — questiona. — Que cena ridícula foi aquela? Cara, parece coisa de adolescente no colegial. Diálogo totalmente desnecessário.

Respiro fundo e fecho os olhos, encostando a cabeça no banco do carro.

— Se você quer a atenção dela, não é assim que vai ter.

— Kane — falo, ainda na mesma posição —, quem faz questão de falar merda ou me humilhar na frente de todo mundo é ela. Obviamente ainda não me perdoou pelo que rolou há dois anos, mas eu já pedi desculpa. Fui sincero, expliquei a situação... Não sei mais o que fazer.

— Parar de agir como um babaca é um bom começo.

Abro olhos e me viro para ele.

— Não é sempre que vou curtir e levar numa boa virar motivo de chacota para todos.

— Nossos pais te criaram bem, mano. Se ela não consegue te perdoar mesmo você tentando, talvez seja ela que não te mereça.

A questão não é merecer. O problema está em eu gostar dela. Porra, realmente gosto dela.

O destino é um filho da puta do caralho! As coisas sempre se repetem como um looping na minha vida. Primeiro minha mãe abandona meu pai e eu de uma hora para outra e nos deixa na merda. Meu pai se virou em vinte para me criar e quando ele começou a namorar Margot, que é quem realmente considero minha mãe, eu a amei no momento em que a vi. Junto a ela veio o Kane, meu irmão. Não sei como é ter um irmão de sangue, o que eu sei é que o amor que tenho pelo Kane ultrapassa qualquer explicação biológica. Desde então, somos uma família, e eu até tinha me esquecido da mulher que me gerou.

Até os novos caseiros serem contratados e com eles vir a filha: a Hope. Eu bati o olho e me apaixonei pela menina. Era um moleque que nem sabia de verdade o que era gostar. Foi uma merda vê-la se envolver com John, irmão do Justin, meu primo. Quando ele faleceu, continuei a nutrir alguma paixãozinha platônica por ela, até que alguns anos depois comecei a observá-la olhando diferente para Kane. Outra vez me senti rejeitado.

Eles eram melhores amigos e viviam grudados, porém ele simplesmente não percebia que a garota era a fim dele. O que eu fiz? Comecei a aproveitar a vida. Saí com mais garotas que pude contar e foi bom. Eu e

Justin temos muitas histórias dessa época. Em seguida, entramos na faculdade, um mês depois fiquei com a Amber e então a Taylor. E, bom, o resto vem se desenrolando até hoje.

Isso não me impediu de continuar aproveitando nos últimos dois anos. Meu problema é que agora, com ela realmente por perto, tudo tem se tornado difícil e já não consigo mais fingir indiferença à sua presença.

Acredito que se passa quase uma hora até voltarmos para a garagem. Eu volto a tentar de todas as formas não a olhar, no entanto, quando dou uma olhada furtiva, vejo a vermelhidão em volta dos seus olhos inchados e dos cílios ainda molhados, deixando claro que ela chorou. E isso acaba comigo.

Até tento comer pizza, mas não desce. Então Kane percebe e me convida para irmos embora, levando algumas fatias para comermos em casa. Ele volta a dirigir e o caminho é feito em silêncio. No nosso quarto, ele come, eu não. Apenas deito e espero o sono chegar, para me fazer esquecer a merda que foi essa noite.

Capítulo 14

Eu sei que é demais, mas é verdade
Quero te abraçar quando eu não devo
Quando estou deitada do lado de outra pessoa
Você está grudado na minha cabeça e não consigo te tirar
Back To You — Selena Gomez

TAYLOR JONES

Vejo a Pri se arrumar e então olho novamente para as minhas roupas: calça jeans, tênis esportivo e moletom branco; cabelo preso em um rabo de cavalo e nada de maquiagem. Não estou no clima para me arrumar, muito menos estava no clima para ir a essa resenha na casa de fraternidade dos meninos e dele.

Quarta-feira passada foi uma merda. Eu imaginava que ele iria ao ensaio, já que o irmão dele é o vocalista, porém não contava que a noite terminaria daquela forma. Quando ele se sentou ao meu lado, tentei de todas as formas possíveis ignorar a sua presença, mesmo com cada célula do meu corpo ciente dele ali, muito próximo a mim. Então, em uma troca de farpas, fui além do normal, ele respondeu à altura e tudo virou um caos.

Quando ele se levantou para ir à pizzaria com Kane, fui para o banheiro e chorei. Chorei porque, meu Deus, como cheguei ao ponto de discutir daquela forma em frente a todos? Uma discussão ridícula, baseada em mentiras.

Parece que tudo que nos envolve acaba assim: com mentiras.

É bem irônico ter uma discussão com base em ofensas sexuais quando na verdade nunca fizemos sexo, não? Somos horríveis juntos. Basta estarmos perto um do outro para que as coisas saiam dos eixos e se tornem uma confusão.

A Pri e o Andy estavam me esperando fora do banheiro, e quando vi os dois, chorei ainda mais. Fomos para o quarto do Thiago e ficamos um tempo por lá, até que eu estivesse mais calma. Desde então, não olho na cara dele e, pelo que percebo, ele também não faz questão de interagirmos.

Não saí no fim de semana porque queria evitar qualquer tipo de encontro. Nesse meio tempo, Nicky, um dos meninos do time, me seguiu em uma rede social e estamos conversando. Ele parece um garoto legal. Eu não queria ir hoje, porém cheguei à conclusão de que fugir é pior e de que Brandon não vale nenhum esforço meu.

— Se você não estiver confortável, você não precisa ir — Pri fala.

— Estou bem, Pri. — Então mudo de assunto: — Nicky é um amor.

— O carinha do time? — pergunta.

— Pode ser que role algo. — Dou de ombros.

— Ele vai ter sorte se rolar — afirma, fazendo-me rir.

Minha vontade de beijar na boca hoje é zero, mas não digo isso a ela.

— Andrew está lá embaixo — digo, vendo sua mensagem.

Logo saímos do quarto, descemos as escadas e vamos para o pátio, indo em direção ao carro de Thiago. A cada dia que passa o lance dos dois fica ainda mais firme. Eu amo vê-los juntos. No caminho para a fraternidade, Andrew fala sem parar, fazendo-nos rir a cada frase, o que até melhora o meu estado de espírito.

Quando chegamos, respiro fundo, sentindo-me melhor, porém me preparando para estar na presença de Brandon. Justin abre a porta, dando um beijão cinematográfico em Pri, fazendo todos baterem palmas. Coitada, fica vermelha feito um tomate. Eles também são lindos juntos. Fico muito feliz por meus amigos terem encontrado pessoas que valham a pena.

— Ei, gatinha — Nicky me chama e eu sorrio.

Ele me abraça me deixando sentir o cheiro do seu perfume e não, não pode ser.

É o mesmo cheiro do Brandon.

— Oi — digo, desconfortável.

— Quer beber algo? — Pergunta, já me puxando para o meio da sala.

— Claro — respondo. — Pode ser uma cerveja.

— Vem, vamos buscar uma cerveja para você.

Ele segura a minha mão, puxando-me em direção à cozinha, e é aí que eu o vejo. Em uma mesa daquelas altas, com quatro cadeiras, estão Jamie, Paige, Amber e ele. Brandon tem o olhar fixo em minhas mãos unidas com as de Nicky e a expressão séria. Quando percebo que seus olhos começam a subir, desvio o olhar. Não quero encará-lo. Nicky me dá uma cerveja e fala sobre assuntos aleatórios, ele é legal, só que... Sei lá. Parece forçado. Uma mesa de sinuca está vaga e ele pergunta se jogo. Não é como se eu fosse ótima, mas até que dou para o gasto.

— Ei, Justin — Nicky o chama. — Uma partida de sinuca?

— Você e mais quantos? — Justin pergunta, divertido.

— Você com a sua garota — Nicky responde e então me abraça pelos ombros —, e eu com essa deusa aqui. — Pisca para mim.

Justin olha para Pri em um questionamento silencioso. Em resposta, ela se levanta e pega na sua mão.

Eles perderam de lavada.

Justin é bom, já Pri é um desastre. Todas as tentativas foram em vão, as únicas vezes em que ela pontuou, ainda foi a nosso favor. Pensava que não jogava bem, porém sou melhor que Nick, o que fez com que perdessem três vezes de uma forma vergonhosa. Justin só achava tudo engraçado e não parecia se importar com o fato de a namorada não levar jeito para a coisa, e isso me fez aprová-lo ainda mais.

Depois disso, todos seguimos para o sofá. Nicky foi super atencioso em todos os momentos, pegou petisco para mim e me fez sorrir com histórias bobas. Lógico que eu estava ciente de Brandon com Amber pendurada em seu pescoço, *como sempre*, na mesma mesa em que estavam quando cheguei.

— Hora de começar a festa! — Kane grita com uma garrafa de tequila e um saco do que parecem ser copinhos plásticos pequenos, tipo aqueles que se usam para tomar café.

Alguns dos rapazes e das meninas se aproximam, formando, aparentemente, uma roda.

— Vamos lá! — ele incentiva.

Dou de ombros e digo que topo, Nicky sorri e nos levantamos, indo nos sentar na roda. Assim que nos sentamos, Brandon diz que topa e se senta bem na minha frente. Fico imediatamente irritada. É isso que ele faz: irrita-me pelo simples fato de existir.

Jamie e Paige sobem. Em seguida, Pri e Justin fazem o mesmo e, quando passam por nós, alguns vaiam de brincadeira, fazendo Justin sorrir e mostrar o dedo do meio. Thiago e Andrew se mantêm na sala, mas não na brincadeira, e eu acho isso muito fofo.

— Eu começo — Kane diz.

Ele põe a garrafa no meio e gira. A garrafa para em um garoto loiro e em Amber.

— Verdade ou consequência? — ele pergunta.

Puxo Nicky para falar em seu ouvido.

— Se é verdade ou consequência, para que a bebida?

— Kane mistura as dinâmicas. Você vai ver um pouco de verdade e consequência, um pouco de eu nunca e até de sete minutos no céu.

Apenas dou uma risada nervosa, voltando a ficar ereta. Merda, por que aceitei participar?

— Consequência — ela responde.

— Faça um body shot no Carl.

— Onde? — ela pergunta sem nem pensar.

— No abdômen.

Ela levanta e o tal Carl parece olhar meio apavorado para Brandon, que ri e dá de ombros como se não se importasse.

Então Carl levanta, tira o moletom e a camiseta, mostrando o abdômen definido com quatro gominhos; *uma boa visão*.

— Você vai precisar deitar, não tenho como lamber o sal com você de pé.

Todos incentivam e o coitado fica vermelho de vergonha. Ele deita no meio da roda, Amber pega um limão e põe entre os lábios dele, que fica ainda mais sem jeito, fazendo-me rir. Em seguida, despeja sal no abdômen do garoto, fazendo uma carreira, e pega um copinho de tequila que o Kane estende em sua direção. Ela abaixa a cabeça e lambe o sal sem pudor algum, então toma a dose, virando de uma vez só, logo depois pega o pedaço de limão com a boca. Alguns batem palma, outros gritam.

Eu sempre soube que ela era maluca. Quando ficamos, no início da faculdade, Amber era bem ousada. Foi ela quem me beijou e era sempre ela que queria transar. Contudo, não imaginava que fosse tão desinibida e isso nem é uma ofensa. Ela realmente aproveita o momento. A garota pisca para Carl e se levanta, voltando a sentar do lado do Brandon, que não perece ter se importado com a cena.

— É minha vez? — ela pergunta.

E então começam várias rodadas. É tudo muito divertido, até a garrafa parar com o lado contrário para mim.

— Até que enfim parou em alguém que ainda não participou — o garoto fala e eu sorrio, com medo do que vem a seguir. — Verdade ou consequência?

— Consequência. — É bem melhor que ter que responder uma verdade sobre algo pessoal, sempre pensei isso no colégio.

— Sete minutos no céu com... — Ele olha em volta. *Que não seja o Brandon, que não seja o Brandon, que não seja o Brandon.* — Com o nosso quarterback, já que ele também não participou ainda.

Brandon nem pensa e se levanta. Fico sentada, sem saber direito como agir.

— Vai dar para trás? — o garoto pergunta.

— Não. — Levanto-me.

Eu jamais daria esse motivo para que Brandon me achasse ainda mais fraca. Nunca. Nem pensar. Eu o sigo até o banheiro de baixo da escada, o mesmo em que eu e Amber nos beijamos. Quando estou dentro, ouço passarem a tranca.

— Só abro quando os minutos passarem — o garoto diz do lado de fora.

Brandon está encostado na bancada da pia de braços cruzados e, de repente, o lugar parece pequeno demais para os seus um metro e noventa e tantos.

— Está ficando com Nickolas? — pergunta sem rodeios.

— Isso te interessa?

— Se estou perguntando, com certeza, sim.

— Eu quis dizer que não te interessa.

Ele balança a cabeça em negação e continua me encarando.

— Eu errei, Taylor. Não acho que posso ser condenado por ter vontade de transar com duas garotas. Eu queria mesmo. Mas aí te conheci e as coisas mudaram, não premeditei nada e você me trata como se eu fosse um mau caráter.

— Fique você com sua consciência. — Dou de ombros.

— Você diz que sou um mentiroso, mas é tanto quanto eu. Fica irritada perto de mim porque quer me beijar e me deseja na mesma proporção que eu te desejo.

— Pense o que quiser. — Tento passar confiança na minha voz.

— Essa consequência serve para duas pessoas se beijarem. Se eu te beijar agora, você não vai sentir nada? — rebate.

— Vai ser apenas mais uma boca — falo mais para mim do que para ele.

Ele desgruda os braços e com um passo está à minha frente. Brandon segura a minha cintura e me levanta, logo colando seu corpo ao meu. Ponho as mãos em seus ombros, com medo de cair e ele percebe.

— Eu não vou te deixar cair, loirinha — murmura tão perto da minha boca que sinto seu hálito quente. — Agora, paga a sua consequência, já que isso não é nada demais. Só mais uma boca, não?

Vejo seus olhos de perto, incapaz de não contemplar sua beleza. Ele é *tão* lindo. Engulo em seco, botando as mãos em seu rosto e acabando com a pouca distância entre nós. Apenas um gesto meu e ele toma o controle, exigindo espaço na minha boca com sua língua.

O beijo é exigente, duro. Nossas bocas se chocam e, através do contato, demonstramos um ao outro o que sentimos.

Mágoa. Raiva. Ódio. Desejo e algo mais...

Ele desce as mãos, espalmando-as na minha bunda e apertando. Uma, duas, três vezes, até ajeitar-se e encaixar seu volume entre as minhas pernas. Não consigo evitar o gemido pelo contato, fazendo-o rosnar e sugar meu lábio com força. Sua boca sai da minha e vai para o meu pescoço. Abro os olhos, sentindo-me tonta. É tudo tão intenso, grosseiro e mágico.

A forma como me toca, como me beija, como chupa e lambe meu pescoço me deixa perdida. Alucinada.

— Eu não consigo parar de pensar em como seria ter a minha língua entre as suas pernas — ele fala, roçando a boca contra o meu ouvido. — Eu daria tudo para poder chupar essa bocetinha. — Morde a ponta da minha orelha e eu arfo. — Não consigo esquecer a sensação que foi ter meus dedos dentro de você e do quanto estava melada para mim.

— Brandon... — digo sem saber ao certo o que quero dizer.

— Eu te chuparia até você gozar e depois que gozasse, não sobraria uma gota, porque eu tomaria tudo e exigiria mais.

Encosto a cabeça na parede, como se isso fosse me trazer algum equilíbrio. Ele mexe os quadris, imitando movimentos lentos de vai e vem, e eu mordo o lábio com força para não gemer.

— Olha como você me deixa, se soubesse o quanto já gozei batendo uma pensando em você nós últimos dois anos. — Ele lambe meu pescoço. — Porra, Taylor, eu...

Batem à porta, assustando-me. Abafo um grito de susto, tapando a boca com a mão. Brandon tira uma das suas mãos da minha bunda e bate de volta na porta, chamando atenção de quem está lá fora.

— Vaza! — ele grita.

— Já deu os... — o garoto começa a falar, mas Brandon o corta:

— Eu disse para sair!

O garoto não destranca a porta, apenas joga a chave pela fresta dela. Brandon volta a me olhar, parecendo vulnerável, como eu nunca vi.

— Esquece Nickolas e essa merda de jogo, vamos para meu quarto. Me deixe conhecer você.

— Você quer transar comigo?

— Eu sempre quis e provavelmente sempre vou querer, mas isso não é sobre sexo. Vamos...

Busco todo autocontrole do fundo do meu ser.

— Não.

— Mas...

— Eu disse não. Me põe no chão.

No mesmo momento e com cuidado, ele me põe no chão e me surpreendo ao sentir como minhas pernas estão bambas. Ele se afasta e passa as mãos nos cabelos enquanto ajeito a minha roupa logo me abaixando e pegando a chave.

— Você vai continuar insistindo nisso — diz.

— Nisso o quê? — pergunto com a voz baixa.

— Em ignorar isso. — Aponta de mim para ele.

— Não existe nada aqui — respondo, firme.

Ele dá uma risada seca.

— Boa sorte em se convencer disso. — Ele dá mais um passo para frente. — Espero que hoje, enquanto estiver com Nickolas, se lembre de como o beijo dele não é como meu, ou de como os toques dele não têm o efeito que eu consigo só com a minha voz. — Ele chega mais perto e me encara. — Lembre também que vou estar transando com outra, única e exclusivamente porque você me jogou para os braços dela. Espero que ficar com ele seja uma merda. — Afasta-se e ajeita a postura. — Abra a porta, por favor!

Só então me lembro de que estou com a chave na mão. Viro-me e abro a porta, trêmula pelo efeito dele ou de suas palavras. Quando saio, caminho como posso de volta à sala e ele apressa o passo, passando na minha frente.

— Amber — ele chama alto, parando na ponta da escada. Continuo caminhando para onde estava, ao lado de Nickolas. — Vem — demanda e ela sorri para ele, falando para o pessoal da roda sobre "agora que a brincadeira vai realmente começar". Alguns riem.

Eu sinto vontade de vomitar.

— Vocês demoraram — Nickolas diz.

Olho para Andrew na ponta da sala que me encara em um questionamento silencioso, apenas nego com a cabeça.

— A porta emperrou — invento uma desculpa ridícula que com certeza ele não acredita, mas finge acreditar. — Acho que já vou indo, amanhã trabalho cedo — minto já que amanhã é o meu sábado de folga.

— Levo você — avisa, já levantando e eu mal tenho forças para negar.

Como Brandon disse, ficar com Nicky foi uma merda. Não porque ele beija mal, mas porque em nenhum momento consegui me esquecer do que rolou no banheiro. E quando as coisas "esquentaram", deixei que ele me tocasse e foi horrível. Não senti nada. Então o afastei, falei que não estava no clima e sai do carro. Entrei no alojamento e tomei um banho, como se isso fosse me fazer esquecer tudo, contudo não fez.

E, enquanto eu esperava o sono vir, deitada na cama, só conseguia lembrar que Brandon estava com ela, e de como isso me deixava absurdamente triste.

Capítulo 15

Desculpe, sim, sinto muito
Sou ruim no amor, não sou boa nisso
Mas não posso dizer que sou inocente
Tell Me You Love Me — Demi Lovato

BRANDON DAVIS

Mudo de canal outra vez. Nada que passa na televisão chama a minha atenção. Hoje é sábado e estou deitado às dez da noite, pois amanhã de manhã temos um jogo importante, a semifinal. Preciso estar focado, porque meu desempenho é essencial para o sucesso da partida. O problema é que foco é o que menos tenho no momento.

Duas semanas se passaram desde aquela merda de jogo que me levou para o banheiro com Taylor. Duas malditas semanas e só consigo pensar nas suas palavras e no seu desprezo. Fiz questão de chamar Amber e realmente transei com ela, mas em nenhum minuto sequer foi nela que pensei e isso só me fez me sentir ainda pior. Realmente sou um escroto.

Taylor me tem aos seus pés e nem sabe disso.

Se pelo menos deixasse eu me aproximar e mostrar que sou muito mais que o cara que ela acha que conhece, mas ela não deixa e me confunde, porque em alguns momentos parece sentir algo e em outros, só vejo um monte de *nada.* Como se eu não fosse *nada.*

Hoje Justin vai tocar pela primeira vez na Impire desde que está de volta. É um momento importante para ele e queria muito estar ao seu lado, porém realmente preciso estar inteiro para amanhã. Kane foi com ele, com eles. Priscila e Taylor também foram.

Vi nas fotos que ela postou o quanto está linda. O que me consola um pouco é que sei que o meu irmão vai ser empata foda e assustador o suficiente para manter qualquer homem longe.

Como se isso me adiantasse de alguma coisa.

Depois daquele jogo, ela foi embora com Nickolas, Kane me contou. Na segunda, juro que tive medo de ver os dois juntos, mas, seja lá o que tenha rolado entre eles, acabou sem nem ter começado. E eu não poderia estar mais feliz com isso. Desde aquela noite também não fico mais com a Amber, pelo simples fato de não ter vontade. Meu celular toca, uma mensagem de Jamie, como se o seu quarto não fosse no fim do corredor.

Vá dormir, quarterback, preciso de
você descansado amanhã.

Apenas respondo com um emoji e decido escutar seu conselho.

Estou todo quebrado e cansado em um nível que nem consigo definir. Ainda assim, aceitei vir à pizzaria, pois os domingos à noite costumam ser sagrados e seguem a mesma tradição desde que Kane entrou na faculdade. Como durante o ano passado inteiro fomos só nós dois, agora que Justin está conosco é que meu irmão não abre mão da programação. No entanto, hoje temos duas novas integrantes.

— Cara, você vai explodir — Justin fala a Kane.

— Claro que não — ele responde.

Justin e eu olhamos para as bordas dos pedaços de pizza descartadas em um prato em frente ao seu, Priscila ri baixinho.

— O que foi, bebê? — o roqueiro pergunta olhando para ela. — Tem descarte de vocês aqui também. Mas, se quer saber, penso que comi umas dezesseis fatias.

— Acho que já chega, cara — falo e tomo um gole da sua água. Sim, eu como pizza e acompanho com água. Furar a dieta beleza, mas tomar refrigerante já seria demais. Ninguém retrucou, porém sei que também acham isso algo sem sentido. — Depois sou eu quem te atura passando mal — afirmo.

— Só vou comer mais uma, estou esperando a de banana nevada — meu irmão responde.

— Eu também — Taylor murmura ao lado da Pri enquanto corta um pedaço em seu prato.

— Você tem três fatias aí ainda — comento, mas como sempre ela me leva a mal.

— Pedi sua opinião? — Devolve.

— Você costuma ser mais gentil quando estamos sozinhos — retruco, pois é verdade. Ainda que sempre tenhamos desentendimentos quando estamos a sós, ela não me ignora.

A mesa cai em um silêncio.

— Talvez seja porque sua boca sempre esteve ocupada e eu não precisava lidar com o seu papo chato.

Sorrio de lado, inclinando-me para frente. Se ela vai continuar com esse papinho de insinuar coisas que não existiram, posso fazer o mesmo.

— Você gosta da minha boca ocupada.

— Talvez eu prefira a do seu irmão.

O quê?!

Meu sorriso morre, endireito-me à mesa e Kane parece levar alguns segundos para entender o que ela quis dizer. Justin também fica tenso.

— Eu nunca toquei em você, Taylor — meu irmão fala finalmente.

E ainda que tivesse certeza de que isso era uma provocação, sinto-me aliviado ao ouvir essas palavras.

— Não coloque o meu irmão no meio disso — falo por fim.

— Foi uma brincadeira, eu não uso as pessoas. — Larga o garfo e me encara. — Não sou como você.

Eu juro que a minha vontade é pegar essa garota, jogar nas minhas costas como um homem das cavernas e carregá-la para longe daqui, para qualquer lugar em que pudéssemos ficar sozinhos. Eu a foderia com tudo de mim e a faria engolir cada insulto que me faz. Seria deslumbrante vê-la implorar para gozar. Ainda assim, controlo-me. Não esboço nenhuma reação, apenas viro o rosto, sentindo minha expressão suavizar conforme falo com Justin.

— Vai tocar frequentemente na Impire, então?

— Um sábado sim, um não. — Ele abre um sorriso sem jeito, ainda contagiado pelo clima constrangedor que eu e Taylor sempre causamos quando estamos perto um do outro. — Ele me ofereceu uma quantia considerável, de qualquer forma, preciso trabalhar. Ele vai dividir a sala grande que usa como camarim em três, isso foi foda da parte dele — Justin completa.

Kane faz um barulho com a língua.

— Sem pornô gratuito para nós.

— Como assim? — pergunto sorrindo para meu irmão.

— O cara estava comendo a menina contra a parede para geral ver — fala, meio chocado, fazendo-me gargalhar.

O movimento faz meu rosto machucado protestar de dor e eu coloco a mão no local por instinto.

— Vai precisar de gelo — Justin avisa.

— É. Estou acostumado, de qualquer maneira.

Depois disso, a fatia de banana nevada esperada por eles chega e, quando terminam de comer, vamos embora. Kane dirige, pois estou com cada parte do meu corpo doído e agradeço muito por amanhã ter a manhã livre, sem treinos, para dormir até tarde e descansar meu corpo.

Mal sabia eu que uma tempestade estava armada e prestes a chegar.

Capítulo 16

O que é irônico, porque quando eu não fui honesta
Eu ainda estava sendo ignorada (implorando por atenção, apenas para ser negligenciada)
Agora estamos alienados
Getting Older — Billie Eilish

TAYLOR JONES

— Andy, eu não sei você lembra, mas eu estou em aula — falo assim que atendo o telefone quando saio da sala.

— Tay, é Thiago. — Paro ficando imediatamente em alerta. — O ex da Pri apareceu, Justin e ele tiveram uma briga — ele suspira —, Justin foi para a reitoria, e estamos com a Pri no quarto de vocês.

— Estou indo para aí.

Volto para a sala e pego minhas coisas, saindo novamente. O olhar que o professor me manda deixa claro que não está gostando nenhum pouco da situação, mas que se foda, é uma emergência. Caminho tão rápido quanto consigo e mais de vinte minutos depois consigo chegar ao alojamento.

Pri está deitada e, ao que parece, Andrew deu um calmante para ela. Ele me diz que já conversou com os pais dela e eles estão a caminho, devem chegar amanhã. Eu dispenso Andy e Thi, dizendo que posso cuidar dela. Troco de roupa e me deito ao seu lado.

— Amiga — fala meio grogue dos remédios —, foi horrível.

— Descansa agora, Pri. Estou aqui. Sempre estarei

Nós nos abraçamos e, junto a ela, eu também acabo adormecendo.

A frase "nada é tão ruim que não possa piorar" nunca fez tanto sentido.

— Quando Justin vir isso vai pirar — Brandon diz ao meu lado.

O caso é tão extremo que ele se sentou ao meu lado e eu nem me irritei ou impliquei com isso.

— Esse ex dela é um filho da puta mimado. Além de soltar um vídeo íntimo deles, ela ainda está dormindo e quando acorda pede para ele parar — Jamie fala.

— Escroto — Paige completa.

Eu me sinto no automático desde que vi o vídeo.

Priscila está dormindo tapada com um edredom, está de costas, porém com o rosto de lado no travesseiro. A pessoa que está filmando puxa a coberta, mostrando seu corpo seminu, vestido apenas com uma pequena calcinha branca. Ele pega na bunda dela e aperta. Ela se mexe e vira de lado, então ele sobe na cama e filma os peitos dela. Ele toca o seio, aperta o bico e ela geme fazendo uma careta de dor. Ela pede para ele parar e ele diz para ela acordar, pois quer brincar.

Sério, que filho da puta!

Fui incapaz de continuar na aula assim que assisti ao vídeo. Mandei uma mensagem para Andy, que já tinha visto, e vim para o refeitório. Agora estamos aqui: eu, Brandon, Andy, Thiago, Jamie, Paige e todos os integrantes da banda. Sabe o mais ridículo disso tudo? Todos estão nos olhando. Ainda bem que a Pri não veio. Minha única reação é chorar.

— Falem de uma vez — Justin fala assim que chega à nossa mesa.

— Senta — Jamie pede indicando o lugar ao lado do Kane. — Por favor, cara!

Ele se senta a contragosto, Brandon estende o celular e o coloca na frente dele, então dá o play no vídeo. O seu rosto fica vermelho de raiva e ele precisa respirar fundo várias vezes para continuar vendo o vídeo.

— O que mais tem nesse caralho, Brandon? — ele pergunta tentando puxar o celular de volta.

— Para, cara, calma! É só isso, acaba aí — o idiota ao meu lado responde.

— Só isso, Brandon? — falo com a voz trêmula. — Você acha pouca coisa ser exposta desse jeito?

— Eu não falei isso, amor — responde, sincero.

Eu apenas respiro e cubro o rosto voltando a chorar.

— Onde ela está? — Justin pergunta para Andrew.

— No hotel com os pais.

— Onde é o hotel? — Volta a perguntar. — Ela já sabe desse vídeo?

— Sabe. Dê um tempo pra ela, cara. Ela está com vergonha.

— Ela não tem culpa desse caralho! — Justin esbraveja.

Ele se levanta, nervoso.

— Aonde vai? — Kane pergunta.

— Não sei, eu... — o DJ responde.

— Sua namorada é bem gostosinha, hein, cara? — A fala nos faz virarmos.

Justin larga a mochila de volta sobre a mesa.

— O que disse? — pergunta com uma calma calculada.

— Justin... — Brandon o chama já se levantando.

— Que ela é gostosa — o idiota fala.

O traficante. Se não me engano, é ele que vende as drogas aqui na faculdade e na maioria das festas. Também me levanto. Vou matar esse filho da puta!

— A propósito, como está? Não nos falamos há algum tempo — pergunta ao Justin e isso confirma meu pensamento.

O DJ dá uma risada seca, balançando a cabeça em negação.

— Vou ficar melhor.

O babaca sorri, pensando que vai ganhar algum dinheiro com suas merdas, porém Justin é rápido, acertando um soco certeiro em seu maxilar. Ele tropeça com o impacto, porém não cai no chão, já que seus amigos o seguram.

— Mas que merda! — grita passando a mão no rosto.

— Você está fodido! — Um dos amigos fala, já vindo para cima do DJ.

— Eu, em seu lugar, não faria isso, parceiro — Jamie fala, parando ao lado do loiro e indicando em um gesto para que o babaca olhe para trás.

Todos os caras do time de futebol estão de pé, atentos. Um comando do capitão e isso aqui viraria um pandemônio. Sinto mãos me segurando e não preciso nem olhar para trás para saber de quem são.

— Me solta, Brandon! Eu também quero socar a cara desse desgraçado! — grito.

O mais sensato puxa o traficante pela camisa, afastando-se. Com a atenção de quem está no ambiente toda voltada para nós, Justin aproveita o momento.

— *Vou falar só uma vez e esse aviso é para todos*! — grita. — *Apaguem a porra desse vídeo! Não quero ouvir nenhuma piadinha sobre o assunto!* — Ele passa as mãos nos cabelos e fala um pouco mais baixo percebendo que todos estão atentos — Sejam humanos e se coloquem no lugar dela.

O monitor chega e exige que Justin vá com ele novamente à sala do reitor. Fico com medo de que o expulsem, já que é bolsista. Kane tenta ir com ele, mas o monitor não deixa. Mesmo assim, ele os segue.

— Você está tremendo. — Ouço Brandon falar atrás de mim, ainda me segurando.

Viro-me para ele, sentindo as lágrimas caírem. Brandon beija a minha testa e me abraça. Com a cabeça em seu peito eu choro. Ela não merecia isso, ninguém merece isso. Até quando as mulheres serão hostilizadas e expostas dessa forma? Alguma coisa precisa ser feita.

— Taylor... — É uma das primeiras vezes que Brandon me chama pelo nome e isso me faz levantar a cabeça e olhar para ele. — Posso te levar para o alojamento? Ficar aqui agora não vai adiantar nada.

Aceno com a cabeça.

Ele pega a mochila dele e a põe nas costas, pegando minha bolsa e colocando nele atravessada nos ombros.

— Você vai com ele? — Andy pergunta e volto a assentir. — Qualquer coisa me liga. — Ele beija minha testa. — Estou de olho em você, quarterback — Andrew fala sério, Brandon apenas concorda.

Ele pega na minha mão e nos guia corredor afora. Olho para as nossas mãos entrelaçadas e penso no quanto isso é estranho, porém ao mesmo tempo parece certo. Até em momentos que não dizem respeito a mim fico confusa quando o assunto é ele. Caminhamos em direção ao estacionamento, ele abre sua caminhonete com o alarme e entramos.

Em silêncio, seguimos para o dormitório. Quando chegamos, ele pega as nossas coisas e então seguimos para o quarto. Subo as escadas com as pernas meio bambas e em alguns momentos ele até segura a minha cintura. Na porta do quarto, abro minha bolsa que está pendurada nele, pego as chaves e tento abrir com as mãos trêmulas, quando percebe que não consigo, com toda delicadeza, toma as chaves da minha mão e abre, deixando-me entrar primeiro. Brandon entra e volta a trancar a porta. Em um primeiro momento, parece sem jeito, olhando tudo em volta discretamente.

— Já viu melhores? — Sou incapaz de segurar a língua.

— O quarto de vocês é demais. — Ele calcula as palavras, fazendo-me estreitar os olhos. — Tem até fogão. E cheira a... maracujá?

Isso me faz rir.

— Sim. A obsessão da Pri por amarelo se estende a frutas também. A mãe dela mandou essa essência do Brasil.

— E você? Gosta do cheiro de quê?

— Mar — respondo sem precisar pensar. — Me lembra de casa, de bons tempos. — Respiro fundo. — Vou tomar um banho, se você quiser ir... — digo, mesmo não querendo que ele vá.

— Eu não quero — ele responde.

Põe a mochila na cadeira da minha bancada e se senta na minha cama, começando a tirar o tênis. Ok, talvez eu também não esteja a fim de ficar sozinha hoje. Vou ao closet e pego uma roupa para me vestir dentro do box. Faço um coque desajeitado no cabelo e tomo um banho rápido.

Quando saio no corredor, meio que fico estática com a cena. Brandon está de calça jeans, descalço e sem camisa. Pode até ser um filho da puta, mas é gostoso. É *bem* gostoso. E está cozinhando. Respiro fundo e volto a caminhar. Isso chama sua atenção e ele vira o rosto sorrindo. Olha-me de cima a baixo e então volta a levantar o olhar até encontrar meu rosto. Pigarreia e volta a mexer na panela.

— Como não almoçamos, tomei a liberdade de procurar algo para fazer na sua dispensa. — Manda um olhar risonho para minha cômoda. Nossa dispensa improvisada. — Pensei que seria mais saudável do que pedir delivery. — Volta a me olhar arqueando a sobrancelha.

— Pri adora macarrão e arroz, então é basicamente isso que a gente come. Geralmente com calabresa, às vezes frango... Ela come um pouco e está satisfeita. Já eu acho que engordei uns cinco quilos desde que ela chegou — paro em frente ao espelho olhando-me. — Acho que está indo tudo pra minha bunda — suspiro, chateada.

Eu realmente preciso maneirar.

Quando me viro, percebo que Brandon tem os olhos na minha bunda e me amaldiçoo pelo comentário infeliz. Em que momento foi que fiquei tão à vontade perto dele?

— Se você fizer algum comentário infeliz sobre a minha bunda, Brandon Davis, vou chutar seu saco de novo!

— Comentário *infeliz*? — Ele balança a cabeça e ri. — Você realmente não tem noção do quanto é gostosa. E nesse shortinho... — Passa a mão no cabelo. — Esquece. Está pronto. — Aponta com a cabeça para a panela.

No outro bico tem outra panela suja. E em cima da cômoda está tudo bagunçado com uma tábua, faca, calabresa e queijo.

— O que você fez? — pergunto, aproximando-me.

— Macarrão com queijo e calabresa.

Não consigo evitar a gargalhada quando vejo a quantidade imensa que ele fez.

— Você cozinhou para quantos? — Quando olho para ele, percebo que já me olhava.

— É bom ver você sorrindo de algo que eu falo. — É o que ele responde.

Isso me desmonta.

— Vou pegar dois pratos.

Vou até a cômoda ainda sem jeito. Pego pratos e talheres e logo volto com eles.

— Eu como muito. E você também come bem — ele pega um prato da minha mão e serve, logo me entregando.

— Como mesmo, tem coisa melhor que comer?

Ele abre a boca para responder, mas logo a fecha desistindo de falar.

Subo na cama e me sento em posição de Buda, escorando-me na parede. Ele também vem para a cama, apoia as costas na cabeceira e estica as pernas sobre o colchão, começando a comer como se isso fosse normal. Como se essa dinâmica entre nós dois fosse rotineira.

— Você realmente é acostumado com quartos de faculdade. — Ele apenas me olha e enfia mais uma garfada de macarrão na boca. Arqueio a sobrancelha. — Não vai responder?

Ele mastiga tranquilamente e só quando engole volta a me olhar.

— Eu aprendi que tudo que eu disser, de alguma forma você vai usar contra mim. E como não quero mais mentir, omitir e ocultar nada, vou me manter calado.

— Você não precisa me agradar.

— Não preciso. Mas eu quero. — Então volta a comer.

Meu celular toca com um bipe atrás do outro, Brandon estica o braço e o pega na bancada me entregando.

Estou bem, amiga.
Se cuide até eu voltar, provavelmente domingo.
Eu te amo.

Sorrio pela mensagem, ficando imediatamente mais tranquila. Brandon mastiga a comida me olhando.

— É Pri. Ela volta domingo.

Ele respira, parecendo aliviado.

Termino de comer antes dele, sinto-me explodindo, até olho para a minha barriga, que parece redondinha, e ouço sua risada.

— Você vai ser uma grávida linda. — Ele franze a sobrancelha. — E vai ter de aprender a mastigar a comida antes de engoli-la inteira.

— Não quero ser mãe — ignoro a outra parte.

— Por quê?

— Não tenho família. Que suporte eu teria? — Levanto-me para pegar o controle.

Ligo a televisão e me viro. Ele já está em pé, deixando seu prato sobre o fogão junto do meu. Pega o queijo e a calabresa de cima da cômoda e guarda na pequena geladeira que temos. Ele deixa a tábua de cortar embaixo dos pratos e ainda passa um pano sobre a cômoda. Puxo o cobertor e me enfio embaixo dele, achando a cena engraçada. Logo quando aproveito para dar uma boa olhada nas costas másculas, ele se vira e para ao lado da cama abrindo o botão da calça. Arqueio a sobrancelha.

— O quê? — pergunta. — Eu não vou dormir de calça jeans.

— É de tarde, ninguém aqui vai dormir.

Mesmo assim, ele abaixa a calça revela a cueca branca, e as pernas musculosas. É claro que eu olho... Inclusive para o volume *interessante.* O abdômen também lindo, mas eu não tenho tempo de contemplar tudo porque ele levanta o edredom e se deita ao meu lado.

— Eu não vou deixar você sozinha. E nem que você chute o meu saco ou bata na minha cara isso vai mudar. No mais, estou quebrado. A marcação estava acirrada em cima de mim no jogo de domingo, estou todo roxo — ele volta a levantar o edredom apontando para o próprio corpo. Aproveito para olhar de novo e, nossa, ele ocupa toda a minha cama, o Brandon realmente é alto. Tem hematomas nas coxas, abdômen e em um braço. Caramba, ele é tão, mas *tão* lindo. — Então tenha piedade de mim, preciso descansar um pouco. — Cobre-se novamente.

— Ok! — Engulo a saliva quando percebo que a voz saiu baixa demais. — Não se acostume.

— Vamos ter de dividir o travesseiro — ele diz, ignorando o que eu falei e chegando mais perto.

— Não precisa — me apresso em falar —, eu costumo usar dois, pode ficar com um.

Ele pega um travesseiro e põe embaixo da cabeça, mas não se move, continuando deitado bem perto de mim.

— Vai mais para lá, Brandon! — Aponto para o lado dele. — Eu vou ficar grudada na parede assim.

— Claro que não. — Ele traz um braço para minha cintura, fazendo-me ficar deitada de novo e então me puxa para bem*, bem perto.*

Muito perto.

— Você poderia se deitar na cama da Pri — sugiro.

— Justin vai adorar sentir o perfume do primo na cama da garota dele — fala, irônico.

Suspiro.

— Só vamos dormir, amor — diz, tranquilo, mas logo sua testa se franze e ele tira a mão da minha cintura, sentando e me olhando. — Você não acha que vou me aproveitar da situação e tentar tocar você, né? Olha, eu sei que me acha um mau caráter, mas jamais faria isso. Meus pais me criaram muito bem, Taylor.

Suspiro. Não, não acho que ele faria isso. Na verdade, tenho certeza de que não.

— Deita — falo. Ele não se mexe e eu reviro os olhos. — Deite-se de uma vez, cretino.

Ele sorri. *Aquele* sorriso. Volta a se deitar de lado, olhando-me. Não vejo malícia no seu olhar, ele apenas olha para todos os cantos do meu rosto como se estivesse tentando decorar.

— Seus pais são casados? — pergunto, tentando tirar o foco de sua análise.

— Sim. Casados e apaixonados. — Na verdade, eu me referia a sua mãe biológica, mas ele não parece se lembrar dela. — Eles fazem questão de demonstrar isso um ao outro o tempo todo. O Kane tem ciúmes — ele ri —, e ele tem ciúmes dos dois. É engraçado.

— Você e Kane têm uma relação bem forte, né?

— Demais. Kane é meu pequeno e isso nunca vai mudar.

— Pequeno? — Sou sarcástica.

— Você também tem um *crush* nele? — pergunta rindo, mas realmente parece querer saber a resposta.

— Não.

Ele apenas acena em positivo.

— Eu costumo dizer que a palavra família ganhou um novo sentido quando conheci Margot e Kane.

— Tinha quantos anos quando eles se casaram?

— Nove. Meu pai era motorista da clínica em que a Margot é dona. Eles se apaixonaram e em pouco tempo se casaram. Ela o incentivou a estudar e hoje ele é o CEO, enquanto ela cuida da parte de marketing e publicidade.

— Que legal!

— É, eu nem sempre fui um filhinho de papai mimado — diz e eu pego indireta.

— Você é arrogante.

— Às vezes... — Ele pensa por um minuto e então fala: — Você quer falar sobre seus pais?

— Hoje não — respondo de imediato. — Você quer falar da sua mãe biológica?

— Hoje não — imita minha resposta e boceja em seguida.

— Quer um relaxante muscular? — pergunto.

— Não, obrigado. Bem, a cama é pequena e eu sou grande, então vou precisar te abraçar. Não que você se importe, afinal eu sou qualquer um, certo? — inquire com a expressão séria, citando o que disse no dia em que nos beijamos naquela maldita brincadeira.

Eu não respondo. Apenas me aproximo dele, passando meu braço sobre seu abdômen e encostando a cabeça em seu peito. O perfume dele é tão bom, posso sentir seus músculos sobre minhas mãos. Ele põe a cabeça sobre meus cabelos e sinto quando aspira, inspirando o cheiro dos meus cabelos e logo suspira. Eu também não consigo conter o suspiro.

Mesmo sabendo que isso é apenas uma trégua, que quando acordarmos provavelmente vou querer matá-lo de novo, como em todas as outras vezes, ignoro isso e curto o momento.

— Durma bem, amor — fala e eu contenho um sorriso.

— Durma bem, cretino.

Seu peito sacode com a risada.

E pela primeira vez em muito tempo, não fico me mexendo sem sono. Mesmo sendo de tarde, eu simplesmente fecho os olhos e durmo.

Capítulo 17

Porque só você poderia preencher esse espaço vazio
Como eu poderia fazer você me amar?
Empty Space — James Arthur

BRANDON DAVIS

Abro os olhos e, ainda meio sonolento, percebo que não estou em casa. Sorrio quando vejo os cabelos loiros esparramados no travesseiro ao meu lado. Taylor está dormindo com a boca levemente aberta enquanto ressona baixinho. Não me mexo, mal respiro, quero que continue dormindo para que eu possa gravar cada traço de seu rosto em minha mente.

Dormindo, ela parece uma garota tranquila, indefesa. Vendo-a assim, jamais imaginaria o furacão que realmente é. Não existe outra palavra que a defina melhor do que essa. É incrível como essa garota teve minha atenção desde o primeiro momento em que a vi.

Linda e totalmente alheia a mim.

Depois que a conheci, descobri sobre seu humor ácido, suas indiretas *bem* diretas, sua sinceridade, sua ironia. Uma gatinha arisca que me puxa a cada vez que me empurra. Sim, é tudo confuso. Confuso e instigante. Quando estou longe, quero estar perto, nem que seja para apenas a olhar. Quando estou distante, só fico pensando nas vezes em que estive próximo.

Eu realmente sou uma fraude. Uma fraude que trepou com o máximo de garota possíveis, imaginando apenas uma. Uma fraude quem tem preferências por loiras e prefere sexo de quatro, porque assim posso deixar minha imaginação fluir sem precisar olhar para a garota da vez.

Um grande filho da puta, eu sei. Mas nunca disse que não era.

No entanto, depois desse momento, de estar com ela ao meu lado, sei que é o momento em que outra chave vira na minha vida: como vou transar com outra se apenas a experiência de dormir ao lado de Taylor vale mais do que qualquer foda bem dada? Como vou esquecê-la, como vou esquecer-me disso?

Eu gosto dessa garota. *Pra caralho.*

Tentei esquecer ou ignorar de várias formas, infelizmente não existe um botão de desligar, porém, sinceramente? Se existisse, não sei se o usaria. Eu gosto do que sinto e não aguento mais fingir o contrário.

Como vou fazer essa mulher gostar de mim?

Preciso que ela me note além de qualquer popularidade ou status que a faculdade me traz; preciso que ela perceba quem é o Brandon além do estudante, além do atleta. Preciso que ela me veja como realmente sou. Que me conheça. É isso. Eu preciso dela e quero que ela me deixe entrar, que me deixe tentar.

Taylor se mexe e leva a mão ao rosto, coçando os olhos ainda fechados. Então os abre e encontra meus olhos nos seus. Ela os franze, mas logo lembra que "dormimos" juntos. Sorrio e ela faz uma careta, fazendo-me sorrir ainda mais.

— Estava mesmo me vendo dormir? — fala com a voz rouca pelo sono. — Achei que essa coisa bizarra só acontecesse em filmes.

— Estava. E ficaria te olhando por horas.

— Que clichê, Brandon. Você beija bem. Não precisa de frases montadas para levar alguém para a cama.

— Não preciso mesmo — afirmo e logo sorrio. — Beijo bem, é?

— Credo, você é insuportável.

— Talvez eu seja.

— Estou afirmando que você é.

— Se você diz, quem sou eu para contradizer?

Ela estreita os olhos e me olha séria.

— O que está querendo?

Você.

— Nada. Por quê?

— Porque era para você ter retrucado.

— Não quero mais brigar com você.

Ela ri. Cara, que sorriso!

— Você não é tão paciente.

— Então talvez eu precise aprender a ser. Você pode me ensinar — respondo.

— Não somos amigos, Brandon.

— Ah, com certeza não somos. Acredite, loirinha, tudo que eu não quero é ser colocado em uma *friendzone.*

— Acho que você já pode ir embora — diz sem rodeios.

— Já está me botando para fora? Que feio, amor. Pelo menos pede meu telefone.

— Eu já tenho.

Olho para ela assimilando a informação. Ela ainda tem meu contato? Sei que não sou bloqueado, mas achava que no mínimo teria me excluído.

Talvez. Só *talvez* nem tudo esteja perdido.

— Você não me excluiu. — É o que consigo dizer e só então ela percebe o que acabou de falar.

— Está mesmo na sua hora.

— E se pedirmos um delivery? — Eu tento.
— Preciso estudar.
— Eu...
— Brandon — ela me corta. — Obrigada, de verdade. Eu não estava legal e você ficou comigo. Agora preciso que vá embora. Isso... — Ela aponta de mim para ela. — Não é normal para mim.
— O que eu posso fazer para isso mudar? — pergunto baixinho.
— Nada. Quando você pega uma folha de ofício na mão e a amassa para em seguida tentar esticar o papel, ela fica com marcas. Não volta a ser como antes — suspira. — Eu não sou a mesma.
Sua analogia faz com que eu respire fundo e me levante. Não posso forçar a barra, porém isso não significa que estou desistindo. Fico de costas para a cama enquanto visto a calça jeans sobre a cueca. Não a vejo, porém sinto seu olhar queimando em mim. Volto a sentar na cama, calçando o tênis. Em seguida me levanto.
— Posso usar o banheiro?
— Claro — ela diz sem jeito.
Todo o clima amigável de antes de dormirmos se foi, e sou esperto o suficiente para saber o momento de recuar. Novamente, isso não significa desistir. Não vou pressionar e talvez o processo demore, no entanto, essa garota já é minha. Ela só não sabe ainda.
Saio do banheiro indo até ao lavabo e lavando as mãos, também lavo o rosto, pegando a toalha para me enxugar em seguida.
— Onde vocês lavam as roupas? — pergunto quando volto para o quarto, tentando quebrar o clima estranho.
Ela continua na cama, porém sentada.
— Na lavanderia. Nós lavamos, se é isso que quer saber. Máquina de lavar, sabe o que é?
Sorrio da sua ironia.
— Nem sempre fui rico, amor. Além do mais, também lavo roupas na máquina de lavar. — Pego a camisa para vestir, mas não perco seu olhar furtivo para o meu abdômen.
Preciso ficar mais sem camisa perto dela.
Quando pego minha mochila, ela levanta e abre a porta em um convite silencioso. Caminho até Taylor e paro na sua frente.
— Se precisar você me liga? — inquiro.
— Não — responde, sincera, mordo o lábio contendo um sorriso.
— Eu respeito sua opinião sobre isso... — Aponto de mim para ela. — Mas, preciso que saiba que mesmo estando longe nos últimos dois anos, estava perto. Sempre estive perto. — Passo a mão em meus cabelos. — Não consigo mais ficar escondido entre as sombras te olhando — ela franze a sobrancelha. — Eu preciso estar perto.
— Eu vou te afastar — ela retruca baixinho e eu sorrio.
— Você pode tentar. — Abaixo-me e beijo sua testa, saindo sem olhar para trás.

— Então, decidiu que iria passar o fim de semana na casa dos pais.

— Sério? — pergunto.

— Para qual parte? — Meu irmão questiona. — Para a parte em que Justin foi suspenso pela briga no refeitório ou por ir passar o fim de semana com os pais?

— Eu já imaginava sobre a suspensão, digo sobre ir para a casa do tio e da tia. Ele vem evitando Bryan desde o início do processo de adoção — respondo. — Espero que isso termine logo. Ele precisa aceitar que o Bryan não chegou para substituir John e sim para acrescentar.

— Assim como você que chegou e me fez saber o quão foda é ter um irmão.

— Não vai chorar, garoto. — Bato no ombro do meu irmão e pego mais um punhado de pipoca.

— Posso dizer às pessoas que amo, o tamanho do meu amor, chorar, sofrer e, ainda assim, isso não vai me fazer menos homem — Kane diz com naturalidade e meu peito se infla de orgulho pelo pessoa que se tornou.

Despido de medos, preconceitos e estereótipos. *O mundo precisa de mais pessoas assim.*

— Sei que sim, mano.

O cara do filme passa a serra elétrica em outro homem, partindo-o em dois, fazendo eu e Kane fazermos careta.

— Isso foi muito falso — ele comenta.

— Com certeza foi.

Passamos mais um tempo em silêncio, porém meu irmão só fica realmente em silêncio quando está dormindo. Nem vendo um filme é capaz de ficar quieto.

— Então... Onde passou a tarde?

— Estive ocupado. — É uma meia verdade.

Uma coisa sobre nós: nunca mentimos um para o outro. Podemos até ocultar, mentir não.

— Engraçado, para quem estava ocupado, você parece bem descansado.

E estou. Realmente estou. Um sono de quatro horas valeu mais que mil noites.

— Estava com Taylor? — pergunta.

— Sim.

— Rolou?

— Não.

— Sexo?

— Não.

— Beijo?

— Já falei que não, Kane. Porra! — respondo sem tirar os olhos da televisão.

— Vocês ficaram todo esse tempo fazendo o quê?

— Dormindo.

— Ah, não! — Ele ri. — Você é Brandon, jamais ficaria com uma menina só para dormir.

Suspiro e ele assovia.

— Ai, caralho! — Ele se mexe, virando-se para mim. — Vocês realmente só dormiram. Mano, você de fato gosta dela.

Não respondo. Estar cansado de fingir não significa que vou sair contando aos quatro ventos que gosto da garota.

— Vocês fazem um casal foda. Tipo Jamie e Paige, sabe? Aqueles casais que você olha e pensa "não são reais".

— Cara, você diz cada coisa.

— Eu acho...

— Quieto, Kane.

Aumento a televisão, como em todas as outras vezes. Essa é minha forma de dizer que quero ouvir o filme.

Capítulo 18

Os cacos ficaram sob nossos pés
Mas não foi culpa minha
E todo mundo está competindo
Por um amor que não irão receber
Team — Lorde

TAYLOR JONES

— Juro que estou bem, amigo — falo pela terceira vez para Andy.

— Tay, não sei qual o problema de você vir para a casa dos meninos. Sério, todos os caras da banda estão aqui. Para com essa merda de "vou segurar vela".

— Não é isso. — Rio baixinho. — Só estou a fim de ficar quieta, na minha. Prometo que no fim de semana que vem podemos fazer algo, mas hoje quero ficar quietinha.

— Não sou a favor disso...

— Amigo, aproveita esse momento e leva o Thi ao quarto para vocês ficarem um pouco sozinhos. Você evita ficar com ele na universidade, acho que precisam desse momento.

Silêncio.

— Você acha? — pergunta depois de um tempo.

— Sim, fica um pouco com o seu boy. É bom às vezes, para variar, demonstrar sentimento, sabia? — Dessa vez ele quem ri.

— Tudo bem. Vou seguir seu conselho. Amanhã à noite vou dormir aí e quanto a isso não tem discussão.

— Tudo bem — respondo, deitando-me na cama. — Até amanhã, Andy.

— Até amanhã, galega.

É sábado à noite e estou sozinha no quarto do alojamento. Isso costumava acontecer sempre antes, não depois que Pri e Andy entraram na minha vida. Minha amiga ainda está no hotel com seus pais, decidi ficar hoje em casa e tirar um tempo para mim.

Acontece que me sinto sufocada sozinha.

É agonizante demais. Contudo, realmente acho que Andy precisa de um tempo com Thiago. Ele não assumiu o roqueiro diante das pessoas e quem os vê pensa que são amigos, entendo seu lado, ter um pai preconceituoso não deve ser fácil. Em contrapartida, acho que Thiago merece mais atenção, ele faz de tudo pelo Andrew e não é justo ser colocado sempre em segundo plano.

Meu celular toca de novo e o pego pronta para atender Andy e chutar sua bunda virtualmente. Grito de susto quando vejo quem é, prestes a deslizar o ícone verde e aceitar a ligação. O celular cai no chão e me levanto praguejando.

Cretino

Diz o identificador de chamadas.

Por que ele está me ligando? Respiro fundo e fecho olhos. Não se deixe afetar, Taylor. *Não se deixe afetar.*

Abro o aplicativo de mensagens e digito o seu nome. Quando o acho, começo a escrever uma mensagem.

O que você quer?
Já falei que não somos amigos.

Logo aparecem as três bolinhas denunciando que ele está digitando.

Já disse que não quero ser seu amigo.
Onde você está?

Quase solto um "e o que tem a ver com isso?", mas decido ser ainda mais desaforada.

No motel.

Ele/ela brochou então?
Pois se estivesse comigo em
um motel não teria tempo sequer
para pegar o celular, muito menos
para responder mensagens de outra pessoa.

O fato de ele respeitar a minha sexualidade e citar "ela" me faz sorrir. Lógico que nunca saberá disso.

O pau de ouro tem de sempre
se fazer presente, né?
Que preguiça de você, sério.

Meu pau vale ouro mesmo, amor.
Quando quiser confirmar isso
estou à disposição.
O que está fazendo?

Vai sonhando.
E quanto ao que estou fazendo...
Não te interessa.

Está fazendo nada então?
Vou aí, podemos fazer nada juntos.

Nem pensar.
Nem pensar, MESMO.

Isso tudo é medo de ficar
Sozinha comigo, amor?

Não tenho medo de você ou
Da sua presença. Só não
Estou com saco para aturar
suas merdas hoje.

Bem, até onde eu sei quem tem
saco de nós dois sou eu.
E, quanto a aturar minhas merdas...
Fica de boa, merdas só faço no banheiro mesmo.

HAHAHAHA
Que engraçado
(estou sendo irônica caso
Não tenha percebido)

Você gosta de pizza de pepperoni e
Banana nevada, né?

Brandon, eu não quero
Você aqui.

Que bom que a intenção não
Era eu ir aí, então.
Vai à janela.

Leio a mensagem e não respondo, respirando fundo e fechando os olhos. Ele deve estar ali embaixo. Com certeza está. Vou até a bancada, esticando-me sobre ela para poder olhar em frente à janela. Ele está olhando e com certeza me vê, pois pega o telefone, põe no ouvido e, segundos depois, o meu começa a tocar. Volto a respirar fundo, mas dessa vez atendo a chamada.

— Hum... — É o que digo quando atendo.

Infantil? Sim, foda-se! Escuto seu risinho idiota antes de responder.

— Dentro do meu carro tem pizza de pepperoni e uma banana nevada nos esperando.

Quando ele percebe que não vou responder continua:

— Invadi seu espaço em seu lugar favorito, nada mais justo que eu te mostrar onde é o meu. Eu e as pizzas, suas favoritas.

Continuo pensando no que falar.

— Qual é, loirinha? Vamos dar uma volta e comer.

— Esse lugar... — começo. — Quem vai estar lá?

— Ninguém.

— Ok — respondo.

Ele demora um pouco para responder, mas logo o faz:

— Vou te esperar aqui embaixo.

Desligo sem me despedir.

— Que porra eu fiz? — falo para mim mesma.

Paro e respiro fundo. *Bem fundo* e então abro os olhos, convencida de que posso lidar com isso.

Não somos amigos.

Nem nada.

Isso é só... comer.

Isso é só sair para comer com alguém que também está entediado. Largo o celular em cima da cama e vou ao closet. Não penso muito no que vestir, pegando uma calça de moletom preta e um casaco pesado com capuz. Lavo o rosto, escovo os dentes e calço meu par de tênis esportivo. Na minha bolsa, ponho carteira, carregador portátil e meu celular. Confiro se meu notebook está realmente desligado, já que várias vezes saí e o deixei ligado. Apago as luzes e saio, entrando no corredor. Desço as escadas e quando abro a porta, percebo que nem está tão frio quanto eu pensava.

Quando olho em sua direção, vejo que me olhava ou olhava para a porta esperando que eu saísse. Está com uma calça de moletom também, o blusão dos Tigers e um tênis nos pés. É impossível não se afetar por toda a sua altura e porte atlético. Ainda que de moletom dá para perceber os ombros largos, braços musculosos e coxas grossas.

Que Deus me ajude!

— Então — falo parando em frente a ele. — Vai continuar me olhando com essa cara estranha ou vamos logo? Estou com fome.

— Cara estranha? — pergunta acenando com a cabeça e começando a caminhar em direção ao estacionamento. — Não era uma cara estranha. Só estava constatando o fato de que mesmo desarrumada você é linda.

— Como assim desarrumada? — indago, olhando para a minha roupa.

— Me expressei mal. Quis dizer que mesmo em roupas casuais você continua linda.

Senhor, por que me desamparaste? Você é forte, Taylor.

Você é forte!

— Dificilmente uso esse tipo de roupa. Andrew e Pri que vêm me encorajando.

— Eles fazem bem para você.

Eles, sim... Você, não.

— Por que me fazem usar roupa curta? — pergunto, irônica.

— Essa parte eu não gosto muito neles.

— Não é como se você tivesse esse direito, não somos *nada*, Brandon.

— Mesmo se fôssemos namorados. — Ele ignora a parte do "não somos nada". — Não teria direito de opinar sobre suas roupas. O corpo é seu. Eu provavelmente teria um infarto, mas isso não vem ao caso.

Ele não é tão ruim assim. Minha mente me fala, mas bloqueio esse pensamento.

— Meu pai sempre disse que um homem sábio confia na sua mulher e finge maturidade mesmo morrendo de ciúmes.

— Você é ciumento?

— Sim.

— Já namorou?

— Não.

— Então como sabe se é ciumento?

— Descobri isso há pouco tempo.

— Brandon, para a porra desse carro. Agora.

Ele me olha de soslaio com a testa franzida parecendo confuso. Ah, não. Ele não vai me fazer de trouxa de novo. Não vai mesmo!

— Para o carro. A-go-ra! — falo pausadamente para que perceba que não estou de brincadeira.

Ele dá seta, olha no retrovisor e encosta deixando o pisca-alerta ligado.

— Acho que é perigoso parar aqui... — começa a falar.

— Você e Amber estão ficando sério?

— Não — responde de imediato. — Não ficamos desde aquele dia, da brincadeira na república.

Lembro-me dele a chamando para subir e sinto vontade de vomitar.

— Então quem é?

— Quem é o quê?

— Com quem está ficando. Olha, não é legal você estar com alguém e, ainda assim, sair com outra no sábado à noite. Mesmo que não sejamos nada, não iria gostar de estar no lugar dela.

Ele ri e balança a cabeça em sinal de negação como se chegasse a alguma conclusão.

— Está perguntando isso porque eu disse que descobri ser ciumento há pouco tempo? — Respondo em sinal positivo. — Loirinha — fala divertido — , você é a única que ainda não percebeu.

— Não percebi o quê?

— Que estou completamente na sua — afirma, encarando-me.

Por uns segundos, assimilo o que disse. Por fim, sou a primeira a cortar o contato visual, sentindo-me confusa.

— Também acho que é perigoso parar aqui — finalmente digo, ainda sentindo seu olhar em mim.

— Posso seguir para onde estávamos indo? — pergunta e eu apenas volto a assentir em positivo.

Seguimos em silêncio pelo restante do caminho, o ambiente do carro apenas preenchido pela música eletrônica tocando, música eletrônica. Provavelmente composição do Justin. Ele sai da via geral e entra em uma estrada de chão, eu até penso em questioná-lo, mas fico na minha. Realmente não é como se ele fosse um assassino.

Não muito tempo depois, chegamos diante a um grande portão, que ele abre com um controle. Entramos e Brandon espera até o portão fechar para seguirmos. Caminhamos por mais uns metros de estrada de chão, eu fico realmente chateada por não ser de dia e não conseguir olhar o local em volta, que mesmo de noite já parece lindo. Nós nos aproximamos de uma casa grande e já posso ver um senhor e uma senhora sentados, jogando cartas. Brandon buzina para eles, que acenam com as mãos em resposta. Passamos por um riacho, uma ponte, e é tudo tão lindo que mal posso acreditar que esse lugar é dentro da cidade de Boston. Então vejo uma cabana e sorrio animada. Ela fica bem ao lado de uma cachoeira.

Nossa... É tudo tão lindo. Ele ri ao meu lado.

— Quando vim aqui a primeira vez, também fiquei assim — fala encostando o carro, para minha felicidade em frente à cabana.

Ele mal desliga o carro e eu já desço. A cabana é de madeira envernizada com um deck em frente. Um caminho de pedras leva até o deck. Uma árvore grande, a alguns metros da choupana me faz pensar em como seria sentar-se ali para ler um livro. A cachoeira não é tão alta, mas isso não a torna menos linda. A água parece calma e acho que não deve ser fundo, pois consigo ver o fundo coberto de pedras.

— Dá para tomar banho? — pergunto.

— Sim.

— Deve ser lindo de dia — digo para mim mesma.

— É sim — ele afirma. — Vamos entrar, quero te mostrar lá dentro.

Eu o sigo, caminhando para a cabana, enquanto ele tira uma chave do bolso e abre a porta. Apaixono-me ainda mais pelo espaço. Diferente do externo que é rústico, aqui dentro é tudo moderno. A cozinha é em alguma fórmica azul brilhosa, a mesa é um tronco de madeira com um vidro em cima, com quatro cadeiras estilo vintage. Tem um grande sofá em frente a um painel de TV. Entre eles, um tapete com estampa de vaca. É tudo muito bem mobiliado, com eletrodomésticos modernos e tudo, até a decoração parece extremamente cara.

— Aqui é o banheiro. — Ele abre a porta embaixo da escada, onde tem um cômodo pequeno e igualmente lindo. — Vamos lá em cima, quero te mostrar o quarto. — Estreito os olhos. — Só quero mostrar.

Ergue as mãos em sinal de rendição.

Ele aponta para a escada, incentivando-me a subir.

— Nada de ficar secando a minha bunda, quarterback. Pode ir à frente.

— Seu casaco, infelizmente, cobre sua bunda, loirinha. Mas, tudo bem. Vou à frente.

Felizmente, o moletom dele não cobre sua bunda e tenho uma bela visão. Posso jurar que a bunda dele é mais dura que a minha. Que injusto.

— Nossa — falo quando chego ao quarto.

Obviamente, é tudo feito sob medida. Uma cama, mesas de cabeceira, um roupeiro, uma bancada com cadeira. Mas o que realmente me deixa maravilhada é que a parede que dá para os fundos é de vidro. Aproximo-me dali, encantada com a visão que consigo ter da metade para o alto da cachoeira.

— Isso é realmente lindo — comento.

— É... — Viro-me para ele, vendo que olhava para mim, mas Brandon disfarça. — Ao lado do sofá têm duas portas de correr de vidro também. Você não viu porque geralmente minha avó deixa a cortina fechada lá de baixo. Quando Kane e Justin vieram aqui pensaram que era uma janela.

— Sua avó? — pergunto.

— Aquele casal, na varanda da casa que passamos, são meus avós. Maternos.

— Ah! — digo pensando em como proceder. Já percebi que falar sobre sua mãe biológica não é seu assunto preferido. — Que bom que vocês mantêm contato.

— É... — Ele sorri. — Eles ajudaram muito o meu pai quando... Antes de ele conhecer a Margot. No início da faculdade, fizeram essa cabana e desde então esse lugar virou o meu refúgio. Na época em que o Justin estava internado, eu e Kane passávamos muito tempo aqui.

— Sua mãe também vem aqui? — pergunto.

— Sim. — Ele sorri. —, Foi ela que mobiliou tudo. Ela se dá muito bem com meus avós.

— Que bom. Isso é lindo da parte dela.

— Ela é perfeita — fala com orgulho. — Vou pegar as pizzas no carro para esquentar.

Ele pega dois cobertores no roupeiro e descemos novamente. Enquanto vai ao carro, pede que eu abra a porta de trás e, quando eu puxo a cortina, volto a suspirar com a vista. Destranco a porta com a chave que fica na maçaneta, abrindo os dois vidros móveis. Outro deck, com uma escada que vai direto para dentro da água da cachoeira.

— Maravilhoso, né? — pergunta assim que entra na cozinha e sala, já que o espaço é conjugado.

— Muito — respondo.

Ele pega dois pratos de vidro. Adianto-me, indo até a gaveta imaginando ser a dos talheres e pego garfo e faca. Ele abre as pizzas e eu mesma ponho as fatias nos pratos para esquentar e Brandon os põe no micro-ondas.

— Podemos comer no deck? — pergunto.

— Essa era a intenção. — Então vai até a sala puxando o tapete, acho que vai levar até o deck.

O micro-ondas apita e eu tiro os pratos de pizza de pepperoni lá, substituindo pela de banana nevada.

— Tem guardanapo? — indago mais alto para ele me ouvir.

— Sim, só não lembro onde — responde, fazendo-me rir.

Vou abrindo as portas até achar o guardanapo. Ele vem e leva os dois pratos, eu levo a garrafa de água com gás e uma lata de refrigerante que é exatamente o meu preferido. Sento-me sobre o tapete, botando sobre as pernas um dos cobertores. Ele faz o mesmo, e as pizzas ficam entre nós sobre duas almofadas.

De início, comemos em silêncio, apenas ouvindo o som da cachoeira e sentindo a brisa levemente gelada. Eu suspiro feliz com toda essa calmaria.

— Você vem muito aqui? — Sou eu a quebrar o silêncio.

— Pelo menos uma vez por semana.

— Eu, no seu lugar, iria querer morar aqui. Não é tão longe da faculdade.

— Não é mesmo, meia hora mais ou menos. Mas como vou morar em um lugar tão pequeno com meu primo e meu irmão? Kane é de boa, mas o Justin gosta de espaço.

— Ele é bem fechado, né?

— Ele sempre foi assim, antes mesmo de ser internado. Falando nisso... — De relance vejo ele me olhar e faço o mesmo. — Obrigado por aquele dia. Por se importar.

— Como assim? — pergunto, confusa.

— Você não ficou olhando como todos. Você se abaixou, se importou. Obrigado!

— Eu não fiz nada que uma pessoa decente não faria.

— Mesmo assim, eu agradeço.

Apenas sorrio fraco e pego mais um pedaço de pizza, vendo-o sorrir.

— Sei que você vai dizer que como demais. E é verdade, como mesmo. Minha mãe sempre comeu bem e nos últimos dias... só comia por via intravenosa.

— Quer falar sobre isso?

— Hoje não.

— Tudo bem — responde.

— Me conte alguma história engraçada sobre esse lugar — falo, logo mordendo mais um pedaço da minha fatia.

Ele sorri.

— Uma vez uma vaca correu atrás do Kane e... — Ele começa a contar sobre essa e várias outras histórias de sua adolescência.

Pela primeira vez, eu consigo ver além do Brandon quarterback, pegador. Eu vi um pouco do Bê. *Aquele* Bê que o Justin e o Kane tanto amam. Senti-me tão à vontade na sua presença que nem parecíamos realmente nós dois. Ele se mostrou divertido e extremamente apaixonado pela família. Até me contou de uma paixão platônica que teve por Hope, filha dos caseiros, e ex do irmão falecido de Justin. Senti uma invejinha dela, pelo que me contou, ele gostou da Hope por uns três anos.

Como Hope pôde não o notar?

Conversamos por mais um tempo e quando peguei o celular já passava das três da manhã. Ele perguntou se não queria dormir lá, até me ofereceu a cama e disse que ficava com o sofá, porém preferi não arriscar tanto tempo assim junto dele. Então, Brandon me levou para o alojamento. Chegando lá, desceu do carro e me levou até a porta. Ficou lá fora até acender a luz e mandar uma mensagem que estava tudo bem.

Como se subir as escadas fosse perigoso.

Então caminhou para o estacionamento e eu fiquei na janela, espiando, até que o carro dele sumisse das minhas vistas. Sentia meus muros contra ele se abaixando, mas tinha consciência de que isso era um processo e havia o risco de dar merda de novo.

Mesmo assim, antes de dormir, agradeci por aquela noite e por aquele momento de trégua.

Capítulo 19

Porque eu quero você, sim, eu quero você, sim
Não há mais nada que eu queira
Eu quero você, sim, eu quero você, sim
E você é a única coisa que eu quero
It's You — Ali Gatie

BRANDON DAVIS

— Vou ficar cuidando — digo. — Quando eu a vir, te aviso e você corre, nem espera ela se sentar.

— Mano, isso não parece meio agressivo? — Kane pergunta.

— Acredite, se alguém fosse o mínimo agressivo com ela, teria que se ver comigo. E isso não seria nada legal.

Ele ri.

— E por que você mesmo não vai? — pergunta.

— Porque não posso assustá-la.

— Ah, e eu posso? — ele diz e faz um sinal de negação com a cabeça.

Vejo Taylor entrando no corredor.

— Ela chegou. — Empurro a mão dele. — Vai logo, porra!

Ele se levanta e vai até ela. Primeiro a abraça e dá um beijo em seu rosto, apertando seus ombros. Ela o estapeia e o empurra. *Muito carinhosa*, solto uma risada baixa. Kane começa a falar e Taylor olha desconfiada para a nossa mesa. Ele volta a falar, mas dessa vez passa o braço por seus ombros e eles começam a caminhar em nossa direção.

— Você não consegue mais disfarçar. — Olho para Justin, que está se levantando do banco com o celular em mãos. — Está estampado na sua testa que gosta dela. Vou ligar para o Bryan.

Contenho um sorriso. *Ele* vai ligar para o Bryan. Está se esforçando, ainda mais depois de saber que o menino tem HIV e que ele não nasceu com a doença. Sinto repulsa só de pensar o que esse garoto passou e o que o fez contrair esse vírus.

— Oi, amor — cumprimento Taylor assim que ela se senta ao meu lado.

Ignoro que o lugar ao meu lado era o único disponível e por isso sentou aqui.

— Oi, cretino — ela responde e Kane gargalha alto. — A fila está enorme. — Ela ignora o riso do meu irmão. — E eu estou morta de fome.

— Vou pegar o meu almoço — digo. — Posso pegar o seu também.

— Vai furar a fila? — pergunta.

— Eu nunca peguei fila. — Sou sincero.

— Isso é muito injusto, Brandon. Você acha legal passar na frente de pessoas que às vezes ficam mais de quinze minutos esperando? — Bufa.

— No nosso mundo é assim, linda. Só permanece aqui quem se acostuma às regalias — Amber fala.

— Você está certa, esse não é o meu lugar — Taylor responde sem titubear.

— Amber! — Paige repreende ao mesmo tempo em que seguro o braço da Taylor.

— Não, *você* está certa — digo para a loirinha. — Não é justo. Vou pegar a fila. Vamos?

Ela puxa o braço que estou segurando, pegando seu cartão de dentro da mochila e levanta sem me esperar. *E lá vamos nós de novo.* Levanto-me e vou atrás dela.

— Loirinha, foi mal... — Começo quando paro atrás dela.

Ela se vira e me olha.

— Não precisa pedir desculpa, pois você não fez nada. Mas de uma coisa tenha certeza, Brandon, não vou aturar a Amber me falando merda por ciúmes de você. Ela quer competir sua atenção? Vai competir sozinha. A palavra sororidade existe por uma razão e não vou ficar de rivalidade feminina com uma garota por causa de macho.

— Eu não tenho mais nada com ela, já te disse, não ficamos desde aquela festa e...

— Eu não me importo com quem você fica ou deixa de ficar.

— Será mesmo, Taylor? — pergunto em um ato de ousadia e a vejo ficar levemente surpresa. — Porque eu me importo com quem você fica. Importo-me *pra caralho.*

Ela respira fundo e se vira para a frente, emburrada. Eu também não fico muito atrás, já que cruzo os braços enquanto fecho a cara para que ninguém ouse se aproximar. Não quero ter que conversar agora.

Pegar fila é mesmo uma merda e agora, mais do que nunca, entendo por que não é justo alguém furá-la, tirando a vez de outra pessoa que está esperando há um bom tempo. Ficamos dez minutos aguardando e, acredite, isso realmente é muita coisa.

Ela pegou a comida que geralmente pede, dessa vez sem salada e o dobro de batata frita. Mesmo de cara fechada, esperou-me para voltarmos juntos para a mesa, que agora já tinham juntado com outra. Taylor cumprimentou os meninos, no entanto sua expressão deixava claro que estava irritada. Assim que nos sentamos, Kane pega uma batata e fica tentando enfiar na boca da loirinha, que tenta o afastar de qualquer forma. Olho a cena segurando o riso.

— Por que eles estavam parados lá olhando pra cá sem reação? — Bruce fala, sentado do meu outro lado.

Sigo seu olhar, vendo Andrew e Priscila virem até nós. Parecem um pouco desconfiados, e até sem jeito, com certeza por de repente serem inclusos no que chamam por aí de "A Elite". Eles nos cumprimentam e logo a mesa vira uma confusão de conversas.

Kane manda Justin e Priscila arrumarem um quarto, convida todos para irmos ao chuflê, mas é claro que eu nego, hoje é segunda-feira. Contudo, quando Taylor aceita, acabo voltando atrás. Quero e preciso estar perto dela, é algo tão forte, mas o sentimento não me apavora mais e, ainda que sejamos uma espécie de "*enimies to lovers*", sinto-me em paz ao seu lado.

É certo, porra. Certo pra caralho.

— Oi, mãe! — Atendo, segurando o aparelho de celular contra o ouvido com o ombro enquanto visto a calça.

— *Oi, Brandon. Então você lembra que tem mãe?* — Eu rio baixinho. — *Isso não é engraçado, filho. Duas semanas ouvindo sua voz só por áudio e, quando enfim consigo uma ligação, você rejeita a chamada de vídeo.*

— Estou me vestindo. — Tiro o celular da orelha acionando o viva-voz. — Não faça drama, mãe. Falo com você todos os dias, só que estamos em época de provas e, com a aproximação da final do campeonato desse semestre, os treinos estão puxados.

— *Sei. E o que está fazendo agora?*

— Me vestindo. — Boto as meias e em seguida os tênis.

— *E aonde você vai?*

Volto a rir baixinho.

— Sra. Miller... Sra. Miller...

— *Vai ver uma garota. É aquela Amber que seu irmão não gosta?*

— Não. Não tenho mais nada com ela. — Visto a camisa e o moletom.

— *Então quem é a menina? São seis da tarde e está saindo para ver alguém, se fosse algum dos seus encontros, você sairia mais tarde.*

— É alguém... *legal*.

— *Foi esse alguém "legal" que levou à sua cabana? Sua avó me contou. Contou também que você apenas buzinou e nem parou para dar boa noite. Eu o criei para ser um príncipe, menino!*

— Eu sou o sapo, mãe. O príncipe é Kane. Vou tentar almoçar com eles no fim de semana. Vai ficar muito brava comigo se eu disser que preciso desligar?

Pego a carteira e boto em meu bolso, em seguida as chaves do carro.

— *Não, querido, vá se divertir. Espero você em casa no recesso, mande Kane me ligar.*

— Tudo bem, amo você.

— *Também amo você, filho.*

Desligo e saio do quarto sem me preocupar em trancar. Kane está em casa e hoje não vai ter festa. Desço as escadas passando pela sala. Jamie e Justin jogam videogame. Kane está dormindo no sofá.

— Justin — chamo e ele apenas murmura "hum", vidrado na tela da televisão. — Quando Kane acordar, peça para ele ligar para nossa mãe.

— Ok! — Ele dá pausa fazendo Jamie xingar. — Aonde vai?

— Pare ser fofoqueiro você pode parar o jogo, né?

— Nós combinamos de pedir pizza e fazer um madrugadão de jogos.

— Eu sei, volto cedo. — Ele apenas acena e volta ao jogo.

Saio de casa indo direto para a garagem, onde entro no carro e vou em direção à *Coffee Academics.* Na quarta à noite, quando estávamos no ensaio da banda, ouvi a Taylor falar que sexta, depois das seis, a cafeteria fica deserta. E estou torcendo para que hoje seja assim também. Nesse mesmo dia, Pri avisou ao Justin que ficaria com Andrew e Taylor, pois iriam maratonar uma série, o que levou Justin a invocar a noite de jogos e fazer a felicidade dos caras da casa. Eles com certeza estão dormindo agora para então acordar e virar a noite jogando, comendo e bebendo.

Quando chego adiante da cafeteira, estaciono e não perco tempo, saio do carro e vou até o estabelecimento. Quando o sino toca, sinalizando a chegada de alguém, Taylor sai do que parece ser o balcão limpando as mãos no avental marrom. Cara, ela nesse vestidinho de uniforme chega a ser imoral de tão gata.

— Oi! — Sento-me na banqueta alta.

— É sério que você veio me fazer trabalhar no final do expediente de uma sexta feira?

— Vim tornar seu fim de expediente mais agradável e poupar sua caminhada até o estacionamento.

— Andrew e Thiago viriam me buscar.

— Então os avise para não virem.

Ela revira os olhos, saindo de trás do balcão e indo até a porta da cafeteria, onde abre e puxa a porta de alumínio fechando-a. É impossível não olhar para as suas pernas, ou para a bunda redondinha por baixo do vestido. Óbvio que ela se vira me pegando no flagra.

— Foi bom admirar minha bunda? — provoca.

— Sempre é.

— Sempre? — Ela ri. — Cara de pau.

— Fecha mais cedo hoje?

— Quando o movimento está fraco, sim. Não me leve a mal, mas você precisa mesmo ir. Hoje é o dia em que levanto todas as cadeiras e lavo o chão.

— Eu te ajudo.

— Brandon, esse é o meu trabalho, aqui tem câmeras. Imagina que legal se o seu Donald ou a esposa as acessarem e verem que tem um grandalhão me ajudando?

— O problema é os pais do Jamie? — falo, lembrando que a cafeteria é dos pais dele.

— Sim — responde.

— Tudo bem — digo pegando meu celular. — Me dá um minuto.

No quarto toque Jamie atende.

— *Ei, está tudo bem?* — Ele diz, provavelmente porque acabei de sair de lá.

— Estou na Coffee. Pode avisar aos seus pais que vou ajudar Taylor a limpar tudo por aqui?

Taylor arregala os olhos e tenta tirar o celular da minha mão, mas com o braço livre puxo-a, que acaba ficando entre as minhas pernas já que ainda estou sentado.

Jamie ri do outro lado da linha.

— *Aviso sim.*

— Obrigado, capitão.

— *Até — diz e desliga.*

— Eu vou te matar! — ela fala.

— Antes você me dá um beijo? — peço — Assim, eu morreria feliz.

Ela morde o lábio, contendo um sorriso. Levo meu dedo à sua boca e Taylor não o afasta. Ponho o dedo no lábio em que seus dentes estão e ela o solta de imediato. Passo o dedo ali, sentindo a textura macia de seus lábios aveludados, sem conter o suspiro que sai da minha boca. Ela pigarreia, tirando meu braço da sua cintura e se afasta.

— Pronto para me ajudar? Ainda dá tempo de correr.

Tiro o moletom, deixando-o em cima da bancada.

— Eu nunca desisto, amor. — Pisco para ela. — Onde está a vassoura? Ah, e não se esqueça de avisar ao Andrew para não vir te buscar.

Depois de me dar a vassoura e o balde com água e sabão, ela pega o celular e digita algo, provavelmente avisando ao Andrew que estou aqui. Logo em seguida, volta e diz que ela esfrega enquanto eu puxo a água com o rodo, levando-a até a fresta da porta.

Preciso admitir que foi zero cansativo perto dos treinos puxados que estou acostumado. Difícil foi olhar para a bunda arrebitada e inclinada muito perto de mim. Desde quando uma mulher lavando o chão é sexy? Pois é. *Ela é.*

Quando terminamos tudo, lavamos as mãos e logo fomos para o meu carro. Passei em um drive-thru e comprei um donut e um refrigerante para ela, para mim apenas um café.

— Você não precisava ter tirado a camisa — fala quando engole o último pedaço do doce.

— Estava *tão* calor. — Faço uma voz dramática.

Ela toma um gole do refrigerante, logo me oferecendo. Eu nego.

— Você nunca toma refrigerante?

— Eu me acostumei, não faz mais falta.

— E doce você não come? Tipo nunca? Não comeu quando fomos ao Chuflê.

— Prefiro salgado. Se bem que... — Estendo a mão limpando o canto da sua boca onde tinha uma sujeirinha de chocolate e levo até a minha boca e chupando-o. — Esse parecia estar maravilhoso.

— Você não provou — ela diz baixinho.

— E me arrependi — falo torcendo para que ela entenda a minha frase subentendida.

— Não somos nada — ela comenta o que já disse mil vezes e eu finjo que acredito como em todas elas. — O que vou fazer é por mim, não por você.

Não tenho tempo de raciocinar, pois ela solta o cinto e vem para o meu colo. Meu reflexo de atleta antecipa seu movimento, segurando sua cintura e, com a mão livre, empurro o banco para trás.

— O último garoto que fiquei foi uma merda. Então, vou te beijar porque eu estou com vontade de ficar com alguém e não por ser você.

Aham, claro.

— Não me oponho.

Ela segura o meu rosto, ficando a milímetros da minha boca.

— É bom que você faça esse beijo valer a pena, Brandon.

Não tenho tempo de responder, pois ela é rápida. Como nas outras vezes, quando toca os meus lábios, não sinto mais nada a não ser ela. Não existe o mundo lá fora, só nós dois aqui dentro e todo o desejo que mal cabe em meu peito. Suspiro entre o beijo, constatando de imediato o fato de que só melhora. A cada beijo *tudo* melhora. A forma como segura o meu rosto em um beijo intenso, mas não desesperado. Os arrepios que manda pelo meu corpo toda vez que raspa as unhas em meu couro cabeludo. O jeito que move a cabeça em uma sincronia perfeita com a minha. A forma como chupa minha língua e morde meus lábios.

Correspondo a cada toque seu, segurando firme sua cintura contra o meu corpo e o pequeno atrito já faz com que meu pau ganhe vida e queira entrar na brincadeira. Tenho vontade de descer as mãos até a sua bunda e apertar, porém, tenho receio de que isso a assuste e Taylor pare o beijo. Permaneço com as mãos em sua cintura e, por instinto, subo até suas costas, puxando-a para o meu peito. Ela é receptiva e tenta se mexer, mas o vestido do uniforme parece impedir seu movimento.

— Espera. — Afasta-se um pouco, e eu realmente não estava pronto para o que viria a seguir.

Ela puxa o vestido, deixando-o embolado na cintura. Sou incapaz de tirar os olhos das suas coxas nuas e do triângulo delicioso coberto por uma calcinha de tecido azul-marinho simples. Ela beija meu pescoço e lambe meu queixo até chegar à boca.

— Brandon? — chama e só então me dou conta de que estou parado feito um idiota.

Não respondo com palavras, mas com ações, ao levar minha mão até o seu rosto a puxando novamente para a minha boca. Ela enfia os dedos entre meus cabelos, fazendo-me gemer. Levo as mãos às suas coxas nuas, subindo devagar e sentindo sua pele arrepiar sob o meu toque. Chego até as duas polpas da bunda, sentindo a calcinha de modelo fio dental. Então eu aperto, massageio e aperto de novo.

— Brandon — fala entre o beijo com um gemido.

Abro os olhos, encarando os seus nublados de desejo. Faço o que queria fazer desde o início e me ajeito, puxando sua bunda com força e fazendo com que sua boceta se encaixe perfeitamente em cima do meu pau. A sensação é tão gostosa que gememos juntos.

— Eu queria estar sem roupa — murmuro — e sentir essa boceta meladinha se esfregando em mim. — Mordo seu queixo. — Mas eu fico mais do que feliz em ver você rebolar no meu colo mesmo que vestida.

Eu jurava que ela ficaria quieta ou até tímida. Mais uma vez ela me surpreende.

— Você quer que eu rebole? — Ela mexe o quadril e mordo o lábio. — Assim? — Dessa vez ela rebola com vontade e eu arfo. — Devagar ou rápido? — pergunta, sem parar de se esfregar em mim, e eu não sei se olho para a sua expressão cheia de tesão ou se olho para baixo para ver seus movimentos. — Perdeu a língua, quarterback?

Ela leva a boca até minha orelha e morde a ponta de forma bruta para falar em seguida:

— Ou quer eu quicando gostoso e te fazendo imaginar como seria me ter te montando sem nenhuma peça de roupa entre nós?

— Puta que pariu! — Puxo a gola do moletom, pois sinto que vou sufocar.

— Tudo bem? — Ela se afasta um pouco e eu aproveito o momento para tirar o casaco. Ela ri. — O que foi, *quarterback*? — indaga provocando. — Nunca vamos transar então, já que você mal aguenta uma sarrada.

Puxo seu queixo com força para perto do meu rosto e dessa vez é ela quem arfa.

— Esfrega essa boceta melada em mim. — Mordo seu lábio inferior. — Quero ver você gozar. E sobre transar, quando eu te foder, quero ter espaço e meter sem dó em todos os seus buracos. No dia seguinte, cada passo que der, vai se lembrar de mim. E cada vez que se olhar no espelho, verá minhas marcas, pois farei questão de chupar cada pedacinho desse corpo.

Ela respira pesado.

— O que aconteceu, amor? *Perdeu a língua?* — Ela estreita os olhos por me ver imitando sua fala anterior. — Vamos lá, loirinha, mexe esse rabo gostoso. Me deixa te ver gozar.

Ela volta a me beijar, dessa vez rebolando rápido, levando nós dois ao limite do tesão. Os vidros do carro ficam embaçados e, por mais que a caminhonete seja pesada, tenho certeza de que quem passa pode ver um leve balançar. Ela é agressiva na medida certa: ora me beija, ora me morde, ora me arranha. Também não tem um pingo de vergonha de demonstrar que está excitada, gemendo de um jeito que me deixa ainda mais louco.

O fato de falar putaria só deixa tudo ainda mais interessante.

Quando inclina a cabeça para trás, gemendo mais alto, eu não consigo me segurar e gozo. Graças a Deus ela goza em seguida. Taylor amolece em meus braços e, mesmo me sentindo tonto pelo orgasmo, puxo-a para mim, que encosta a testa na minha. Ela fica com os olhos fechados, esperando a respiração voltar ao normal. Também estou arfando, porém meus olhos ficam abertos, decorando cada centímetro do seu rosto rosado pelo orgasmo. Quando se acalma, ela me olha e sorri.

— Não se acostume com isso, quarterback... — E faz menção de sair do meu colo.

Seguro sua cintura, mantendo-a ali.

— Eu mereço um beijo antes de você ir, depois de usar meu corpinho.

Ela estreita os olhos e se apoia em meus ombros, levantando um pouco o quadril e olhando a minha calça manchada de gozo.

— Eu não fui a única beneficiada aqui.

— Culpado — respondo sorrindo.

Ela se inclina e me beija de novo. Dessa vez um beijo lento, quase contemplativo. No fim, sela meus lábios e volta para o banco do carona, arrumando o vestido e tentando ajeitar os cabelos.

— Consegue pedir que Andrew desça e espere você ali embaixo? Não vai dar para eu te acompanhar até o alojamento. — Aponto novamente para a calça marcada.

O estrago é grande.

— Não precisa.

— Por favor, vou ficar mais tranquilo.

— Brandon, está cheio de gente na rua. — Ela abaixa o vidro, mostrando-me.

— Tudo bem — respondo a contragosto. — Vou ficar olhando você entrar e espero uma mensagem quando chegar ao quarto.

Ela bufa.

— Não banque o controlador.

— Isso não é controle, é zelo. Além do mais, eu sou um cretino, então se a mensagem não chegar, vou subir para conferir se está bem.

— Você não teria coragem.

— Ah, eu teria. Eu tenho. — Ela abre a porta e seguro de leve seu braço. — Poxa, nem um beijinho?

— Ah, me erra, garoto! — responde, porém, vejo uma sombra de sorriso em seu rosto.

Fico acompanhando com os olhos todo o seu caminho até entrar no alojamento. Alguns minutos depois, recebo uma mensagem breve "cheguei", que respondo com um coração e ela me manda um dedo do meio, fazendo-me gargalhar. Subo o vidro do carro, levando as duas mãos à cabeça.

— Caralho, isso aconteceu mesmo — falo sozinho, sentindo-me feliz.

Feliz pra caralho.

Tivemos um grande avanço e não vejo a hora de continuar quebrando tijolinho por tijolinho do muro que Taylor ergueu entre nós dois.

Capítulo 20

Há uma menina
Que se importa
Atrás desta parede
Que você simplesmente atravessa
Wish You Were Here — Avril Lavigne

TAYLOR JONES

— Alô.
— *Taylor?*
— Sim, fala — odeio quando ela me liga.
Costumo ser direta e fria, pois não consigo tirar a imagem da minha cabeça dela e do meu pai transando. Porra, ela era casada com o irmão da minha mãe! O coitado do corno continua no escuro, já que seguem juntos.
— *A sua inquilina tentou falar com você, mas como não conseguiu contato, ela me procurou.* — Como não respondo, ela continua: — *Houve uma infiltração das grandes e eles precisam reformar a parede, até disseram que está no acordo com a imobiliária que a reforma será descontada nos aluguéis, o problema é que o porão onde estão suas coisas alagou.*
Fecho os olhos apertando com força. Todas as coisas dos meus pais também estão nesse porão. Fotos, recordações...
— *Você vai vir agora no recesso de fim de ano? Seu tio disse que podemos pagar a sua passagem e...*
— Vou ligar para a imobiliária e ver o que eu faço, até — falo e desligo na sua cara, com vontade de mandar um belo "vai para a puta que pariu, sua vaca!".
Não acredito que molhou tudo. Senhor, não acredito mesmo. Caminho até o refeitório e compro um sanduíche e um suco de garrafinha. Mando uma mensagem para Priscila e Andrew dizendo que não vou almoçar com eles hoje e vou em direção ao alojamento.
Eu não sei o que fazer.
Preciso que alguém vá até lá e dê um jeito em tudo. Alguém de confiança, que se importe com as caixas, se bem que elas estão embaladas

em plástico bolha, então talvez nem tudo esteja perdido. Nem me importo se os móveis estragarem, não é como se eu fosse com frequência para o Canadá. A sorte é que o seguro de vida dos meus pais deu uma boa quantia e guardei o máximo que pude dos aluguéis, senão estaria muito fodida.

— Cunhada? — Olho para trás, vendo Kane caminhar em minha direção. — Não vai almoçar com a gente?

— Não — respondo enquanto ele me abraça e beija a minha testa. — E não sou sua cunhada. Quantas vezes vou ter de repetir isso?

— Talvez até o momento em que você mesma acredite.

Olho para ele, momentaneamente sem saber o que falar

— Eu te deixei sem palavras, né? É, quem cala consente.

— Ah, cala a boca — falo e ele ri.

— Está indo para casa? — pergunta.

— Sim. Estou de folga hoje, quero dormir a tarde inteira.

— Acho difícil.

— Por quê?

— Porque Justin me disse que Pri não vai para a república para ficar com você. Isso com certeza inclui Andrew.

Suspiro.

— Bem, provavelmente vou ser obrigada a ver algum filme idiota de comédia romântica.

— Até nisso você combina com Bê.

— Tchau, Kane — viro as costas, começando a caminhar e evitando que fale mais alguma coisa.

— É feio dar as costas para o cunhado! — ele exclama e eu levanto um dedo do meio no ar, sem me virar em sua direção.

— E você sabe o que vai fazer? — Andrew pergunta.

— Vou precisar ir para lá.

— E o Réveillon, Tay? Justin conseguiu uma VIP só para nós, sem contar que já convidei vocês para o Natal. Meus pais vão vir também, vai ser na casa dos pais do Justin.

— Não quero passar o Natal lá. Eu... Não dá Pri.

— Os pais do Brandon nem te conhecem, amiga.

— Eu sei, mas isso é demais para mim, entende? Estou confusa e...

— Tudo bem. — É Andy quem responde. — No seu tempo. Quando quiser contar o que rolou, e conversar sobre o que está rolando, estaremos aqui.

— Obrigada.

— Quanto ao Natal — ele começa —, o que acha de irmos passar na casa da minha mãe? — Pergunta. — Geralmente passamos só nós dois, você será bem-vinda.

— Pode ser — respondo. *Pelo menos não vou passar sozinha como nos últimos anos.* — Talvez eu não seja uma boa companhia, essas datas comemorativas me incomodam muito e...

— Nem termine. Está decidido, vai passar conosco.

No jantar de Ação de Graças, passamos todos na casa de fraternidade dos meninos, comendo besteira e jogando. Foi um feriado totalmente fora do que manda a tradição, ainda assim, foi divertido.

— Tudo bem.

Meu celular vibra na bancada e eu largo o prato com o brigadeiro de colher que a Pri costuma fazer para nós, pegando o aparelho.

Está tudo bem?

Olho a mensagem dele e não me contenho em provocar.

Já está com saudades, garoto?
Uma "meia sentada" e você se apaixonou?

Me apaixonei bem antes disso,
Mas você ainda não está pronta para essa conversa.
Por que não almoçou no refeitório hoje?

Por que estava a fim de fazer um lanche e
vir para o quarto descansar.

O que houve?

Vai arrumar algo para fazer, vai.

Não posso, estou ocupado aqui com
Você. Me fale, o que houve?

Suspiro. Se há uma coisa que Brandon Davis sabe ser na vida é ser insistente, sério. Ele também é assustador. Assusta-me, e muito, o tanto que ele me conhece.

Problemas com minha casa no Canadá.
Uma infiltração. Vou lá no recesso e ver o que posso fazer.

E o Natal e o Réveillon?
Vou depois do réveillon.
Certo. Posso ir com você.

Arqueio a sobrancelha quando vejo sua mensagem, ele é ousado e isso nem me surpreende mais. Mesmo que não seja uma pergunta, eu respondo.

Não.

Se precisar de qualquer coisa, você sabe,
Estou aqui.

Visualizo e não respondo. Não posso deixá-lo ir tão longe.

Vai ao jogo sexta?
Talvez.

É a final do campeonato e o time
da sua universidade vai jogar.
Seria um insulto com o brasão dos Tigers se
você não fosse.

Não vou muito com a cara do quarterback, mas
Talvez eu faça um esforço.

Ele manda risos e um coração, eu ignoro. Não sei lidar com essa versão diferente do Brandon. Quero matar e beijá-lo ao mesmo tempo, e essa situação se torna mais difícil a cada dia. Quanto aos meus sentimentos? Recuso-me a ser realista. Prefiro fingir que está tudo bem, que esse envolvimento não fode com o meu psicológico.

Vou continuar me convencendo todos os dias de que não gosto dele.

Capítulo 21

Tivemos que aprender como nos virar sem o mundo ceder
Tive que aprender o que tenho e o que eu não sou
E quem eu sou
I Won't Give Up — Jason Mraz

BRANDON DAVIS

— Jamie, não se esqueça de marcar Maick — o treinador Caleb diz. — Preciso do Brandon livre para pontuar.

— Certo, treinador — Jamie responde.

— Brandon, ataque com tudo de você, entendeu? Precisamos vencer essa porra e preciso da sua cabeça 100% no jogo.

— Esse é o problema — Nickolas fala. — Brandon anda aéreo demais, posso jurar que isso é culpa de uma boceta rosadinha que conheci...

Levanto os olhos para ele.

— Repete o que você disse, Nickolas — Levanto-me. — Repete *agora.*

— Ah, era só o que me faltava, vocês brigarem por causa de mulher a cinco minutos antes de entrar no jogo!

— Você não vai passar a mão na cabeça desse filho da puta — falo para o treinador.

— Brandon — Jamie me adverte.

— Para o caralho com "Brandon". — Imito a voz dele. — Eu exijo respeito. — Olho sério para o treinador, que tem os olhos estreitos em minha direção. — Quero que ele peça desculpa.

— Nem fodendo — Nickolas diz.

— Você está exagerando, garoto — o treinador volta a falar.

— Estou? — pergunto e logo largo meu capacete no chão. — Joguem sem mim, então — falo abrindo os braços.

O vestiário cai em um silêncio tão grande que se caísse uma agulha no chão, ouviríamos. Continuo encarando o treinador sem demonstrar medo algum. Que se foda todo esse caralho! Ele respira fundo e se vira para Nickolas.

— Peça desculpa — diz para ele.

— O quê? — Ele ri. — Está zoando, né?

— Não enrole, Nickolas.

— Mas...

— Agora, Nickolas!

O babaca do meu colega de time me olha com uma expressão demoníaca e posso jurar que, se pudesse, me mataria agora mesmo.

— Desculpa — pede baixo, mas me contento com isso.

Abaixo-me, pegando o capacete do chão, logo ficando ereto.

— Vamos botar esses filhos da puta no lugar deles! — Jamie grita, quebrando o gelo e incentivando o time.

Colocamos os protetores bucais, os capacetes e começamos a breve rotina de fazer uma oração e em seguida o grito de guerra, para depois irmos para o corredor em direção ao ginásio. Hoje vamos jogar contra os Búfalos. Eles realmente são um bando de filhos da puta e costumam jogar sujo. Maick, a defesa deles, é um idiota que só sabe criar confusão ou tentar ter benefício na base da provocação. É um inferno, porque o babaca não sai do meu pé, mal me deixa respirar. Jogar com ele me marcando é muito mais sobre psicológico do que físico.

Quando entramos no campo, nossa torcida vibra e essa é uma das grandes vantagens de jogar em casa. Absorvo seus incentivos, mas assim que o time adversário entra, bloqueio tudo à nossa volta. Maick me olha e sorri, e eu me concentro em não mostrar o dedo do meio como um moleque de dez anos.

Depois de todas as formalidades, nos colocamos em posição. Claro que Maick se agacha, ficando cara a cara comigo.

— E aí, quarterback, voltou a se dedicar aos jogos ou continua cuidando do priminho drogado? — Respiro fundo, controlando-me.

A partida se inicia quando o chutador do outro time chuta a bola em direção ao nosso lado do campo, da linha de 35 jardas. Dez jardas devem ser percorridas antes que qualquer jogador toque na bola. Visto minha expressão indecifrável quando o jogo começa.

Lógico que tenho Maick em meu encalço. Engano a defesa, induzindo-a a uma movimentação antes do tempo e, como esperado, eles denunciam o tipo de marcação que usarão.

— HUNT — começo a contagem conforme o combinado. — HUNT. — E então, dou um tapa nas costas do *Center* sinalizando o exato momento do *Snap*.

Qualquer erro neste tipo de *Snap* pode ser fatal para o time, custando pontos valiosos. Então, quando pontuamos, gritamos em comemoração. O primeiro quarto chega ao final e nesse momento o treinador grita as ordens. Quando os dois minutos se acabam, voltamos ao campo.

Maick está cada vez mais agressivo e em certo momento pensei que tinha me quebrado uma costela.

O segundo e o terceiro quartos também passam e, ainda que estejamos com uma boa vantagem, o clima fica tenso. O time adversário quer sangue e nós fazemos de tudo para manter nossa posição. No início do último quarto, estou cansado e irritado em um nível extremo. Tudo no meu corpo dói.

Para variar, as provocações não param e eu já não consigo manter a minha mente imune a tudo.

— Você precisou trocar fralda *dele*? — Maick diz, marcando pesado na defesa. — Vamos lá, seu primo já estava dando para geral em troca de drogas — empurro o peito dele com força. — Você também comeu?

— Cala a porra da boca! — grito.

— Então rolava mesmo um incesto — fala com o capacete quase grudado ao meu. — Ele também comeu a sua mãe? Eu vi uma foto dela e, caralho, eu comeria a coroa e...

Perco a cabeça, pego-o pela camiseta e o jogo no chão. Meu capacete de repente não está mais em mim e nem o dele nele. Soco a sua cara e levo um soco de volta. Sinto o sangue pingar do meu nariz e acredito que até tenha quebrado, porém isso não impede que eu soque os seus dois olhos, torcendo para que fiquem tão inchados pelos próximos dias a ponto dele mal conseguir enxergar.

— Brandon! — Jamie grita, puxando-me e, mesmo assim, me impulsiono para frente, tentando sair do seu aperto. Esse babaca do caralho merece apanhar mais. — Brandon! — Ele volta a gritar, segurando meu rosto. — Calma.

E nesse momento ouvimos que fui expulso. Respiro fundo, limpando com as costas da mão o sangue que escorre até a minha boca. Caminho para fora do campo ao mesmo tempo em que escuto a torcida gritar *"Brandon, Brandon, Brandon"* como se soubessem que cheguei ao meu limite.

Caminho no corredor para o vestiário, no entanto, é lógico que me fazem ir para a enfermaria. Sou examinado e me dizem que o nariz não está quebrado, porém, como é uma área sensível, é normal que saia tanto sangue. Tiro a camisa e mostro a costela com um hematoma dos grandes. Só de mexer já sinto dor no local. O médico decide aplicar uma medicação intravenosa, pois disse que a ação é imediata contra a dor.

Isso não significa que as coisas não vão piorar quando o efeito passar.

Furam o meu braço, botando o cateter e, logo em seguida, a medicação começa a pingar. A poltrona é confortável, deixando-me com a coluna inclinada, quase deitado. Fecho os olhos, apreciando o silêncio e praguejo mentalmente quando batem à porta e abrem no momento seguinte. Faço uma expressão brava para espantar quem quer seja dali, contudo, assim que a vejo, meu rosto suaviza.

— Oi — diz, parecendo pela primeira vez tímida.

— Amor — falo, olhando para a minha loirinha —, como conseguiu entrar aqui?

— A fisioterapeuta é minha professora e eu posso ter mentido para ela que era sua namorada.

Meu sorriso é tão grande que devo estar parecendo o coringa.

— Vem cá — chamo com a mão.

Ela se aproxima devagar, porém quando chega perto, uso a mão livre para puxá-la para o meu colo. Não contenho o murmúrio de dor quando sinto minha costela queimar.

— Brandon — ela adverte e tenta sair, mas seguro-a ali.

— Facilite a minha vida só dessa vez, fique. Minhas pernas não estão doendo.

Tanto. Completo mentalmente. Minhas pernas não estão doendo *tanto.*

— Nossa! — Ela põe a mão em meu abdômen de leve enquanto olha a minha costela. — Isso está bem feio.

— Nem tanto — desdenho.

— Isso aconteceu no último período? — pergunta.

— No primeiro.

— E você continuou jogando com dor? — ela diz e faz um gesto de negação com a cabeça. — Que irresponsabilidade.

Não digo nada.

— Por que você partiu para cima do cara? — pergunta.

— Eu não sou agressivo — defendo-me antes de qualquer coisa.

— Eu sei — fala e eu suspiro em alívio. — Por que partiu para cima dele?

— Porque ele ficou falando do Justin e da minha mãe.

— Entendi — diz e passa a mão em meus cabelos, fazendo-me me inclinar contra o seu toque. — Seu nariz está bem inchado.

— Mesmo assim, continuo lindo — brinco. — Pode admitir.

— Cretino — diz, revirando os olhos e me fazendo rir.

— Saindo daqui vou para a cabana, quer ir comigo?

Ela parece pensar, olhando para as próprias mãos. Eu poderia argumentar e insistir, mas quero que ela queira estar comigo.

Por fim, puxa uma respiração longa e volta a me olhar.

— Precisa seguir o protocolo hoje?

— Banho, terno, sim. Mas não vou com eles no ônibus, vou mandar uma mensagem para Kane e pedir que ele deixe a chave do carro com o segurança do ginásio para mim.

Ela apenas acena em positivo.

O médico chega e Taylor praticamente pula do meu colo. Ele não gosta muito dela estar ali, mesmo assim, passa todos os cuidados, que já sei quais são, e a receita com os remédios que devo tomar. Puxo-a pela mão, na outra seguro minha camisa e ombreiras. Quando paramos em frente ao vestiário, peço que espere em um banco no corredor. Ligo para Kane, pedindo as chaves, enquanto estou tirando a roupa e ele não pergunta quem vai comigo, com certeza estavam vendo o jogo juntos e ele sabe que ela veio até mim.

Nunca tomei um banho e vesti um terno tão rápido. Quando estou saindo do vestiário o pessoal do time está chegando, eles parecem felizes, o que me levar a crer que ganhamos. O problema é a cara que o treinador e alguns dos meus colegas fazem olhando para mim. Vou levar bronca, na frente de todo mundo. Taylor se levanta e, com os seus grandes um metro e sessenta, para ao meu lado, como se também soubesse o que está por vir. O treinador olha para ela, entretanto não diz nada, voltando a atenção para mim.

— Seu comportamento foi inadmissível, Brandon.

— Ele vai pensar e refletir sobre o que aconteceu, treinador — Jamie intervém.

— Claro que vai — Caleb responde. — Caso contrário, ele está fora.

Não consigo evitar o sorriso irônico que toma conta do meu rosto, fazendo sua expressão vacilar um pouco.

— Seja feita a sua vontade, treinador. A decisão é sua — respondo.

— Ele é um homem sábio, Bê — Taylor fala, atraindo todos os olhares para si. Eu fico vidrado no "Bê" e em como gostei de ser chamado assim por ela. — Jamais faria algo contra o cérebro, alma e coração do *ataque.*

Caralho! Eu *AMO* essa garota. Puta que pariu, eu a amo. Amo mesmo.

— Podemos ir? — ela me pergunta e eu mexo a cabeça, dizendo que "sim".

Dessa vez, Taylor pega a minha mão e me puxa, fazendo com que abram espaço para nós dois passarmos. Caminhamos em silêncio e, quando chegamos até o segurança, ele me entrega a chave que Kane deixou. Taylor abaixa a cabeça quando vê alguns blogs tirando fotos.

Caminho até o setor do estacionamento que Kane sinalizou estar o carro.

— Não gostei do seu treinador — ela fala quando vê que não tem ninguém por perto.

— Obrigado pelo que disse.

— Não foi nada demais.

— Você tem dificuldade em escutar elogios, né? — pergunto e ela apenas dá de ombros.

Tiro a chave do bolso e estendo para Taylor.

— O quê? — indaga.

— Você vai dirigir. Tem habilitação?

— Tenho, mas não vou dirigir esse carro.

Olho para o meu carro e então olho para ela.

— Se der alguma merda e eu bater, vou ter que dar meu rim em troca do conserto — diz.

Gargalho alto. O movimento faz que eu sinta a costela e xingo em meio às risadas.

— Você não vai bater e se bater tem seguro. Relaxa.

— Para quem é rico, um carro desse é troco de mercado, né?

Talvez. Mas eu não respondo. Ela pega as chaves da minha mão e vai até o banco do motorista. Deixo minha mochila no banco de trás e entro, sentando-me e sentindo cada músculo do meu corpo protestar. Taylor dá uma olhada em tudo antes de dar partida.

Então, finalmente ela sai do estacionamento. O caminho é feito em silêncio, salvo pelas vezes em que a guio na direção certa — já que diz não lembrar direito onde é o sítio, pois quando viemos era noite —, ou quando paramos na farmácia e dou meu cartão e senha para ela comprar os remédios para mim.

Assim que chegamos, digo que o controle fica no console e ela abre o portão, entrando e fechando em seguida. No momento em que estamos perto da casa dos meus velhos, vejo a minha vó de avental com um regador em mãos. Quando ela vê o carro, faz sinal para que o encoste.

— Ai, meu Deus! — Taylor diz, fazendo-me rir.

— Não precisa estacionar, só para perto dela para eu poder dar um oi.

— Brandon, ela vai achar que eu sou o quê?

— O que todo mundo acha, amor. Que você é gata pra caralho e que eu escolho muito bem.

— Deixa de ser idiota! — xinga de novo, fazendo-me rir.

Mesmo assim, para o carro perto da minha avó, que tem uma cara de brava, porém quando abaixo o vidro, e ela vê o meu rosto, fica apavorada.

— Menino! O que aconteceu? Isso foi no jogo? — pergunta enfiando a mão pela janela do carro e puxando meu queixo para examinar meu rosto. Ela olha para Taylor e seus olhos se iluminam. — Boa tarde, filha! — Então se volta para mim. — Você está namorando, querido! Ah, que felicidade!

— Na verdade... — Taylor começa, mas eu a corto.

— Ela é linda, não é, vó?

— Muito! Fico tão feliz! Você nunca trouxe ninguém aqui sem ser Justin e o Kane. Se a trouxe é porque realmente é importante.

— É — viro-me para Taylor, que me olha com curiosidade. — Ela realmente é.

Minha avó dá duas batidinhas na lataria do carro chamando a minha atenção.

— Precisa de alguma coisa?

— Não, vó, obrigado. Já comprei os remédios.

— Querem jantar aqui?

— Estou querendo deitar, vó.

— Pelo que lembro, tem comida na cabana — Taylor diz, chamando nossa atenção. — Posso fazer algo para comermos.

— Você cozinha? — Minha avó pergunta.

— Um pouco de tudo.

— Ótimo! Espero vocês no almoço amanhã. — Taylor abre a boca para negar, mas minha avó a corta: — Vou ensinar você a fazer o strogonoff que o Brandon ama. Também vou te mostrar a minha horta.

Sorrio, amando minha avó ainda mais.

— Ah — Taylor diz, sem jeito —, claro. Vou adorar.

Nós nos despedimos e Taylor dá partida no carro.

— Aprender o strogonoff que amo, hein? — provoco.

— Nem começa — fala, fazendo-me rir.

Capítulo 22

Então por que continuar fingindo que não há nada errado?
Talvez você goste disso, mas eu não
E talvez você tenha dito isso, mas eu não direi
Start Over — Beyoncé

TAYLOR JONES

Ao descermos do carro, Brandon parece ainda pior do que quando saímos do estádio. Anda meio torto e faz umas caretas estranhas, quando passar o efeito da medicação que fez na veia, vai doer ainda mais. Pego a chave da cabana da sua mão e a abro. Indo até ele novamente e pegando sua mochila.

— Não estou tão ruim a ponto de você precisar carregar as coisas para mim.

Ignoro o que ele diz, subindo a escada, e escuto um gemido de dor quando ele enfim entra na casa.

— Aqui tem rede? — falo mostrando meu celular.

— Sim, tem internet também — diz, passando-me a senha do Wi-Fi.

Vou até a geladeira e vejo as opções de comida.

— Devem ter algumas coisas congeladas. Quando a minha mãe vem, ela sempre traz.

Viro-me e o vejo tirando os sapatos. Então tira o paletó, a gravata e começa abrir os botões da camisa. Volto a olhar para a geladeira.

Abro a parte do congelador, vendo o que parece ser um bolo de carne e, em outro recipiente, algo como purê de batata.

— Esses refratários podem ser levados ao forno? — pergunto.

— Sim, tudo que tem aí vai ao forno.

— Isso é purê de batata? — indago enquanto ligo o forno.

— Purê de batatas com legumes, é muito bom.

Levanto quando ele responde e o vejo tirando a camisa.

— Nossa, Brandon — caminho até ele —, isso está muito roxo. Parece ainda maior que antes.

— É, loirinha, você só teve uma amostra. É realmente bem grande — fala, fazendo-me rir.

— Para — repreendo. — Acho que você poderia ir tomar um banho para passarmos a pomada.

— E comer. Estou morto da fome.

— Aham — respondo, voltando ao forno.

O forno é coisa *fina* mesmo, já está esquentando. Tiro o papel filme que foi passado em volta das duas formas e as ponho no forno. Acho que foram compradas para serem usadas aqui, já que as duas cabem.

— Caralho — ele geme baixo.

Ajusto a temperatura e vou à geladeira ver se tem algo para tomarmos. Suco de caixinha, ótimo. Quando me viro, Brandon já deixou todas as peças do terno estendidas sobre uma banqueta alta e o sapato está no canto. Tudo muito organizado.

— Você não vai ficar andando de cueca por aqui, né?

— Eu vou tomar banho. — Ergue as mãos em sinal de rendição, caminhando em direção ao banheiro.

Pego pratos, talheres e copos, deixando a mesa arrumada. Ligo a televisão imensa e aproveito esse momento para mandar mensagem para a Pri.

Amiga, estou bem.
Não vou dormir no alojamento.

Ela responde de imediato.

Você disse que ia ao banheiro e sumiu, ficamos preocupados... Justin pediu que perguntasse como Brandon está?

Filho da puta, penso rindo.

Ele está bem, eu acho.

Você acha?
Sério que vai mentir para mim, Taylor?

Ele está bem.

Espero do fundo do coração que vocês dois fiquem bem e que você saiba o que está fazendo.

Respondo com um emoji de beijinho e largo o celular ao meu lado, massageando as minhas têmporas. Eu não sei o que estou fazendo, realmente não sei. Tudo vem acontecendo de uma forma tão natural entre nós dois parece tão certo! Os beijos, a pegação no carro, até esperar na fila do refeitório enquanto discutimos sobre um assunto ou outro. Eu tinha construído uma muralha entre nós, entretanto, Brandon, aos poucos, está quebrando toda essa estrutura.

Hoje, quando vi a briga e o sangue no rosto, meio que surtei. Se eu ainda precisava de uma prova para ter certeza de que ainda gosto dele, tive hoje. Realmente surtei, menti que ia ao banheiro e fui atrás dele. Menti novamente para o segurança e para a fisioterapeuta. Eu o culpo até hoje por ter mentido para mim, mas me tornei uma mentirosa ainda pior.

Às vezes penso que fazemos bem um para o outro, de repente, já acho que somos tóxicos. Afinal, qual relacionamento que nasceu com base em uma mentira pode dar certo?

Relacionamento. Balanço a cabeça, rindo de mim mesma por pensar nessa palavra. Não temos um relacionamento e, na verdade, nunca o tivemos. Mesmo agora que estamos próximos, sei que ele fica com outras garotas. Fecho os olhos e apoio a cabeça no sofá.

Quão trouxa eu sou por gostar de estar perto dele? Por *querer* estar com ele?

— Meu nariz parece menos inchado do que quando estava no ambulatório — ele fala quando sai do banheiro.

Está com uma calça de moletom cinza de cintura baixa e sem camisa. Mesmo todo detonado por causa do jogo e da briga, continua incrivelmente lindo.

E eu terrivelmente trouxa.

Ele franze a sobrancelha, analisando-me.

— O que foi? — pergunta e isso também me frustra, porque ele parece me conhecer muito bem.

— Nada. — Levanto-me, indo até o forno ver a comida. — Está quase pronto. — Olho bem. — Eu acho.

Ele ri.

— Não está, vai demorar meia hora ou mais. Tenho experiência com comida congelada, acredite em mim. Quer tomar um banho? Pode pegar uma camiseta minha e uma cueca para ficar mais à vontade.

Apenas concordo.

— Não deixe a comida queimar — tento brincar com ele.

— Está tudo bem mesmo?

— Sim — respondo, já subindo a escada do mezanino onde fica o quarto.

Abro o roupeiro e pego uma camiseta preta e uma cueca branca. Só têm cuecas brancas.

— Tem algum fetiche por cuecas brancas? — pergunto assim que desço.

— Com cuecas não, mas por calcinhas com certeza.

Apenas nego com a cabeça, rindo.

Ele nunca se intimida com minhas provocações, sempre tem uma resposta espertinha na ponta da língua. É impossível sentir tédio perto dele. Tranco a porta do banheiro assim que entro, tiro a roupa e logo ligo a ducha de água, quase dando um gritinho de alegria. É tão grande que me sinto embaixo de uma cachoeira.

Uso os produtos do Brandon, inclusive em meus cabelos, e, com uma dorzinha no coração, saio para me enxugar. Eu me seco, colocando a cueca e depois a camisa dele, que mais parece um vestido, ficando sem sutiã, porque nada nesse mundo me faz dormir com a peça.

Passo a toalha em meus cabelos tirando o excesso de água e a estendo em cima do boxe ao lado da que ele usou, uso uma escova de modelo diferente, menor que as usuais, para pentear os fios. Saio do banheiro, indo novamente em frente ao forno ver se está pronto e, no momento que me agacho, um bipe do forno apita.

— Quer que eu tire? — Ouço-o perguntar.

— Não precisa — respondo.

Pego as luvas térmicas e as coloco. Quando abro a portinha do forno, o cheiro gostoso invade a pequena cabana e sinto meu estômago se contrair de fome. Levo a forma com a torta de carne recheada e em seguida a forma com purê de batata para cima da mesa, enquanto Brandon pega o suco na geladeira.

— Isso parece estar muito bom — falo, quando me sento, já pegando o prato para me servir. — Sua mãe que fez?

— Não — ele diz, colocando suco nos dois copos. Tiro um pedaço de torta para mim e um para ele. — Ela trabalha na clínica, não tem muito tempo. Quem fez foi a dona Mary, até hoje nunca comi nada ruim das coisas que ela faz.

— Essa é a mãe daquela menina que você gosta? — pergunto, sondando, botando um pouco de purê de batata em cada prato.

— *Gostava* — fala, dando ênfase na palavra. — Sim, é a mãe dela.

Provo a comida, apreciando o sabor. É realmente muito boa!

— Isso está mesmo ótimo — elogio, voltando a encher a boca.

Ele sorri.

— Amanhã vou provar o seu strogonoff, minha comida preferida. Vou poder opinar se a sua é tão quanto a dela — diz, risonho.

— Ah, cala a boca.

Cozinhar com a avó dele. Onde eu fui me meter?

Depois de comermos, deixamos a louça na pia e viemos para o sofá ver televisão. O filme tem algumas cenas eróticas e de repente o clima parece terrivelmente quente. Brandon tem um braço esticado sobre os meus ombros, enquanto faz um carinho inocente em meu braço. Por mais que eu saiba que é sem maldade, não posso deixar de pensar como seria ter sua mão em outro lugar. Sim, ele está todo quebrado e eu pensando em safadeza. Uma cena muito semelhante a que protagonizamos no carro começa a passar no filme, provocando risada em Brandon.

— O que acha? — pergunta.

— Do quê?

— Deles. Parece forçado. Aposto que ter nós dois nesse filme seria muito mais sexy.

— Que escroto — repreendo, porém, sou incapaz de não rir junto com ele.

— Não gosto muito de doces. — Levanto a cabeça para o encarar, confusa pela mudança de assunto. — Mas seria uma boa sobremesa ter um beijo seu. — Estreito os olhos, fazendo um charminho. — Sabe, só porque você precisa ficar com alguém e eu estou aqui disponível.

Fala em referência ao que eu disse aquela noite no carro.

— Você está machucado.

— Você pode me beijar com jeitinho — rebate.

— Brandon, seu nariz está inchado, sua costela toda roxa.

Ele tira o braço dos meus ombros e se ajeita, afastando as pernas.

— Você pode se sentar aqui. — Bate em uma das pernas. — Vai ficar longe do meu hematoma e quanto ao nariz, eu já disse, você pode me beijar com jeitinho. — Olho para ele ainda em dúvida. — Por favor, loirinha, só um beijo.

Suspiro, porém, faço o que pede. Ajoelho-me no sofá e me sento de frente para ele em apenas uma perna. Brandon me puxa, incentivando a chegar mais perto. Tão perto que o meu joelho toca o seu pau. Ele põe uma das mãos na minha coxa, alisando até chegar na bainha da cueca.

— Estava com esperanças de que estivesse sem nada por baixo — diz.

— Vai sonhando — respondo, fazendo-o rir.

— Vou parecer muito babaca se disser o quanto você é gostosa?

— Você já é um babaca, então não faz diferença.

Ele ri de novo.

— Eu adoro suas provocações.

— Vou passar a ser um anjo, então.

— Não vai. — Ele sorri. — Você é naturalmente sarcástica e irônica comigo. Essas coisas não mudam.

Será que ele também consegue perceber o quanto eu gosto dele? Olho para baixo, sentindo-me exposta, não fisicamente, mas emocionalmente.

— Não. — Ele segura meu queixo e levanta meu rosto. — É a segunda vez hoje que te sinto longe.

— Está tudo bem, eu...

— Taylor, me deixa falar. — Suspiro, encarando-o em silêncio. — Fui um filho da puta? Fui. Mas você realmente precisa ter em mente que a conversa sobre um possível ménage realmente rolou, porém não, o restante não foi premeditado. Eu curti ficar com você, de verdade. O lance do ménage foi antes de eu me envolver.

— Se ela não estivesse no quarto você teria me contado?

— Brandon que eu era naquela época não teria te contado, mas juro que Brandon que sou hoje jamais mentiria. — Não respondo nada e isso o faz continuar: — Desde o início do semestre, venho tentando me aproximar. Estou respeitando o seu tempo, mas por mim, todos já saberiam o que está rolando. O meu irmão e o meu primo desconfiam, porque não são burros, contudo, eu vivo fugindo do assunto por respeito a você. Se quer continuar assim, ficando uma vez ou outra e enfim, vou aceitar isso, pois ter você pela metade é melhor que não ter nada seu.

Mordo o lábio, tentando conter o choro que ameaça vir.

— Desde aquela brincadeira idiota na república, você é a única garota que fico. Juro pela vida da minha família. Só existe você. Eu só quero você.

— Eu também só fico com você.

— Graças a Deus — ele suspira, fazendo-me rir.

O movimento faz uma lágrima rolar, a qual ele limpa com o dedo.

— Você nunca mais vai chorar ou sofrer por minha causa. Quer dizer, homem sempre faz merda, né? Mas vão ser merdas bobas, nada envolvendo ménages e terceiras pessoas. Você acredita em mim?

— Não.

— Você quer namorar comigo?

— Não.

— Tudo bem, vou me empenhar para que logo você acredite em mim e sua resposta mude para um sim. Agora posso ganhar um beijo? — pergunta e sorrio, aproximando-me do seu rosto.

Mal toco sua boca e ele geme de dor. É impossível beijar com o rosto assim. O nariz inchado, supercílio cortado e inchado também.

— Vou pegar a pomada — falo assim que selo seus lábios apenas com um beijo casto e saio do seu colo.

— Ah não, loirinha. Fica aqui!

Pego a pomada na bancada e volto para o sofá, dessa vez me sentando do outro lado para conseguir passar em todo o hematoma. O celular dele toca e Brandon diz que precisa atender, pois é sua mãe. Enquanto ele conversa, passo a pomada na mancha roxa. Nossa conversa me acalmou um pouco, porém não é como se suas palavras apagassem o que aconteceu. Se ele quiser ficar comigo vai ter que mostrar sua mudança em ações.

Eu não acredito apenas em palavras.

Capítulo 23

Eu vou dar tudo de mim para você
Você é o meu fim e o meu começo
Mesmo quando eu perco, estou ganhando
Porque eu te dou tudo de mim
All Of Me — John Legend

BRANDON DAVIS

Olho para a minha família conversando animada. É noite de ceia de Natal e, como nosso feriado de Ação de Graças deste ano foi atípico, estamos todos juntos na casa do Justin. Seus sogros, pais da Priscila, também estão presentes. A casa dos meus tios é simples, porém acolhedora, e com certeza não sou o único que pensa assim.

Priscila vem de uma família abastada, mas se eu não soubesse disso nem desconfiaria. Seus pais são pessoas humildes e parecem tão à vontade, como se já nos conhecessem. E quanto a Justin? Nunca o vi tão feliz como agora, não desde que John morreu. Ele está sentado no sofá à minha frente com a namorada ao seu lado, enquanto olham Kane sentado sobre o tapete jogando um jogo de tabuleiro com Bryan.

Olho para o meu celular mais uma vez, Taylor ainda não respondeu à minha mensagem. É sempre assim: sinto-me nervoso e ansioso por suas respostas, querendo, a cada dia, mais e mais dela. Em meio às pessoas que amo e aos novos integrantes só consigo pensar em como queria que ela estivesse aqui. Eu, obviamente, não sairia do seu lado para nada e escutaria imensamente feliz todas as piadinhas que me lançassem por finalmente estar namorando alguém.

Impaciente, levanto-me e vou em direção à janela fechada, olhando para a rua enquanto ligo para o seu número. Chama várias vezes até a chamada ser encerrada. *Eu só queria ouvir a voz dela.*

— Espero que você não esteja marcando de encontrar alguém hoje. — Meu pai aparece ao meu lado. — Segure o seu amigo dentro das calças pelo menos na noite de Natal.

Ele não poderia estar mais enganado.

— Eu não estou — respondo sincero.

Ele me analisa, semicerrando os olhos e não corto o contato visual para que veja que não há mentiras.

— Está falando sério — conclui, apenas balanço a cabeça em positivo.

Meu pai se vira para frente, olhando através da janela e eu continuo o observando.

Sou *muito* parecido com ele. Ele é um homem de meia-idade super conservado, considerando tudo o que passou. Espero que eu seja um coroa bonitão também.

— Você está pensativo hoje, além de não largar o celular e parecer angustiado. — Ele vira o rosto, olhando-me. — Algum problema?

— É complicado. — Ele sorri.

— Complicado e ao mesmo tempo perfeito? — Quem ri dessa vez sou eu. — Acredito que essa "complicação" seja loira de olhos azuis — é claro que meus *avós* iriam contar. — Qual o nome dela?

— Taylor.

— Sua avó está encantada com ela. Disse que é uma garota gentil, mas que ao mesmo tempo sabe manter você nos eixos.

Reviro os olhos, fazendo-o rir.

— Você está apaixonado, filho?

— Sim. — Não preciso nem pensar para responder.

— Entendo. Devo te contar que a Hope está voltando. Chega em duas semanas — ele fala me analisando.

Espero me sentir afetado com as suas palavras, no entanto não sinto *nada.* Eu gosto da Taylor desde a primeira vez em que nos beijamos dois anos atrás. E a verdade é que, desde que percebi que realmente gostava dela, notei que o meu sentimento pela Hope foi uma paixonite adolescente. Fico muito feliz de ela voltar para casa, porque ela era minha amiga, mas só isso, nada mais.

— Que bom, pai! Mary e George devem estar felizes.

— Eles estão. Mas eu quero saber como você se sente quanto a isso.

— Fico feliz por eles, por ela. Fico contente por saber que minha amiga estará de volta, mas é só isso, pai — afirmo, sendo avaliado por seus olhos analíticos. — E quer saber? Torço por ela e pelo Kane. — Seu olhar muda, porém ele não diz nada. — Sempre soube que ela sentia algo por ele, e ele bloqueava isso por mim. Espero que isso mude, seria foda tê-la como cunhada.

— É muito bom ver você amadurecendo, filho.

— Vocês fizeram um bom trabalho, pai — digo, puxando-o para um abraço.

Ele também me abraça, dando dois tapinhas em minhas costas. Logo ouvimos um pigarro e começo a rir, sem nem precisar olhar para saber quem é.

— Estou me sentindo excluído — meu irmão diz.

Meu pai se afasta, também rindo, e puxo meu irmão para o nosso meio.

— Eu não acredito que você deixou o menino jogando sozinho por ciúmes, Kane — brinco.

— Era a vez do Justin. Eu perdi.

Kane nunca foi competitivo, então a forma como fala que perdeu é tão natural como o ato de tomar um copo de água. Quando meus olhos passam pela sala, vejo o olhar da Priscila sobre nós. Em mim. Analisando. Ela nem disfarça que não vai com a minha cara, e eu acredito que seja porque a Taylor contou o que aconteceu lá atrás. Ela me atura apenas por causa do Justin. E quando vê que percebi que está olhando, não disfarça, apenas vira e volta a olhar para o namorado no chão jogando com o irmão. Não tenho muito tempo para pensar, pois o meu celular toca e vejo que é Taylor. Tudo dentro mim parece se agitar.

— Loirinha? — Meu irmão pergunta ao ver o nome no identificador de chamadas.

Apenas sorrio, saindo de perto dele e do meu pai, indo para o outro canto da sala.

— Oi, amor — atendo.

Olho discretamente para as costas da Priscila no sofá e posso jurar que ela está fazendo de tudo para ouvir minha conversa. Para deixar claro, caso ela comente algo com a Taylor e ela pense merda, prefiro dar a deixa para a namorada do meu primo sobre quem é do outro lado da linha.

— Já estão na casa do Andrew?

Não espero para ver qual a reação da Priscila, prestando atenção somente na voz do outro lado.

— Não entendi — ela diz. — Estamos aqui desde ontem, já te falei isso.

Sorrio.

— Ah, é mesmo. — Faço-me de bobo. — Como você está?

— Ótima e você? Com muito tempo disponível, pelo visto, já que me mandou vinte e três mensagens e me ligou quatro vezes.

— Ainda que estivesse muito ocupado, para você eu sempre teria tempo.

— Aham — responde, fazendo-me rir. — Vou incorporar o espírito natalino e fingir que acredito.

Ignoro a ironia.

— Estou com saudades.

— Faz só quatro dias que a gente não se vê.

— Poderia fazer algumas horas e, ainda assim, estaria sentindo a sua falta.

Ela fica por um minuto em silêncio.

— É complicado lidar com você, quase sempre — finalmente responde.

— Não concordo. Acho que é complicado *você* lidar com a própria resistência que tem comigo.

— Você é...

— Apaixonado? — pergunto e ela volta a ficar em silêncio. — Sou. Se você ainda não sabe, é bom deixar isso claro.

— Eu preciso ir...

— Tudo bem. Feliz Natal, amor.

— Feliz Natal, Bê — deseja, fazendo-me sorrir.

Em seguida, Taylor desliga.

Sorrindo internamente por ela ter me retornado, caminho até o sofá, sentando-me na ponta oposta em que a Priscila está.

— Você não vai muito com a minha cara, né? — Ela se vira e me olha.

Com todos ela é tímida, simpática e gentil. Comigo ela é séria e, na maioria das vezes, *raivosa.*

— Me pergunto o que você fez com a minha amiga a ponto dela ter *vergonha* de nos contar a história. Ou ter tanto medo de ser julgada por estar novamente... Sei lá o que vocês têm, que fica com você escondida dos amigos — acusa.

— Eu não posso mudar o que passou.

— O que passou, Brandon? — pergunta

— Também não tenho o direito de te contar. Isso é algo que depende dela.

— Não a magoe de novo. E não te acho mais *tão* babaca assim — ela fala e dá a conversa por encerrada, quando pega o celular e começa a mexer.

— Querido — minha mãe chama e eu olho em sua direção. — Pode vir até aqui um momento?

Apenas aceno em positivo, levantando-me e indo até minha mãe.

Capítulo 29

Você sabe que eu tenho muito a dizer
Eu tento esconder na minha cara
E não funciona, você vê através
Que eu só quero ficar com você
You Right (feat. Doja Cat) — The Weeknd

TAYLOR JONES

E só para variar ele está lindo.

Com uma calça jeans simples que marca suas coxas, um tênis branco e uma camisa de botões também branca. Mesmo através do casaco pesado, posso ver seus músculos. Chego a pensar que só pode ser brincadeira com a minha cara ele estar sempre tão lindo. Inacreditável.

Ele suspira pela quarta vez e eu me irrito.

— O que foi?

— Suas pernas... estão me desconcentrando. — Volta a suspirar.

Não disfarço o sorriso em meu rosto.

Ele me olha de canto de olho, logo voltando à atenção para a estrada.

— Isso mesmo — diz, irônico. — Fique rindo da minha desgraça.

— São só pernas, Brandon.

— Engraçado, também te achei bem afetada enquanto olhava para as minhas.

E estava mesmo.

— Impressão sua.

— Claro — concorda com um gesto de negação.

— Por que Kane não veio?

— Não estava no clima de festa.

— Ele quebra todo o estereótipo de menino tatuado do mal.

— Se tem uma pessoa que definitivamente não é do mal é ele. — Seu semblante se fecha um pouco. — Você não contou para a Priscila e o Andrew sobre o que aconteceu. Por quê?

Vergonha. Vergonha de ter sido feita de palhaça e, mesmo assim, estar aqui. Com ele. E pior ainda, por *querer* estar aqui. Por *querer* ele.

— É complicado.

— Eles desconfiam que estamos juntos.

— Não estamos juntos — falo e ele suspira.

— Você fica com outras pessoas? — pergunta com o que parece ser um tom de insegurança na voz.

— Não — respondo, sincera, já tivemos essa conversa antes — Você monopoliza o meu tempo. Sempre que não estou com meus amigos, você aparece.

Ele sorri e o chamo de cretino, o que só o faz rir. Semana passada, no Natal, ele disse que está apaixonado pelo telefone. Depois que desliguei, fiquei por vários minutos tentando entender o que de fato aquilo significava. Meu subconsciente me falou "*você também está*", mas eu o ignorei.

Após o telefonema, a mãe do Andrew serviu a ceia e nós nos envolvemos em uma conversa gostosa, jogamos baralho e isso me fez dispersar do assunto. A mãe dele é um amor e fiquei feliz em saber que mesmo tendo um escroto como pai, sua mãe conseguia compensar todo o amor que Andy merece. Ela o ama pelo que ele é. Como ele é. Ela sabe do Thiago e quer conhecer o genro. Eu a amei pelo simples fato de ser a melhor mãe que meu melhor amigo poderia ter.

Cheguei a pensar em como seria ter um filho... Eu seria uma boa mãe? No entanto, logo ignorei esses pensamentos, pois é algo com o que não quero sonhar. Sou sozinha, não vou colocar uma criança no mundo para que corra o risco de acabar como eu.

Quando me deitei na cama, já de madrugada, foi inevitável não pensar no Brandon. Eu andava pensando *demais* nele. Pensei em como seria se tivéssemos começado de uma forma normal, se tivéssemos nos apaixonado por quem somos e não tivesse nenhum fetiche idiota no meio. Toda vez que me lembro disso, sinto-me um objeto. E eu odeio esse sentimento.

Acontece que nada entre nós é normal. A implicância já virou parte do que somos. O humor ácido que sempre está à nossa volta, junto à ironia, que é a grande marca disso que temos, que não consigo e nem quero nomear. Uma coisa é estar vivendo essa situação, outra bem diferente é rotular e assumir algo que provavelmente me trará uma placa de trouxa bem para o meio da testa.

Somos como um vulcão em erupção, prestes a explodir e incendiar tudo à nossa volta.

Eu consigo lidar com ele. Administrar bem esse lance enquanto privado, porém não sei como seria se as coisas viessem a público. Brandon é o quarterback da universidade. Ainda que Jamie seja o "rei", Brandon é o príncipe, o garoto estrela que tem a atenção de todos e nunca passa despercebido. Para mim, não sei como seria virar o centro das atenções. E pior ainda... Admitir que o perdoei. O perdão é o sentimento mais nobre que uma pessoa pode oferecer a outra e ainda não cheguei nesse nível. Perdoá-lo é como trair os meus princípios. É como trair a mim mesma.

— Tem certeza de que não vai passar frio? — pergunta, com a intenção de me tirar dos meus próprios pensamentos. Ele sempre faz isso.

— Lá tem aquecimento, além de todo o lance do calor humano.

— Como assim?

— Todos dançando um perto do outro e...

— O único que vai dançar com você sou eu.

— Você não gosta de dançar, *bonitinho.*

— Nada em mim é bonitinho, loirinha. Tudo em mim é glorioso, mas você *ainda* não sabe disso — ele pisca e eu reviro os olhos, fingindo não querer saber o quão glorioso Brandon realmente pode ser. Sentir por cima da roupa, ou ter um vislumbre dele de cueca, não é a mesma coisa. — E sobre dançar, todas as exceções são abertas para você.

— Nossa! Quem vê você falando até pode imaginar um príncipe.

— Eu com certeza não sou um príncipe. Em minha defesa, nunca namorei antes, então você é a primeira que me tira da minha zona de conforto.

— Brandon, não estamos namorando. — Sou firme.

— Claro que não. — Ele é irônico.

Cortando o assunto, e precisando de um pouco de silêncio, aumento o som, calando-o. Novamente, ele respeita o meu espaço.

Quando entramos na boate, Brandon manda mensagem para Justin, que autoriza nossa entrada até o camarim dele. Pelo que soube, o dono da boate fechou um espaço pequeno para o DJ não precisar esperar para tocar tendo que assistir às festinhas com drogas que costumam rolar. Achei nobre da parte do homem.

— Brandon — reclamo, batendo na sua mão enquanto subimos a escada para o tal camarim —, pare de fazer isso.

— E deixar que vejam a sua bunda? Nem fodendo, Taylor — fala novamente, tentando puxar o meu vestido para baixo e só então se dá conta. — Puta que pariu essas escadas são vazadas!

Olho para trás, vendo-o olhar para baixo como se esperasse que alguém ali estivesse olhando para cima, esperando ter um vislumbre da minha calcinha.

Seguro o riso para não dar moral para esse tipo de comportamento, porém é realmente divertido ver o seu desespero. Quando finalmente chegamos lá em cima, dou outro tapa em sua mão, ele respira fundo e passa a mão nos cabelos.

— Você ainda vai me matar.

— Deixa de ser louco — digo batendo à porta com força.

Vai que a minha amiga está dando uns amassos no namorado? Não quero ficar com essa imagem na minha mente. Não mesmo.

Logo abrem a porta e Pri grita, abraçando-me em seguida. Não nos vemos há mais de uma semana, já que está passando esses dias na casa dos sogros.

— Que saudade, amiga! — Envolve meu pescoço com os braços, quase me sufocando e eu não me importo. Eu a amo.

— Saudades também! — Quando nos afastamos, dou uma boa olhada em seu corpo.

Usa um cropped e uma calça cargo com um tênis bem colorido. Ela e Justin são estilosos de uma forma *diferente.*

— Você está linda! — exclamo.

— Obrigada — ela agradece e eu sinto Brandon me incentivar a tirar o casaco, já sem o seu. — Oi — ela diz para ele, dessa vez sem toda a animosidade que costuma ter.

— Oi, Pri — ele fala e sorri.

— Cara, está vestida para matar, hein?! — ela brinca assim que vê minha roupa, que nada mais é do que botas, meia calça fio 80 e um vestido justo ao corpo, simples com mangas compridas.

— É. Para me matar, no caso — Brandon diz para ninguém em especial. — Você percebeu que as escadas são vazadas? — comenta com Justin.

— Qual o problema? — o DJ pergunta.

— O problema é que qualquer mulher que subir de vestido ou saia vai dar uma visão privilegiada para quem estiver lá embaixo. Isso é muito mal planejado.

Justin sorri para o primo.

— Você nunca fez o tipo ciumento.

— Vocês precisam parar de querer me enquadrar em um tipo — Brandon replica.

— Verdade, cara. — Justin parece notar o desconforto na voz do Bê. Desconforto esse que também notei e, quando olho para Priscila, vejo que ela também notou. — Foi mal.

— O Gusman nos trouxe um drink ótimo! Vem... — Pri puxa meu braço, levando-me para perto da pequena mesa onde tem uma jarra com morangos e cerejas e alguma bebida clara.

— Não tem álcool — Justin declara. — Vocês não precisam ficar sem beber por minha causa. — Ele não parece desconfortável, está apenas sendo direto e sincero como sempre.

— Falei que bebida alcoólica não faz diferença para mim — Pri fala.

Ela põe a bebida em um copo, empurrando-o em minha direção. Dou um belo gole, surpreendendo-me em como é gostoso.

— É muito bom — falo, fazendo-a sorrir e tomo mais um gole, logo dando o copo para Brandon.

— É meio doce, mas é bom — ele fala, fazendo-nos rir.

Nós nos envolvemos em uma conversa que faz com que o tempo voe. Logo chega a hora de Justin subir ao palco e como Pri vai com ele, já que tem um lugar privado, Brandon e eu decidimos descer para ouvi-lo tocar. É incrível como em questão de segundos o DJ consegue envolver a todos e até os que não estavam dançando se animam e começam a se movimentar.

É como se ele hipnotizasse seu público. Justin realmente tem talento. Brandon está atrás de mim, com o corpo colado ao meu. Não bebi nada alcoólico, porém me sinto tonta só de ter seu corpo junto ao meu. A forma como ele me acompanha, como toca a minha cintura... É demais. Entre nós sempre é tudo muito forte. Intenso.

Muitas trocas de farpas.

Muitos sentimentos envolvidos que vão dos ruins aos bons.

Muita tensão sexual.

Muito tesão acumulado.

Cheguei a um ponto que até o simples toque da sua mão no meu braço me causa arrepios, e ele não parece muito diferente, já que sinto *todas* as partes do seu corpo duras contra mim. Eu forço um pouco minha bunda contra ele, rebolando um pouco mais que o normal. Ele segura minha cintura com uma força que me arrepia e me faz pensar o quanto sua pegada no sexo deve ser fora do comum.

— Taylor — ele repreende. — Você está dificultando bastante as coisas — fala com a boca grudada em minha orelha, fazendo-me arrepiar.

Com a intenção de dificultar mais um pouco, levo uma das mãos para trás, no meio dos nossos corpos, e aperto seu membro sobre a calça. Em resposta, ele geme e logo desce a boca até meu ombro, dando uma mordida gostosa.

De repente, não quero mais dificultar nada. Eu quero facilitar, acabar com esse tesão reprimido e realmente comprovar o quão forte nossa química pode ser. Lentamente, eu me viro, ficando sobre as pontas dos pés para enlaçar o seu pescoço.

— O que acha de irmos para o seu carro? — inquiro ao seu ouvido, vendo os pelos da sua nuca arrepiarem.

— O que você tem em mente? — pergunta meio hesitante, desconfiado.

Como se quisesse comprovar o que quero.

— Algo que envolva nós dois sem roupas.

Ele tira uma das mãos da minha cintura e passa no meu rosto, roçando um dedo pela minha boca.

— Não brinca assim comigo.

Mordo o seu dedo, sugo-o descaradamente por entre meus lábios, pouco me importando se alguém à nossa volta está vendo. Brandon segue o movimento, hipnotizado. Ele respira fundo e volta a me encarar, com os olhos entreabertos e as pupilas dilatadas. Volta a envolver minha cintura, firmando-me contra si e me incentivando a caminhar. Bê parece conhecer bem o lugar, já que nos guia com maestria para o que sugiro ser o camarim do Justin.

Nada de carro, pelo visto.

Passamos por uma porta com um segurança em frente e Brandon para.

— Gusman está aí? — O segurança nega com gesto de cabeça. — Pode avisar para ele que o Brandon Davis está aqui e quer entrar?

O segurança, sem dar muita atenção a nós dois, pega o que parece um rádio transmissor e começa a falar com alguém.

— Que porra é essa, Brandon? Garoto, se você for um louco tipo o Christian Grey, vou enfiar o dedo no seu rabo!

Ele acha engraçado, mas parece não entender bem o que eu digo.

— Você quer privacidade? — o segurança pergunta, sucinto.

— Sim — Bê responde e logo a porta é aberta.

O segurança dá às chaves nas mãos do quarterback, que me incentiva a entrar no espaço.

Eu o escuto trancando a porta novamente, porém estou distraída olhando tudo à nossa volta. É um espaço com uma mesa redonda e bancos estofados. O lugar é moderno e rústico ao mesmo tempo, também é maior do que eu imaginava que seria. Há uma adega climatizada com vinhos em um canto e no outro um pequeno bar com bebidas destiladas e uma cervejeira. O chão é de madeira, como um deck.

— Quem é Christian Grey? — Brandon indaga, levando minha atenção de volta para ele.

— Um gostoso que tem uns fetiches malucos — respondo sem dar muita atenção ao assunto. — Que lugar é esse?

— Aqui é onde o Gusman tem reuniões privativas. De onde você conhece esse cara?

A pergunta me faz rir.

— Em que mundo você vive? Todos o conhecem. — Ele arqueia a sobrancelha. — É o personagem de um filme, Brandon.

— Ah — responde, compreendendo.

E então ele me olha. Olha *daquele* jeito que faz minha espinha gelar e o meu ventre esquentar ao mesmo tempo.

— Você tem vinte segundos para desistir.

— E o que garante que eu não vá desistir depois de te beijar?

Ele sorri.

— Porque vou te fazer implorar.

Gargalho.

— Você pode tentar — afronto.

— Eu não sou homem de tentar, Taylor, sou homem de conseguir.

E, mais rápido do que conseguiria imaginar, ele vem até mim. Segura a minha cintura e me empurra de costas até a parede mais próxima. Grito, assustada pelo movimento rápido.

— Me diga, amor, ainda que eu já saiba. — Ela passa a boca por meu pescoço. — Como você gosta que te toque? — Sinto sua língua me lambendo. — Você gosta de um amorzinho ou prefere ser fodida?

Fico perdida, sem saber o que responder. Ele sobe com a boca até meu rosto, roçando de leve os lábios nos meus. Leva a mão à minha nuca, os dedos se infiltrando em meus cabelos e, quando tem uma boa quantidade em suas mãos, fecha os dedos, puxando-os. Meu corpo inteiro arrepia e eu arfo. Brandon sorri e morde o meu lábio inferior com mais força que o normal.

Sua boca cobre a minha. O beijo é intenso e calmo ao mesmo tempo. Ele me beija como se me tomasse por inteira, sem movimentos bruscos, mas com uma precisão fora do normal.

Meu corpo é ainda mais pressionado contra a parede, sinto seu pau contra a minha barriga, desejando ser mais alta para tê-lo em outro local.

Uma de suas mãos continua na parede, enquanto a outra guia o beijo, segurando firme meus cabelos. A forma como ele me beija é como se fizesse sexo com a minha boca.

Ele mal me tocou e já me sinto arfante, excitada, molhada.

Ele vai diminuindo o ritmo do beijo, sugando meu lábio inferior a ponto de doer. Uma dor bem-vinda. Levo minhas mãos até a sua camisa, abrindo os botões e revelando aquele abdômen malhado e cheio de gominhos. Mas não a tiro, raspo minhas unhas por cada pedacinho seu e o vejo se contrair ao meu toque. Ele, impaciente, tira a camisa, deixando-a de lado no chão.

— Brandon — falo com a voz afetada. — Sua camisa vai sujar toda e...

Paro de falar quando suas mãos tocam os lados das minhas pernas, subindo pelas coxas e levantando o vestido no processo.

Ele continua subindo a peça e entendo seu pedido silencioso e levanto os braços. Ele também joga o meu vestido no chão, sem tirar os olhos do meu corpo.

— Você é de longe a mulher mais linda que já vi — fala, voltando para perto.

Beija meu pescoço e vai descendo a boca... Um beijo sobre cada seio sobre o sutiã. Ele tira a peça com uma facilidade que nem eu tenho e bloqueio o pensamento de como ele adquiriu tal experiência. A peça também vai parar no chão.

Ele olha para os meus seios e espero e anseio para que os tome na boca, porém ele não o faz. Enfia o rosto entre meus peitos e respira fundo, antes de descer para a minha barriga. As mãos vão até a barra da minha meia calça, abaixando-a, ao mesmo tempo em que leva a língua ao meu umbigo, fazendo-me segurar um gemido.

Ele rola a meia fina, tirando-a bem lentamente e, quando expõe minha calcinha, olha como se fosse literalmente me devorar. A meia calça chega às minhas botas, levanto o pé quando ele tira uma por uma e depois faz o mesmo com a meia calça.

Ele segura em cada lado das minhas coxas, obrigando-me a abrir mais as pernas. Meu corpo responde a todos os seus pedidos de forma quase inconsciente. Então, Brandon enfia a cabeça entre as minhas pernas e me cheira. Firmo-as no chão, com medo de cair com o tremor que sinto em meu corpo.

— Esse é o meu novo perfume favorito — ele fala quando afasta minimamente o rosto para me olhar. Nossa, vê-lo ali é muito, muito excitante. — Será que vai virar meu novo gosto favorito também? — E então, sem pudor algum, e sem tirar os olhos dos meus, ele põe a língua para fora e prendo a respiração, ansiosa. No momento em que o sinto lamber toda a minha extensão, ainda que por cima da renda da calcinha, não contenho o gemido. — Acho que preciso de uma prova maior. — Ele tira as mãos das minhas coxas e sem cerimônia rasga a minha calcinha.

— Filho da puta! — exclamo quando ele pega o tecido, agora inútil.

E novamente sem aviso, ele lambe, porém, dessa vez, não desfaz o contato, levando a boca em toda a minha boceta e gemendo. Apoio as mãos na parede da forma que consigo, pois sinto que posso realmente cair a qualquer momento.

— Caralho! — grito, quando ele chupa o meu clitóris.

Ele ri contra a mim.

— Você vai ter o meu caralho logo, logo. Paciência, loirinha...

— Vai se foder. — É a única coisa que me vem à mente enquanto ele me tortura com tudo de si.

— Ah, eu vou. Com certeza eu vou foder. — Ele abre a boca e me dá o que parece ser um beijo de língua.

Puta que pariu! Um beijo de língua *lá*.

Eu vou morrer.

— Quero morar no meio das suas pernas, amor... — diz e dá mais uma lambida. — Que porra de boceta gostosa! — Volta a beijar. Sim, beijar. Não existe outra forma de descrever o que ele faz com a boca.

— Brandon... — reclamo quando ele sobe dando selinhos em minha barriga. Levo as minhas mãos para os seus ombros, buscando apoio, e logo as deixo em seu abdômen.

Ele ataca a minha boca com brusquidão, compartilhando comigo do meu próprio sabor e nunca pensei na vida que isso seria tão excitante. Levo as mãos ao botão da sua calça jeans, logo abrindo o reco. Sem parar de me beijar, ele tira os sapatos de forma desajeitada, ajudando-me a descer as calças.

Levo as mãos ao seu pau e fico sem ar quando o toco. Tento parar o beijo, porém Brandon crava os dedos na minha bunda, segurando-me, mantendo meu corpo parado. Enquanto nos beijamos, tento fechar a mão em volta do seu pau.Não consigo. Porra! Parecendo saber o que estou pensando, ele ri, mas não se afasta. Tento novamente envolver o seu membro, mordo seu lábio e, com a mão livre, o empurro como posso. Quando vejo, volto a perder o ar.

É grande. É grosso. Puta que pariu!

— Respira, loirinha — ele fala, divertido.

Passo a mão pelas veias salientes, dividida entre estar chocada, deslumbrada e com medo.*Se Deus fez é porque cabe.* Penso e solto um riso nervoso.

Ele me pega pela cintura, levantando-me e fazendo-me soltar aquela *coisa imensa.* Envolvo seu pescoço.

— Você é virgem? — pergunta quando pressiona o meu corpo contra parede com o peso do seu. Seu pau roça minha boceta e respiro fundo mordendo o lábio com a sensação gostosa e nego com a cabeça. — Então, por que ficou tão apavorada?

— Não fiquei apavorada — talvez um pouco.

— Eu tenho 1,98m de altura, amor, você já devia imaginar...

— Ah, para de se achar. — Tento implicar, porém minha voz sai extremamente afetada.

— Estou louco para ver você me chupar — Brandon fala olhando para os meus lábios, e logo mira meus olhos. — Mas antes quero te provar uma coisa.

— O quê?

Então me olha e em uma pergunta silenciosa, espera por minha permissão e eu dou. Sem esperar muito, Bê força a entrada, fazendo-me arfar e puxando-me contra si, devagar. Sua respiração está acelerada e os lábios entreabertos só o deixam ainda mais lindo. *E eu que achava que isso era impossível*. Sinto-o alargando-me aos poucos e preenchendo cada espaço existente dentro de mim. Encosto a cabeça na parede e fecho os olhos, concentrando-me na sensação, contudo isso não dura muito tempo, pois ele puxa meu queixo com força, segurando-o.

— Olhos em mim. Quero ver sua expressão enquanto te deixo bem dilatada para poder te foder como você merece. — Passa a língua em meus lábios.

Ele me levanta mais um pouco, ajeitando-me e entrando mais fundo. Meu corpo treme com a invasão, e eu sinto um misto de prazer e de dor que pode ser identificado através dos meus gemidos.

Ele desce os lábios para meus peitos e toma um na boca, mamando, como um esfomeado. Ele mama, chupa, morde e eu fico perdida em meio às sensações. Lentamente, Brandon começa um movimento de vai e vem que parecem me alargar ainda mais. Enfio os dedos entre seus cabelos, perdida, tonta, sem conseguir distinguir nenhum pensamento.

— Eu definitivamente quero morar entre as suas pernas e fazer da sua boceta a minha refeição diária — fala quando solta meu seio.

Sinto seu pau sair de mim e imediatamente me sinto vazia. Reclamo, resmungando enquanto ele me segura e caminha comigo no colo até a mesa. Ele me põe sobre ela e me força a deitar. Quando menos espero, sua boca está de novo *lá*. Ele me levanta pela bunda, deixando-me parcialmente suspensa e grito de surpresa e prazer quando ele lambe meu cu. Porra! Ele lambe e força a entrada, deixando-me fora do ar.

— Brandon...

— Calma, amor. — Sinto seu hálito quente. — Só estou provando. Não vou comer esse cuzinho gostoso. Não hoje.

— Nem nunca... — Consigo pronunciar as palavras meio desconexas.

Ele sorri, colocando-me contra a mesa de novo.

— Eu vou, loirinha. Vou comer esse rabo gostoso e você vai amar e pedir por mais.

Ele segura o seu pau, bombeando devagar, enquanto me olha deitada na mesa. Devo estar uma bagunça, mal consigo respirar.

— Que visão do caralho, Taylor — declara e posso jurar que sinto um pouco de emoção na sua voz. De repente, sinto-me estranha também. — Você é definitivamente a coisa mais linda que já vi na vida.

Reprimo a vontade de chorar, porque a atmosfera muda e parece muito mais que desejo, que tesão. É tudo tão intenso que sinto minha garganta queimar. Sem tirar os olhos dos meus, Brandon se aproxima, ficando entre as minhas pernas e eu envolvo sua cintura com elas. Lentamente, ele volta a me penetrar. Volto a me sentir cheia. Definitivamente cheia. Seus olhos não saem dos meus enquanto nossos gemidos são os únicos sons dentro do ambiente. Ele aperta os meus seios, fazendo-me gemer alto. E eu sinto como se estivesse pegando fogo. Querendo queimar.

— Me fode — peço. — Já tivemos preliminares suficientes nos últimos meses.

— Com você nunca vai ser só foder — diz com a voz rouca. — Porém, seu pedido é uma ordem.

Ele mete mais forte e eu grito. Eu realmente grito. Ele gosta da minha reação, pois repete o movimento. Meus seios pulam de acordo com seus movimentos e escorrego na mesa lisa. Brandon também parece perceber isso, pois, com uma das mãos, segura minha cintura e a outra leva ao meu pescoço.

Isso é o meu limite.

Ele segura meu pescoço com precisão para me manter no lugar, porém sem me sufocar. As investidas aumentam e sinto que posso entrar em colapso a qualquer momento. Sua expressão feroz e coberta de tesão só contribui para a minha queda.

— Quero ver você gozando gostoso no meu pau, amor — fala com a voz rouca. — Quero você gozando comigo, enterrado nessa sua bocetinha deliciosa.

Eu perco o controle do meu corpo, os tremores vêm com força. Sinto como se caísse em um precipício e o fim nunca chegasse. Abro os olhos, perdida, e o vejo gemendo sem parar de me olhar.

— Vou morrer — digo, sentindo a sensação voltar.

— Só se for de prazer, loirinha.

— Eu não consigo mais — falo como posso, sentindo-me agoniada, perdida.

— Consegue. — Ele rebola e põe mais pressão, atingindo um lugar que me faz gritar.

— Brandon!

— Vamos lá, amor — pede. — Vem comigo! Goza pra mim de novo.

— Puta que pariu! — Tento me mexer, mas ele põe mais força em meu pescoço. — Eu...

E então acontece. Porra! Eu grito, desesperada com a sensação até então desconhecida, enquanto ele geme alto. Sinto como se estivesse fazendo xixi. E o vejo de fato molhado. Quero falar algo, mexer-me, mas não consigo.

— Porra — ele fala gemendo. — Porra, porra, porra.

E então, sua expressão muda e, de um planeta muito distante, eu o assisto gozar, penetrando-me com mais força. Suas mãos saem do meu pescoço e da minha cintura e Brandon se apoia na mesa com a respiração irregular de olhos fechados. Mantenho os meus abertos, assistindo-o se recompor e desacreditada de tudo que aconteceu aqui. Lógico que já gozei e já senti prazer antes, no entanto, nunca foi assim. Ele abre os olhos e me fita de uma forma apaixonada. E posso jurar que a minha expressão é como um espelho da sua.

— Você me estragou para qualquer outra mulher, amor.

E você me estragou para qualquer pessoa no mundo.

— Isso foi... — Ele ri, perdendo-se nas próprias palavras. — Você esguichou. Já tinha acontecido antes?

— Não — respondo e sinto vontade saber. — Você já transou com alguém que aconteceu isso?

— Não — diz e vejo sinceridade nas suas palavras acompanhadas de um sorriso. — Uma primeira vez juntos, então — fala e traz os lábios aos meus, beijando-me com doçura.

Quando se afasta, ajuda-me a me sentar e pega as nossas roupas espalhadas pelo chão. Nós nos limpamos com alguns guardanapos que Brandon achou no bar e vestimo-nos em silêncio, como se nós dois precisássemos desse tempo para pensar e digerir o que isso tudo significou.

— Então é isso — ele fala assim que encosta o carro no estacionamento do alojamento. — Vamos ficar duas semanas sem nos ver.

— Não é o fim do mundo, quarterback — brinco, fingindo uma serenidade que não sinto.

Ele apenas concorda fingindo um sorriso.

— Não posso dormir com você mesmo? — pergunta.

— Eu já te falei que o Andrew está aí — respondo. — Nosso voo sai amanhã de manhã cedo. Daqui a algumas horas, na verdade — comento quando vejo no painel do carro que são quase quatro da manhã.

— Não quer mesmo que eu leve vocês ao aeroporto?

— Isso também já foi acertado. — Ele apenas volta a concordar.

— Tem certeza de que eu não posso ir junto?

Dessa vez, não consigo conter o sorriso.

— Estamos falando de uma viagem de avião para outro país, Brandon...

— Eu te garanto que daria um jeito.

Não respondo nada e ele entende que isso é um não.

— Vou te levar até a porta do quarto.

Descemos do carro e ele pega na minha mão. Dessa vez eu não reclamo enquanto caminhamos pela noite fria até o alojamento. Ele sorri para o segurança, que o cumprimenta e nem o impede de subir comigo. Já na minha porta, ele para e me olha meio incerto.

— Feliz Ano Novo — diz sorrindo.

Eu também sorrio. Perdemos a contagem regressiva e nem nos lembramos disso, até ele recordar agora.

— Feliz Ano Novo — digo e ele se abaixa para me beijar.

O beijo é lento e mais rápido que os outros, no entanto, não menos intenso. Ele segura meu rosto entre as mãos e me olha tão fundo nos olhos que sinto como se pudesse enxergar a minha alma.

— Eu amo você.

— Brandon — falo baixo, tentando interrompê-lo, mas ele põe um dedo sobre os meus lábios, silenciando-me.

— Amo você de verdade. Eu ferrei com tudo uma vez e te juro que vou passar o resto da vida tentando compensar esse erro. Quero que durante essas duas semanas você não esqueça,em nenhum momento, que estarei aqui te esperando, porque vou lutar com tudo de mim para isso dar certo.

Fecho os olhos e suspiro, recebendo um beijo casto nos lábios. Ele tira as mãos do meu rosto e se afasta, para que eu possa abrir a porta. Destranco e, antes de entrar, murmuro um boa-noite, recebendo uma piscada em resposta. Quando entro, ele se vira e sai pelo corredor.

Fecho a porta tentando não fazer barulho e acordar Andrew, que dorme profundamente na cama da Pri. Encosto-me na porta e fecho os olhos, tentando assimilar e aceitar que Brandon chegou como um furacão à minha vida. Ele mudou tudo de lugar e já não sei mais onde ele começa e eu termino, porque, quando estamos juntos, realmente sinto como se fôssemos um só.

Capítulo 25

Ooh, você me dá um pedaço
Me ama e depois tira isso de mim
Oh, eu odeio que eu amo isso
Porque você está me deixando louco
Patience* — *Shawn Mendes

BRANDON JONES

— Você é muito exibido — falo quando Kane para de tocar.

— Você é o exibido, eu sou naturalmente sexy.

— O que sexy tem a ver com exibido, Kane?

— Nada — afirma. — Estou dizendo que você confunde meu jeitinho especial de ser com exibição.

Eu o olho, sem conseguir entender até hoje a forma inusitada como ele enxerga as coisas. Até que nego com a cabeça, desistindo e rindo.

— Mano, o que acha de irmos a um bar hoje? — pergunto, deitado no sofá do estúdio. — Vou ficar uma semana fora, você vai sentir muito a minha falta.

— Vou mesmo. — Sorrio. — Só quero entender por que você vai com a Amber em uma viagem se é nítido que não é dela que gosta.

— Eu não vou com a Amber. Vou com ela, Jamie e Paige. Outros caras do time também vão — respondo de imediato.

— Vão com as namoradas. Fala sério, qual a lógica disso?

— Kane, é só sexo. Ela sabe disso.

É isso que respondo, já que não posso falar abertamente sobre a Taylor ainda. Ele dá um tapa na minha perna, para que eu abra espaço no sofá. Ajeito-me, sentando. Pelo visto, realmente não consigo esconder de mais ninguém o quanto sou apaixonado pela Taylor.

— Fala — digo e ele apenas me encara. — Sei que quer falar algo.

— Você gosta da Taylor. — Desvio os olhos dos seus, passando a encarar algo em sua fender ou na bateria, tanto faz. — Pelo menos você tem a decência de não negar.

Respiro fundo.

— Vamos ao bar ou não? — inquiro, mudando de assunto e dessa vez quem suspira é ele, dizendo em um gesto que sim.

— Beleza. — Ele se levanta. — Vou tomar banho.

— Também vou.

Saímos do estúdio, que fica no quarto andar da casa, e descemos as escadas empurrando um ao outro, igual quando éramos crianças.

— Se comportem, meninos!

Também ouvíamos isso.

— Kane tem um grande problema com a palavra "comportar", mãe — digo e abraço Margot, deixando um beijo estalado em sua bochecha.

Ela ri e puxa minha cabeça para baixo, para deixar um beijo na testa. Seguro o riso e Kane gargalha.

— Quando éramos crianças, você alcançava nossa testa — ele fala para ela. — O que é isso, pai? — pergunta já sabendo a resposta.

Não é como se nosso pai fosse um grande cozinheiro.

— Pizza — responde, sorridente —, mas você já sabia disso, pequeno.

— Pequeno mesmo, pai. Será que existe algum tipo de tratamento? Coitado, tão bonito. Pena que sua beleza não compensa seu pau.

— Cala boca — Kane diz rindo.

— Que saudade de quando as implicâncias de vocês eram ligadas a brinquedos e não a partes íntimas — nossa mãe fala, fazendo-nos rir.

— Podemos achar um especialista — meu pai diz, entrando na brincadeira.

— Isso é bullying, pai! — exclama com uma falsa indignação, virando-se para Margot. — A senhora vai deixar os dois falarem comigo dessa forma? — Ela apenas bufa, porque sabe que estamos todos brincando.

— Vou para o banho, quando estiver pronto passe no meu quarto, mano — aviso.

— Como assim? — Margot pergunta. — Se estão pensando em sair, saibam que antes vamos ter um jantar em família! Você mal chegou e já vai viajar de novo, Brandon, então sossegue em casa.

— Nós iríamos ao Pub. — Tento.

— Se quiserem ir depois do jantar, vocês que sabem — ela responde. Claro que ela sabe que depois do jantar não iremos, já que está frio pra caralho. — Antes disso, tragam suas bundas para a cozinha, porque vamos montar as pizzas e jantar os quatro juntos!

Eu olho para Kane, ele olha para o nosso pai, nosso pai nos olha. É isso. Parece que o rolê do Pub acaba de ser cancelado pela matriarca. No fim das contas, a última palavra é sempre a dela.

Eu não deveria ter vindo.

Vim porque Jamie insistiu muito para que eu estivesse aqui. É aniversário da Paige e ele me garantiu que não teriam só casais, mas, ao que parece, até os caras solteiros trouxeram companhias. O clima está péssimo porque a Amber está puta comigo.

Quando cheguei, há quatro dias, descobri que o plano era eu e ela ficarmos no mesmo quarto. Não julgo o resto do pessoal por achar que seria normal, já que ficamos por muito tempo, a questão é que a Amber sabe que desde a última vez, há uns meses, não rolou mais nada. Ainda assim, achou a ideia do quarto ótima e ficou puta, dando um show quando eu disse que não rolaria.

Também fiquei puto. Puto comigo mesmo por vir nessa merda em vez de estar em casa aproveitando a minha família. Fiquei tão irritado que vim para o hotel ao lado e consegui um quarto. Acharam um exagero, todavia, mais do que nunca, eu precisava de espaço.

Precisava de paz e tudo de que não precisava era que a Taylor soubesse dessa merda de viagem e entendesse tudo errado. O problema é que estou começando a ficar nervoso. Ela não me atende. Não responde às minhas mensagens. O resultado disso? Sinto-me uma merda. E tudo quanto é tipo de besteira já passou pela minha cabeça. Saio com o pessoal só para almoçar e jantar e já adiantei minha passagem o mais cedo que consegui, que é domingo de madrugada. Deitado na cama, com tédio e sem nada para fazer, abro o Instagram e vejo que ela postou um story com Andrew e respiro aliviado.

Está tudo bem. Ela está bem.

Amor, estava preocupado.
Quando tiver um tempinho me liga, por favor.
Saudades.

Ela visualiza rápido minha reação ao seu story, mas não responde.

— Porra! — Sento-me rápido na cama. Clico no perfil de novo e nada. — Puta que pariu.

Minhas mãos tremem.

Entro no app de mensagens e sua foto sumiu, mando mensagem e ela não chega. Respiro fundo, fechando os olhos. Ela me bloqueou. Ela me bloqueou em tudo. Levanto-me, impaciente. Entro no grupo que temos de memes e procuro o número do Andrew. Faço a ligação de forma anônima, porque não quero correr o risco dele ter meu contato salvo e não me atender. Ele atende na sexta chamada.

— Alô.

— Andrew... — Ele fica em silêncio e eu me adianto. — Não desliga, cara. Por favor!

— Oi — diz e posso jurar que está disfarçando para Taylor não saber que sou eu, mas quero que ela saiba. Preciso que ela saiba.

— Ela está aí com você?

— Sim.

— Põe no viva-voz, por favor — peço.

Ele não fala por um momento, mas logo murmura um "pronto".

— Taylor — chamo e murmura um "está brincando, né?" baixinho, com certeza achando que só Andrew escutaria. — Eu não sei o que está acontecendo, mas você está viajando, eu...

— Me dá essa porra, Andy! — ela reclama e pelo barulho acredito que tirou do viva-voz. — Estou viajando, sim, e ao que parece você também, né?

— Pelo amor de Deus, loirinha. Não é nada do que você está pensando!

— Ah, vai à merda, porra! Você acha que eu tenho cara de palhaça?

— Taylor...

— Vai tomar bem no olho do seu cu, seu filho da puta!

E desliga.

— Caralho! — grito comigo mesmo, jogando o celular sobre a cama.

Eu me sento na poltrona com a cabeça entre as mãos. Não acredito que logo agora rola essa merda. Porra, como Taylor pode sequer pensar que eu faria algo ligado à traição? Eu a amo. Puta que pariu! Amo tanto que todo mundo enxerga isso. Pelo visto, ela é única que não percebe.

Cheguei a casa perto das 6h da manhã. Os últimos dias foram uma merda e eu enfim pude respirar aliviado por estar em casa. Continuo bloqueado de todas as formas por Taylor e, quando continuei insistindo com Andrew, ele disse "sossega o cu e espera para resolver isso pessoalmente", então parei. Agora são perto das 11h da manhã e eu, mesmo esgotado, obrigo-me a levantar e comer alguma coisa. Quando chego à cozinha, cumprimento e converso com dona Mary, até que Hope aparece.

— Ei — ela diz sorrindo.

Eu fico feliz por vê-la. Porra, faz quantos anos? Tive aquela paixonite idiota nela e me sinto mais do que aliviado em constatar o fato de que só sobraram sentimentos ligados à amizade. Nada mais.

— Ei, pequena — falo parte do apelido que Kane colocou nela.

— Pequena é o seu rabo — responde, afrontosa como sempre.

Eu gargalho e faço cócegas nela, que me bate no braço, puxando-me para um abraço. Ainda rindo, afasto-me um pouco.

— Você está gata, garota — falo.

— Você também. Parece uma réplica do Thor. — Gargalha alto, jogando a cabeça para trás.

— Não sou loiro — brinco de volta.

Ela olha para trás de mim e se afasta rapidamente. Olho para trás, vendo o meu irmão com cara de poucos amigos e pego a troca de olhar entre eles. Rolou alguma coisa aqui, mas seguro a língua

— Mano! — exclamo, sorridente, indo até ele. Abraço e beijo seu rosto como sempre. — Uma semana longe de você é o meu limite, cara.

Ele me olha de uma forma estranha.

— Tudo bem? — pergunto.

— Tudo — responde, abraçando-me de volta.

— Você está estranho — falo assim que me afasto.

— É... — Não nega. — Você disse que chegava à tarde — diz e isso é o bastante para que eu saiba que, seja lá qual for o motivo que o fez ficar estranho, não quer conversar sobre isso agora.

— Eu não aguentava mais a Amber. Não dá mais — falo.

— Que bom — murmura indo até a geladeira. — Aquilo não é cunhada, é um estorvo.

— Bom dia para você, menino — Mary diz. — Por acaso eu e Hope dormimos com você?

Ele dá uma risada seca. Discretamente, olho para Hope e a vejo sem jeito. Eles transaram! Quase jogo os punhos para o ar e grito "esse é o meu garoto".

— Bom dia — fala, fechando a geladeira com o leite em mãos. Pega um copo no alto e no processo passa por Mary e beija sua cabeça. Vira para sua filha e apenas sorri.

Ela o retribui com um sorriso sem jeito. Ele vai para a mesa e se senta, despejando o leite da jarra no copo.

— Não vai comer nada? — pergunto.

— Não, daqui a pouco já é a hora do almoço.

Arqueio a sobrancelha, questionando-o.

— Desde quando você liga para isso? Você come agora e depois — respondo.

— Se eu como demais você fala, se não como, fala também. Se decida. — A cozinha cai em um silêncio devido ao rompante do meu irmão. — Desculpe, cara.

Sorrio, sabendo exatamente o que o deixou bravo. Ele ficou com ciúmes de Hope comigo e eu o entendo. É uma mistura de sentimentos que resulta em culpa. Também já senti ciúmes dele com a Taylor.

— Tudo bem! — Passo as mãos em meus cabelos e ele revira os olhos.

Dá um tapa em minha mão, empurrando-me e fazendo-me rir.

— Empresta seu celular? — peço.

— Está no quarto. Para que você quer? — pergunta.

— Quero ver uma coisa no insta. — Ele franze a sobrancelha em minha direção. — Não é nada demais. Vamos lá pegar? — digo.

Ele se levanta, levando o copo em mãos e eu o sigo.

— Quer vir, Hope? — convido, só para apreciar a reação dos dois.

— Não — ela responde e logo emenda. — Vou ficar um pouco mais com a mãe.

— Ok — concordo, fazendo-me de tonto.

Caminho, seguindo meu irmão.

— Notou algo estranho na Hope? — pergunto atrás dele, que apenas dá de ombros.

Eu seguro o riso e não pergunto mais nada.

Entramos no quarto e ele logo se joga na cama ainda desarrumada. Pega o celular sobre a mesa de apoio e o joga na ponta da cama onde eu me sentei. Pego o celular e ponho a senha. A tela é ativada bem na conversa dele com a Hope. Seguro o riso, fingindo que não vi.

— O que você quer no meu insta? — indaga.
— Só olhar uma coisa.
— Que coisa, Brandon? — insiste.
— Taylor me bloqueou.
— Por que será que te bloqueou? — pergunta, já imaginando o motivo.
— Não sei, ué — respondo.
— Ela viu algo sobre sua viagem de casal.
— Nós não conversamos desde o Réveillon e, que eu saiba, não tenho nada com ela. Então posso sair com quem eu quiser e ela não tem o direito de se importar — falo para cortar essa linha de pensamento dele. Talvez também esteja puto por ela simplesmente não me ouvir.
De qualquer forma, não rolou nada entre mim e Amber.
— Mas você se importa que ela se importe.
— Você está bem chato hoje, Kane — declaro, fazendo-o rir.
— Você vai usar o meu insta para *stalkeá-la*. Está na cara que se importa.
— Ela voltou com essa garota? — falo comigo mesmo quando olho para a tela do celular.
— Que garota? — pergunta.
Mostro a tela para ele. Taylor postou uma foto no feed com a legenda "forever" com um emoticon de coração.
— Como assim voltou? — inquire.
— Elas tiveram um lance — respondo sério. — Foi a primeira experiência lésbica da Taylor.
— Elas namoraram?
— Não chegaram a namorar. Essa Haily esteve junto da Taylor em um momento complicado. Elas terminaram porque a Taylor se mudou para fazer faculdade — digo, lembrando a nossa conversa enquanto voltávamos para a fraternidade, depois do almoço na casa da minha avó.
Começo a digitar e logo ele pega o celular da minha mão.
— Você não vai comentar merda usando o meu perfil.
— Eu só ia dar uma indireta — falo, defendendo-me.
Porra, cara. Eu não acredito que ela foi capaz. Sério!
Ele abre o direct de mensagem e manda uma mensagem direta para ela.

Está ficando com a morena que postou a foto?

Ela logo visualiza, mas parece pensar no que responder, já que demora um tempo para começar a digitar.

Por que quer saber, Kane?

Ela deve imaginar que sou eu.

Porque sou curioso.

Estou.

Leio a mensagem sem expressar sentimento nenhum. Por dentro, sinto a bile subir para a minha garganta, descrente dessa merda. Porra. Não acredito.

Então não posso mais te chamar de cunhadinha?

Ele insiste. Lógico que ela não é burra e sabe o porquê dele estar perguntando.

Eu nunca fui sua cunhada.

Vou continuar chamando, mesmo assim.

Ela digita, apaga. Digita, apaga.

Tudo bem com você?

Tudo.

Também não sou bobo e sei que quer saber de mim. Se já estou em casa. Mal sabe ela que acabou de meter uma faca no meu coração e rasgá-lo de ponta a ponta.

Vou almoçar e curtir os últimos dias
De férias com o meu irmão. Coitado, já está sentindo
Por antecipação o gosto da derrota que vai ter no videogame daqui a uns minutos.

Tento rir ao lado de Kane, sabendo exatamente o que ele quis fazer dizendo essas coisas.

Vai fundo, lindo.
Acabe com ele.

Lindo? Ah, vai se foder.

Que feio chamar o cunhado de lindo.
Mais respeito, dona moça.

Vai à merda, K.

Mesmo me sentindo uma bosta, sorrio com sua resposta.
— Vou dizer que você e a Amber terminaram de vez — comenta, sondando-me.

— Não diga nada. Ela precisa de atitudes, não de palavras — respondo.

— E você está disposto a agir, mano? — Apenas dou de ombros, como se isso não fosse importante. — Muito drama. Cara, resolve essa merda e acaba com esse drama.

Ah, se ele soubesse que venho há meses tentando mudar as coisas e, na primeira oportunidade, ela não me ouve e sai ficando com outras pessoas.

— Falando em drama, o que você tem? — pergunto, engolindo as minhas merdas.

— A gente pode falar disso outra hora? — questiona.

— Então existe algo?

— Sim, mas se pudermos conversar sobre isso em outra hora, agradeço.

— Tudo bem — respondo —, sabe que pode conversar sobre tudo comigo, né? Kane, você é minha família.

Deixo claro. Seja lá qual for seu receio, quero que saiba que não precisa ter.

— Eu sei. — É o que responde. — Tem falado com Justin? — pergunta. — Ele não me liga há 5 dias.

Gargalho alto, achando graça por ele estar magoado. Ele continua com cara de chateado.

— Sério que está contando? — pergunto, ainda rindo.

— Não estou contando — argumenta. — Simplesmente sei.

— Ele mal tem falado comigo por mensagens também. Está bem envolvido com umas paradas da gravadora dos pais da Pri. Parece que até ajudou um DJ brasileiro com um remix.

— Viu? Até um desconhecido tem mais atenção dele do que a gente — responde, indignado.

— Mais uma semana e vamos estar todos juntos de novo, cara — afirmo.

— Você pensa no futuro? — inquire do nada.

— Como assim?

— Você vai ser escolhido no Draft. Justin vai tocar pelo mundo. Vou sentir falta de vocês.

— Nós também vamos sentir sua falta, mano — falo, ocultando a parte de que talvez eu não queira o Draft —, mas não é como se fosse um adeus, vamos estar juntos em todas as oportunidades. Você tem uma voz do caralho, Kane. O que te faz pensar que não seja você a nos deixar primeiro?

— Eu nem sei se quero essa merda de fama.

É, eu também não sei.

— Vamos aproveitar o momento sem se preocupar com o futuro — digo, apertando o seu ombro, fazendo-o olhar para mim. — Deixe as coisas acontecerem, algumas coisas estão fora do nosso controle e eu sempre, sempre mesmo, vou estar aqui por você.

Tento dizer que está tudo bem. Não vou invadir o seu espaço, porém sinto que ele não quer me contar sobre a Hope com medo de que eu fique chateado. Ele não poderia estar mais enganado.

— Eu amo você — fala sem vergonha alguma.

— Eu sei, cara. — Sorrio. — Também amo você.

Volto a mexer no cabelo dele como se fosse uma criança.

— Ah, vai se foder — diz, empurrando minha mão. — Tem que quebrar o momento agindo como se eu ainda usasse fraldas.

— Você é o nosso pequeno, cara. Aceite isso — brinco rindo, afastando-me.

— Eu não sei de onde saiu a merda desse apelido.

— Você é o mais novo.

— Um ano, porra. Um ano mais novo — diz indignado.

— Um ano e alguns meses — corrijo, contendo uma risada.

— Sai do meu quarto, Brandon.

— Calma, não se irrite, irmãozinho.

Ele me joga um travesseiro, mas me esquivo.

— Vou trocar de roupa, nos encontramos no almoço — digo, fechando a porta atrás de mim.

Vou para o meu quarto, sentindo-me realmente uma merda. Não consigo nem sequer imaginar que ela realmente esteja com outra pessoa, então prefiro me apegar à ideia de que isso é uma mentira para me provocar.

Capítulo 26

Sou péssima no amor, não, não sou boa nisso
Mas não posso dizer que sou inocente
Não mesmo
Mas sinto muito
Tell Me You Love Me — Demi Lovato

TAYLOR JONES

Voltar para casa nunca era fácil. Os móveis que estavam lá embaixo foram todos perdidos. As caixas com álbuns, graças a Deus, estavam a salvo devido ao plástico bolha que foi passado antes de eu ir para faculdade. De resto... O valor da reforma não vai sair barato.

Minha sorte é que os moradores se dispuseram a arrumar para descontarmos dos aluguéis. Assim, não preciso desembolsar a quantia de uma vez, só deixo de ganhar. Pelas contas que Andrew e eu fizemos, vai ser quase um ano sem receber o aluguel.

Bem, poderia ter sido pior.

Ter que ver minha tia também não foi legal. Porém, meu tio me convidou para jantar lá para ver os meninos que também estavam com saudade. Eu a ignorei durante todo o jantar, concentrando-me em meu tio, que é um amor de pessoa. Ponderei várias vezes contar para ele que encontrei sua excelentíssima esposa transando com meu pai. Contudo, olhei para os meus dois primos, ainda novinhos, e para a bondade em pessoa que é o irmão da minha mãe e desisti.

Andrew esteve comigo em todos os momentos e isso foi fundamental para me manter sã diante de tantas lembranças. Passeamos na praia mesmo diante do frio insuportável. Fui com ele a alguns museus de naufrágio e ele ficou sem dormir um dia com medo do que viu. Foi muito engraçado assustá-lo.

Até que tudo desandou.

Eu fui uma burra do caralho mesmo.

Depois da ligação para Kane, percebi que tinha algo errado, foi fácil descobrir. Entrei no perfil do Jamie e soube que o filho da puta do Brandon estava viajando. Ele não estava perto da Amber na foto porque é esperto, porém seria bem irônico acreditar que só os dois "sozinhos" ali não estavam juntos, enquanto todos os outros estavam de casal. Pelo que entendi, era aniversario da Paige e Jamie promoveu uma festa surpresa.

De início pensei "vou agir como adulta, foda-se, não temos nada sério", mas então ele me mandou mensagem me chamando de amor e dizendo que estava com saudade. Eu bloqueei, lógico. Não contente, ele ligou para o Andrew e fiquei com mais raiva ainda.

Evitei o máximo que pude, mas conforme os minutos vão passando e a hora do almoço chegando, sei que não vou ter mais como fugir. Não vou agir como uma covarde e voltar a sentar onde eu me sentava. Vou reagir e botar aquele filho da puta no lugar dele.Vou fazê-lo engolir cada letra do "eu te amo" falso que me disse naquela noite.

Ai, que ódio!

Respiro fundo, controlando-me.

Eu sinto raiva. Uma raiva cega por ter sido feita de trouxa mais uma vez.

Volto a respirar fundo.

Nosso professor nos libera mais cedo e, como sempre, eu me adianto em guardar as coisas. Quero chegar antes dele e mostrar o quanto sou indiferente à sua presença. É assim que vai ser.

Saio da sala de cabeça erguida e decidida a dar o melhor de mim para ignorar aquele merda. Merda, cretino, safado, desgraçado, mentiroso e todo diabo a quatro de xingamentos que existir! Desço as escadas, saindo pelo corredor que vai para o refeitório e, nem cinco minutos depois, entro pela porta.

Lógico que o destino tem que esfregar na minha cara a minha falta de sorte. Vejo quando ele me olha e faz menção de se levantar. Eu ignoro e caminho na direção da mesa que agora também é minha. Por dentro, posso até estar nervosinha, no entanto, por fora me sinto a mulher mais foda do mundo.

E vou mostrar para ele que eu sou.

— Oi, meninos — digo assim que chego.

Justin cumprimenta com um aceno de cabeça, olhando de Brandon para mim.

— E aí, galega — Thiago me puxa para um abraço e beija minha testa.

— Você já me perdoou? — pergunto olhando para ele.

— Por levar o meu namorado para outro país no recesso? — Ele finge pensar. — Claro que sim, garota, não sou dono dele.

— Sabe, Tay, você voltou ainda mais linda — Bruce diz. — Não acha, Adam?

— E gostosa — Adam diz.

— O que acha de sair conosco na sexta à noite, gatinha?

— Eu acho que você não tem amor à vida, Bruce. Ou que quer perder os dentes.

Todos acham engraçado, menos Brandon e Justin.

— O que é tão engraçado? — Pri pergunta chegando com Andrew, que se junta a mim e ao namorado em um abraço triplo.

— Bruce e Adam chamando a Taylor para um ménage e o Brandon dando uma surtada.

Percebo que ninguém se sentou ao lado dele e, inconscientemente, sei que deixaram esse lugar para mim. Assim como sei que Bruce e Adam estavam brincando. Eu não fujo, sento-me ao lado de Brandon, que na mesma hora chega ainda mais perto de mim.

— Precisamos conversar.

— Vai se foder — falo na mesma altura para que só ele escute.

— Se você pensou que fui para lá por causa dela, está enganada. Eu já te falei, não fico com ela desde aquele dia na frater...

— Você não me deve nada. — Levanto os olhos para ele e o encaro. — O bom disso é que também não devo nada a você.

— Para com isso! Porra, você não me escuta.

— Cala a boca e para de fazer show — repreendo quando percebo que, mesmo nós dois falando baixo, os outros parecem escutar o diálogo.

Todos devem pensar que somos loucos. Talvez sejamos mesmo.

— Somos solteiros. Você fica com quem você quer, eu fico com quem eu quero.

— Um caralho que fica! — Ele vê que falou alto, então volta a falar baixo quando percebe. — Você ficou mesmo com aquela menina?

Não. Porque eu sou uma trouxa.

— Não te interessa.

— Taylor. — Ele põe a mão no meu braço e eu volto a olhar para o seu rosto. — Ficou ou não?

— Fiquei — falo e fico encarando-o até que ele solta o meu braço e olha para as próprias mãos.

— Mentirosa — diz baixinho e finjo que não escuto.

— Vou para a fila. — Andrew aponta. — Alguém mais vai comprar algo para comer?

Os meninos vão atrás dele e eu também me levanto indo junto. Novamente, ficamos quase quinze minutos na fila. Os meninos são tão engraçados que o tempo não demora a passar. Depois de comprar a comida, volto para a mesa. Os outros se levantam, menos Brandon.

— Não quer que eu compre algo para você? — Jamie pergunta para o quarterback.

— Não.

— Tem certeza? O treino foi puxado e...

— Você quer controlar o que eu como também? — Brandon solta, mal-humorado.

Todos fingem não ver, já que Brandon é o único que tem coragem de responder a Jamie.

— Ele não quer, amor — Paige puxa o namorado, quebrando o clima tenso.

— Virou cavalo agora para ficar dando coice? — falo para ele, que vira e me encara.

— Virou Pinóquio agora para ficar mentindo? — retruca.

— É — Justin murmura —, nada de novo, não? — pergunta para ninguém em especial e todos concordam.

Brandon e eu fingimos não ouvir. Conforme as conversas surgem, envolvo-me e meu humor volta ao normal, já o do garoto ao meu lado não. Ele continua de braços cruzados e emburrado. Olho para a porta do refeitório e vejo Kane entrando com os braços em volta dos ombros de uma garota. Rapidamente a reconheço. Ela estava com ele na vez que liguei, e ele também postou stories com ela. É a Hope. Não preciso juntar um mais um para saber que ela é a garota por quem o Brandon foi apaixonado quando adolescente.

— Cheguei — Kane grita assim que se aproximam, chamando atenção do resto do grupo.

Hope dá uma olhada discreta no pessoal do time. Seguro o riso. Muito homem bonito em uma mesa só, eu a entendo.

— Ei — Justin diz e sem tirar um braço ao redor da Pri, ele a puxa e a faz abraçar os dois.

Hope e Pri riem pela situação.

— Que saudade, pequena! — Ele beija os cabelos dela. — Essa é Priscila, minha namorada.

— Oi — Pri diz, tímida.

— Hope — responde. — Da chamada de vídeo, lembra?

— Claro — Pri tenta responder.

— Oi, bebê! — Kane puxa Pri para um abraço exagerado, tirando-a do chão.

Ela ri e até dá um gritinho surpresa.

Justin fecha a cara, fingindo estar bravo, mas sua expressão relaxada e tranquila o entrega. Kane larga Priscila, que imediatamente ajeita o moletom amarelo que está usando.

Amarelo *neon.*

Justin está de camiseta preta, calça jeans e um tênis laranja *neon.*

Eles realmente combinam.

— Oi, gata — falo para a recém-chegada, atraindo a sua atenção. Brandon bufa ao meu lado. — Sou a Taylor, mas você já sabe.

— Oi — responde e chega perto de mim, deixando um beijo em meu rosto.

— Você é linda — digo sincera.

— Menos, Taylor — Brandon repreende, eu o ignoro.

— Você também é, caramba nem é justo com o resto da população feminina tanta beleza — Hope responde. Brandon volta a bufar ao meu lado e isso me faz sorrir.

— Nossa! — Andy fala, espalhafatoso. — Menina, você é estilosa, viu? Gostei muito dessa pegada *hardcore* — ele fala para a morena.

— Ele tem um fraco por roqueiros — Thiago diz. — Cuidado, gata.

— Gata, é? — Andy brinca e Thiago beija sua mão.

— Só você tem meu coração — Thiago responde e nós fizemos "ownt" em couro por serem tão fofos.

— Apresenta a garota, cara — Nickolas diz.

Brandon e Kane trocam um olhar. Kane parece desconfortável e fica na cara que os dois têm algo.

— Não preciso de garoto de recados — ela brinca sem jeito, já que também percebeu que Kane ficou estranho. — Sou Hope.

— Eu a adorei! — digo, ajudando a quebrar o clima. Brandon me cutuca de uma forma nada discreta. A mesa toda deve ter visto.

— Ela está fora da linha de radar de vocês — Justin declara. — É como minha irmã. Então se mantenham longe.

— Ui, que possessivo ele — um dos caras brinca.

Ela encara Justin, sem entender o porquê de ele ter dito isso.

— Vamos pegar algo para comer? — Kane pede depois de um tempo e ela apenas assente, seguindo-o.

— Ela não gostou do que você disse, lindo — Pri repreende o namorado e dessa vez é ele e Brandon que trocam um olhar estranho.

Será que Brandon...?

Não. Ele não seria tão puto. Se bem que ele sempre foi um.

O almoço segue tranquilo, na medida do possível, porém quando digo que vou para o trabalho, Brandon se levanta e vem atrás. Todo mundo percebe e finge não ver. Caminho para um lugar isolado, porque sei que, enquanto não conversarmos, ele não sairá do meu pé.

— Você pode, por favor, ir viver a sua vida e me deixar em paz?

— Taylor — fala parecendo cansado. — Eu não fiz nada. Caralho, não fiz nada mesmo. A única coisa que fiz nos últimos meses foi correr atrás de você igual um cachorro. Porra — ele suspira —, o que nós temos é real e você sabe disso. Por que não pode acreditar em mim? — pergunta, parecendo sincero. — Você acha mesmo que eu ficaria atrás de você um semestre inteiro para jogar isso fora depois do que rolou entre nós?

Encara-me, esperando uma resposta.

— Acho.

Ele parece surpreso com a minha resposta.

A verdade é que não tenho tanta certeza assim, mas quem pensaria o contrário? Tudo indica que sim.

— Você acha mesmo que depois — Ele se perde nas próprias palavras. — Tudo bem — diz por fim. — Você quer me fazer sofrer, né? — Fala e juro que sinto uma pontada no peito. — Certo.

Pela primeira vez, não sou eu quem o manda embora, ele vai por conta própria. Eu o assisto sair do meu campo de visão e a impressão que tenho é que parte do meu coração vai com ele e, no fim das contas, Brandon não é único a ficar sofrendo.

Capítulo 27

Grite isso de cima dos telhados
Escreva isso no horizonte
Tudo o que nós tínhamos se foi agora
Diga a eles que eu era feliz
E meu coração está partido
James Arthur – Impossible

BRANDON JONES

— O que você tem, cara?

— Nada — respondo sem olhar para Jamie.

— Seu rendimento está péssimo esta semana.

— Obrigado pela motivação, capitão — falo irônico e ele ri.

— Qual é, Bê? Não precisamos disso.

Não respondo. Continuo sentado no gramado do campo desde que acabou o treino, ao que imagino ser uns quarenta minutos atrás, cansado e sem coragem alguma de me levantar. Estou chateado, estressado. Não consegui voltar a seguir à rotina da dieta desde que voltamos às aulas na semana passada. Estou dormindo mal e tudo está uma merda.

— Esse mau humor tem nome? — ele pergunta.

— Cara, se está sugerindo algo, só vá direto ao ponto — digo, impaciente.

— Você e a Taylor brigaram?

— E quando a gente parou de brigar? — pergunto e ele ri. — Que eu saiba, nunca.

— É. — Ele ri de novo. — Mas desde que as aulas voltaram as implicâncias de vocês se resumem a você de mau humor e ela te ignorando.

É. Ela realmente vem me ignorando. A verdade é que estou cansado, gosto dela pra caralho, porém é exaustivo dar um passo para frente e três para atrás. E é assim que me sinto. Além de me achar um canalha, ou um cretino como Taylor ama me lembrar, talvez ela também me ache burro. Não é possível que pense que realmente fiquei com a Amber. Só se eu fosse muito burro mesmo para foder com tudo desse jeito. Além disso, acho que ela realmente ficou com aquela garota no recesso. Isso também é perturbador para mim, pois se conseguiu ficar com outra pessoa é porque não sente o que eu sinto.

— Vocês vão demorar a contratar alguém? Ela precisa de ajuda para lavar a cafeteria nas sextas.

Ele ri.

— Não é engraçado — repreendo.

— Estou rindo do contexto, não da situação. Vocês não namoram e, ainda assim, você é tão protetor quanto seria se estivessem em um relacionamento sério.

— Isso tudo é uma merda — falo, fechando os olhos. Mesmo magoado, não consigo evitar de pensar nela, de me preocupar com ela. Ainda mais sabendo que não tem ninguém além da Priscila e do Andrew.

Ela não tem família, porra. Eu não conheço a solidão, no entanto acredito que ela não seja uma boa companheira. Comigo ela teria tudo. Seria amada pra caralho e tenho certeza de que a minha família a adotaria de braços abertos.

Como enfiar na cabeça dessa filha da puta que eu realmente gosto dela? Puta que pariu! Que situação do caralho.

— Vai tomar um banho, cara. Eu te espero para irmos juntos para o refeitório.

— Eu não vou — respondo. — Vou direto para a fraternidade.

Levanto, sem falar mais nada, e sigo em direção ao vestiário.

— Então vocês estão ficando? — Justin pergunta a Kane.

Estamos no quarto do Justin, os três sentados no tapete no chão.

— Acho que sim, mas é um lance sem compromisso — meu irmão responde.

— E vai funcionar para você, Kane? — Nosso primo questiona.

Não. Não vai funcionar. Penso, porém, fico calado. Kane sempre foi um cara que gosta de compromisso. Ele se envolve e quando algo a mais não acontece ele termina, já que não vê sentido em continuar com um lance que não terá futuro.

Kane é um cara família demais.

Ele quer alguém para todos os momentos e não só para os de curtição. Eu soube que rolou algo assim que cheguei de viagem na casa da praia, depois vi as mensagens e continuei na minha, mas, ainda naquele dia, dei um toque na Hope, deixando claro que meu irmão não a aceitaria pela metade.

Quando voltamos às aulas, Kane me chamou e contou que transou com ela, como se isso fosse um pecado capital. Na sua cabeça, estava me traindo. Fui claro, dizendo que por mim estava tudo bem e que torcia para que eles dessem certo. Acontece que a Hope parece bem desapegada, enquanto meu irmão já está envolvido até os dentes.

— Não sei. Por enquanto, sim — ele responde por fim.

Pego mais um pedaço da pizza de calabresa. Os dois me olham estranho e, por um momento, não falam nada. Eles realmente não falam, porém não param de me olhar e eu fico agoniado.

— O que foi? — pergunto quando engulo um pedaço.

— Você deve estar no quinto ou sexto pedaço — Justin diz. — Isso é inédito para você, pelo menos em dias de semana.

— Não exagera — respondo.

— Também está estranho.

— Estou na fossa. Era isso que queriam ouvir?

— Que merda, cara — Kane diz.

— É — Justin concorda do jeito dele. — Vocês estavam juntos?

— É complicado — respondo.

— Por que você foge do assunto? — meu irmão pergunta.

— Porque ela não quer que ninguém saiba. Bom, nem sei se tem mais alguma coisa para esconder agora.

— Tranquilo, quando puder, e quiser conversar — Justin fala —, estaremos aqui.

— Se você está burlando a dieta, acho que vou pedir delivery de novo.

— Não é possível — falo balançando a cabeça.

E dessa vez, Justin concorda com a ideia maluca de que devíamos pedir outra pizza e não tive voz na discussão. A maioria sempre vence.

Capítulo 28

E eu devia apenas te dizer para ir embora, porque eu
Sei exatamente onde isso leva, mas eu
Fico vendo a gente dar voltas e voltas toda vez
Style — Taylor Swift

TAYLOR JONES

— Oi — Paige cumprimenta, sentando-se ao meu lado na biblioteca.

— Oi. — Sorrio meio surpresa.

Já a vi aqui várias vezes, mas ela nunca veio sentar comigo.

— Eu queria falar com você — ela diz.

— Ei, silêncio! — Outra garota nos repreende, fazendo com que mais estudantes à nossa volta nos olhem.

Eu com certeza fico vermelha. Paige, por outro lado, só encara cada um deles com sua usual pose de rainha da faculdade. Ninguém ousa a encarar de volta. Ela acena para a porta, já se levantando e indo para fora. Deixo minhas coisas em cima da mesa, porém levo o celular comigo. Saio da biblioteca, parando à sua frente.

— Isso não é da minha conta, mas o Jamie comentou algo comigo e nós achamos que de repente poderíamos ajudar.

Não falo nada e ela continua:

— Sobre a viagem do recesso...

— Paige, com todo respeito, eu não tenho nada a ver com isso.

— Sei. Ainda assim, quero que saiba que o Brandon não ficou em momento algum com a Amber. Na verdade, eles não ficam há meses. Não vou mentir para você, mas a intenção era mesmo que eles ficassem, eles sempre ficaram — diz sem jeito e fico ainda mais desconfortável. — Quando ele chegou e viu que ficaria no quarto com ela, foi ao hotel do lado e se hospedou em um quarto sozinho. Ele mal ficou com a gente, com exceção dos almoços e jantares. No dia do meu aniversário, Brandon nem foi para a balada conosco e parecia estar arrasado.

Olho para baixo, sem saber o que responder.

— Eu realmente não tenho nada a ver com isso, essa... Esse lance de vocês — diz sem saber como nomear —, mas é impossível vê-lo assim e não fazer nada.

— Assim como? — pergunto.

— Desorientado — apenas suspiro. — Por orgulho, fiquei mais de um ano sem o Jamie e isso não serviu de nada. É isso — ela conclui. — Acho que já falei demais. Agora tenho ensaio, você sabe, no mesmo lugar onde está tendo treino. Se quiser vir — fala de forma despretensiosa. Ou tenta, já que nós duas rimos juntas.

Respiro fundo e volto a rir, decidida a não pensar muito.

— Vou pegar as minhas coisas — ela dá um sorriso tão grande que me faz revirar os olhos.

— Te espero aqui. — Pisca para mim.

— Eu vou me trocar. Pode ficar nas arquibancadas — Paige diz e sai em direção ao que acho que é o vestiário feminino.

Subo para as arquibancadas, sentando-me em uma das fileiras do meio. Sento-me em posição de Buda e ponho a mochila entres as pernas. Brandon está lindo naquela calça azul colada e camiseta branca do uniforme do time. Ele grita coisas aleatórias sobre o jogo com os garotos enquanto corre totalmente alheio à minha observação. Olho o campo em volta. Foram pouquíssimas as vezes em que vim aqui. É tudo muito bonito.

O treino continua e, mesmo sabendo que preciso ler a matéria para a prova de amanhã, não consigo tirar os olhos do Brandon. Ele realmente não ficou com a Amber e eu agi feito uma vaca com ele. Não que ele mereça toda a confiança do mundo, contudo poderia ter lhe dado o benefício da dúvida. O bizarro é que senti que ele falava a verdade. Porém, com o meu histórico nada confiável, preferi não confiar no meu julgamento.

Jamie me vê e, mesmo usando o capacete, eu o sinto sorrir. Ele chega perto do Brandon, mas o quarterback nem olha em sua direção. O capitão só consegue sua atenção quando o puxa pela camisa e aponta para onde estou. Quando ele vira, sei que me vê de imediato. Jamie volta a puxá-lo pela camisa, falando algo em seu ouvido. Brandon ri, olha na minha direção mais uma vez e volta a jogar. Mais quarenta minutos se passam até que eles param de treinar. O fim do treino é bem interessante, porque a maioria fica sem camisa, mesmo nesse frio absurdo.

Penso por um minuto se devo descer e ir até ele, de repente fico sem coragem. Brandon tira o capacete e entrega para um garoto ruivo que lhe estende uma toalha. Diferente dos outros, ele não tira a camisa e fico um pouco decepcionada, fala algo para um dos jogadores e então se vira na direção das arquibancadas, pula a proteção do campo e sobe os degraus, de dois em dois, até chegar a mim.

— Nunca vi você aqui antes — fala, sentando-se de lado, de frente para mim, passando a toalha no rosto suado.

— Não costumo dar moral para atletas. Todo aquele lance da arrogância e tal — brinco, fazendo-o rir.

Seu sorriso, como sempre, me desmonta.

— Um preconceito descarado, não? Principalmente se levarmos em conta que você quer atuar na área esportiva.

— É, vou ter que aturar vocês de uma forma ou de outra — ele ri e por um tempo ficamos em silêncio.

Vamos lá, Taylor. *Vamos lá.*

— Eu vim aqui te pedir desculpa. — Olho para ele, que já me encarava. — Paige me contou que... enfim, que nada aconteceu.

— E você acreditou nela — ele conclui e suspira.

— Brandon, eu sentir algo por você não significa confiar.

— O que você sente, Taylor? — Ele é direto e a pergunta me pega de surpresa. — Só estamos nós aqui. Eu já chupei a sua boceta, o seu...

— Brandon! — corto, dando um tapa em seu braço e fazendo-o rir.

— É sério, porra — responde rindo e então volta a ficar sério. — O que você sente?

— Você é tudo, menos burro, sabe como me sinto.

— Não me acha burro mesmo? Porque você me põe exatamente nessa condição ao supor que fiquei com outra garota em uma viagem quando passei meses tentando fazer isso aqui... — Aponta de mim para ele. — Funcionar. E pior, uma menina conhecida. Faz sentido para você, amor? Porque para mim não faz.

É tão natural para ele me chamar de amor que mal sente que faz isso. Mas eu sinto.

— Realmente espera que eu confie quando o assunto é você e Amber?

— Eu entendo que, devido ao meu histórico, as coisas vão levar tempo. Mas você precisa visualizar isso em um contexto geral. Você foca na Amber, pois aconteceu aquela merda e porque nos via juntos, porém eu sempre fui solteiro. Ela e eu nunca estivemos em um relacionamento.

— Então está dizendo que preciso me preocupar com todas as garotas da universidade que você transou?

— Não — corrige-se rápido. — Isso quem está dizendo é você. O que *eu* estou te dizendo é que a Amber teve a mesma importância que qualquer outra garota com a qual transei. Você faz dela, do que tivemos, algo muito maior do que realmente foi. E é bem arriscado ter essa conversa, porque sei que qualquer palavra dita errada será usada contra mim.

— E o que quer dizer com tudo isso? — pergunto.

— Quero te dizer que por mim estaríamos namorando. Que você estaria ao meu lado em todos os cantos dessa universidade e em qualquer outro que fôssemos. Quando eu te beijei pela primeira vez, fiquei apavorado e assustado porque, ainda que fosse imaturo, sabia que me sentir daquela forma não era normal. Eu gostei de você e me mantive afastado, mas chegou um momento em que as coisas mudaram e chegamos aqui. — Ele se ajeita, colocando a toalha em volta do pescoço. — Nosso sexo foi do caralho, Taylor. Eu sei que você também sente isso, nunca foi só tesão.

Apoio o cotovelo sobre a minha perna e apoio a cabeça na minha mão, olhando para ele.

— Eu sei que existe esse lance da provocação e talvez sempre exista, porque você é teimosa pra cacete e é legal revidar as suas alfinetadas. — Reprimo um sorriso. — Porém não quero que as pessoas só vejam isso. Eu quero que elas nos vejam, quero poder andar de mãos dadas com você, te beijar quando eu tiver vontade, quero que você conheça a minha família,e eu saber sobre a sua. Eu quero namorar. Se quiser, podemos noivar também — brinca, fazendo-me revirar os olhos.

— Eu não quero namorar — digo, sincera.

Ele apenas concorda com a cabeça, não parecendo surpreso.

— Você se sente insegura e já entendi isso. Fiz merda, entendo o seu lado. Mas já parou para pensar que talvez se você nos assumisse, essa insegurança passasse?

— Eu não... Não sei o que te dizer.

— Estou respeitando o seu tempo, loirinha. Porém preciso que você converse comigo quando achar que algo está errado, preciso que me ouça também. Você fingir para o restante das pessoas que não temos nada me incomoda, mas vou ser paciente. Só te peço que pare de fingir para si própria que isso não existe.

— Você é bem diferente do que parece ser — respondo e ele põe a mão na minha coxa, acariciando-a.

— Você é a primeira mulher que digo que amo, Taylor. Então acredite, eu também não conhecia esse meu lado.

Ama. Ele me *ama* mesmo.

— Pode ser influência dos seus pais também — comento, sorrindo.

— É, eles são um casal foda. Mas os seus também eram, não? — pergunta de forma casual.

— Eram. Até eu ver, enquanto minha mãe morria aos poucos, meu pai transando com a minha tia.

— Caralho! Irmã da sua mãe?

— Não, casada com o irmão da minha mãe. Estão juntos até hoje, não quis estragar outra família, já que meu pai não lidou bem com a culpa e se matou, nos tirando qualquer chance de tentarmos reconstruir a nossa.

— Sinto muito, amor.

— Tudo bem.

— Tudo bem mesmo? Porque acho que só vai ficar tudo bem de verdade quando você o perdoar.

— Acho que a nossa sessão de terapia já acabou, não? — brinco, fingindo que o que acabou de dizer não me afetou.

No entanto, ele sabe que sim. Brandon sempre sabe.

— Vou tomar banho para ir para o refeitório. Quer vir comigo?

— Tomar banho? Eu, hein, garoto, ponha-se no seu lugar. — Ele ri alto dessa vez. — Vai tomar banho. Eu te espero aqui.

— Vai chegar ao refeitório comigo? — pergunta com a sobrancelha franzida.

— Meu problema não é que nos vejam juntos ou que vejam alguma coisa. — *Tipo um beijo.* — Só preciso de um tempo para encarar um rótulo. — *Ou para aceitar que eu te perdoei.*

— Tudo bem. — Ele sorri. — Mas desce comigo. Não fica aqui sozinha.

— Você não manda em mim — deixo claro, enquanto me levanto.

— Claro que não — ele diz, rindo.

— Qual a graça, Brandon?

— É que você realmente é teimosa e autoritária. E eu gosto disso. — Sorrio, mas não digo nada. — Vai ao ensaio amanhã?

— Vou. Você vai?

— Vou aonde você for — responde e segura a minha cintura, ajudando-me a descer o degrau mais alto. — Tem certeza de que não rola um banho juntos?

— Deixa de ser cretino e não demora que estou fome. — Ele ri e me diz para esperar no banco em frente ao vestiário.

Pego meu celular enquanto o espero. Sinto-me leve, sem aquela pressão no peito que vinha me acompanhando há alguns dias.

— Taylor — ele fala voltando à porta.

— Achei que já estava no banho — provoco.

— Você ficou mesmo com aquela menina?

— Não. — Ele respira fundo.

— Você me paga por me fazer ficar pensando nessa merda — declara e eu apenas dou de ombros.

— Já demorou para tomar banho — falo alto para que me escute quando entra no vestiário.

Abro o grupo que tenho com a Pri e o Andrew.

Andy: Onde você está, galega?
Pri: ????
Andy: Essa vadia gosta de deixar a gente preocupado.
Pri: Tay?
Andy: TAYLOR, APAREÇA.
Eu: Estou indo.
Andy está digitando...
Andy: Onde você está?
Eu: No ginásio.
Pri está digitando...
Pri: Sozinha?
Eu: Não.
Andy: hum
Andy: hummmmmmmmmmmm
Andy: só digo mais uma coisa, HUMMMMM

Gargalho com as mensagens, guardando o celular. Enquanto espero Brandon, analiso todo o contexto da nossa história com um pouco de esperança depois da nossa conversa. Talvez consigamos fazer dar certo.

Capítulo 29

Oh, eu não vou me calar e não vou abrir mão
Eu vou aguentar firme até o amanhecer
E nós vamos brilhar intensamente
até que a escuridão clareie suavemente
Ed Sheeran – Afterglow

BRANDON DAVIS

— Você está bem animadinho, né? — Hope fala quando estaciono em frente à casa dos caras da banda. — Desde quando apareceu com a Taylor no refeitório ontem. Você também não sai do celular e só sendo muito burra pra não ligar uma coisa à outra.

— E você e o meu irmão? Usando camisinha? — replico.

— Ah, vai se foder, Brandon! — Ela desce, rindo comigo logo atrás.

Ela nem me espera e vai em direção à garagem. Hope sempre foi de dar a cara a tapa e não esperar por ninguém. Faz o que quer e quando quer, e no momento ela quer o Kane. Sorrio quando ela abraça o pescoço dele e ele a puxa dando um beijo.

— Esse é o meu garoto! — grito assim que entro na garagem.

— Pornozão ao vivo! — Adam também grita.

— Caralho, vou ficar excitado aqui — Bruce fala rindo.

Eu os cumprimento enquanto continuamos rindo e me sento no sofá. Kane e Hope só param quando realmente querem, pouco se fodendo para as nossas provocações.

— Babaca — ela fala para ele quando param de se beijar.

— Agora pode ser a minha vez? — Bruce brinca.

— Com qual dos dois? — Hope brinca de volta.

— Com ele, um moreno lindo desses — fala, fazendo todos rirem.

Logo Justin estaciona e então nossa atenção está nos tripulantes que descem com sacolas de mercado. Minha loirinha é a última a descer: tem um saco enorme de salgadinho em mãos. A garota come e adora essas besteiras. Todos entram nos cumprimentando, Taylor continua muito ocupada mastigando, tendo toda a minha atenção. Ela oferece a todos, Will é o único que aceita. Então, senta-se ao meu lado, entre mim e Hope, que parece muito confortável em posição de Buda.

Ela estende o pacote em minha direção e aceno em positivo, contudo, em vez de pegar o conteúdo do saco, pego a sua mão e, sem tirar os olhos dos seus, chupo cada um dos seus dedos, deixando uma lambida generosa para que ela lembre exatamente o que a minha língua é capaz de fazer.

Uma tensão se instala no ar. Acho que todos conseguem sentir, já que parecem esperar o momento em que ela vai jogar o saco na minha cara, ou até despejar o conteúdo em minha cabeça, porém ela apenas me observa, corada e empolgada. Antes de largar a mão dela, dou uma mordidinha de leve em seu punho e pisco. Ela nitidamente segura um sorriso, ajeitando-se no sofá e fingindo me ignorar.

— Então — Andrew pigarreia e Thiago ri —, é... Vou botar as pizzas no forno.

— Eu te ajudo — Pri fala, saindo do colo de Justin.

— Primeiro um beijo épico entre Kane e a moreninha. — Óbvio que Bruce não perderia a oportunidade. — Agora um momento quente entre o cão e a gatinha. É, minha vida está desinteressante mesmo.

Todos riem.

— Beijo épico, é? — Taylor reveza olhares entre Hope e Kane. — Façam de novo? Não acredito que perdi isso.

— Eu topo — meu irmão concorda na hora.

Hope pega salgadinho do pacote de Taylor, revirando os olhos.

— Fica tranquila, cunhadinha — Kane diz para Taylor. — Até o fim da noite a morena vai estar em meus braços. Vou seduzi-la com a minha voz irresistível.

— Não duvido — Taylor responde.

— Está dizendo que o meu irmão é irresistível? — Não consigo controlar a língua.

— Isso parece ciúme, Brandon — ela responde sem me olhar. — Eu teria vergonha de demonstrar um sentimento como esse. Ainda mais você, com seu histórico de atleta. — fala, nitidamente me provocando.

Puxo o seu rosto, fazendo com que me encare.

— Não parece, é ciúme — respondo.

Todos desviam o olhar, fingindo estarem alheios a nós dois, e logo começam conversas aleatórias. Passo o braço em volta dos seus, puxando-a para mais perto para poder falar no seu ouvido.

— Você se diverte me provocando né, amor? — Mordo a ponta da sua orelha. — Quero ver se vai manter toda essa marra quando estiver metendo gostoso na sua bocetinha enquanto você pede para que eu te deixe gozar.

— Brandon, isso não é lugar...

— Não é lugar para eu dizer o quanto estou ansioso para te comer? Loirinha, penso nisso o tempo todo. Ao seu lado, é impossível não ficar com tesão, estou louco pra te chupar de novo.

Ela olha para os lados, como se alguém fosse capaz de ouvir. O que não é possível, agora com a música alta.

— Vamos combinar o seguinte — prossigo —, quando terminar o ensaio e nós comermos a pizza, vamos para o alojamento e, de sobremesa, você vai se sentar na minha cara e eu vou comer sua boceta.

— Brandon, puta que pariu... — ela murmura baixinho.

— É sério, quero me lambuzar de você. — Roço meu nariz contra o seu pescoço. — E depois, você vai cavalgar na minha cara e se esfregar na minha boca até gozar.

Ela vira o rosto para mim, corada. Seus olhos descem para a minha boca e, por um momento, penso que vai chutar o balde e me beijar aqui mesmo, porém Taylor me surpreende: puxa a minha camiseta e eu me abaixo, entendendo que ela quer falar algo.

— E se *eu* quiser chupar você? — diz e sinto a porra de um arrepio na espinha.

— Então vamos fazer um 69, porque eu não vou desistir de ter você quicando na minha boca.

Ela volta a me puxar.

— E se eu quiser quicar no seu pau? — Dessa vez, começo a rir.

— Amor, talvez essa não seja uma posição confortável para você por enquanto, talvez quando você se acostumar com o meu tamanho.

— Ah, mas eu gosto dessa posição...

— Loirinha, eu realmente não quero imaginar o que você fazia antes de mim.

— Se você não tivesse um pau como o de um cavalo, quicaria em você hoje.

Eu gargalho. Dessa vez gargalho com gosto, sem conseguir me conter. Algumas lágrimas até fogem dos meus olhos por eu rir tanto pela forma como falou.

— Cavalo, é?

Ela se vira para frente, parece realmente brava pela quicada ter sido barrada. Porém, por experiência com outras mulheres, posso afirmar que é melhor não, pelo menos por enquanto. Óbvio que o lance das experiências anteriores são detalhes que ficarão ocultos.

Para o meu azar, hoje eles inverteram a ordem das coisas: fizeram uma pausa para comer e voltaram a ensaiar. Claro que a Taylor não quis sair na metade do ensaio, a filha da puta ainda me provocou com mãos despretensiosas. Eu pretendo devolver cada provocação. Ainda hoje e do meu jeito. Kane pede para encerrar e, pela sua fisionomia, posso jurar que está com dor de cabeça.

— Tem um lugar aí para mim? — pergunta para Hope.

Ela o olha e se levanta, incentivando-o a sentar e, quando se acomoda, ela se senta no seu colo. Decidida. Espero que não o machuque, porque se isso acontecer vai me deixar muito puto.

— Tem um lugarzinho aí para mim? — Taylor brinca.

— Só vem, loirinha.

Hope pisca. Óbvio que está brincando e, agora que percebeu que me deixa irritado, tenho certeza de que vai cooperar com a missão da loirinha em tirar a minha sanidade.

— Quer colo, gata? — pergunto para Taylor. — Vem para o meu. — Dou um tapa na minha perna. — Aqui você já está acostumada.

— Uou! Acho que pagaria para ver vocês trepando — Bruce fala.

Ignoro-o.

— Quero falar com você — digo para ela.

Hope cochicha algo no ouvido do meu irmão, que ri.

— Não — Taylor responde e, como já a conheço, sei que novamente está me irritando.

— Não era uma pergunta. — Entro no seu jogo, levantando-me e estendendo a mão para ela. — Se não vier, vou te pegar no colo.

— Ah, cala a boca! — No momento em que ela me responde, abaixo-me, fazendo menção de pegar nas pernas dela. — Ok! Ok! — grita. — Não me toca, seu cretino! — Ela se levanta e caminha até a porta. — Você tem dois minutos.

— Justin... — falo para o meu primo.

— Sim, já entendi — ele me responde, sorrindo.

Isso significa um "não vamos voltar, leve meu irmão em casa". Vou até a porta onde ela está.

— Brandon, você também não tem limites. Ficou falando aquelas putarias no meio do ensaio e agora fica metendo moral na frente de todo mundo.

— Putarias que você adorou ouvir, né? Mas relaxa, amor, é só o início. E sobre o "meter", ainda nem comecei, loirinha. Pegou suas coisas?

— Eu só trouxe o meu celular — ela para de falar e me olha —, por quê?

— Porque nós vamos, quer...

— Nada disso, vamos esperar todos irem.

— Nem fodendo, Taylor. Você me provocou o ensaio inteiro. Faz umas três horas que estou de pau duro!

— Cara, você é tão irritante...

Pego-a de surpresa quando me abaixo pegando suas pernas. Com uma das mãos, a apoio sobre meus ombros. Ela bate em minhas cotas e grita:

— Eu vou quebrar a sua cara, seu cretino!

Posso sentir todos nos olhando. Eles não gostam de show? Fizemos um. Sorrio, porque gosto que ela me desafie. Essa sensação de ser o fogo e ela a gasolina faz parte do que somos. Como um vulcão em erupção, sempre nos tornamos o centro das atenções.

— O quê? — respondo, dando um tapa em sua bunda. — Vai sentar na minha cara? Sou totalmente a favor dessa ideia.

Coloco-a no carro, vendo sua expressão vermelha enquanto arruma o cabelo. Dou a volta, sentando-me ao seu lado.

— Nem pense em fazer isso de novo! — repreende-me.

— É que às vezes você me irrita.

— E você me irrita sempre! — esbraveja alto. — Merda! — xinga, respirando ofegante.

— Você fica linda irritadinha, rosadinha, assim até me lembra de outra parte do seu corpo.

Ela começa a rir.

— Você não pode ser normal. — Põe a mão no rosto rindo. — Eu acho que todo mundo pensa que somos dois loucos. — Seus ombros chegam a tremer de tanto que ela ri, e eu a acompanho.

Somos mesmo uma confusão juntos. Perfeitamente imperfeitos um para o outro.

Eu estava impaciente e ansioso.

Na quarta-feira da semana passada, Taylor e eu saímos do ensaio naquela *vibe* de provocações que me deixam excitado pra caralho, e fiquei pensando em mil e uma formas que poderíamos transar, mas nada sai como a gente quer.

Ao chegarmos ao quarto do alojamento dela, a porta mal foi fechada e eu a beijei. Por mim já teria rolado ali contra a porta mesmo uma rapidinha, para depois repetir tudo com muita calma, porém ela sugeriu que tomássemos um banho, provavelmente por causa do cheiro forte do narguilé que os caras costumam fumar e aquilo realmente parece impregnar nas roupas.

Quando começamos a tirar as roupas, ela quase teve um colapso quando viu a calcinha manchada de sangue. Eu já tinha visto, já que fui eu quem tirei a peça de roupa dela. Bem, sabia que metade dos meus planos teria que ficar para outra hora, contudo, nada nos impedia de transar. Cara, era só sangue, poderíamos transar no chuveiro, isso com certeza não diminuiria o meu tesão. Ela, por outro lado, realmente surtou, levou a calcinha para dentro do boxe e me deixou do lado de fora. Eu olhei a calça que estava usando e nem tinha chegado a passar no jeans, o que me levou a crer que realmente estava bem no início.

Precisei ficar uns bons minutos discursando sobre o quanto isso era normal. Eu entendi que para ela era uma situação constrangedora, mas na boa? Para mim não foi nada demais. Isso nunca aconteceu com outra garota e se realmente fosse com outra, talvez eu tivesse outra reação, tipo remarcar o encontro, sei lá. Mas com ela tudo é diferente. A intimidade que temos é tão grande, tudo parece acontecer de forma tão natural e louca ao mesmo tempo, que não consigo nem explicar.

Quando ela enfim saiu do banho, beijei-a e disse que estava tudo bem. Ela até tentou me expulsar, porém não adiantou, tanto que dormi lá. Ela precisa entender e aceitar de uma vez por todas que eu quero muito mais que sexo. E é óbvio que eu também teria ficado se tivesse rolado sexo.

Às quartas a Priscila sempre dorme na fraternidade, então decidi que nesses dias vou dormir no alojamento, nem que precise escalar as janelas.

Foi foda ver a reação dela ao perceber que eu tinha até levado roupa para ir direto para aula no outro dia.

Depois disso, passamos o fim de semana com o pessoal e nos momentos que tínhamos sozinhos só rolava uns amassos, já que o período dela durava cinco dias. Também descobri que as mudanças de humor pioram muito nessa época, já que Taylor oscila entre querer me matar e me abraçar em questão de segundos. Na terça, viajei com o pessoal do time para jogar fora e voltei na quinta. Infelizmente, minha loirinha tinha trabalho em grupo para fazer. Ontem, as meninas e o Andrew fizeram maratona de filmes, enquanto aqui na fraternidade foi noite de jogos. Andrew dormiu lá. Na verdade, ele dorme com certa frequência.

— Existe a possibilidade de Andrew ser bi? — pergunto para ninguém em especial.

Kane me olha como se pudesse me matar.

— Está falando do meu Andrew? — Thiago pergunta, enquanto tira as cervejas do pacote, colocando-as no freezer.

— É — respondo e escuto Kane bufar.

— Não, cara. Ele é gay. Zero interesse em mulheres — Thiago responde e balança a cabeça em negativa. — Você é doente.

— Não falei por mal, só curiosidade — defendo-me.

— Eu já disse, quando você e a Taylor engatarem de verdade, ela vai te pôr na linha — Justin resmunga, escondendo os copos de vidro. Sim, em todas as festas nós escondemos.

— Com certeza vai. A quem você puxou, cara? — meu irmão pergunta. — Nossos pais não são assim.

— Vocês estão exagerando — digo e eles me olham incrédulos.

— Você é possessivo sem nem estar de verdade com a menina. É meio stalker também.

— Eu não sou possessivo — volto a me defender.

Justin e Kane se encaram.

— Não tenho muita experiência com mulher, cara — Thiago começa —, mas não precisa ser um gênio para perceber que o jeito que está agindo não ajuda em nada na sua situação.

Não respondo.

— A verdade é que Brandon fez merda, ela não confia nele e isso o deixa inseguro. Então ele vive constantemente tentando, de alguma forma, saber de todas as suas ações — Justin declara.

— Virou psicólogo agora, caralho? — resmungo.

— Não. Não precisa ser nenhum profissional para analisar o seu caso.

— Tão maduro, que orgulho! — meu irmão brinca, tentando apertar as bochechas do nosso primo, que levanta o dedo do meio.

Enquanto eles continuam avaliando o meu perfil psicológico, e pego meu celular para ver se a Taylor já respondeu às mensagens que eu mandei. Nem foram muitas. Só seis.

Você sabe ser chato, né, Brandon?
Puta merda. Sabe o que significa dormir?

É quando uma pessoa fecha os olhos
E morre mesmo estando viva. Que saco.

Eu começo a rir. É muito fácil irritá-la.

Você é uma ingrata do caralho, sabia?
Estou com saudades porque você não arrumou
Tempo para mim quinta e sexta.

Como não? Você me levou ao trabalho ontem
E eu me atrasei dez minutos porque você
Não me deixava sair do carro!

Só ficamos meia hora juntos...
Mal deu tempo de eu te dar uns beijos.

Ai, garoto! Está sem ter o que fazer aí?

Estamos arrumando as coisas para a noite.
Não quer mesmo que eu te busque?

Não. Vou de carona com a Pri e o Justin.

Sinto um chute no meu pé, porém continuo respondendo a mensagem da minha loirinha. Então chutam de novo, dessa vez com mais força.

— Caralho, Kane. O que foi? — pergunto.

— Largue esse celular. A tecnologia é uma merda mesmo, ninguém confraterniza mais com ninguém.

— Por que não compõe algo hoje? — sugiro. — Está mais dramático que o normal.

— Estou tentando salvar o pulmão do Justin! Você deveria estar do meu lado. — Apenas suspiro.

— Vocês são hilários — Thiago comenta rindo, secando as mãos na toalha de louça. — Ah, não, ela está vindo para cá.

Olhamos os três para a porta da varanda, vendo Paige vir em nossa direção.

— Vou ao banheiro — Kane.

— Nem pense nisso, Kane! — Justin repreende.

Paige se aproximando é sinônimo de trabalho, tipo muito. Desnecessário. Claro que ninguém ousa reclamar ou contrariar, já que a ruiva sabe liderar. Ninguém tenta contrariá-la também por causa de Jamie, que é uma espécie de "rei" da fraternidade. Os caras o temem tanto quanto o respeitam. Nunca estive do lado oposto, no entanto, para quem está, ele deve mesmo ser intimidador.

— Preciso da ajuda de vocês — fala, olhando para nós, e eu apenas suspiro.

Lá vamos nós novamente.

Capítulo 30

Você é a luz, você é a noite
Você é a cor do meu sangue
Você é a cura, você é a dor
Você é a única coisa que eu quero tocar
Nunca imaginei que significaria tanto, tanto
Ellie Goulding - Love Me Like You Do

TAYLOR JONES

— Cuidado, amiga! — Andrew grita e, no segundo seguinte, alguém me segura pela cintura.

— Opa — falo rindo.

Talvez eu tenha bebido um *pouquinho* enquanto nos arrumávamos. Só o suficiente para me deixar alegrinha, nada demais.

— Cuidado, princesa — o garoto diz, acho que ele joga no time. — Eu já te vi antes, mas de perto é ainda mais linda — ele sorri. — E esse sorriso...

— Cuidado com o que fala, Thomas — Brandon para ao nosso lado, encarando-nos. — E cuidado em quem você toca também.

O tal Thomas afasta as mãos de mim na hora e sinto vontade de rir. Brandon toca no meu braço e eu, sem cerimônia alguma, o abraço. Ele é tão alto que meu abraço se limita ao seu abdômen extraordinariamente duro, ainda que coberto por um moletom.

— Eu não sabia que vocês...

— Agora já sabe.

— É, eu vou ali com os caras — o garoto avisa sem jeito, saindo do nosso campo de visão.

— Você é tão exagerado — falo —, quase cai e ele me ajudou.

— Ajudou e flertou — ele passa os olhos por mim e coça a nuca. — Porra, Taylor. Você ainda vai me matar.

— Para. — Dou um tapa em sua mão. — Andy estava aqui agora mesmo — comento olhando para os lados.

— Os caras vão tocar agora.

— Então vamos vê-los — falo, soltando-o e puxando-o pela mão.

Mal caminhamos alguns passos e Brandon passa o braço por minha cintura, caminhando comigo bem perto.

Quando chegamos perto do pessoal, eu danço com Andy e Hope. Eu e ela nos aproximamos muito desde que começamos a trabalhar juntas na semana passada. A cara do quarterback não está nem um pouco agradável e não estou a fim de me estressar hoje. Ele não saiu de trás de mim nem por um minuto. Andy avisa que vai para perto do palco tirar foto dos meninos e eu até penso em ir junto, porém só até ver que duas meninas parecem *bem* interessadas no Brandon. Que continua com cara de poucos amigos, de braços cruzados.

— O que foi, *Bê*?

Viro-me para ele, passando os braços por seu pescoço assim que Andy e Hope vão para a frente do palco. Ele estreita os olhos na minha direção, envolvendo-me com seus braços. Em vez de passar os braços pela minha cintura, ele põe as mãos na curvatura da minha bunda, segurando o vestido.

— Por que está tão doce comigo, amor? — ironiza. — Será que é porque percebeu que à nossa esquerda têm duas garotas querendo um ménage comigo?

Ah. Então ele não estava tão alheio assim.

— Você não foi com elas porque não quis.

Inclino-me um pouco mais, mas ele me firma no chão.

— Sei que sou babaca com esse lance de ciúmes, mas eu já vi a sua bunda umas três vezes.

É meus amigos realmente avisaram que tinha ficado bem curto e eu, teimosa que sou, insisti que viria com essa peça. Mesmo assim, não dou o braço a torcer, escolho desviar o assunto.

— Sabe o que eu lembrei agora. — Ele não responde, só continua me encarando. — Que eu não conheço o seu quarto.

Seus olhos escurecem enquanto ele se abaixa para falar em meu ouvido:

— Você tem sorte de estar vestida com esse pedaço de pano, Taylor. Se não estivesse, te botaria sobre o meu ombro e te carregaria de novo, como fiz no ensaio, para todo mundo ver — ele me pega pela cintura, fazendo-me ir à sua frente.

No caminho, cumprimenta algumas pessoas, fazendo de tudo para não se alongar nos assuntos. Ele indica as escadas e eu subo na sua frente. Quando ponho os pés no corredor, Brandon me faz gritar ao me pegar no colo. Ele testa a fechadura da porta mais próxima e, quando abre, acende a luz. Parece um escritório, uma minibiblioteca. Quando entramos, ele me larga por um momento e tranca a porta.

— Isso não é o seu quarto.

Ele caminha em minha direção, ignorando a minha fala. Chega até mim e me vira de costas, guiando-me até a mesa. Inclina minha coluna, fazendo-me deitar nela fico com os seios esmagados contra a madeira. Uma das suas mãos vai até a minha nuca. Meu rosto fica colado à mesa e eu sinto minha respiração acelerar.

— Você é tão gostosa, amor.

Com a mão livre, ele levanta o meu vestido e, um segundo depois, escuto um estalo alto junto de um ardor, devido ao tapa forte que ganhei. Outro tapa, que arranca um grito meu.

— Brandon...

— Quieta — ele fala com a voz normal, porém firme.

Porra, eu nunca achei que iria gostar tanto desse lance de submissão. Sua mão massageia a minha nádega para logo vir outro tapa estalado.

— Sabe o que eu descobri sobre aquele idiota do filme que você falou outro dia? — Com a respiração acelerada, não consigo me lembrar quem é o tal idiota. — Que ele puniu a namorada com uns tapas e ela gostou — Ah, meu Deus! Ele está mesmo falando do *Christian Grey*? — Quero testar isso com você... — Arregalo os olhos. — Vou soltar a sua nuca, mas você não vai sair dessa posição. Entendeu? — Não respondo e ele aperta os dedos na minha bunda. — Entendeu, Taylor?

— Sim — sussurro.

Eu vou ganhar uns tapas.

Caralho! Vou ganhar uns tapas, tipo Anastasia!

Ele me solta e tira a minha calcinha, ajudando-me a levantar uma perna de cada vez. Então, levanta-se e fica atrás de mim. Levo um susto quando sinto seu hálito quente perto do meu ouvido.

— A cada tapa que eu der, você vai contar alto. — *Eu vou morrer.* — Entendeu, amor?

— Sim — sussurro.

— Se em algum momento ficar demais, me avise. — Ele beija a minha orelha.

— E a palavra de segurança? — pergunto e ele ri.

— Qual palavra você quer?

— Grey?

— O que disse, Taylor? — Ele puxa meu cabelo de leve.

— Davis — corrijo-me, dizendo o seu sobrenome.

— Ótimo.

Sinto-o se afastar e, quando escuto o barulho, olho por cima do ombro. Já está com o peito nu e, ficando descalço, ele mantém a calça jeans baixa, fazendo-me ficar ainda mais chocada.

— É assim que aquele cara fica, não é? — pergunta com um sorrisinho de lado, chegando perto e fazendo-me voltar a ficar com o rosto grudado na mesa. — Sejam quais forem os fetiches que você tem com esse filme, a partir de hoje, quando ver aquela porra, vai se lembrar de nós dois e no lugar dele só vai conseguir me ver.

Fecho os olhos, mordendo o lábio e segurando um gemido.

— Só não espere que eu trance os seus cabelos. Me dá um tesão do caralho vê-los espalhados dessa forma. — Passa a mão por minhas costas até chegar à minha bunda. — Pronta, amor?

— Sim — volto a murmurar.

E, quando eu menos espero, o tapa vem. Grito e tenho até vontade de rir do nervoso, porém ele não me dá opção.

— Conte — ordena.

— Um.

Então vem outro, sempre seguidos de uma massagem.

E então o segundo.

Terceiro.

Quarto.

Quinto.

Sexto...

Eu viro uma confusão de gemidos. Quando chega ao décimo, mal consigo balbuciar a palavra, pois estou tão arfante e excitada em um nível que sinto as coxas meladas. Sinto um dedo entrar em mim e então dois. Encosto a testa na madeira enquanto rebolo contra a sua mão, excitada demais para ficar quieta.

— Você está babando por mim — ele fala com a voz rouca. — Vem — chama e se afasta.

Levanto-me trêmula, com as pernas bambas. Assisto-o tirar a calça e a cueca de uma vez só, sentando-se no chaise. O membro ereto, grosso e grande sendo massageado por sua mão, enquanto ele me queima com os olhos.

— Tira a roupa — fala novamente, como se estivesse ordenando, e eu fico feliz em obedecer.

Tiro o vestido, sutiã e as botas, visto que já estava sem a calcinha.

— Vem — ele chama.

Chego perto, sentindo uma vontade insana de tê-lo em minha boca. Sinto-me salivar.

— Vamos tentar essa posição. Se for demais para você, ou se ficar desconfortável, nós mudamos.

— Eu quero te chupar.

— E eu quero sentir você engolindo o meu pau com essa boceta gostosa.

Mordo o lábio, excitada com suas palavras, mas volto a tentar:

— Eu quero mesmo te *chupar* e...

— Hoje não — decreta.

Eu juro, vem na ponta da língua um "vai se foder, seu filho da puta", mas decido que vou fazê-lo engolir essa afronta em um momento oportuno para mim. Ele estende a mão, chamando-me, no entanto, como sou do contra, nego e em vez de me sentar de frente, viro de costas, passando uma perna de cada lado.

— Puta que pariu, amor — ele rosna.

— Me diga uma coisa, amor — provoco. — Preferia estar aqui com as duas garotas agora?

— Taylor...

— Responde! — exclamo e paro de me mexer.

— Eu não sei te dizer nem como são, porque estava ocupado demais cuidando da sua bunda.

Desço mais um pouco sentindo seu membro forçar a entrada. Não sou virgem há alguns anos, mas, porra! Acho que qualquer uma em meu lugar teria dificuldade em recebê-lo.

— Ai, caralho — ele geme quando me abaixo um pouco mais.

Eu queria muito bancar a amazona, mas sem condições. Sem condições *mesmo*. Quando sento um pouco mais, reprimo um resmungo, porque sinto como se ele estivesse me invadindo e me alargando, literalmente.

— Calma — ele pede e me impede de descer mais, puxando minhas costas contra seu peito. — Desce devagar me usando como apoio. — Com as costas grudadas em seu peito, desço devagar, apoiando-me com uma das mãos de cada lado do seu quadril. Forço um pouco mais rápido, gemendo, talvez com um pouquinho de dor. — Amor, *devagar*.

Ela passa um braço em volta de mim, firmando a mão em meu seio enquanto a outra vai para o meu clitóris, começando uma massagem lenta.

Isso é *muito bom*. Fechos olhos enquanto volto a relaxar em seus braços.

— Sente como essa boceta me engole, loirinha? — fala ao pé do meu ouvido, enviando arrepios pelo meu pescoço. — Caralho, tem noção do tesão que é ter o seu corpo grudado em mim sugando o meu pau? — Largo a cabeça contra ele, sentindo-me tonta. — Senta gostoso pra mim, amor — murmura. — Porra — geme. — Isso, gostosa.

Arfo alto quando sinto que ele entrou. Brandon me ajeita, movendo-se, e eu sinto mais fundo. Dessa vez, todo dentro de mim.

— Tinha que ter o pau tão grande? — reclamo, mas a minha voz sai manhosa e ele ri.

— Você vai rebolar agora — ele incentiva, mexendo-se embaixo de mim, e eu rebolo, sentindo-o me consumir. — Assim — comanda. Ele leva o dedo até a boca e cospe, logo o levando ao meu clitóris. A sensação é boa demais. — Me diz, amor, gostou de apanhar?

Não respondo, apenas sinto. Sua voz me provocando, as reboladas que dou, as investidas que ele dá, ele masturbando o meu clitóris.

Rebolo com mais força, sentindo-me impaciente, buscando como uma louca pelo orgasmo.

— Taylor — pede com a voz tremendo. — Você precisa ir mais devagar.

Eu não o escuto e rebolo mais rápido. Sinto quando a mão que envolve um seio sai de mim e ele se apoia no sofá.

— Loirinha, está foda para eu aguentar aqui — ele geme tão gostoso ao meu ouvido que meu corpo se arrepia inteiro. — Porra, não faz isso comigo — diz e morde meu ombro com força quando o sinto gozar.

Ele se impulsiona pra cima e dá uma tapinha no meu clitóris, logo acelerando os movimentos circulares. Sinto-o se derramar em mim, esporrando tudo de si dentro de mim e isso me leva ao limite, fazendo-me gozar também. Reviro os olhos, sentindo-me fora do ar pela sensação gostosa que me invade.

Jogo-me contra ele, sentindo-o ainda dentro de mim. Ele respira rápido contra o meu ouvido, e devo estar tão descontrolada quanto ele. Fecho os olhos, aproveitando o momento e esperando minha alma voltar para o corpo.

— Não usamos camisinha — ele diz depois de um tempo.

— Eu tomo anticoncepcional. — Em resposta, ele beija o meu ombro. — Minhas pernas estão doendo — reclamo, pois agora sinto o quão desconfortável essa posição é, ele ri.

— Eu te ajudo — fala e me ajuda a ficar de pé ainda sentado, segurando minha cintura, testando meu equilíbrio.

— Ai — murmuro, sentindo um desconforto.

— Ficou dolorida? — pergunta, alisando a minha bunda e dando um beijo em seguida.

— O que você acha? — inquiro, sentindo a porra dele escorrer pelas pernas. — Caralho, Brandon — reclamo.

— Foi um caralho mesmo, amor. Dos grandes.

— Ah, cala boca — respondo rindo.

— Meu quarto é no fim do corredor, a gente pode tomar um banho.

Apenas concordo com um aceno de cabeça, vestindo-me. Olho para a calcinha destruída de tão molhada, negando-me a vesti-la de novo.

Ele percebe e pega da minha mão, rindo.

— Isso fica comigo — diz e não respondo. — Dorme aqui hoje? — pergunta. — Está todo mundo bêbado, acho que as meninas vão ficar por aqui também.

Viro-me para ele, que está subindo a cueca, e vejo o seu pau ainda duro.

— Nem pensar — falo olhando diretamente para o cavalão. — Eu não acredito que você ainda está duro. Hoje você não mete em mais nenhum buraco meu. — Ele gargalha. — É sério. Não tem nada de engraçado aqui, Brandon. Eu não tenho culpa se você tem uma *bengala* no meio das pernas.

— Porra! — ele exclama, rindo. — Estou falando de dormir, amor. Ficar um tempo juntos. Ou quer descer para a festa?

Sinceramente? Não queria. Minha bunda está ardida e eu me sinto arregaçada.

— Seu quarto não é o mesmo do Kane?

— Mas é grande e cada um tem uma cama — ele fecha a braguilha e então o botão da calça. — Você põe uma camiseta minha e uma bermuda com elástico para dormir. — Veste a camisa e a calça, pega os tênis no chão e os carrega na mão.

Ele olha em volta conferindo se está tudo no lugar. E então vai até a porta, destrancando.

— Abaixa um pouco esse vestido, por favor — pede bem educadinho. — Nickolas está no corredor e você está sem calcinha.

Aceno em positivo, fazendo o que me pede. Ele pega na minha mão e nós saímos do... seja lá o que for aquele cômodo. Brandon mantém a expressão serena com a cabeça erguida, enquanto caminha comigo pelo corredor. Nickolas nos encara, inclusive quando passamos por ele. Brandon o ignora totalmente e eu fico extremamente sem jeito.

Ele para em frente à porta e tira uma chave do bolso, abrindo-a. Até suspiro quando estamos dentro do quarto. É tudo tão organizado, nem imaginava que fosse assim. Os móveis são bonitos e tem até um frigobar. As camas são maiores que as usuais de solteiro. Ele pega uma camiseta de manga comprida para mim que mais parece um blusão e um short com elástico.

— Puxa bem o elástico e amarra, vai ficar enorme, mas vai ser confortável para dormir. — Pega uma toalha e me entrega. — As que têm no banheiro são do Kane. Quer companhia?

— Nem pensar — respondo de imediato.

O banheiro é comum, porém a ducha é tão boa quanto a que tem na cabana dele, porém dessa vez não demoro como demorei lá. Tomo um banho rápido, enxugo-me e vou para o quarto. Ele me diz para ligar a televisão, sento-me na sua cama, tapando as pernas com o edredom. Brandon sai do banheiro de calça e sem camisa secando os cabelos e eu me sinto como naqueles filmes de comédia romântica em que a mocinha baba pelo mocinho.

— Está com fome? — pergunta, entrando no banheiro e voltando em seguida sem a toalha.

— Não sei, mas eu não nego comida — digo, fazendo-o rir.

Ele pega o celular e senta-se ao meu lado, também embaixo do edredom.— Vamos pedir algo para comer, então. Têm um delivery que funciona vinte e quatro horas.

— Manda uma mensagem para o Justin avisando a Pri que vou ficar aqui? — peço. — Meu celular ficou no bolso do Andy.

Ele acena em positivo e logo alguém abre a porta. Hope e Kane entram rindo.

— Oi, cunhadinha — ele fala e eu reviro os olhos, mas sinto que fiquei vermelha. É estranho porque todos desconfiam, porém não sabem de verdade que eu e o Brandon estamos juntos.

— Mano — Bê diz, sem tirar os olhos do celular. — Sua braguilha está aberta.

Kane se apavora, arrumando-se em seguida e vendo que não tem nada aberto. Ele fica tímido por ter se entregado e Hope ri, sem vergonha alguma.

— Idiota — Kane fala baixo e Brandon ri ao meu lado.

— Vamos pedir comida, vocês querem? — o quarterback pergunta.

— Com certeza! — Hope responde.

E então, escolhemos o que vamos pedir e os dois também tomam banho. O clima é bom e por um momento consigo me soltar e agir normalmente com Brandon perto deles. Sem beijos, claro. Na hora de dormir, ele tenta me encoxar e daí sim preciso dar um uns gritos e botar o garoto no lugar dele, fazendo Kane e Hope rirem. Como nas outras vezes em que dormimos juntos, sinto que realmente apago, sem pesadelo algum. Então percebo que não importa o lugar onde estou, sim, com quem estou.

Eu me sinto em casa ao lado dele.

Capítulo 31

Pés no chão
Continuo caindo quando sei que dói
Indo mais rápido que um milhão de milhas por hora
Tentado recuperar o fôlego de alguma maneira, de alguma forma
One Direction – Infinity

TAYLOR JONES

Encosto a cabeça na árvore, cansada de tanto estudar. As provas finais são daqui a duas semanas e estou me sentindo desgastada pelas noites em claro que venho passando, tentando consumir o máximo de conteúdo possível para tirar as notas de que preciso em cada matéria.

Em pouco mais de um mês, vamos estar de férias e as minhas passagens para o Brasil já estão compradas. Um presente dos pais da Pri com quem me dou muito bem. Essas são as primeiras férias, desde que meus pais morreram, que não vou passar sozinha. E é a primeira vez que gosto de ter em mente que esse período está chegando.

Desde a festa na fraternidade em que eu dormi com Brandon, as coisas entre nós estão fluindo. Todas as quartas, ele dorme comigo no alojamento, além dos finais de semanas que passamos com a galera. Estamos brigando menos — salvo as implicâncias que continuam —, e acho que até as pessoas à nossa volta estão acostumadas a nos verem juntos. Não andamos de mãos dadas, não nos beijamos na frente de ninguém, e sei que por ele isso também já teria mudado.

Ele continua me pedindo em namoro sempre que possível. Geralmente quando transamos, quando acordamos juntos ou depois de um beijo mais intenso. A resposta segue sendo não. A verdade é que não sei até quando vou conseguir negar.

Brandon não é nada do que eu pensei. Ele tem sim aquela pose de dono do mundo e é irritante — muito irritante —, mas é carinhoso, atencioso, sincero e bom de cama.

Bom de cama é algo que deve ficar *bem* claro.

Ele também é teimoso e quando põe algo na cabeça ninguém consegue tirar. Descobri também que ele é tipo a "mamãe urso" do Kane e do Justin. Recentemente, a Hope aceitou sair com o Nickolas, mesmo estando enrolada com o Kane. Eles não tinham nada sério e ela estava com aquela ideia fixa de ser desapegada. Desde então, o Brandon vem ignorando a presença dela na metade do tempo e na outra faz de tudo para soltar uma indireta — bem direta — para ela perceber o que perdeu.

Kane continua amigo da Hope, no entanto deixou claro que seria apenas amizade: preto no branco e pronto. Ela está na merda desde então. Acho que a ficha vem caindo dia após dia de que realmente gosta dele e eu torço para que ela tome logo uma atitude e não o perca. Kane é um garoto de ouro.

— Taylor — chamam e, antes mesmo de abrir os olhos, já sei quem é.

— Amber — falo sem olhar para ela. Fecho o livro sobre as minhas pernas, guardando-o na minha bolsa e me levantando. — Como sabe que eu estava aqui?

— Eu segui o Brandon ano passado ele vinha muito aqui.

— O que quer?

Ignoro o que diz.

— Quero te pedir desculpa. Pelo que aconteceu há dois anos, não foi nada premeditado.

— Sei que não.

— Você já acredita nele então?

— Acredito. — Surpreendo-me pela forma rápida que respondo, sem nem precisar pensar.

— Eu me arrependo pela forma que as coisas terminaram entre nós.

— Tudo bem, Amber. Não tenho mais mágoas de você, tudo foi como deveria ser.

— Você continua linda. — O elogio fora de hora me pega desprevenida e eu me sinto estranha. De repente, ela se aproxima e por um minuto, fico sem reação. Amber segura meu rosto entre as mãos e sorri. — Sempre achei lindos esses pontinhos claros nos seus olhos. Eles deixam a cor deles em um azul único. Como você.

E então ela me beija. Levo alguns segundos ao reagir saindo do choque e empurrando-a de leve.

— Ai — reclamo no processo e ela arregala os olhos.

— Desculpa, Tay, eu arranhei você. — Tenta olhar meu rosto. — Nossa, sério, não foi por querer e...

— Tudo bem — falo, alisando o lado esquerdo do meu rosto. — Olha, não me leve a mal, mas não rola mais. Eu realmente... Não dá.

— Você gosta dele.

— Eu gosto — suspiro. — Gosto de verdade — falo, admitindo pela primeira vez em voz alta.

Admitindo o que sinto para a pessoa que menos imaginava que o faria.

— Eu vou ver se consigo gelo para isso. — Aponta para o meu rosto, ignorando o que eu disse. — O gelo vai ajudar a diminuir o inchaço. Bom, te encontro daqui a pouco.

Ela nem me deixa falar que não precisa e sai em disparada para o corredor. Suspiro, sem acreditar no que acabou de acontecer e vou em direção ao corredor, pegando a saída para ir ao refeitório. Mando uma mensagem para Hope avisando que já estou indo para lá, sendo a primeira a chegar. Nem vinte minutos depois, ela aparece sentando-se ao meu lado. Alguns meninos da banda também.

— O que houve? — pergunta depois de beijar meu rosto e perceber que estou estranha.

— A Amber me beijou — falo. — Fui pega de surpresa e eu... fiquei por um momento sem saber o que fazer. Aconteceu tudo tão rápido e— mexo em meu rosto mostrando o aranhão.

Brandon vai notar. Tenho certeza de que vai.

— O que foi isso? — Hope pergunta.

— Ai, caralho! — Olho na direção da porta. Brandon está com Jamie e Paige. Atrás deles vêm alguns dos meninos do time e as líderes de torcida. Amber não está entre elas. — Fica aqui — peço. — Não quero que o Brandon veja.

— Foi ela que arranhou você? — inquire baixo.

— Não foi por querer, eu acho.

— Taylor...

— Oi, meninas! — Paige cumprimenta.

Sorrimos para ela. Jamie também sorri. Brandon pisca para mim e dá um aceno de cabeça mal-humorado para Hope. Ele faz menção de sentar-se em nossa frente, mas Bruce intervém.

— Senta aqui, quarterback. — Ele escorrega do meu lado. — Vou deixar você se sentar ao lado da loirinha. Acho excitante a troca de farpas entre vocês dois.

Todos riem, inclusive Brandon. Ele nem hesita e se senta entre mim e Bruce.

— Na real, acho que você quer tirar uma casquinha do Bê né, Bruce? — Will brinca.

— Claro! — Bruce brinca de volta.

Brandon o abraça e dá um beijo no rosto, fingindo sensualizar, ganhando alguns assobios do restante da mesa. Logo ele se vira para mim.

— O que houve? — pergunta.

— Nada — respondo.

— A gente pode voltar a brigar daqui a cinco segundos. — Ele segura o meu rosto com delicadeza virando para ele. — Mas agora quero saber o que... — Sua voz se perde quando vê o arranhão perto do queixo. — Como fez isso?

— Com a minha unha — respondo o que me vem à mente. Não vou expor a Amber aqui na frente de todos.

— Sua unha é curta — ele constata, franzindo a sobrancelha.

— Chega, Brandon — corto e ele não diz mais nada.

Ele respira fundo e olha para frente, sua boca se abre em um sorrisinho de lado. Eu estranho, por isso sigo seu olhar, vendo Kane caminhar até nós com uma garota ao lado dele. Olho para Hope, vendo-a se retrair na cadeira.

— Disfarça — peço a ela.

— Cheguei! — Kane diz feliz quando chega adiante da nossa mesa. — Falem a verdade, sentiram minha falta, né? — A menina ao seu lado ri.

— Eu senti, cara. Porra — Thiago diz. — Você deixa tudo mais divertido.

— Fala baixo, gato — Kane brinca. — Andrew vai ouvir.

Andrew revira os olhos, passando por ele e se sentando em minha frente, ele nem dá bola para o namorado, o que me leva a crer que brigaram. Justin e Pri chegam junto dele. Ela nos manda um beijo no ar e se acomoda ao lado do namorado.

— Ei, Carly — Brandon diz e a menina ao lado do roqueiro olha para ele. — Estava sumida. Pelo menos faz um tempo que não preciso dormir no quarto do Justin porque o meu está ocupado — fala, para alfinetar a Hope, e eu sinto vontade de matar o idiota!

— Brandon — repreendo. — Escroto — xingo baixinho para que só ele escute.

— Relaxa, amor — ele diz. — Meu irmão e a loirinha ali têm uma amizade antiga.

Encaro-o, incrédula por ele ser idiota ao ponto de dizer isso perto da Hope. Na verdade, tenho certeza de que disse isso justamente por causa dela. Nick também chega e tudo vira uma confusão, pois ele flerta abertamente com a minha amiga e Kane finge não se importar. O clima pesa, porém nada que já esteja ruim e não possa piorar, né?

— Ei! — Olho para trás vendo Amber tocar meu ombro. — Consegui gelo. — Ela estende na minha direção, um gelo coberto com um pano. — Inchou um pouco. — Ela aponta para o meu rosto. — Desculpe de novo, não foi por mal.

— Foi você quem fez isso? — Brandon pergunta. — Você bateu nela?

Ele faz menção de se levantar.

— Eu a beijei — Amber fala. — Machuquei o rosto dela sem querer.

A mesa cai em um silêncio desconfortável e sinto uma tontura diferente, junto a uma vontade de vomitar. Odeio ser o centro das atenções. Brandon parece perder a capacidade de falar e de se mover também. Ele a encara sem fala, provavelmente pensando merda. Sinto-me tão exposta que pareço não conseguir respirar.

— Obrigada, mas não precisa.

Levanto-me, pego minha bolsa e caminho em direção à saída sem olhar para trás. Sem rumo. Só quero ir para longe. Bato na garganta, como se isso pudesse conter a náusea que eu sinto.

— Tay! — Pri grita, mas eu não paro, também não me viro. — Ei! — Alcança-me, ofegante. — Vai para o alojamento?

Suspiro.

— Pode ser — respondo.

— Vou com você — diz, enganchando-se no meu braço.

Não se passa nem um minuto e é Brandon que grita o meu nome e Justin o dele. Pri para, fazendo-me parar também.

— Eu não disse que eu falaria com ela? — Pri questiona.

— Deixe que conversem, gata — Justin pede. — Só dois minutos. Brandon vai falar com ela e vai conosco. — Ele se refere a ele e Kane, que está um pouco mais para trás.

Olho para Pri, vendo o questionamento em seu rosto, e aceno em positivo.

— Por que mentiu? — pergunta assim que eles se afastam um pouco.

— Porque eu não quis expor ela ali na frente de todo mundo.

— Você decidiu preservá-la e me expor então? — inquire. — Porque foi isso que aconteceu. Eu fiquei com cara de palhaço tentando entender o que rolou na frente de todo mundo.

— Bem, agora você sabe como é se sentir diminuído. A diferença é que eu não cooperei com a situação, fui pega de surpresa e não rolou nada.

— Você poderia ter me contado — declara.

— Eu não tive tempo, porra! — grito. — Só você pode errar nessa merda?

— Você fez de propósito? — questiona, com o semblante magoado.

— Eu não fiz de propósito! — Quando percebo que falei alto e tem gente nos olhando, respiro fundo e diminuo o tom da voz. — Aconteceu tudo muito rápido, ela me pediu desculpas e depois me beijou.

— Você... — Ele passa as duas mãos nos cabelos. — Você gostou do beijo?

— Nossa! — Dou uma risada incrédula. — Você realmente me perguntou isso?

— Eu não tenho direito de perguntar? Porque que eu saiba, mesmo que eu precise manter distância na frente dos outros, nós estamos juntos — fala, irônico.

— Eu... — Sinto aquela tontura louca de novo e me apoio na parede.

— Taylor — Brandon diz já chegando perto e me segurando.

— Amiga! — Ouço Priscila dizer também. — O que houve?

— Acho que foi uma queda de pressão — Brandon fala. — Respira, loirinha.

— Brandon, eu juro que eu vou quebrar a sua cara. Sério, jurei que não iria me meter nesse lance louco de vocês, mas isso já passou dos limites! Seu... Seu... Ahhh! — ela grita e, mesmo tonta, começo a rir.

Brandon também segura o riso.

— O que foi, Justin? — ela pergunta, brava, ao namorado.

— Nada, passarinha — responde, nitidamente se segurando para não rir.

— Posso te levar até o alojamento? — Brandon indaga para mim e eu aceno em positivo, cansada demais para recusar.

Caminhamos até o estacionamento e Pri faz questão de ir no carro do Brandon, que fica com medo de ser atacado dirigindo e pede para Justin vir junto. Kane nos segue com o carro do DJ. Quando chegamos ao alojamento, eles sobem conosco, porém logo Pri os bota para fora e eu a agradeço por isso. É inacreditável a forma como tudo é inconstante conosco e é inacreditável também como nós dois somos mestres em sempre estragar tudo.

Capítulo 32

Vamos brincar de esconde-esconde
Para mudar essa situação
Tudo que quero é o sabor que seus lábios permitem
Minha, minha, minha, minha, oh, me dê amor
Ed Sheeran - Give Me Love

BRANDON DAVIS

Batem à porta do quarto e logo abrem, fechando-a em seguida. Nem tiro os olhos da televisão, pois sei que é o Justin. Ele caminha entre a minha cama e do meu irmão, puxando a cadeira de gamer da bancada e se senta.

— Vocês estão mesmo na merda. — Nem eu e nem Kane respondemos. — Daqui a pouco o pessoal da banda está chegando e você nem se arrumou, Kane. — Meu irmão continua quieto. — E, Brandon, daqui a pouco vou buscar as meninas, então vê se aproveita e arruma uma forma de se reaproximar da Taylor. Em vez de só ficar olhando para ela com cara de coitado como nas duas últimas semanas. — Ele se levanta. — Se mexam, porra!

Então, sai resmungando algo que não entendo.

Kane suspira e se senta em sua cama.

— Vou tomar banho primeiro.

Apenas concordo e ele levanta, muito a contragosto.

Desde o acontecimento do tal beijo com a Amber, duas semanas atrás, tudo está confuso e estranho. Taylor parece chateada comigo. Já tentei conversar, mas ela não me dá muita moral, as mensagens de texto são breves. Não consegui ir lá nas duas últimas quartas, pois a Pri voltou para dormir em casa. Na verdade, a loirinha parece abatida, e já percebi que não está comendo como o que era de costume. Não sei muito que fazer, sinto-me de mãos atadas.

Talvez eu realmente tenha sido um babaca por questioná-la da forma que fiz, no entanto, esse sou eu, porra!Não sou um príncipe. Nunca fui e acho que nunca vou ser. Sou imperfeito. Imperfeito pra caralho, contudo, eu a amo. E se tem uma coisa que posso garantir é que pessoa nenhuma vai sentir por ela o que eu sinto. Por isso, estou encarando o que está acontecendo como outra crise em nosso *quase* relacionamento. Nós fomos feitos para durar, não importa o que tenhamos que passar. Ouço meu celular tocar e logo o pego, já imaginando quem é.

— Oi, mãe — falo quando atendo.

— *Querido, como está?*

— Bem e vocês?

— *Engraçado, Justin me mandou uma mensagem dizendo "tia, seus filhos estão na merda".*

Não consigo conter a gargalhada alta que sai de mim.

Que filho da puta!

— *Eu pensei: se estivessem doentes, ele teria me contado de outra forma. Se usou a palavra merda é porque provavelmente tem mulher no meio* — ela continua e ouço meu pai rindo do outro lado.

— Está no viva-voz, mãe?

— *Agora está*.

— Oi, pai! — cumprimento.

— *Filho, quer dizer que está na merda então? É a mesma da ligação do réveillon?* — meu pai questiona.

— Sim.

— *A mesma que levou ao sítio uns meses atrás?* — minha mãe pergunta.

— Sim.

— Meu bebê está crescendo! Bê, fico muito feliz que esteja criando juízo.

— Não exagera, Sra. Miller — brinco.

— É, mãe, ele está caidinho pela loirinha — Kane diz alto, saindo do banheiro.

— E você está caidinho pela moreninha — alfineto.

— *Quem é a moreninha, pequeno?* — Meu pai indaga a Kane, mas sou eu quem responde.

— Você se surpreenderia, pai.

Ouço meu pai rir e minha mãe ficar quieta, o que é um grande indício de que sabem quem é ou parte do que aconteceu no recesso. Meu irmão é tão inocente que nem imaginava as desconfianças.

— Cala a boca, Brandon — ele fala todo bravinho.

— *Sem brigas, né, meninos?* — Minha mãe intervém.

— Justin mandou mensagem para ela dizendo que estávamos na merda — conto a ele.

— Que filho da puta!

— *Olha o respeito, Kane Miller!* — Margot repreende.

— Foi mal — ele diz baixo, já se vestindo.

— Mãe, pai, preciso desligar para tomar um banho e me arrumar.

— Vão sair? — É Steph que pergunta.

— O ensaio da banda é aqui hoje — Kane responde.

Tento dar o celular para Kane, que levanta as mãos e balbucia um "desliga". Finjo não ouvir e deixo o celular em cima da cama, ele que se vire para conseguir desligar. Caminho até o banheiro, quando ele me puxa pelo braço mas puxo de volta, entrando no banheiro e fechando a porta na cara dele, rindo.

— Então, pai... — Escuto-o se render e começar a falar.

Quando os ensaios da banda são aqui na fraternidade, depois sempre rolam uns petiscos e bebidas, todos aproveitando uma das playlists do Justin. Alguns estão sentados nos sofás, que não são pequenos, outros no tapete, uns em puffs e alguns no chão, como eu. Taylor está dividindo um puff com Hope, elas estão meio deitadas e rindo de algo que Justin diz, enquanto Pri põe a mão no rosto, provavelmente com vergonha de alguma putaria que ele falou.

Observo-os de onde estou sentado. Ao meu lado está Kane, que olha na mesma direção que eu, porém sei que sua atenção está na Hope. Do lado de Kane, Adam, que discretamente olha Bruce conversando com uma menina. *Mais uma selecionada para um ménage? Provavelmente.* Os dois nunca se assumiram, contudo, quem é próximo percebe que os dois têm um lance. Acontece que, vez ou outra, eles chamam uma mulher para apimentar as coisas.

— Vocês estão em uma *bad* tão fodida que estão me contagiando — Adam fala.

— É, eu estou na merda — digo.

Meu irmão levanta a sua long neck em minha direção e então brindamos.

— Quando eram crianças, combinaram de sofrer juntos? — Adam continua. — Puta que pariu! Mulherada do caralho aí, vão aproveitar, porra.

— Se nossa companhia está te afetando, por que não vai procurar alguém também?

— Não preciso, quarterback — ele diz e aponta com a cabeça na direção de Bruce, que agora acaricia o rosto da garota. — Minha diversão já está garantida.

— Você não tem ciúmes? — meu irmão pergunta e sinto que se arrepende quase que instantaneamente.

Adam vira a cabeça e o olha, analisando. Vejo um esboço de sorriso que não chega a se formar.

— Você é o primeiro que tem coragem de falar sobre isso comigo — responde por fim.

Kane não diz nada. Entorno a garrafa, bebendo o restante de uma vez só, em seguida peço que um dos caras traga mais. Jamie me encara, mas não me repreende porque sabe que eu provavelmente o mandaria à merda.

— Eu não tenho ciúmes — Adam quebra o silêncio. — Nós temos uma parceria que é impossível de definir.

— Que bom pra vocês, cara — Kane fala olhando para Bruce, que continua flertando com a menina.

— Ele não vai tocar nela sem eu estar junto, não de forma sexual — afirma, convicto.

— Você tem sorte, cara — falo e soluço, chamando atenção dos dois.

— Acho que deu né, mano? — meu irmão diz, tentando pegar a cerveja da minha mão, porém a seguro contra o peito.

— Não, estou de boa — respondo, apoiando a cabeça em seu ombro.

É, talvez eu não esteja tão bem assim.

— Ei, baixista! — Cairo, um dos jogadores do time de futebol, chama Adam. — Verdade ou consequência?

— Verdade — Adam diz sem nem se esquivar.

Praguejo mentalmente quando me dou conta de que essas brincadeiras sempre acabam mal para mim.

— Já fodeu com um homem? — Cairo pergunta.

— Sempre — Adam responde, recebendo assovios do pessoal.

— Ei, Cairo — Adam devolve na mesma moeda. — Está chapado hoje?

Cairo fica sem jeito, olha para Jamie, hesitando em responder. Se não disser, vai ter que pagar com consequência.

— Eu pago — ele diz e Jamie murmura um "filho da puta".

— Quero que beije o Nicky — Adam fala, fazendo-me sorrir por dentro.

— Nem fodendo — Nicky responde. — Ele cheirou uma carreira. Pronto, respondi por ele.

Desleal. Um dos motivos pelos quais não vai ser o próximo capitão. Em que mundo ele acha que vive?

— Ele está zoando né, Cairo? — Jamie pergunta, mas Cairo não responde, já sabendo que estará fodido amanhã no treino.

— Vamos ver se você é tão machão para responder sobre si — Itzeel, melhor amigo de Cairo, sai em o que parece ser uma vingança pelo amigo. — Já transou com alguém da sala? Se sim, quem?

Respiro fundo. Não cara, não vá por esse caminho. Olho na direção da Hope e da Taylor, que parecem tranquilas.

— Taylor — Nicky responde.

Fico tenso. Voltando a olhar em direção ao Nicky, que está próximo demais para o seu próprio bem. Ele é corajoso, preciso admitir. O problema é que não tem um pingo de amor à própria vida. O babaca continua pleno, Taylor também o encara.

— Sua definição de sexo é bem estranha, Nicky — ela responde, chamando a atenção de todos.

— Você é bissexual, então uma dedada vale como sexo, não? — ele rebate.

Respiro fundo. *Três vezes.* Eu vou matá-lo. Eu vou.

— Sim, mas essa regra não se aplica a você, já que eu nem gozei — ela diz e dá de ombros, fazendo todos rirem.

Sua declaração o afeta, porém não acalma em nada a minha raiva. Esse desgraçado vai ter o que merece. O que me diferencia dele é que eu sei quando agir. E esse não é o momento.

— Escroto — Hope diz, olhando-o com nojo.

Toma você também, garota! Deixou meu irmão na merda para ficar com esse bosta. Bem feito, porra.

— Tenho direito à próxima pergunta — Nicky diz. — Taylor, verdade ou consequência?

Ela hesita por um momento. Talvez eu esteja errado. O momento de agir é esse.

— Consequência — Taylor fala.

— Beije alguém agora.

Ela fica sem ação, desconfortável por todos estarem olhando para ela.

— Você pode me beijar — Hope fala, quando vê que ela está desconfortável. — É só boca mesmo.

— Por que não escolheu verdade? — Andy pergunta atrás dela, porém não vejo o que ela responde.

Ela não quis verdade porque imagina o que Nicky perguntaria e não quer admitir que o que temos é muito mais que alguns pegas ocasionais. Algumas perguntas são mais pessoais que ações. Contudo, eu realmente não quero vê-la beijando ninguém.

— Não terminei de falar — Nicky diz —, quero que beije alguém desta sala que já beijou.

Endireito-me, olhando na direção de Amber ao lado de Paige. Não, cara... Taylor não a beijaria, né? Porém, como sempre, a loirinha me surpreende quando se levanta, vindo em minha direção. Ela se abaixa, ficando de joelhos entre as minhas pernas e, sem falar nada, segura meu rosto e me beija. De imediato, a puxo para perto.

É a primeira vez que todos nos veem juntos e sinto um tipo de felicidade que nem consigo explicar. Assovios e incentivos são gritados.

— Meu garoto! — Ouço Justin gritar e Taylor ri entre o beijo.

— Coitado, quero ver conseguir esconder que está de pau duro — Itzeel diz, fazendo todos rirem, inclusive nós dois que paramos de nos beijar.

Ela dá um selinho em mim e faz menção de se afastar.

— Vai ter que ficar aqui — digo baixo.

— Não começa, Brandon — ela responde.

— Beleza, vai então — falo —, mas todo mundo vai manjar meu pau — comento, aguçando o seu lado ciumento. — E você sabe que pelo tamanho vai ser difícil de esconder — sussurro ao seu ouvido.

— Seu cretino, desgraçado — ela xinga baixo e eu mordo o lábio para conter a risada.

Ela se senta entre as minhas pernas, mostrando que realmente não sou o único ciumento. Abraço sua cintura, ajeitando-a contra mim, e apoio a cabeça em seu ombro. Ela relaxa e beijo seu pescoço, começando um carinho em sua cintura. Sinto muitos olhares em nós, como se estivessem estranhando a nossa intimidade e não me importo.

— Oi, cunhada — Kane cutuca Taylor, fazendo-me sorrir.

— Vai se foder, Kane — ela murmura.

— Ela é uma princesa, não é? — digo, sorrindo como um idiota, meio bêbado também.

— Se prepara, Kane — ela diz. — É você quem vai cuidar do cu de cana aqui. — Encara-me. — E ele passa bem mal quando está bêbado.

Talvez ela já tenha cuidado de mim em um dos sábados em que dormimos juntos e tenha percebido que eu e bebidas alcoólicas realmente não temos uma boa relação.

— Nossa. Você o conhece melhor que eu, hein? — meu irmão comenta, provocando-a.

Lógico que está brincando, já que ele melhor que ninguém sabe o quanto fico com o estômago fodido.

— Ei, vocalista — Reid chama. — Verdade ou consequência?

— Verdade — responde.

— É verdade que está na merda porque levou um pé da morena ali? — Aponta para Hope.

— Está mal informado, foi ele quem me deu um pé — Hope responde, tomando a iniciativa para não deixar meu irmão sem jeito e isso a faz ganhar alguns pontos comigo.

O quê? É importante ganhar pontos com o cunhado, sim.

— Acho bom levarmos o Brandon para o quarto — Taylor fala para o meu irmão, vendo que ele encara a morena. Quando percebe que Kane não responde, ela toca o seu braço. — Me ajuda a levá-lo para o quarto?

Ela tenta se levantar, porém mantenho as mãos em volta da sua cintura.

— Me solta, Brandon. — Aperto-a ainda mais. — Deixa de ser cretino, garoto.

— Eu amo você — eu falo baixinho, já com sono.

— Cara... — Kane mexe em mim. — Vem, vamos subir.

— Eu consigo caminhar, quanto exagero — respondo. Solto Taylor, que se levanta ajeitando a blusa. Kane também se levanta.

Ele estende a mão para me ajudar e eu aceito, levantando-me meio desajeitado. Sou bem mais alto e pesado que ele, então sei que não é fácil ajudar a me equilibrar. Contudo, consigo ficar de pé de boa.

— Não precisa, cara — digo com a voz rouca pela bebida. — Eu consigo caminhar e subir as escadas — falo e caminho em direção ao quarto.

Subo as escadas, segurando-me no guarda-corpo. Caminho pelo corredor indo em direção ao quarto e logo escuto passos atrás de mim. Taylor. Identifico só pelo perfume. Abro a porta, segurando para que ela entre primeiro, soluço, a loirinha me olha e balança a cabeça repreendendo.

— Você sabe que vai perder o treino amanhã, né? — questiona, abrindo a porta do meu roupeiro.

Sento-me na ponta da cama do Kane, já que é a mais perto do banheiro, e começo a tirar os tênis.

— Provavelmente.

Ela caminha até mim e me estende a calça de moletom, fazendo-me sorrir. Puxo sua cintura, o que a faz dar um gritinho de susto.

— Você já sabe até com o que eu durmo. — Apoio o queixo em seus peitos, porque mesmo sentado ficamos quase da mesma altura. — Namora comigo de uma vez, somos perfeitos juntos.

Ela ri.

— Vai tomar banho, senhor perfeito.

— Vai vir comigo?

— Não.

— Então vou ter que me masturbar de novo — suspiro, soltando um soluço em seguida. — Hoje vou pensar naquela vez em que transamos no boxe do banheiro do alojamento. A forma que você me chupou foi do caralho e...

— Brandon! — repreende, balançando e cabeça e rindo. — Vem!

Ela sai do meu abraço e me puxa em direção ao banheiro, quando Kane entra no quarto.

— Atrapalho algo? — respondo "sim" no mesmo momento em que ela diz não, fazendo-o rir.

— Eu já vou — ela fala pra mim e então olha para o meu irmão. — Tem algo para dor de cabeça e estômago para ele?

— Tem sim, cunhadinha — ele responde e ela revira os olhos.

— Não tão rápido.

Ainda que com o reflexo fodido, sou mais forte que ela e mais rápido. Volto a puxar sua cintura, enquanto a trago para dentro do banheiro e fecho a porta, ouvindo a risada de Kane dentro do quarto.

— Caralho, Brandon — reclama. — Se nós caíssemos, eu quebraria sua cara.

— Faz duas semanas que não ganho um beijo. — Abraço-a, abaixando a cabeça e roçando meu nariz no seu.

— Porque você foi um idiota achando que eu ficaria com outra pessoa estando com você — suas mãos vão para os meus ombros.

— Desculpa! — Encosto minha testa na sua. — Eu estou na merda sem você por perto.

— Bê, não vamos conversar sobre isso agora.

— Estou com muita saudade do seu beijo — falo com os lábios perto dos seus.

— Eu acabei de te beijar lá embaixo. — Ela ri e, então, arqueia a sobrancelha. — Na frente de todo mundo.

— Porra, aquilo foi sexy! Pode fazer de novo. Quantas vezes quiser. — Ela gargalha e eu sorrio, bêbado e maravilhado com sua beleza. — Você é tão linda!

Trago sua cintura para mais perto.

— Brandon, eu preciso ir.

— Ok... — suspiro —, mas me promete que vamos conversar amanhã? Não quero mais que fique esse climão. É difícil pra caralho ficar perto de você e ao mesmo tempo longe.

— Tudo bem — responde e eu não penso duas vezes antes de me abaixar e beijar a sua boca.

Porra, que saudades do beijo dela. Desço as mãos para cada lado da sua bunda, apertando e fazendo-a suspirar. Seus dedos se infiltram entre os meus cabelos, em uma carícia tão leve quanto o beijo. Sua língua brinca com a minha em uma sincronia tão perfeita como se fôssemos um só. Ela morde o meu lábio e tenta parar o beijo, porém eu a impeço, aprofundando mais e a fazendo rir contra a minha boca.

— Brandon, eu preciso ir...

Ele cobre meus lábios com os seus.

— Ok — respondo a contragosto —, mas amanhã conversamos, né? — pergunto só para garantir e ela ri de novo. — Passa o fim de semana comigo na cabana?

— Não. O Justin vai tocar na Impire de novo, lembra?

— Sim, mas na volta podemos ir para a cabana.

— Amanhã a gente conversa.

— Por favor, amor...

— Brandon — ela me empurra de leve e, quando tento puxá-la de novo, abre a porta e sai correndo dos meus braços. — Nossa! — Para, olhando para o meu irmão. — Você é todo tatuado.

O comentário é sem maldade, porém me irrita um pouco.

— Kane, está tentando seduzir a minha garota? Vai botar uma camiseta — indago, fazendo-o rir alto e Taylor fica vermelha.

— Deixe de ser louco, mano — é o que ele responde, rindo.

— Vou indo, tchau, Kane — ela diz para ele e se vira para mim. — Tch...

Chego perto e seguro seu rosto, deixando um beijo estalado em seus lábios.

— Até amanhã, amor — falo e ela me dá um tapa. Quando se vira, sou eu quem dá um tapa na sua bunda e o barulho que faz é alto, combinado ao seu grito de surpresa. — Gostosa!

Ela sai corredor afora resmungando. Fecho a porta do quarto com um sorrisão no rosto. Kane está rindo feito uma hiena, sentado na cama.

— Vocês dois são hilários juntos — declara.

— Precisa ver o sexo. É fenomenal.

— Eu não quero imaginar isso — faz uma careta estranha —, não quero mesmo.

Volto para o banheiro, sentindo-me bem e feliz pela primeira vez nas últimas duas semanas. Preciso dessa garota. Preciso que ela me aceite de vez na sua vida, pois não existe nada no mundo que me faça ir embora. Ela precisa entender isso. O que rola entre nós não vai passar. Ela foi meu passado, ela é o meu presente e não tenho dúvida alguma de que será o meu futuro.

Capítulo 33

Você faz um fim de semana parecer um ano
Amor, você me fez mudar
24 horas por dia, te quero aqui
Espero que você sinta a mesma coisa
365 (feat. Katy Perry) — Zedd

BRANDON DAVIS

— Mano? — Kane volta a mexer em mim. — Bê.
— Hum.
— Está mais de uma hora atrasado para o treino.
— Eu não vou.
— Pelo menos toma os remédios para acordar melhor mais tarde — eu me viro para o meu irmão e pego os remédios, entornando quase toda a garrafa de água que me entrega.
— O treinador vai me matar — resmungo.
— Também acho... — Ele mexe no meu cabelo e sai do quarto.
Mesmo com a cabeça latejando, procuro o meu celular, tateando a mesa de cabeceira com a mão. Quando o acho, desbloqueio e vou ao contato da Taylor, escrevendo uma mensagem.

Bom dia, amor!
Eu te espero às 11h na sua árvore
Vou levar comida.

Boto o celular para despertar daqui uma hora e meia e volto a dormir, na esperança de acordar melhor da ressaca.

Por sorte, não me atraso e consigo passar com tempo no drive-thru. Compro dois hambúrgueres, batata frita e refrigerante. Para um atleta, eu ando pisando muito fora dos limites da dieta que devo seguir, porém é por uma boa causa. Bebi além do que devia ontem, não que tenha bebido muito, mas como não tenho hábito, o pouco já é o suficiente para me deixar alto e de ressaca no dia seguinte. Quando chego à árvore, Taylor já está lá sentada, com a bolsa sobre o colo e olhando para o nada, pensativa. Eu não curto quando ela fica quieta e pensativa demais. Sempre dá merda para o meu lado.

— Oi, amor — falo, sentando-me ao seu lado, dando um selinho em sua boca.

Ela esboça um sorriso.

— Achei que você estaria mal hoje.

— Eu só bebi cerveja, já estou bem.

— Aquela vez você também só bebeu cerveja e acordou bem mal no outro dia.

Prefiro não me lembrar daquela sexta na qual bebi com os caras do time e depois fui para o alojamento bêbado além da conta. Ela cuidou de mim em vez de chutar a minha bunda e sou grato por isso.

— O que trouxe para comer? — conclui.

— Hambúrguer, batata frita... Essas merdas que você ama.

— Até parece que você não gosta né, Bê?

Sorrio. Ultimamente ela vem me chamando de Bê sem nem perceber e isso me deixa feliz pra caralho. Ela pega os hambúrgueres, olhando as marcações. Os dela são sempre sem salada e os meus com. A batata dela sempre tem bacon e as minhas não. Já o refrigerante, tomamos o mesmo nas raras vezes em que eu também bebo.

— Queria pedir desculpa de novo por eu ter sido... — Paro procurando a palavra certa.

— Um escroto — ela completa por mim.

— É, poderíamos facilmente ter resolvido a situação no diálogo. Fui errado em sair te julgando sem te escutar.

— É, você foi.

— E você me desculpa? — Ela acena em positivo, enquanto mastiga o seu lanche. — Também preciso comentar que ontem você me fez o homem mais feliz do mundo por ter me beijado na frente de todos que estavam na fraternidade.

Ela limpa a boca com o guardanapo e toma um gole de refrigerante antes de responder.

— Você olhou para Amber. No momento em que ele disse "beije alguém que você já beijou", você olhou para ela. Pensou com sua mente perturbada que eu a beijaria. — Não respondo. — Alguma vez, depois que começamos isso. — Aponta de mim para ela. — Você me viu com outra pessoa? — Faço um gesto de negação com a cabeça. — Então qual o seu problema, Brandon?

— Eu nunca sei em que pé estamos. — Decido ser sincero. — Em alguns momentos acho que você me perdoou e que vai ficar tudo bem, e no seguinte fico perdido achando que nunca vai querer ficar comigo de verdade. — Respiro fundo. — Você vai passar mais de um mês no Brasil. Eu queria que você ficasse comigo.

Ela desvia os olhos de mim, mirando sua batata com bacon.

— Não quer ficar na casa da praia? Tudo bem. Nós ficamos na cabana. Lá é mais perto da clínica que a casa de praia, de qualquer forma — concluo.

Ela sabe que nas férias eu trabalho na clínica ajudando os nossos pais.

— A tia Andréia me deu a passagem, Bê. Não posso simplesmente dar para trás e...

— Perto de acabar as férias posso ir com você. Podemos ficar lá uns dez dias se esse é o problema. — Ela me olha, parecendo indecisa. — Taylor... — Deixo o hambúrguer de lado, em cima da caixa do delivery. — Eu já te disse isso antes e vou repetir: quero que você me conheça além do que sou aqui. Eu não sei mais como te convencer a dar de verdade uma chance para nós dois. Namora comigo? Deixa...

— Talvez.

— Um dia eu sei que você vai dizer "sim", mas... — Paro, olhando para ela, que sorri mordendo o lábio. — Espera. O que disse?

— Talvez.

— Uouuu... — Passo a mão nos cabelos. — "Talvez" é muito melhor que "não".

Ela ri, fazendo-me rir junto. Caralho, depois de meses ouvindo um não, um talvez é *muita* coisa.

— Em breve vai ser um sim — eu falo, e isso não é uma pergunta.

— Talvez depois de você me mostrar como é de verdade.

— Vai passar as férias comigo então?

— Espero que eu não esteja tomando a decisão errada...

Nem a deixo terminar de falar e me inclino, beijando a sua boca com gosto de bacon. Ela ri e me empurra.

— Para, garoto, se afasta. Vai derrubar toda a minha comida.

— Caralho, estamos mesmo namorando. — Ela arqueia a sobrancelha enquanto mastiga o hambúrguer. — Um talvez é quase um sim, me deixa ser feliz em paz.

Ela começa a rir, quase cuspindo o que tem na boca.

— Eu amo você, loirinha. — Inclino-me de novo, deixando um beijo na sua bochecha. — Essa conversa de namoro até me abriu o apetite — comento, desembrulhando o meu lanche e dando uma mordida generosa.

Enquanto mastigo, olho para ela, admiro sua beleza e faço uma prece silenciosa em gratidão pelo avanço que tivemos hoje.

Eu nunca fui um cara que gosta de dançar. Todavia, descobri que Taylor é dona de todas as exceções na minha vida. Estava sentado com meu primo, mas foi só ela começar a rebolar demais para eu me levantar e vir até ela. Em parte, porque só de olhá-la, toda gostosa de vestido, deixou-me excitado e com uma vontade do caralho de estar por perto. Esses vestidos provavelmente me trarão um infarto em algum momento.

Olho novamente para o filho da puta de moletom preto que lança olhares esporádicos na direção da minha loirinha. É claro que fico puto, e ela percebe, virando-se para mim e rebolando ainda mais, sabendo que tem minha total atenção.

— Vamos nos sentar um pouco?

— Vai lá, vou ficar aqui com as meninas. — Olho para o babaca e dessa vez ele não está olhando em nossa direção.

Viro para onde o meu irmão está sentado e vejo que tem três garotas com ele, sorrio internamente.

— Tudo bem! — Deixo um beijo em sua boca. — Qualquer coisa, estou lá com Kane, ok? — Indico a direção do meu irmão e ela olha, franzindo levemente a testa.

— Quem são aquelas? — pergunta.

— Não sei, devem ser amigas dele.

Dessa vez, beijo seu rosto e começo a me afastar. Nem dois passos depois sinto sua mão na minha.

— Estou com dor nos pés — diz e dá de ombros.

Seguro o sorriso, fingindo que acreditei.

Caminho com ela ao meu lado até eles. Uma está sentada ao lado de Kane, as outras duas distribuídas no banco estilo canto-alemão.

— Oi — cumprimento as meninas e me sento ao lado de uma delas.

Puxo Taylor para o meu colo, que vem sem resistir ou fazer cena, como costuma ser. Seguro o riso novamente.

— Bê, eu vi o último jogo. Vocês estão indo muito bem — uma delas comenta.

Taylor envolve o meu pescoço com os braços de forma possessiva e eu envolvo os meus braços em sua cintura, ajeitando-a no meu colo.

— Estamos, né? Estou confiante de que vamos conseguir chegar às finais — digo sorrindo.

A menina começa a conversar, e eu respondo de volta. Estou falando de boa, porém Taylor parece não gostar. Kane pergunta se queremos algo e se dispõe para ir comprar. Ainda no meu colo, ela se mexe e cruza as pernas. Olho para baixo, vendo que o movimento faz seu vestido subir. *Muito.* Ela busca a minha atenção e com certeza a tem. Tiro um braço da sua cintura, apoiando-o em sua perna e espalmando a mão onde o vestido subiu. A outra garota chama a que estava falando comigo sobre o jogo e aproveito o momento para encarar a loirinha em meu colo, que já me olhava com uma expressão séria.

— Cuidado com seus movimentos, amor. Você estava mostrando demais.

— Sério? — pergunta, irônica. — Não notei.

— Você fica uma graça com ciúmes — falo ao seu ouvido —, mas eu realmente quero ser o único a ver essa bocetinha, então mantenha as pernas fechadas.

Ela ri, voltando a me encarar.

— Fechadas? — Suas mãos deslizam do meu pescoço para o meu rosto. — Meu plano para o fim da noite era mantê-las bem abertas. — Aproxima o rosto do meu. — Para você me mostrar se sua língua é tão eficiente quanto me lembro.

— Não precisamos chegar a casa para eu te lembrar. — Mordo o seu lábio. — Podemos ir até o meu carro. Agora.

— Cunhadinha... — Meu irmão chega. — Seu drink. — E estende a bebida vermelha para ela. — Atrapalhei alguma coisa? — pergunta quando vê minha cara.

— Não poderia ter chegado em um momento pior — falo, fazendo todos rirem, inclusive as meninas que estão na mesa.

— Deixa de ser grosso, Bê — ela diz, defendendo Kane.

— Está vendo como ele me trata, cunhada? — indaga para ela.

— Começou o drama — falo e beijo o ombro da loirinha em meu colo. As meninas nos olham com expressões de curiosidade, já que nem ela nem eu corrigimos o "cunhada" que o meu irmão soltou duas vezes.

Ela bebe o drink e logo faz uma careta.

— O que foi? — pergunto.

— Não sei, o gosto está estranho. Parece tão forte. Prova — diz e eu pego a taça da sua mão. Bebo um gole e acho absurdamente doce, igual a das outras vezes.

— Está normal para mim — concluo. Ela toma mais um gole e volta a fazer cara feia. — Amor, se não gostou não precisa tomar. Deixa aí. — Indico a mesa.

Ela não solta o copo, porém também não toma mais. Em certo momento, o Justin começa a tocar e nos levantamos para ir aproveitar o som dele. Ela se solta e até interage com as amigas do Kane. Já meu irmão disfarça de todas as formas, mas noto o quanto ele observa a Hope, que está estranha pra caralho hoje. Ela mal ficou conosco e eu realmente tive receio de que ela ficasse com outro cara na frente dele. Sei que não estão juntos e que não devem nada um para o outro, porém me preocupo com ele. Nunca o vi tão envolvido com alguém como está com ela.

As coisas não melhoram.

Uns quarenta minutos depois de o show do Justin acabar, ele e Priscila finalmente descem. Nós o parabenizamos e voltamos para a mesa, entretanto Kane continua preocupado. Sigo seu olhar, vendo que ele continua olhando para Hope, que caminha cambaleante até nós. No caminho, desequilibra-se e bate o coturno em um dos transformadores de luz colorida do chão. Ela cai e, antes que qualquer um a ajude, Kane já está indo em sua direção. Um garoto para em sua frente, perguntando algo, mas Kane o descarta. Hope ri quando ele a levanta, diz algo e lambe o queixo dele, que respira fundo e vem com ela até nós.

— Para, Hope. Estamos no meio de uma festa — ele diz quando chega perto de nós.

— Ah, claro, e você não pode transar comigo porque sou uma vaca sem coração — fala, brava, mas logo volta a rir.

Ela o encara e chega perto, passando a língua em seus lábios.

— Abre um espaço aí — ele pede ao Justin e na hora Pri vai para o seu colo, liberando espaço no banco.

Ele a põe sentada, e Taylor se inclina em meu colo para ver melhor a amiga.

— Acho melhor buscar água para ela — Celiny diz.

— Pó-pó-pó! — Hope retruca, imitando uma galinha.

Taylor disfarça uma risada.

Fico estático e não acho engraçado. Justin e eu trocamos um olhar.

— Quer uma água? — pergunto a ela.

— Quero dançar — ela diz, porém, mal se mexe.

Justin segura o queixo dela, fazendo com que o olhe. Ele a encara, franzindo a sobrancelha e suspirando em seguida.

— Acho que já deu por hoje — ele diz quando solta o rosto dela. — Vamos embora? — pede, olhando de Kane para mim.

— O que houve? — Andrew pergunta, Thiago apenas faz um gesto de cabeça pedindo para não falar nada.

— É, já passou da hora, na verdade — digo, levantando-me.

Despedimo-nos das meninas.

— Vocês estão estranhos — Taylor fala, puxando a minha mão.

Beijo sua testa, incapaz de dizer que Hope está drogada. Passa um déjà-vu por minha cabeça, com tudo que passamos com Justin.

— Você precisa pegá-la, Bê — Tay avisa. — Kane não vai aguentar com o peso dela até o estacionamento.

Quando chego perto do meu irmão, nem preciso falar, ele entende e a passa para mim com os braços tremendo. Aumento o passo para chegarmos o quanto antes ao estacionamento. Kane abre a Range Rover e a coloco sentada no banco de trás. Kane passa por mim e puxa o vestido dela, ajeitando. Taylor entra pelo outro lado, sentando-se e servindo de apoio a Hope.

— Licença! — Justin põe a mão no ombro do meu irmão, ele se afasta só o bastante para que Justin chegue perto dela. — Hope — chama e ela vira um pouco o rosto. — O que você usou? — pergunta e sinto meu peito se apertar com a expressão desolada que vejo no rosto do meu irmão.

— Ela está bêbada, cara — Kane diz e a impressão que tenho é que está dizendo isso muito mais para si do que para nosso primo.

— Você se lembra de quanto cheirou? — Justin tenta de novo. — E o que mais usou? Hope, dependendo da quantidade, precisamos ir ao hospital.

Ela empurra o ombro dele, chega perto da Taylor e apoia a cabeça em seu ombro.

— Cara... — Justin se vira para nós, revezando olhares entre mim e Kane. — Eu acho bom levá-la ao hospital. Sudorese excessiva, pupilas dilatadas... Ela está drogada.

— Quero ir pra casa — ela murmura.

— Nós já vamos, amiga — Taylor fala, arrumando o cabelo dela que está grudado na testa pelo suor. — Podemos decidir o que fazer no caminho.

— Eu dirijo — digo, tentando pegar as chaves das mãos do meu irmão.

— Eu vou dirigir. Você bebeu bastante.

O combinado desde o início seria que ele dirigiria, então não rebato.

Kane fecha a porta de trás do carro e entra no banco do motorista. Justin e Pri caminham até o carro deles, junto ao Thiago e ao Andrew. Eu também entro, sentando-me no banco do carona.

— Põe o sinto nela, amor — peço para Taylor, que o faz imediatamente. — Se vir qualquer mudança, nos avise que iremos para o hospital.

— Acho que ela não gostaria de ir.

— Não é uma questão de gostar, sim, de precisar.

Olho para o meu irmão que segue quieto. Ele liga o carro, saindo do estacionamento. Olho pelo retrovisor, vendo Justin logo atrás.

No caminho, fico me perguntando o que aconteceu. Tenho certeza de que os mesmos questionamentos que ele se faz são os que me faço. Será que ela já usou antes? Com que frequência? Lembranças do Justin desacordado em meus braços vêm à minha mente e tento de todas as formas bloqueá-las.

O trajeto inteiro é feito em silêncio.

Quando chegamos à fraternidade, decidimos que seria melhor se ela dormisse no nosso quarto com Kane. Ela vomita no corredor e acho que até fico aliviado por vê-la botando algo para fora. Não sou médico, mas com Justin ajudou, talvez no caso dela ajude também.

— Se importa de irmos para a cabana? — pergunto para Tay assim que entramos no carro.

Ela apenas acena em negativo.

O trajeto é feito novamente em silêncio salvo pelo som baixo que toca e pelos meus vários bocejos. Eu geralmente durmo cedo, pois acordo muito cedo para treinar. Ultimamente a rotina de festas diminuiu e eu pareço ter desacostumado a ir às baladas.

Quando chegamos à cabana, tudo acontece de uma forma tão natural que me faz sorrir por dentro. Abro a porta e Taylor entra. Ela larga as sandálias de qualquer jeito perto da mesa e sobe para o quarto no mezanino. Vou até a geladeira e pego uma garrafinha de água, vendo-a abrir o roupeiro, pegar uma camiseta e mexer na gaveta de cuecas. Ela desce e para em frente ao banheiro, tirando o vestido e o deixando em cima da cadeira.

— Peguei para você — diz, colocando uma cueca sobre a bancada.

E então, com a camiseta e outra cueca em mãos, vai para o banheiro.

Só então me permito sorrir. Nós adquirimos uma intimidade absurda nos últimos meses e surpreende-me a forma como funcionamos bem juntos. Ela me perdoou. Eu sinto. Taylor se sente tão à vontade perto de mim quanto eu dela, e tenho a certeza de que quem não nos conhece deve imaginar que estamos juntos há anos.

Gosto disso. Dessa reciprocidade autêntica o bastante para ela nem notar que já está comigo. Sim, nós já estamos juntos. Pode parecer precoce, porém sei que ela é a garota. Aquela com quem eu quero me casar, construir uma vida junto. Quero que ela seja a mãe dos meus filhos.

Meu celular toca e vejo uma mensagem de Kane dizendo, no grupo que tenho com ele e com Justin, que a Hope dormiu. Digito de volta para nos manter informados, pois qualquer coisa, volto para a fraternidade na hora. Eles me tranquilizam e dizem que qualquer coisa, ligam.

O chuveiro continua ligado. Tiro a roupa, botando também sobre a cadeira, e caminho em direção ao banheiro onde a Taylor está. Ao entrar, a vejo com a testa encostada nos azulejos enquanto a água cai por seu corpo.

Cara... Ela é linda. Porra! Como pode ser tão linda?

Abro o boxe, entrando. Ela nem se vira.

— Tudo bem, amor?

— Estou enjoada — fala, virando-se, e percebo que está mais pálida que o normal. — Fiquei nervosa, eu acho.

— Tudo bem — aproximo-me, trazendo-a até os meus braços. — Já tomou banho? — Ela acena em positivo. — Consegue se enxugar?

Ela revira os olhos, rindo fraco.

— Claro, Brandon.

— Então se enxugue e vá para a cama, logo vou levar algo para você tomar para o estômago.

— Ok! — Fica na ponta dos pés e beija a minha boca, saindo do boxe.

Tomo um banho rápido. Quando saio do banheiro, vou até o painel da televisão na sala e abro a gaveta, vendo os remédios que a minha amada mãe sempre abastece. Ela disse que eles seriam úteis e realmente são. Boto um pouco de água em um copo e dissolvo o antiácido e analgésico, mexendo. Subo as escadas do mezanino, levando comigo uma garrafa de água também. Taylor está quase dormindo, no entanto senta-se e toma o remédio. Deito-me ao seu lado e ela se aconchega em meu corpo. Minha loirinha dorme rápido, enquanto eu continuo acordado contemplando a sua beleza.

Eu realmente amo essa mulher.

Sem sono, fico acariciando o seu cabelo, imaginando que meu irmão também está acordado velando o sono da Hope. Balanço a cabeça, em negação, inconformado por outra pessoa do meu círculo íntimo buscar refúgio nas drogas. Torço para que amanhã ela se abra com Kane, eles conversem e cheguem a algum lugar. Ele está na merda, mas eu percebo que ela não está em uma situação melhor. Sei que o amor não cura traumas, nem muda atitudes. Contudo, por experiência própria, posso afirmar que ele é como um fio de esperança, como um ponto de luz. O amor te impulsiona a ser uma pessoa melhor e te faz perceber o que realmente vale a pena. E neste momento, o que realmente vale a pena está aqui, deitada comigo. Em meus braços.

Capítulo 34

Lembro que éramos estranho.
Então, me diga, qual é a diferenç
Entre o antes e agor
Gavin James – Alway

TAYLOR JONES

Depois do fatídico dia em que a Hope acabou abusando da bebida e usando outras coisas, ela e o Kane se entenderam. Ela finalmente admitiu que gosta dele e eles voltaram a ficar e andar juntos como antes na faculdade. Ainda não estão oficialmente namorando, mas creio que hoje isso vai mudar.

Nas últimas duas semanas, Hope vem treinando com o pessoal da banda, escondida do Kane, e vai subir ao palco para cantar uma música para ele. Tenho que admitir: a menina tem culhões. Eu e Brandon também seguimos juntos ao nosso modo. Com frequência, ele pergunta se converse com a Pri sobre as férias e a resposta é sempre não, já que venho adiando.

Eu sei, pode parecer infantilidade, no entanto é só orgulho ferido mesmo. Quando eu contar para as meninas e para Andy que vou passar as férias com Brandon, estarei admitindo que estamos juntos, que gosto dele. Que o perdoei.

Sempre tive problemas com o perdão.

Admiro muito quem o faz com facilidade, mas comigo não é assim que funciona. Tenho dificuldade para perdoar e talvez, no fundo, também ache que nenhum casal pode ser realmente feliz. Meus pais eram até minha mãe ficar doente e ele decidir "extravasar a tensão" com a minha tia.

— Que nada! — Andy fala. — Hoje ela vai se sentar no DJ até amanhecer.

Sorrio com a provocação dele, que faz isso só porque sabe que a Pri tem vergonha.

— Não vou. Estou naqueles dias — diz com seu jeitinho tímido.

Algo fica alerta dentro de mim e, por um momento, estaco com o rímel no ar, olhando-me no espelho. Qual foi a última vez em que menstruei? F[illegible] de tudo para lembrar, porém não consigo. Respiro fundo, buscando calma. Lógico que sempre penso no pior dos cenários. Tipo, não existe a possibilidade de isso acontecer. Eu tomo contraceptivos. Tudo bem que nem sempre usamos camisinha, mas eu me cuido, então a possibilidade de engravidar é mínima. Volto a respirar fundo, disfarçando o desconforto para que meus amigos não percebam.

Não. Com certeza não pode ser uma gravidez. Não agora que progredimos tanto juntos. Não agora que estou cedendo e tentando ser feliz de novo.

— Coitado do DJ, vai ficar no zero a zero hoje — ele diz e os três começam a rir.

— Tay... — Hope abraça a minha cintura e coloca a cabeça em meu ombro, olhando-me sobre o espelho. — Esse body ficou perfeito nos seus peitos, parecem até maiores.

— Você acha? — pergunto, fechando o rímel e o deixando de lado.

Boto a mão nos meus seios, fitando-os no espelho. Realmente parecem maiores.

Puta merda!

— É sério — ela continua —, ficou lindo.

Sorrio fraco.

— O que foi? — Pri que pergunta.

— Nada... — Forço um sorriso. — Só acho que engordei.

— Amiga. — Andy se levanta, vindo até mim e mexendo no meu cabelo. — Você pode tudo. E, além disso, fisgou o cara mais gato da universidade.

— Verdade. — É Pri quem fala de novo e dessa vez faz todos nós olharmos para ela. Não é segredo para ninguém que ela não vai nem um pouco com a cara do Bê. — O quê? — Não é porque não sou fã dele que vou mentir. Ele é lindo. E vocês dois são um casal tipo aqueles que a gente vê em outdoor, sabe?

Apenas sorrio, negando com a cabeça. Mesmo não admitindo, todos se referem a nós como um casal. Até me sinto estranha às vezes por não assumir de vez, já que não é como se todos não imaginassem.

— Justin chegou — ela fala com o celular em mãos e logo começamos a pegar nossas coisas para descermos.

No caminho, vamos conversando e fazendo Justin rir, mesmo que seja daquele jeito sério dele. Mesmo conversando, o fato de eu não me lembrar a última vez em que menstruei me incomoda. Justin mal estaciona e já vejo Brandon à porta, sorrindo e cumprimentando quem passa. Descemos do carro e Justin puxa Pri, dando um beijo nela.

— Ei... — Hope cutuca o meu braço. — Seu segurança está à sua espera.

Disfarçadamente, olho em direção à porta. Brandon me vê e abre um sorrisinho de lado.

— Eu não sei o que ele te fez, Tay, mas uma coisa eu sei: o que vocês sentem é real. É nítido e refletido como espelho nos olhos um do outro o quanto vocês se gostam.

— Eu não consigo lidar com isso ainda — respondo no automático, porém então me dou conta de que talvez eu já tenha conseguido e nem tenha percebido.

— Você não precisa. Não hoje, não amanhã. As coisas acontecem com o tempo. Ele vai ganhar sua confiança com o tempo.

Suspiro.

— Ele já vem ganhando. Eu sou muito trouxa — admito.

— Quem é trouxa? — ele pergunta assim que chegamos perto dele.

Arqueio a sobrancelha em questionamento.

— Você está lendo lábios agora?

Ele me puxa para perto, enlaçando minha cintura.

— Tudo por você — Bê diz.

— Cretino — murmuro.

Ele ri e me beija, e, mesmo sabendo que nesse minuto provavelmente somos o centro das atenções, eu correspondo. Não existe forma de não corresponder.

Eu gosto dele. Gosto muito.

— Esse casal — Andrew fala. — Podem deixar os amassos para um lugar reservado?

Brandon ri em meio ao beijo, distanciando sua boca da minha.

— Você acha mesmo que eu seria burro o suficiente para esconder essa beleza toda? — Ele faz um som estalado com a língua. — Quero mais é que todos saibam que ela está comigo.

— Hum, possessivo ele — Hope brinca.

— Ele esquece que não queima só o meu filme, mas o dele também — digo.

— Amor, estou pouco me fodendo para o meu. — Ele faz um gesto de desdém. — Quer namorar comigo?

— Brandon — respondo, querendo matá-lo por perguntar isso na frente dos meus amigos.

Eu quero contar para eles.

— Porra, Taylor — ele suspira. — Tudo bem. Vou fingir que não venho te pedindo isso há meses. — Ele beija a minha testa e segura minha mão, piscando, e então entendo que ele deixou o questionamento no ar sabendo que seria mais fácil contar para eles caso me perguntassem. — Vamos lá para dentro. Meu irmão está preocupado. — Ele encara Hope. — Poderia ter respondido uma mensagem?

Ela dá de ombros e dessa vez parece realmente nervosa.

Eu, no seu lugar, também estaria. Vamos em direção ao pátio onde geralmente fica o palco improvisado. Em pouco tempo o show começa e quando chega a vez de Hope subir no palco, gritamos vários incentivos. Kane torna tudo performático e até diz que só a beijará se ela namorá-lo. Lógico que ela aceita e o beijo que os dois protagonizam é digno de um filme. Eles descem antes mesmo de o show terminar, deixando a banda encarregada de se despedir. Os dois somem e eu tenho certeza de que foram transar.

— Estou com sede. Vamos pegar uma bebida e ir para um lugar mais calmo? — Brandon fala, abraçando-me por trás.

— Você está ficando velho — provoco, ele nem me deixa responder e me incentiva a caminhar em direção à cozinha.

— Daqui a pouco vou te mostrar o velho, loirinha. — Morde meu ombro, fazendo-me dar um gritinho de surpresa.

Quando chegamos à cozinha, ele ignora todos à nossa volta e pega uma água tônica para ele. Em seguida, pega um copo e põe gelo, coloca suco de Cranberry e vodca, umas das bebidas que eu adoro. Ele para e pensa, fazendo uma careta.

— Acho que não podemos ir para o meu quarto — diz.

— Com certeza não — falo, lembrando-me do Kane e da Hope passando em disparada por nós.

— Já sei.

Ele abre a última gaveta e vasculha lá dentro, tirando uma chave e botando no seu bolso, então se levanta e me puxa pela mão. Entramos no que parece ser uma área de serviço, ele pega dois cobertores e então me guia escada acima. Quando chegamos ao último andar, o Bê tira a chave do bolso e abre a porta. É um lugar pequeno, aconchegante e lindo.

— Nossa! Não sabia que tinham esse espaço aqui — falo, quando entro olhando tudo em volta.

— É um espaço gourmet que raramente é usado — explica quando abre as cortinas, revelando as portas de vidro para uma pequena varanda.

Ele empurra o sofá, para que fique de frente para as portas de vidro, enquanto olho tudo em volta. Tem uma cozinha pequena, uma mesa grande, um sofá e um painel de televisão. Realmente não parece muito um cômodo que é utilizado por um monte de atletas universitários. A pequena varanda com as portas de vidro deixa tudo ainda mais lindo. O som ainda é alto daqui, mas querer silêncio em uma fraternidade em pleno sábado à noite já é demais. Ele puxa a parte estendida do sofá, que fica parecendo uma cama, e me chama. Sento-me ao seu lado e nos cobrimos com o cobertor.

— Não quer a bebida? — pergunta.

— Você botou muita vodca — falo e ele franze a sobrancelha. — O cheiro do álcool dá para sentir de longe.

— Amor, eu botei menos do que geralmente coloco. — Dou de ombros, o cheiro me enjoou.

Assim como na Empire, duas semanas atrás.

— Não falou com a Pri sobre as férias ainda, né? — indaga.

— Não. Mas não tenho saída, vou conversar com ela essa semana.

— Tudo bem — responde.

Viro-me um pouco, de forma que fique de frente para ele.

— Brandon, o que eu vou te perguntar pode parecer estranho, mas... — Suspiro. — Se tem alguém que pode lembrar algo sobre isso, esse alguém é você.

— O quê?

— Eu... Você se lembra de eu ter falado algo sobre a última vez em que veio meu período?

— Período? — pergunta, confuso, fazendo-me bufar. — Ah, menstruada?

— Muito sutil. Volto a respirar fundo e concordo. Ele para, parecendo pensar. — A última vez que me lembro de você estar menstruada foi naquela vez depois do ensaio, lembra?

Claro que sim. Estávamos no maior amasso e, quando ele abaixou a minha calcinha, eu vi sangue. Porra! Nunca vou me esquecer da vergonha que senti.

— Tem certeza de que essa foi a última vez? — inquiro. — Isso faz o que... Uns dois meses?

— Acho que sim — responde pensativo de novo. Então, seus olhos voltam para mim. — Está atrasada — ele fala e não é uma pergunta mesmo assim respondo.

— Acho que sim.

— Você anda dormindo mais que o normal, não está se alimentando como antes e já não gosta das mesmas coisas.

— Não começa a pirar, Brandon. Isso é uma coinci...

— Não existem coincidências, amor. — Ele traz a mão até o meu rosto. — Se aconteceu é porque era para acontecer.

— Tem noção do que está dizendo, Brandon? — pergunto. — Falta um ano para eu me formar, um ano e meio para você se formar. Sem contar que agora que as coisas estão começando a fluir entre nós dois e você com certeza vai ser chamado no draft e...

— Taylor... — Ele puxa o meu rosto, fazendo com que eu o encare. — Vou dizer de novo para você entender de uma vez por todas: eu amo você. Nós dois fomos feitos para durar e vou garantir todos os dias que isso nunca acabe. Eu quero *tudo* com você. E quanto ao draft, realmente acredito que vou ser chamado, mas você já me perguntou se é isso que eu quero?

Olho para ele, confusa.

— Eu gosto muito do esporte, sempre curti, mas não sei se quero isso para a minha vida.

— Você é o astro dos Tigers.

— E daí? Isso define o meu presente, não o meu futuro — ele suspira. — Voltando ao que interessa, se você estiver grávida, vamos dar um jeito, vamos passar por isso juntos e... — Ele ri, passando a mão no cabelo. — Seria muito foda. Porra! — Ele volta a rir. — Já pensou uma menina com a sua personalidade? Caralho...

— Pode ir parando — corto. — Não estou grávida.

— Mas sempre é bom fazer o teste para tirar a dúvida — Ele parece... esperançoso?

— A porta está trancada? — pergunto, mudando de assunto.

— Sim. — Sorri de lado. — Vem para o colinho do pai. — Bate nas próprias pernas.

— Para com essa porra de pai — repreendo, mas realmente me mexo para ir para o colo dele e a calça justa atrapalha o processo.

— Tira a calça — pede. — Ninguém vai entrar aqui, amor — garante.

Eu me levanto e tiro as botas, a calça e o body, ficando nua. Ele repete o processo com as próprias roupas, sem sair do sofá, atrapalhando-se um pouco para tirar a calça e a cueca.

— Eu nunca vou me cansar de enaltecer a sua beleza e de te lembrar do quanto é gostosa — fala, começando a acariciar o seu membro.

Subo por suas pernas, sentando-me em suas coxas.

— Justo. — Dou de ombros. — Precisa mesmo me enaltecer, pois sou eu quem você arromba toda vez que esse pau enorme entra em mim.

— Você gosta de ser arrombada por mim, loirinha — diz, enquanto tiro sua mão do seu membro substituindo pela minha. — Gosta quando essa boceta apertadinha me engole por inteiro. Você gosta da sensação de ser preenchida por mim.

Mordo o lábio, excitada com suas palavras.

— Ama me ter enfiado até o talo.

Traz as duas mãos para a minha bunda, fazendo uma massagem gostosa. Sua boca vem até o meu mamilo, onde ele passa a língua em volta lentamente. Ele me puxa mais para cima, ajeitando-me no seu colo, bem cima do seu membro rijo.

— Hoje você vai se sentar gostosinho em mim enquanto eu mamo seus peitos. — Abre a boca simulando um beijo de língua no meu seio. — Se esfrega em mim, amor. Quero você bem meladinha...

Até parece que eu, a essa altura, já não estava molhada. Decidida a surpreendê-lo, seguro seu pau e me encaixo nele, sentindo meu centro sugar a cabeça rosada. Arfo, sentindo o costumeiro desconforto que sinto no início de todas as vezes em que fazemos essa posição. Cavalgar nele nunca é fácil.

— Quantos centímetros você acha que tem? — pergunto, sentando um pouco mais fundo.

— Acho que mais de vinte — diz, convencido.

— A próxima vez que você for ao alojamento, nós vamos medir — decreto, fazendo-o rir.

— Porra, Taylor, que boceta gostosa.

— A melhor que você já comeu? — indago, sentando mais e acariciando sua nuca.

— Nosso sexo é único, amor. — Lambe meu seio. — Não existe a possibilidade de comparação.

— Boa resposta, Bê. — Ele pisca, mas logo joga a cabeça para trás, gemendo, quando me sento nele todo.

Paro por um momento, acostumando-me com a sensação de preenchimento, como se estivesse realmente sendo alargada por dentro. Ele volta a me olhar, puxando-me pela nuca para um beijo. Brandon me beija daquele jeito. Deixa-me tonta, inebriada, extasiada. Não tenho como definir o que sinto, pois realmente é um misto de sensações. Desde corporais a emocionais.

Não existe forma de definir nós dois.

— Rebola pra mim, amor — fala com a boca encostada nos meus lábios, com a voz rouca e a respiração pesada. — Rebola esse rabo gostoso, você está me matando aqui.

E eu rebolo.

Intercalo entre reboladas e quicadas, levando nós dois à loucura. Em pouco tempo somos uma confusão de gemidos. A cada putaria que ele me fala, fico mais louca e com mais tesão. Acho que nunca vou me cansar disso. Nunca vou me cansar de nós. Nunca vou me cansar dele.

— Gostosa do caralho — murmura, infiltrando os dedos sobre os meus cabelos e os puxando com força, enquanto a outra mão continua firme na minha cintura, ajudando-me nos movimentos. Sinto a onda de excitação vindo e o orgasmo se aproximando. Tiro uma das mãos do seu ombro e levo até o meu clitóris, gemendo só por encostar no ponto sensível. — Isso, se masturba para mim, amor. Isso, porra!

Ele inclina os quadris contra mim, tomando-me mais e mais fundo.

— Ahh... — Solto um gemido alto quando o orgasmo me alcança com força.

Ainda estou perdida quando o sinto ejacular dentro de mim.

Sim. Sem camisinha. De novo. Em minha defesa, não tem sensação melhor do que quando o sinto esporrar dentro de mim. Olho para baixo, para a junção dos nossos corpos e ele ri com a respiração descontrolada.

— Você adora ver minha porra escapar pela sua boceta, né? — Concordo, incapaz de responder, apoiando minha cabeça em seu peito. — Descansa, gostosa. — Ele beija o topo da minha cabeça. — Descansa porque nós só começamos.

E eu mal poderia esperar para começar tudo de novo.

Capítulo 35

Desculpa, não pode me salvar agora (desculpa)
Desculpa, eu não sei como (desculpa)
Desculpa, não há outra saída (desculpa)
A não ser cair
Hmm, cair
Listen before i go — Billie Eilish

TAYLOR JONES

— Mano — Bê chama, virando só um pouco e o olhando. — Com dor de cabeça de novo? — Ele apenas faz um gesto positivo com a cabeça. — Vou avisar ao pai.

— Ah, fala sério — Kane murmura, fazendo-nos rir, afastando-se um pouco da Hope e olhando para o irmão. — Você acha que eu tenho quantos anos, Brandon? Cinco? — fala e revira os olhos.

— Não perguntei sua opinião — Bê responde já com o celular em mãos.

— Credo, Brandon. Grosso! — xingo e ele me manda uma piscadela enquanto digita uma mensagem.

— Bem grosso mesmo, amor. Você que o diga — ele diz, sem tirar os olhos da tela do celular.

— Quer dizer que agora vocês assumiram que estão juntos? — Paige pergunta.

É agora. Respiro fundo.

— É — Amber começa —, aparentemente a Taylor é boa em perdoar as pessoas.

Brandon levanta os olhos do celular, encarando-a.

— Você sabe que é inconveniente, né? — Justin se mete.

— Não falei com você, DJ — ela rebate.

— Paige também não falou com você — ele responde, Pri se mexe desconfortável ao seu lado. — Esse lance... — Deixa no ar. — Resolvam isso sozinhos. Essa troca de farpas na frente de todo mundo já está ridícula. Não estamos mais na quinta série.

— Justin — Pri repreende.

— Só estou sendo sincero, passarinha. Porra! É exaustivo, desconfortável pra todo mundo.

— É, ele está certo — Amber diz, levantando-se.

Ela pega sua bolsa e sai da mesa, sem dizer nada.

Paige faz menção de se levantar para ir atrás da amiga, porém sei que quem deve ir sou eu. Eu e o Brandon. Para realmente abandonarmos o passado, precisamos resolvê-lo. Justin está certo, essa troca de farpas está cada vez mais ridícula.

— Pode deixar, Paige — falo, levantando-me. — Eu vou falar com ela. — Brandon faz menção de dizer algo, mas o silêncio com o olhar. — Você vem comigo.

— Não tem necessidade nenhuma de nós... — Ele começa, mas eu o corto.

— Brandon, levanta da porra desse banco e vem comigo — digo séria e nem espero que ele responda, já caminhando em direção à saída do refeitório.

— Puta que pariu! — Ouço-o reclamar.

— Ei, Bê — Justin fala —, falei que ela iria te adestrar.

Sorrio, sem me virar para trás, caminhando devagar para que ele me alcance.

— Ah, vai se foder — Brandon responde e logo chega perto de mim. — Amor, não acho que isso seja necessário.

— Claro que não. Você transou com ela nos últimos dois anos e mesmo assim não é importante esclarecer as coisas, né? Ela não é uma boneca inflável, Brandon. Acorda, ela gosta de você.

Ele estala a língua.

— Não gosta. As coisas sempre foram bem claras, nós transávamos e dividíamos... — Ele pigarreia quando se dá conta do que falou. — Experiências.

— Já deu o cu? — pergunto e ele estaca no lugar.

— Quê?! Não! — responde sério e eu seguro o riso.

— Então vamos dividir essa experiência juntos? Li em um livro que o prazer pela próstata é bem intenso. Além disso, seria algo que faríamos juntos pela primeira vez.

Ele continua me olhando com uma expressão engraçada.

— Não gosto dessa ideia. Se quer fazer umas coisas diferentes, vamos pesquisar juntos, beleza? — Passa a mão no cabelo, seguro o riso e volto a caminhar. — Nada contra quem curte, mas nossas ideias não envolvem o meu rabo. Tipo, nem pensar.

— Credo, você precisa desconstruir esse pensamento machista e retrógrado.

— Não tem nada de machista aqui, Taylor. Eu só não quero dar o cu, porra. Mas posso comer o seu de boa.

— Vai sonhando!

Ele me segue de perto.

— Eu sou persistente, você sabe — diz e não dou muita confiança, procurando por Amber.

Vejo-a sentada em um banco afastado. Sigo em direção a ela, ele respira fundo atrás de mim, sem perceber que a menina não está legal.

— Loirinha.

— Calado. — Ele volta a respirar fundo. Olho para ele. — E seja gentil.

Quando estamos chegando perto, ela nos vê e fica sem jeito, olhando para as próprias mãos. Vejo no jeito que Amber olha para Brandon que, para ela, sempre foi mais que sexo.

— Podemos conversar com você? — pergunto assim que paro à sua frente.

— Eu não vou mais comentar nada sobre vocês ou com vocês, fica tranquila, Taylor.

— Não quero que fique um clima ruim. Também não quero que pare de andar com seus amigos por estarmos perto. Você foi uma idiota comigo, Amber. Nós ficávamos e então você terminou para viver sua vida popular e ficar com ele. — Aponto para Brandon. — Para piorar, eu me envolvi com ele sem nem imaginar que era o cara com quem você estava ficando.

— Nós não tínhamos nada sério — Brandon deixa claro.

Ignoro-o.

— Eu me envolvi de verdade com ele. Lógico que fiquei puta com tudo que aconteceu e me afastei, mas sempre gostei dele. Acredite, eu tentei de todas as formas não ceder a esse sentimento e o Brandon precisou ser bem convincente para me mostrar que dessa vez seria diferente.

— Então vocês estão mesmo juntos?

— Sim — é ele quem responde. — Você foi a última garota com quem eu fiquei, naquela festa da fraternidade. Depois disso, foi só ela.

— Vocês estão juntos há meses. — diz, parecendo magoada.

— Estamos — falo —, quero que você entenda que não estou aqui para me explicar ou pedir sua permissão, sim, porque quero deixar as coisas claras, porque eu sei que você é a fim dele. Isso nunca foi uma competição, Amber, e nem vai se tornar uma. Não te devo respeito porque você também não me ofereceu isso. Só estou sendo sincera, já que não quero que cenas como a que acabou de acontecer agora continue acontecendo.

— Amber, desculpe se de alguma forma eu te magoei. Sempre fui sincero com você — Brandon diz.

— Eu não vou ficar no caminho de vocês. — É o que ela responde. — E não vou morrer por levar um ou dois foras.

Tanto ela como Brandon ficam desconfortáveis e eu, sinceramente? Quero rir de tão constrangedora que a situação é.

— Então é isso — ele diz e pega na minha mão.

Amber olha para as nossas mãos unidas e dá um sorriso fraco, que eu retribuo.

Nós nos afastamos dela sem dizer mais nada.

— Isso foi estranho — ele fala depois de um tempo.

— Vai querer ficar andando de mãozinha dada? Que cafona, quarterback. Esperava mais de você.

— Sabe o que eu não curti? — diz, ignorando o que acabei de falar. — Você nunca me disse diretamente que gosta de mim, mas falou para ela.

— Falei, é? — provoco. — Nem percebi.

Ele para de forma abrupta, pegando-me pela cintura e tirando meus pés do chão, fazendo-me rir.

— Diga que gosta de mim.

— Eu gosto de você. — Envolvo o seu pescoço enquanto ele continua caminhando me carregando.

— Agora pode dizer que me ama — diz sorrindo.

Gargalho, jogando a cabeça para trás.

— Não tão fácil, *amor* — falo e ele estreita os olhos.

— Gosto de você sendo difícil, instiga o meu lado competitivo. Em contrapartida, pode continuar me chamando de amor, foi sexy para caralho.

— Me solta, garoto! — peço, rindo.

— Fale "me solta, amor".

— Brandon — repreendo.

— Você que sabe — diz e eu reviro os olhos.

— Me solta, *amor* — falo, contendo um sorriso

— Bem melhor — responde, colocando-me no chão e voltando a pegar a minha mão. — Sempre soube que você era louca por mim.

— Cretino.

Assim que Pri desce para encontrar Justin, corro na minha bolsa e pego os dois testes de gravidez que comprei. Dois, só por precaução. Sento meio em pé e faço xixi nas duas tirinhas.

Saio do banheiro e deixo os dois testes em cima da bancada da pia.

Meu coração erra uma batida.

Os dois testes já têm as duas tirinhas rosadas que, aos poucos, vão ficando mais aparentes.

— Não, não, não... — Coloco a mão na cabeça, sentindo-me perdida.

Encosto na parede e vou descendo até sentar no chão.

Positivo.

Levanto os braços, ainda sentada, tentando puxar o ar que parece ter fugido dos meus pulmões.

Positivo.

Grávida.

Estou grávida.

— Isso não está acontecendo — falo, sentindo as lágrimas descerem pelo meu rosto.

Não sei o que vou fazer.

Não posso ter esse bebê.

Como eu o teria? Não tenho família. Não tenho suporte algum, então não posso simplesmente pôr uma vida no mundo para sofrer. Abortar vai contra tudo em que acredito, mas não é como se existisse outra opção. Boto a mão na minha barriga, enquanto as lágrimas descem como uma enxurrada dos meus olhos.

Como fui deixar isso acontecer? Como eu queria a minha mãe agora.

Levanto-me, chegando perto da bancada e vendo as listras visíveis nos dois testes. Caramba, eu devo estar de uns dois meses? Não faço a mínima ideia de como se conta em semanas. *Deus*! Caminho em direção à cama, ainda atônita e sem saber como agir. Deito-me de barriga para cima e volto a pôr a mão em meu ventre. O sono. Enjoos. Mudança de paladar. Tudo isso já eram indícios que eu ignorei, fingi não ver.

Que mãe de merda!

Batem à porta e não preciso nem pensar muito para saber quem é. Levanto-me e abro a porta.

— Amor, trouxe pizza de pepperoni e banana nevada. Cara, eles demoraram para fazer hoje, fiquei mofando dentro do carro quase uma hora — ele fala e eu volto a me sentar na cama. Brandon larga as pizzas em cima da bancada e deixa a mochila sobre a cama da Pri. Quando me olha, franze a sobrancelha, percebendo que tem algo errado. — O que houve? — pergunta, puxando a cadeira da bancada e se sentando na minha frente.

— Fiz dois testes de gravidez. — Sua expressão nem se abala quando ele concorda, como me se incentivasse a continuar a falar. — Os dois deram positivo.

Ele arqueia as sobrancelhas e se encosta na cadeira. Brandon ri, o que parece ser uma risada nervosa. Passa as mãos no cabelo e sorri. Um puta sorriso, daqueles que só o deixa mais lindo.

Como seria ter um bebê com o seu sorriso? Fecho os olhos, sentindo as lágrimas voltarem a descer.

— Amor... — Sinto sua mão em minha bochecha, limpando as lágrimas. — Sei que está assustada, também estou. Estamos juntos nessa. — Ele volta a rir. — E em todas as outras. Eu sou louco por você, loirinha. Ter um filho com você, ainda que seja precoce, não me entristece.

Abro os olhos.

— Brandon, está se ouvindo? Eu não tenho ninguém. Não tenho suporte algum.

— Eu posso ser o suporte de que você precisa. O amigo, confidente, amante. Vou ser tudo de que você precisar.

— Eu não posso...

— Taylor, a minha família será a sua família. Tudo que eu tenho e terei será seu.

— Eu não posso. Não posso.

— Como não pode, amor? Você é forte e corajosa. Nós conseguimos.

— Eu não posso. Não vai acontecer.

— Como assim, não vai acontecer? — Ele me olha e fala com a voz falhando.

— Não vou ter esse bebê.

— Calma — diz, ficando nervoso. — Não vamos agir no impulso, ok? Respira e...

— Eu não vou ter esse bebê.

— É por que não confia em mim? — pergunta e sinto meu coração se partir.

— Eu confio em você, Bê. — Seguro sua mão sendo sincera. — Mas, eu... Não dá.

— Você... — Ele passa a mão livre em seu peito. — Vai tirar o nosso bebê?

— Não fala assim, ainda não é um bebê — falo engolindo a bile e a vontade de vomitar. — Precisamos ser racionais.

— Eu não quero ser racional. — Ele se levanta e tira o moletom, voltando a passar a mão no peito.

— Você disse que me amava. Se eu abortar, isso vai mudar?

— Não. Claro que não! Taylor, isso é uma extensão do que nós dois somos, pelo amor de Deus. Pensa um pouco mais. Acabamos de descobrir.

Mordo o lábio, segurando o choro.

— O corpo é meu, Brandon. Eu decido. — Respiro fundo. — Eu quero que você vá para casa, preciso ficar sozinha.

— Taylor...

— Por favor, Brandon.

— Eu vou. Mas dessa vez, não vou respeitar sua vontade de um todo, porque assim que eu chegar à fraternidade vou pedir que Priscila volte. Tem um pedaço de nós dentro de você, amor, e eu sei que você me ama. Então, por favor, leve a nossa história em conta e, se ainda assim você quiser... — Ele não fala a palavra. — Vou estar com você porque te respeito, porém isso não significa que eu concorde.

Ele pega a sua mochila e caminha até mim, deixando um beijo casto em meus lábios e saindo do quarto em seguida. Levanto e tranco a porta. Encosto-me nela e ponho a mão na boca, contendo o choro alto que sai de mim. Não é sobre não querer, é sobre ser racional. Vejo seu moletom jogado no chão, as pizzas esquecidas em cima da cômoda. Nem tão esquecidas, já que o cheiro me atrai. Pego a de pepperoni e volto para minha cama. Ponho a embalagem grande sobre as minhas pernas, abrindo-a. Eu choro, mas também como. Choro por essa gestação. Choro por não ter minha mãe aqui. Choro pelo meu pai ter preferido morrer a ficar comigo. E choro por amar tanto o Brandon a ponto de esse amor doer. E, por último, choro por não poder ter esse bebê. Choro por não poder ser para ele a mãe que tive para mim.

Eu choro.

Choro e choro.

Nem sempre tivemos essa parceria. Nossa história não é um conto de fadas e o nosso começo não foi nada bonito.

Capítulo 36

É engraçado, você é quem está destruída
Mas eu sou o único que precisava ser salvo
Stay — Rihanna

BRANDON DAVIS

Em modo automático, dirijo até a fraternidade. Sinto-me desesperado, agoniado, transtornado. Estaciono o carro de qualquer forma e desço, indo em direção à porta. Entro e fecho com pé, fazendo barulho.

— Brandon? — Não viro para ver o que Jamie quer, caminho determinado para a escada. — Brandon! — Ele chama de novo e ouço seus passos atrás de mim.

Paro em frente à porta do Justin e bato com força. Até tento falar, mas a voz não sai. Bato de novo e ouço meu primo gritar de lá de dentro. Logo ele abre, só de calça jeans e sem camisa.

— Que caralho... — Para quando me olha. — O que aconteceu?

— Priscila? — Olho para dentro do quarto, vendo-a vir até a porta. Pego sua mão e ponho a chave do meu carro. — Volte para o alojamento, por favor. Não a deixe sozinha.

— O que houve? — ela pergunta e até me surpreendo por não ter raiva na sua voz como sempre. — Você está chorando.

Passo a mão no rosto, sentindo-o molhado. Nem tinha percebido que estava chorando.

— Ela vai te contar — falo. — Só vai para lá, por favor.

Ela volta para dentro do quarto e pega sua bolsa.

— Prefiro ir com o do Justin. — Ela me entrega as chaves. — O seu é muito alto.

Justin vai até a bancada e pega as chaves, entregando a ela, que lhe dá um beijo e sai pelo corredor. Eu caminho em direção ao meu quarto, sentindo-me emocionalmente esgotado, a ponto de explodir.

— Cara, o que está acontecendo? — Jamie pergunta, mas logo Paige aparece e Justin pede, nem tão educadamente assim, que nos deixem sozinhos.

Sento-me na cama, deixando o celular e as chaves de lado. O meu peito dói. Sim, ele dói.

— Preciso ligar para a minha mãe — falo, sentindo como se estivessem me esfaqueando.

Justin pega o meu celular da minha mão.

— Não vai ligar para ela nesse estado. O que houve, Brandon? — indaga, procurando algo no celular e logo o colocando no ouvido.

Ele parece falar com meu irmão, porém eu mal o escuto. Enfim, sinto as lágrimas descendo. Caralho, não consigo nem lembrar quando foi a última vez que chorei.

Um filho.

Um filho, porra!

O que será que ela quis dizer com "ainda não é um bebê"? Para mim, é um bebê, caralho. Tem um coração batendo, tem uma vida sendo gerada. Porra! A mulher que eu amo está carregando um filho meu e... Fecho os olhos, assustando-me com o soluço que sai de mim. Quero esse bebê tanto quanto a quero na minha vida. Tudo bem que não tenha sido planejado, que eu também esteja assustado, mas é o nosso filho.

Como eu poderia não querer um filho *nosso*? Um garotinho, uma princesinha... Cara.

Por favor, Deus, que ela não faça isso.

— Ele chegou transtornado, subiu as escadas e queria ligar para a tia Margot, mas não me fala o que houve — Justin diz quando a porta se abre.

Isso chama a minha atenção e eu me levanto indo até Kane, que está ao lado da Hope.

— Preciso da ajuda da mamãe — digo —, ela precisa me ajudar a convencê-la.

Seguro a sua camiseta.

— Convencer quem? — Kane pergunta.

— Taylor — falo, angustiado, e ele parece perplexo, já que é a primeira vez em muito tempo que me vê chorar. — Ela está grávida e quer tirar o bebê.

Ao seu lado, Hope põe a mão na boca, nitidamente surpresa.

— Certo — Kane diz, abraçando-me.

— Acho que vou para o alojamento — Hope avisa.

— Se puder ir para o quarto das meninas, eu te agradeço — Justin fala.

Saio do abraço de Kane, voltando a sentar na cama. Eles conversam algo e em pouco tempo Hope sai, deixando-nos sozinhos.

— Desde quando sabe dessa gravidez, cara? — meu primo pergunta.

— Ela fez o teste hoje, um pouco antes de eu chegar ao alojamento. — Passo as mãos no cabelo, nervoso. — Mas antes eu já vinha notando algumas diferenças de comportamento. Chegamos a conversar sobre a menstruação atrasada, porém ela parecia inflexível em sequer pensar na possibilidade.

— Ela falou com todas as letras que quer abortar? — Kane pergunta.

— Sim. Sei lá... Ficou dizendo que não podia, que não teria suporte. Tentei conversar com ela, mas mal quis me ouvir.

— Em algum momento ela disse "não quero"? — Justin questiona e eu nego com a cabeça. — Então ainda há uma esperança. Como você se sente?

— Eu amo Taylor, sei que ela é a garota. Aquela que quero ao meu lado, então é lógico que quero ter esse filho. Eu sei que não vai ser fácil, mas eu realmente quero.

Kane suspira.

— Talvez ela esteja preocupada com condições financeiras? — ele fala, pensativo.

— Não — respondo. — Ela sabe que isso não seria um problema. Ela ficou falando sobre não ter suporte, não ter família...

— Taylor está assustada, é normal. Acho que a ajuda da nossa mãe é realmente bem-vinda. Ela precisa conhecer nossa família. Precisa se sentir da família.

— Também acho. Já vou ligar para a nossa mãe.

— Não, mano — Kane pega o meu celular da minha mão, como Justin fez minutos atrás. — Esse não é o tipo de coisa que se fala por telefone. Vamos amanhã lá, conversamos com nossos pais juntos.

— Eu fico — Justin diz — para manter vocês informados sobre como as coisas estão.

— Tudo bem — respondo, cedendo. — Pode ligar para Pri e perguntar como Taylor está?

Ele faz que sim com a cabeça e sai do quarto, indo em direção ao seu, com certeza para pegar seu celular.

— Vai dar tudo certo, Bê. — Meu irmão se senta ao meu lado, apertando meu ombro. — Eu vou ser tio, porra — fala, fazendo-me rir.

Passo a mão no rosto, sentindo-me um pouco mais calmo, porém não tranquilo. Só vou estar tranquilo quando tudo isso tiver se resolvido e quando eu puder falar sem medo que vou ser pai.

Capítulo 37

Minha cabeça está debaixo d'água
Mas estou respirando bem
Você é louca e eu estou fora de mim
All Of Me* — *John Legend

TAYLOR JONES

Olho mais uma vez para a sua mensagem.

Amor não vou a aula hoje.
Te vejo a noite, te amo.

Não sei se é porque agora eu tenho certeza, no entanto, sinto-me *muito* grávida. Meus seios estão pesados e sensíveis. Percebi hoje de manhã, ao acordar, que ficaria na cama dormindo até meio-dia se pudesse. O café não me atrai como antes e, há alguns dias, eu venho preferindo bebidas geladas.

Ontem, depois de pedir que Bê me deixasse sozinha, não fiquei nem um pouco surpresa quando Pri chegou meia hora depois. Em seguida, Hope e depois Andy. Eu chorei tanto para os três que, em vez de parecer carregar um bebê, eu parecia o bebê.

Contei sobre os meus pais, sobre todo o meu relacionamento com Brandon. Desde o início de tudo, há dois anos, como nosso envolvimento nos últimos meses. E, por fim, contei sobre a gravidez. Acho que no fundo eu já sabia, só não queria acreditar. Os três choraram comigo. Dormimos os quatro empoleirados em dois colchões. Hope me abraçou de um lado e Pri de outro, enquanto Andy esticou o braço e mexia em meus cabelos.

Mesmo assim, eu pensei nele.

A imagem desnorteada de Brandon não saiu por um minuto sequer da minha cabeça. Ele disse que não me deixaria e acho que no fundo acredito nisso, contudo, o fato de não vir à aula hoje e não estar conosco aqui, almoçando, me deixa desapontada. Também fico preocupada. Kane também não veio e Hope disse que ele deu respostas vagas sobre o motivo de não vir, mas Justin está aqui e, quando perguntei sobre Brandon, disse que estava tudo bem e deu um beijo em minha cabeça.

Só Pri, Hope, Andy e seus respectivos namorados sabem sobre a gestação. Hoje, pela manhã cedinho, fui a um laboratório colher sangue para o exame beta HCG e tivemos a confirmação da gravidez. Novamente, meus três amigos estavam ao meu lado e me senti culpada por não ser Brandon a estar ali. Afinal, ele é o pai e estaria comigo se eu não o tivesse pedido para ir embora. A água parece descer rasgando como faca em minha garganta.

Por que ele não veio à aula? Suspiro.

— Você não comeu nem a batata frita — Hope murmura.

— Não estou legal hoje.

— Quer avisar ao Donald que não vai ao trabalho? Posso ligar para ele.

— Não. Eu vou. Isso ajuda a me distrair.

Onde você está?

Mando para Brandon, todavia, ele não está on-line. Terminamos de comer e nos levantamos para sair do refeitório. Justin e Pri insistiram para pegarmos uma carona com eles até o café.

— Vocês não precisam fazer tudo por mim só por causa da... minha *condição.* Não estou doente — falo, enquanto caminhamos até o estacionamento.

— É estranho saber que você e Bê estão juntos — Justin diz. — De verdade. Assumidos.

— Não é como se isso tenha vindo à tona da melhor forma.

Ele para e me olha, fazendo nós três pararmos também.

— Você sabe que Brandon é louco por você, né? — ele questiona. — Não é como a paixonite que ele teve pela Hope — ele fala e a sinto ficar desconfortável ao meu lado. — É real. Então pode até ser que tudo tenha vindo à tona de uma forma inesperada, porém não existia a possibilidade de vocês continuarem ficando escondidos por muito tempo. Você vai mesmo para o Brasil nas férias? — ele pergunta e a Pri franze as sobrancelhas com a pergunta, encarando-me. — Com certeza não.

— Ele te falou algo?

Porra! Eu vou matar Brandon.

— Não, mas o conheço desde que me entendo por gente. O cara tem um instinto protetor surreal e nem fodendo ele ficaria todo esse tempo longe de você. Taylor, ele travou parte das disciplinas para estar dia sim, dia não comigo na clínica, como ficaria quase três meses longe da mulher que ama?

— Eu iria conversar com você essa semana, amiga — digo para Pri. — Ainda vou passar uns dias lá.

— Mas ele vai junto — Justin fala daquela forma irritante, extremamente sincera e autêntica.

— Lindo, já conversamos sobre isso. Você não é nada sutil.

— Não entendo a necessidade de ficar adiando o inevitável, porra — fala de forma natural. — Gata, sério, os dois sumindo sempre juntos. Você achava o quê? Coincidência?

Ela dá um riso nervoso.

— Justin, cala a boca — Hope pede, rindo.

— Não sei em que mundo vocês vivem. Sério, não consigo entender — ele diz inconformado e, dessa vez, quem ri sou eu. — Enfim, com filho ou sem filho, esse lance seria confirmado até semana que vem.

— Fala baixo, caralho! — Dessa vez sou eu quem o repreende.

Caminhamos até o carro dele e quando entramos, antes de dar partida, ele respira fundo e se vira, olhando para mim.

— Entendo seus motivos para não querer seguir adiante. Entendo que é seu corpo e você toma a decisão. Mas, eu preciso te fazer uma pergunta.

— Justin... — Pri o repreende.

— Tudo bem, amiga — respondo para ela sem tirar os olhos dele. — Faça.

— Você, ontem, disse para Bê que não pode ter esse bebê. Não poder e não querer tem uma diferença de significado. Minha pergunta é: você vai conseguir deitar a cabeça no travesseiro todas as noites e não imaginar como ele seria? Parecido com você, parecido com Brandon? Como seria o choro, o sorriso, o cheiro? Você consegue viver sem imaginar como seria isso? Se consegue, tomou a decisão certa e abortar é o caminho. Se não, repense sua decisão e encare os seus medos, para não viver com o fantasma da culpa te corroendo e acabando com você e com tudo à sua volta.

Mal consigo respirar enquanto o encaro.

— Estamos com o horário apertado — Hope diz, quando percebe que não sei o que responder.

— Peço desculpa se isso soou grosseiro, mas nunca fui um príncipe. A única que teve a sorte de ter um príncipe ao seu lado foi Hope. Mas eu te garanto, Taylor, que Brandon moveria o mundo por você assim como eu faria pela Priscila. Ele nunca vai sair do seu lado, seja qual for a sua decisão. — Ele dá seta, saindo com o carro do estacionamento. — Mas isso não significa que ele vai desistir sem lutar. — Sorri, olhando-me pelo espelho. — Se prepare, ele vem com artilharia pesada.

Artilharia pesada? Pergunto mentalmente por não conseguir verbalizar.

Você consegue viver sem imaginar como seria isso?

Isso se repete como um looping em minha cabeça e reprimo a atitude involuntária de levar as mãos ao meu ventre. Eu conseguiria viver sem imaginar como esse bebê seria?

Não sei. Definitivamente, não sei.

— Você ficou estranha depois das coisas que Justin disse. Ele sempre foi sem filtro, então...

— Ele foi sincero — falo, voltando para trás do balcão junto dela. Falta meia hora para fecharmos e a cafeteria está vazia e limpa. Trabalhamos bem juntas. — Eu gosto do jeito dele é irritante, claro. — Sorrio. — Mas ele não usa de rodeios ou palavras bonitas, e geralmente causa um choque de realidade nas pessoas.

Encosto-me no balcão de frente para ela.

— Você ficou pensando no que ele disse?

— Sim... — Balanço a cabeça. — Estou insegura.

— Em relação ao Bê?

Sorrio.

— Não, ele realmente gosta de mim.

Ela abre um sorriso enorme.

— Porra, até que enfim, caralho! — exclama, fazendo-me gargalhar. — Estou muito feliz que você consiga enxergar isso.

Ela olha para trás de mim e franze a sobrancelhas, logo mordendo o lábio e contendo um sorriso.

— É cliente, né? Faltam vinte minutos para fechar e as pessoas escolhem essa hora para vir tomar café e comer algo.

— Lembra o lance que Justin falou de artilharia pesada? — Concordo, lembrando vagamente. — Era real.

O sino toca, indicando que a porta foi aberta e alguém entrou. Hope abre um sorriso, o que estranho. Ouço barulho de saltos. Viro-me e, quando vejo a mulher elegante, meu coração quase sai pela boca. Eu a conheço. Digo, não pessoalmente, porém ela está em uma das únicas três fotos que têm no feed do Brandon. É a mãe dele.

Puta merda! *Puta merda!*

— Margot! — Hope fala, animada, e dá a volta no balcão.

— Querida... — ela diz, abraçando-a.

Passo as mãos no meu avental, como se algo estivesse fora do lugar.

Porra! A mulher é muito bonita e elegante. Usa um vestido tubinho preto, que acaba acima dos joelhos, junto de um blazer também escuro. Nos pés, calça um scarpin da mesma cor. Os cabelos estão soltos e batem na altura dos ombros. Ela é alta e encorpada. Nos lábios, usa um batom nude, com maquiagem básica combinando.

— Como você está, querida? — pergunta a Hope, passando a mão em seus braços.

— Ótima — ela responde, sorridente.

— Acho que o namoro lhe caiu muito bem — ela diz, fazendo Hope rir. — Meu menino é um príncipe.

— Ele é — Hope concorda.

A senhora beija sua testa, então se vira para mim e sorri. Minhas mãos suam, eu nunca conheci a mãe de um namorado. Somos namorados, não somos?

— E você é Taylor. — Sorrio sem saber o que dizer. — É ainda mais linda que nas fotos.

— Obrigada! Digo o mesmo da senhora.

— Dispenso formalidades. — Ela dá um aceno de descarte com a mão. — Mas de um abraço eu faço questão.

Totalmente sem jeito, dou a volta no balcão, indo até ela, que me envolve nos braços em um abraço igual ao que deu em Hope, como se me conhecesse há muito tempo. O cheiro do seu perfume cítrico invade minhas narinas. Cheiro de perfume caro. Ela se afasta sorrindo, com as mãos em meus ombros.

— Os meus filhos realmente têm bom gosto — fala, fazendo Hope e eu rirmos.

— Ela é linda, né, Margot? Ela e Bê são tipo você e Steph, as pessoas olham e pensam "essa gente respira mesmo"?

Dessa vez, é Margot quem ri.

— Taylor, você deve imaginar que estou aqui por você, né? — pergunta com uma expressão tão acolhedora que, instantaneamente, me sinto à vontade. — O que acha de sair para comer algo comigo e assim conversarmos?

— Eu vim direto da faculdade e...

— Meu bem, você não precisa se arrumar — diz e parece sincera. — Adoraria comer uma pizza, um hambúrguer daqueles que os meninos amam. — Arqueia a sobrancelha. — Você escolhe o lugar.

— É... — Pigarreio. — Tudo bem.

— Amiga, Margot assusta porque tem essa pose de rica entojada, mas ela é um amor — Hope diz, e eu juro que sinto todo o sangue subir para a cabeça, já a mãe do Brandon gargalha.

— É, não sou uma entojada.

— Eu posso fechar tudo por aqui — minha colega diz. — Faltam só dez minutos, acho que o Donald não vai ficar chateado se você sair um pouco mais cedo.

Claro que não vai. Respiro fundo, criando coragem.

— Vou trocar de roupa e pegar a minha bolsa — falo para a senhora, que de senhora não tem nada.

— Tudo bem. — Ela alisa o meu braço.

— Querida, Kane ainda tem aquelas dores de cabeça com frequência? — ela pergunta para Hope enquanto entro para os fundos do café.

Encosto-me na parede do depósito e respiro fundo. *Artilharia pesada.* Agora entendo o significado disso. Eu vou matar Brandon, porra. Solto uma risada nervosa, não consigo nem ficar brava com ele. Ele tem um ponto e está tentando me convencer usando todas as armas. Convenhamos, conhecer a sogra grávida não é o melhor dos cenários, né? Não quando a sogra em questão nem sabia que o filho estava com alguém.

Respiro fundo, indo até a minha bolsa. Vou até o banheiro e tiro o uniforme, botando a calça jeans, tênis, blusinha e cardigan que estava de manhã na aula. Solto o cabelo, ajeitando-o com as mãos, também lavo o rosto e pronto. Estou ótima. Tiro o celular da bolsa, abro na conversa com Brandon, ele está on-line.

Eu vou matar você.

A mensagem é visualizada na hora.

Eu nunca desisto sem lutar, amor
Você já deveria saber disso.

Brandon, estou morrendo de vergonha.
Poderia ter pelo menos me avisado.

Não poderia. Você daria um jeito de fugir.
Fugir não é mais uma opção, loirinha.

Suspiro, saindo da conversa e me olhando uma última vez no espelho antes de sair do banheiro. Ela está conversando com a Hope e rindo de algo que minha amiga fala. Ela realmente parece ser legal. Meus passos chamam sua atenção, que vira o rosto e sorri para mim. Percebo que seus olhos não descem pelo meu corpo. Ela realmente não se importa com o que estou usando e isso me deixa tranquila. Lógico que esse pensamento de inferioridade não deveria passar pela minha cabeça, porém ela é uma das maiores socialites de Boston e não vou negar que me sinto intimidada com tudo que representa.

— Decidiu aonde vamos?

— Tem uma pizzaria que costumamos ir com os meninos.

Ela sorri de novo.

— Por mim, está ótimo. — Vira-se para Hope, que se inclina sobre o balcão, dando um beijo em seu rosto. — Espero vocês semana que vem. A casa finalmente vai ficar cheia de novo — diz para ela, que apenas sorri em resposta enquanto saímos da cafeteria.

Estacionado em frente ao meu local de trabalho, está um SUV, acho que da BMW. Ela caminha ao meu lado e quando chegamos, abre a porta de trás, indicando que eu entre. Ela entra em seguida.

— Boa noite! — um senhor cumprimenta e eu sorrio em resposta.

É mesmo um motorista.

— Qual o destino, Margot? — pergunta e eu não deixo de notar que não usa o "senhora".

— Taylor vai explicar para você — ela fala e eu explico o caminho da pizzaria, que fica a uns quinze minutos da cafeteria.

No caminho, vou me soltando e me sentindo cada vez mais confortável conforme ela pergunta uma coisa ou outra da faculdade. Fica feliz quando digo que faço Fisioterapia e me explicou sobre o plano de estágio que a clínica oferece. Não toca no nome do Brandon, também não comenta sobre a gravidez, porém sei que esse é o ponto aqui. Quando chegamos à pizzaria, descemos e peço ao garçom para nos sentarmos à mesa em que geralmente me sento com o pessoal. Escolhemos os nossos pedidos e só então Margot toca no assunto.

— É muito bom enfim te conhecer, Taylor. Desde o Natal, quando percebemos que Bê estava com alguém, espero por esse momento.

— Eu realmente queria ter conhecido a senhora em outras condições — falo, sem jeito.

— A vida nem sempre faz as coisas fáceis, querida. Porém, o caminho mais fácil nem sempre é melhor que o difícil. Somos constantemente surpreendidas e por vezes tiradas da nossa zona de conforto, mas somos mulheres, né? Sermos fortes está no nosso sangue, faz parte do nosso DNA.

Mordo o lábio, assentindo, e de repente fico com vontade de chorar.

— Quando Brandon chegou à minha vida, me tornei mãe dele de forma instantânea. Eu já tinha Kane, então, ter outro filho não estava nos meus planos, mas foi uma das coisas mais lindas que me aconteceu. Nos tornamos mãe e filho assim como Steph e Kane pai e filho. — Ela sorri. — Éramos pais solos e, de repente, uma família. Eu amo tanto Brandon que esse amor chega a doer.

Vejo seus olhos lacrimejarem e sinto isso acontecer com os meus no mesmo instante.

— Hoje, sou extremamente grata pela vida ter tomado um rumo diferente do que eu imaginava, pois não consigo mais pensar em Margot e Kane sem Steph e Brandon. — Sinto duas lágrimas rolarem pelo meu rosto no momento em que ela pega as minhas mãos sobre a mesa. — Eu fico honrada em te ter na nossa família, Taylor. Meu filho me contou sua história e nem consigo imaginar o quanto deve ser difícil para você se ver sozinha no mundo. — Mais lágrimas caem dos meus olhos. — Porém, quero que você saiba que não está mais sozinha. Eu nunca vi tanta certeza nos olhos do meu filho como hoje, enquanto ele falava sobre você e nos contava da gravidez.

Volto a morder o lábio, sentindo-os trêmulos.

— Por isso estou aqui — ela continua — e, de mulher para mulher, quero te perguntar: você não quer ser mãe ou está com medo? Não estou aqui para te julgar, e eu também sei que não sou sua mãe, no entanto estou aqui para tentar fazer por você o que com certeza ela faria.

Abaixo a cabeça, sentindo mais lágrimas caírem dos meus olhos, ajeito-me na cadeira, soltando suas mãos e pegando alguns guardanapos para limpar os meus olhos.

— Eu... — Engulo a saliva, tentando equilibrar a minha voz. — Estou com medo. Insegura. Ainda tenho um ano de faculdade pela frente, mais os estágios. Fora a renda da casa dos meus pais que está alugada, tenho meu salário no café, mas logo os estágios começam e eles não são remunerados. Moro em um quarto do alojamento e, como você sabe, eu não tenho ninguém. Não estou menosprezando a participação do Brandon como pai, sei que quanto a parte financeira ele... Vocês têm condições. Mas, é muito mais que isso. Não sei se dou conta, mas... — suspiro. — Eu não sei o que fazer.

— Você gosta do Bê?

— Eu o amo!

Ela sorri.

— Quando você diz que não sabe o que fazer, significa que também não tem certeza se não quer ter esse bebê?

— Eu... Não. Sei que é o que eu devo fazer, mas não tenho coragem. Ainda.

— Certo. Brandon comentou que vocês passariam as férias na cabana. — Eu faço um sinal positivo. — Quero te convidar para passar uns dias na minha casa. Na praia. Quero que você conheça a nossa família. Ainda que não estivesse grávida, o mesmo convite seria feito. Tem noção de como estou feliz? Brandon sempre foi desapegado. — Ela escolhe bem a palavra, fazendo-me rir, Margot faz uma careta e eu acho ainda mais engraçado. — Vê-lo tão convicto de um sentimento me enche de alegria. Também queremos te conhecer, ter um tempo juntos. Durante esse período, você decide. Pesa os prós e os contras e, o mais importante, escuta o seu coração. O que acha?

Respiro fundo, ainda me sentindo agitada por ter chorado, passo as mãos no rosto, agora mais calma.

— Tudo bem.

Ela dá um sorriso enorme.

— Seja bem-vinda à nossa família, querida.

— Obrigada.

Nossos pedidos chegam e comemos, conversando sobre várias coisas. Ela pergunta sobre a minha infância, conta situações da infância do Brandon. Conta um pouco da sua história e fico fascinada pela força que essa mulher perece ter. Ela realmente me lembra muito a minha mãe.

Quando terminamos, Margot faz questão de pagar e eu não insisto do contrário. Voltamos para o carro, onde me pergunta se quero ir com ela até a fraternidade e garante me levar em casa depois. Aceito e a mãe do Bê pede que o motorista nos leve até lá. O caminho é agradável, preenchido com conversas que incluem o homem na direção.

Quando chegamos, descemos e caminhamos lado a lado. Ela dá duas batidas à porta, mas logo a abre e, como obra do destino, era Nickolas quem estava chegando ao hall, provavelmente para ver quem bateu à porta.

— Oi, boa noite! — ele cumprimenta e parece já conhecê-la.

— Boa noite, querido. Meus meninos estão aqui na sala? — Ela toca meu braço, incentivando-me a caminhar junto dela.

— Estão no escritório — ele responde, demorando o olhar em meu rosto, acredito que por estarem inchados do choro.

— Nós vamos até lá então, obrigada!

Quando passamos pela sala, ela cumprimenta o restante dos atletas, que também parecem conhecê-la. Alguns deles até ajeitam a postura.

Subimos as escadas, chegando ao corredor.

— Agora você vai ter uma visão do futuro, querida — ela diz risonha, deixando-me curiosa.

— Por quê? — pergunto.

Ela novamente bate duas vezes, abrindo a porta em seguida e então me dou conta da visão do futuro que ela acabou de dizer. O pai do Bê está de pé, encostado na mesa. Eu também já o tinha visto por foto e realmente percebi como se parecem, mas pessoalmente a semelhança é gritante. Ele não parece ter os músculos do Brandon, porém tem a estrutura larga como o filho. Ou o contrário. Usa um terno azul-marinho, alinhado ao corpo e realmente é muito bonito. Quando vejo que estou o encarando, sinto novamente como se o sangue tivesse todo subindo para minha cabeça.

Senhor, que vergonha!

— Essa é a famosa Taylor, então. — Ele dá uns passos em minha direção, risonho. — Você merece um prêmio. Conseguiu colocar meu filho em rédeas curtas.

Dá-me um abraço de lado e beija minha testa. Igual Kane faz comigo.

— Obrigado, pai — Brandon fala, irônico.

— Cunhadinha, pelo menos agora você sabe que Brandon vai envelhecer bem.

Volto a ficar vermelha, ouço a risada do Justin e só então percebo que ele está sentado em uma cadeira perto da janela.

— Vocês já comeram? — Brandon se levanta do sofá, dá um beijo no rosto da mãe e depois me abraça, beijando minha boca.

— Sim, filho. Comemos pizza.

— Nós também — Kane responde, enfiando-se entre os pais e abraçando os dois.

Brandon ri ao meu lado.

— Também comemos pizza — Steph diz —, mas continuo preferindo as que eu faço.

Kane finge pigarrear e leva um cascudo do pai.

— Taylor vai passar as férias na praia conosco, querido — Margot diz para o marido, porém mexendo no cabelo de Kane.

— Fico muito feliz em saber disso.

— Hope vai ficar animada — Kane diz.

— E Pri enciumada — Justin fala, levantando-se e vindo para perto.

— Vocês também são bem-vindos, seu quarto sempre vai estar à sua espera e isso se estende à sua namorada.

— Eu sei, tia. Obrigado! Mas ela fica longe dos pais o semestre inteiro, então vamos passar as férias no Brasil.

— E por que não voltam alguns dias antes? — Ela põe a mão no ombro dele, ajeitando sua camiseta. — Ela vai gostar de passar uns dias com as meninas.

— Não prometo, mas vou fazer o convite. — Ele beija e abraça a tia, dizendo que vai para o quarto, pois precisa ligar para Bryan, seu irmãozinho.

Steph olha discretamente para a minha barriga. Bom, ele tentou ser discreto, porém todos nós percebemos, o que o fez rir envergonhado.

— Estava curioso, mas ainda não aparece — ele diz.

— Eu não sei ao certo de quanto tempo estou.

— Eu acho que dois meses e pouco — Brandon diz e ri. — Por sinal, acho que foi aqui que ele foi concebido — belisco sua cintura, fazendo-o gemer de dor.

O pai dele balança a cabeça, descrente, com um sorriso singelo no rosto. Kane gargalha e Margot fica vermelha. Eu vou matar esse garoto.

— Então — o pai dele fala e pigarreia disfarçando o riso —, na semana que vem não é bom fazer um ultrassom? Para saber se está tudo bem, pode ser lá na clínica, temos...

— Pai! — Brandon repreende, tenso ao meu lado.

Ninguém diz nada.

— Claro — respondo a Steph —, agradeço por isso.

Ele sorri.

— Então, acho bom irmos, querida — ele diz dando duas batidinhas no braço de Kane e se afastando do seu abraço. Sim, Kane simplesmente se enfiou no meio dos pais e ficou abraçado aos dois. Como eles não estranharam a ação do filho, imagino que seja normal. O Kane é uma pessoa que ama contato, vive pendurado na Hope. — Está ficando tarde e é pouco mais de uma hora até nossa casa.

— Sim — responde ao marido e beija a testa do filho mais novo. — Vamos passar para deixar a Taylor no alojamento.

— Eu a levo — Brandon fala e ela busca meu olhar, perguntando-me se tudo bem ele me levar. — Sério, mãe?

Brandon ri.

— Se fodeu — Kane diz. — Sua palavra já não está valendo de nada.

— Era mais fácil quando eles eram menores e entendiam os meus olhares enviesados — ela comenta e suspira, fazendo-nos rir. — Foi um prazer te conhecer, querida. — Ela me abraça. — Eu a espero semana que vem na minha casa.

— Obrigada — falo baixinho e ela sabe que esse agradecimento significa muito mais que o convite sobre as férias, já que me aperta ainda mais contra os seus braços.

Em seguida, afasta-se e beija Brandon. Seu pai também me abraça e faz o mesmo com o filho. Kane desce com eles, deixando-nos sozinhos na biblioteca, ou escritório.

— Seu cretino! — exclamo e dou um tapa forte em seu braço assim que estamos sozinhos.

— Ai — ele reclama, surpreso.

— Nunca mais fale para os seus pais sobre os lugares que transamos. Puta merda, Brandon! Que vergonha!

— Na hora de gemer e revirar os olhos você não tem vergonha, né?

— Escroto! — Dou outro tapa nele, segurando a vontade de rir.

Ele volta a se aproximar, enlaçando a minha cintura com seus braços. Os meus voam para o seu pescoço.

— Gostou da minha mãe? — pergunta e eu aceno em positivo. — Do meu pai também, né? Ele é bonitão — diz rindo e reviro os olhos.

— Vocês são muito parecidos.

— É. Agora você já sabe que vai ter um coroa gato na sua cama.

— E um ogro.

— É, amor. Eu nunca vou ser um príncipe, ainda assim, prometo te comer gostoso e lamber todinha. — Ri, beijando-me em seguida.

É, ele nunca vai ser um príncipe e isso me deixa estranhamente feliz. Não preciso de um conto de fadas. Preciso de segurança, preciso de alguém que lute por mim e que me ame. Preciso dele. Aqui. Comigo.

Capítulo 38

Porque tudo de mim
Ama tudo em você
Amo as suas curvas e seus contornos
Todas as suas imperfeições perfeitas
All Of Me — John Legend

BRANDON DAVIS

— É tão bem ver vocês juntos. Juntos de verdade — Andrew diz.

— Você está dizendo isso desde o início da semana, meu bem.

— Claro que estou — ele afirma. — Eles são lindos juntos.

— E deixaram para assumir na última semana de aula — Bruce fala.

— E ainda vão passar as férias juntos — Justin emenda.

— Vocês ainda não cansaram de falar sobre isso? Mudem o disco, está louco — Taylor reclama.

— Amor, eu já era o centro das atenções sozinho, com essa loira linda do lado então, é impossível não sermos vistos e lembrados.

— Cretino.

— Que você ama.

Ela contém um sorriso.

Desde a visita dos meus pais, semana passada, nós realmente assumimos o que temos. Não a pedi mais em namoro, não quis correr o risco de ouvir outro não, então simplesmente assumi essa posição e é assim que venho me referindo a ela desde então. Como minha namorada.

Ela sempre sorri em todas as vezes que digo, então acho que também concorda que agora temos um título. O que me preocupa é o assunto gravidez. Ninguém fora do nosso círculo íntimo sabe, e tudo bem quanto a isso. O problema é não conversarmos sobre o assunto, salvo a vez em que minha mãe ligou para ela falando sobre a data de agendamento do ultrassom que por acaso é hoje no fim da tarde.

— Nem acredito que você não vai passar as férias comigo — Priscila diz.

— Relaxa, pequena, ela vai no fim das férias, mas que fique claro que vou junto.

— Pequena? — Pri me questiona.

— Ué, grande você não é, né? — falo o óbvio.

— Credo, Brandon. Grosso — Taylor diz, Justin apenas segura o riso.

Que caralho! O que eu falei demais?

— Já eu, vou passar as férias com você — Hope diz do colo do meu irmão.

— Não, você vai passar as férias com Kane. — Também deixo claro. — A loirinha vai ficar comigo. Nem se empolgue.

— Você vai trabalhar, Bê. Ela vai ser minha o dia inteiro — fala e pisca.

— Kane? Você ouviu o que sua namorada acabou de dizer? — pergunto.

— Cara, você tem sérios problemas de autoestima. Sério, não é normal todo esse ciúme — meu irmão responde.

Sou ciumento mesmo. Foda-se!

— Fico feliz de ter você por perto, Hope — Taylor diz, ignorando tudo o que eu falei. — Brandon vai ter que lidar com a ideia de que não sou uma propriedade e que não é meu dono.

— Posso não ser o seu dono, mas eu sou todinho seu.

— Ouwt, que lindo! — Andrew diz e ganha um cutucão do namorado.

— Brandon já tem o ego inflado demais, Andy. Maneira nos elogios, por favor — minha namorada repreende.

Percebo que ela mal tocou na comida e seus olhos, vez ou outra, se voltam para a vitrine de lanches do refeitório.

— Nem acredito que você já vai hoje — Pri volta a falar. — Vamos nos despedir em... O quê? — ela pergunta para si mesma, desbloqueando o próprio celular. — Uma hora.

— Gata, são só dois meses — Justin a consola. — Além disso, vou estar com você o tempo todo. Minha companhia não basta?

— Fora a companhia dele, não estou gostando de você simplesmente ignorar a mim e Hope e não dizer que vai sentir nossa falta — Andy diz.

— Não fica com ciúmes, amigo. Eu vou passar o fim de semana com vocês dois, então os lamentos sobre ficar longe começam amanhã.

— A verdade é que ela me ama mais — Taylor brinca —, mas assim, não quero botar pilha nem nada.

Hope bufa e Andrew revira os olhos. Priscila se levanta, indo beijar os dois.

— Você não tocou na comida — falo baixo para que só a minha loirinha me escute. — Não curtiu? Está enjoada?

— Na verdade, acho que eu queria aquele croissant de frango com palmito e uma coca.

— Ah — falo. — É... — Passo a mão nos cabelos. — Precisa mesmo ser um refrigerante? Quem sabe um suco?

— Quero uma Coca-Cola, Brandon — diz, séria.

Ok, então.

— Bom, ok. Vou lá comprar para você — ela beija os meus lábios e eu suspiro, como em todas as vezes que ela fez isso na frente de todos. Pode parecer bobagem, mas no nosso caso, para nós dois, é um avanço e tanto.

Levanto-me, indo até a parte de lanches do refeitório e pegando logo dois croissants e o maldito refrigerante. Quero dizer para ela o quanto refrigerante faz mal a ela e ao bebê, contudo, como o assunto da gravidez ainda é um ponto cego em nossa relação, prefiro me calar. Quero acreditar e confiar, com tudo que há de mais sagrado, que ela vai querer ter esse bebê. Que conhecendo mais de mim e da minha família, minha loirinha se sinta segura o suficiente e tenha em mente de que não está sozinha. Ela *nunca mais* vai estar sozinha. Serei como sua sombra, esforçando-me para que o que sentimos nunca se acabe.

Quando estaciono embaixo da clínica em uma das vagas privativas, viro-me para olhar para Taylor. Por ter a pele muito clara, seu rosto ainda está rosado pelo choro de quando se despediu da Priscila. Os olhos estão levemente inchados e brilhando. Ela não tem um pingo de maquiagem no rosto e, mesmo assim, sinto como se fosse a coisa mais linda do mundo. Realmente é.

Ela me olha e sorri fraco, parando de apertar uma das mãos na outra sobre o colo e tirando o cinto de segurança. Ficou silenciosa durante todo o percurso, que é, ao total, pouco mais de quarenta minutos. No início, ainda estava abalada com a despedida da amiga, porém depois percebi que ficou nervosa. Nervosa com o ultrassom. Sinto que estamos começando uma nova fase, então, por mais difícil que seja e arriscando a dar uma merda do caralho, eu preciso ser sincero.

— Amor... — Ela responde com um "hum" enquanto guarda o celular dentro da sua bolsa. — Olha pra mim. — Ela levanta os olhos, encarando-me. — Sei que está nervosa. Também estou, mas preciso conversar sobre algo com você. — Ela franze levemente a sobrancelha e continua esperando. Ai, puta que pariu. *Deus me ajude.* — É... Eu costumo trabalhar aqui nas férias, assim como às vezes meu pai me pede ajuda em umas planilhas e...

— Vá direto ao ponto, Brandon.

Brandon. Fodeu. Na última semana continuei sendo chamado de cretino, Bê, bonitinho e, em algumas vezes, de amor. Brandon foi só quando ela esteve impaciente e irritada.

— Eu tive alguns... — Ela arqueia as sobrancelhas. — Alguns encontros com algumas meninas que trabalham aqui. — Ela suspira e volta a se encostar no banco. — Não foi nada sério com nenhuma delas e...

— Não bastava você trepar com metade do campus, precisava vir e comer metade das funcionárias da clínica dos seus pais.

— Também não é para tanto — defendo-me.

— Caralho, Brandon, isso é exaustivo.

— Taylor, pelo amor de Deus! — Pego uma de suas mãos, segurando-a. — Eu era solteiro e foram lances casuais. Eu te amo, quero só você. Estou sendo sincero, porque você sempre me diz que mais vale uma verdade que machuque do que uma mentira que console. Nunca mais vou mentir para você. Não mesmo. E, infelizmente, é essa a verdade que tenho no momento. Não posso mudar o meu passado.

Ela me olha por alguns segundos, até que sorri sem mostrar os dentes. Tira a mão da minha e toca o meu rosto.

— Você está certo. Obrigada pela sinceridade! — Suspiro, aliviado. — Não me esconda nada.

— Eu não vou — afirmo com tudo que há em mim.

— Agora vamos descer, sua mãe está nos esperando na recepção, já me mandou mensagem uns dez minutos atrás perguntando se estávamos chegando.

Concordo e descemos do carro. Taylor está de calça jeans, tênis e um moletom simples. Ela parece uma estudante comum, mas só quem a conhece sabe o quanto é madura e forte. Porra, a garota é foda demais. Perdeu a mãe, viu o pai cometer traição com a cunhada e depois encontrou o corpo dele sem vida. Como teve força para continuar lutando? Não sei, no entanto, realmente acho que uma força divina a manteve forte e de pé. Depois veio eu: um filho da puta deslumbrado por popularidade que partiu o coração dela. Cara, vou passar o resto da vida compensando a merda que foi aquela situação e amando-a tanto, mas tanto, ao ponto dela nunca duvidar de que fui a decisão certa. Que nossa família foi a decisão certa.

Quando chegamos perto das portas de vidro o sensor é acionado e elas se abrem. Taylor olha para todos os lados, analisando o hall de entrada. Minha mãe, que conversava com uma das recepcionistas, abre um sorriso imenso ao nos ver e nos aguarda em frente ao balcão.

— Meus amores — fala assim que nos aproximamos.

Primeiro ela abraça Taylor, e eu fico feliz por toda essa receptividade. De soslaio, vejo Kelly. Cacete, já transei com ela. Ou seria Kelen? Só Deus sabe. Não faço a menor ideia. Continuo fingindo estar a alheio à sua observação. Quando solta Taylor, minha mãe se vira para mim e percebe certa apreensão em meu olhar.

— Filho, você está ainda mais lindo. O namoro vem lhe caindo muito bem, não? — Sorrio. Cara, minha velha é *do caralho.* — Meninas, essa é a Taylor, namorada do Bê. Linda, não? — pergunta e mexe nos cabelos da minha loirinha. — Eles estão juntos a o quê?

A pergunta deixada no ar é dirigida a mim.

— Um ano. — Aumento *um pouco.*

Taylor apenas sorri, porém sei que não está alheia ao excesso de informações sendo despejado sobre as meninas. A verdade é que minha mãe está dando um recado direto para qualquer uma delas e deixando uma frase subentendida de "espalhem a notícia por toda a clínica".

— Lindo da mamãe! — Margot me dá dois tapinhas fortes *demais* no meu rosto. Faço uma careta para a minha mãe e Taylor gargalha. — Vamos subir.

Enquanto caminhamos até o elevador e subimos, minha mãe pergunta sobre o final das aulas, volta a confirmar se trouxemos as malas para passar as férias na casa da praia e pergunta como Taylor tem se sentido.

Paramos no andar onde o exame será realizado e aguardamos pelo meu pai. Taylor e minha mãe, ao que parece, se deram muito bem e eu olho fascinado para as duas mulheres da minha vida, enquanto abraço minha loirinha pela cintura apoiando minha cabeça sobre a sua. Quando meu pai chega, desvencilho-me dela para abraçá-lo, que logo também a abraça e beija os lábios da minha mãe. Quando entramos na sala do exame, a técnica diz que vai chamar a doutora.

No momento em que ela chega, pergunta com quanto tempo minha namorada está e ela diz que ainda não sabe. Eu chuto por volta de dois meses e meio, que é mais ou menos quando imagino que engravidou. A obstetra explica que primeiro vai tentar fazer o exame padrão, passando gel na barriga da Tay e vendo se consegue ver o bebê. Caso contrário, será um exame transvaginal. Meu pai sai da sala para que Taylor fique à vontade, quando tira o moletom e se deita, puxando a blusa bem para cima. A doutora puxa um pouco mais, deixando apenas os seios dela cobertos. Minha mãe pergunta para a minha loirinha se pode chamar o marido de volta e ela assente.

A médica passa o gel em sua barriga e se senta ao lado da maca onde minha garota está deitada. A doutora mexe no equipamento e logo o traz para a barriga de Taylor, passando-o como se estivesse procurando algo. Eu aperto a mão da Tay e sorrio fraco, sentindo-me nervoso para cacete. A médica mexe em algo no equipamento e logo escutamos um barulho que tira o meu chão.

Tum, tum, tum, tum.

— Aqui — a médica sorri e diz, apontando para um ponto específico na tela —, o bebê de vocês.

E então ela começa a falar. Falar e falar. E, como pai de primeira viagem, eu não entendo porra nenhuma. Fico deslumbrado olhando para aquela coisinha na tela, achando, de fato, a coisa mais linda do mundo. Desvio os olhos para Taylor e vejo as lágrimas escorrendo de forma involuntária do seu rosto. Abaixo-me, beijando a sua testa.

— Está de dezesseis semanas — a doutora conclui.

— Viu, loirinha? Exatamente naquele dia em que...

— Brandon! — ela adverte e ouço o meu pai rir.

Enquanto limpa a barriga da Tay com uns lenços, a médica dá uma série de recomendações e fala sobre umas vitaminas e alguns exames de sangue. Acredito que a forma casual como fala, tornando isso uma consulta informal sem toda a seriedade de nos sentarmos e ouvirmos, foi ideia do meu pai para deixar a minha namorada à vontade. De repente, ocorre-me algo.

— Doutora, e quanto ao sexo? — pergunto.

— Ai, meu Deus! — Taylor murmura, fazendo todos rirem.

— Vida sexual normal. Quando digo normal, quero dizer sem extravagâncias.

— É que eu sou um pouco avantajado e... — Meu pai gargalha alto e Taylor parece querer morrer de tão vermelha. A médica e a minha mãe parecem também achar tudo engraçado. — Não tem perigo de machucar Taylor ou o bebê?

Taylor se senta e me belisca, em seguida me dá um tapa, fazendo-me resmungar.

— Esse garoto... — Ela põe as mãos no rosto.

— Tudo bem, querida. — A médica toca seu braço. — Ouço muito esse tipo de pergunta de papais de primeira viagem. Não, Brandon, não tem perigo. Porém, para tudo existe um limite. Uma gestação não é uma doença, mas exige cuidados.

— Tudo bem, eu vou ser carinhoso — digo e logo conserto —, não que eu já não seja.

Taylor me lança outro olhar mortal e me calo imediatamente. Ela se ajeita e esperamos as receitas e pedidos de exames.

— O que acha de mostrar Taylor o espaço desportivo, filho? — Meu pai me questiona e vejo os olhos da minha namorada brilharem.

— Claro, pai. Vou mostrar, sim.

— Depois, podemos jantar juntos em algum restaurante perto daqui — minha mãe comenta.

— Por mim tudo bem — Taylor diz, sorrindo.

Também concordo, assim chegamos cedo à casa da praia, que fica a uma hora e meia daqui da clínica.

— Então vem, amor — falo para ela. — Vou exibir a minha namorada gata para todos hoje.

Ela revira os olhos e meus pais sorriem, mais bobos que eu por a termos junto conosco.

Com a nossa família.

Capítulo 39

Sei que há esperança nessas águas
Mas não consigo me convencer a nadar
Enquanto eu estou afogando neste silêncio
Easy On Me — Adele

TAYLOR DAVIS

— Mostra a língua, amiga! — Hope diz e eu ponho a língua pra fora, fazendo uma careta, enquanto aperto a massa dentro da tigela com as mãos. — Caralho, ficou tão linda que vou postar no feed.

Mary, mãe da Hope, faz um gesto de negação com a cabeça enquanto deixa o jantar pré-pronto. Faz pouco mais de uma semana que estou na casa dos pais do Brandon aqui na praia. Quando chegamos, era noite e, ainda assim, fiquei chocada com o tamanho e a grandeza, mas só quando acordei no outro dia é que consegui ver realmente tudo.

A casa é uma mansão.

Lógico que já sabia que era *daquela* rede de clínicas que eles eram donos, mesmo assim, não estava pronta para tudo isso. A casa é moderna, em partes dos corredores têm jardins verticais sintéticos, paredes de vidro. Tudo extremamente requintado.

Preciso admitir, fiquei assustada e fiquei grata por ser um sábado e o Brandon não precisar ir trabalhar. É lógico que uma casa desse tamanho tem vários funcionários e eu achava superestranho passar por pessoas aleatórias que trabalham aqui como se isso fosse um comércio. Eu sei, é uma comparação ridícula, é o trabalho deles, entretanto, foi estranho. Ainda é.

Estou ficando no quarto do Brandon ainda que tenha uma quantidade absurda de quartos extras. Pedi para Mary, que é quem coordena os funcionários, que a limpeza lá seja feita só uma vez por semana, pois eu mesma posso deixar o local organizado. Ela tentou questionar, mas Hope intercedeu a meu favor.

Contudo, os dias começaram a passar e eu percebi que, além das extravagâncias, isso é realmente um lar. Os pais do Bê são incríveis. São humildes e extremamente *comuns*. Margot é um poço de carinho e a forma como consegue ser amorosa com todos ao mesmo tempo é encantadora. Steph não fica atrás, além de ser atencioso e solícito.

Eu adoro cozinhar, principalmente sobremesas, e desde que Mary soube disso, pergunta do que preciso e venho fazendo pratos diferentes ao longo dos dias. Todos parecem realmente gostar e o que mais come com certeza é o Kane. Pela primeira vez, em muito tempo, sinto pertencer a um lugar. É como se finalmente eu estivesse em casa de novo.

É estranho como tudo parece tão certo, ainda que eu tenha consciência de que os acontecimentos são precoces. O Justin me mandou um vídeo ontem, que fica indo e vindo na minha cabeça. No vídeo, a artista dizia que Deus não une pessoas, ele une propósitos. Então, não importa se você está há um ano ou há meses com alguém, o que importa é se esse alguém está na mesma sintonia e quer o mesmo que você. O tempo é insignificante perto de um propósito.

Ouço constantemente coisas do tipo "você mudou o Bê", as pessoas não poderiam estar mais erradas. A verdade é que o Brandon me trouxe de volta à vida. Ele errou? Sim. Todavia, pessoas erram, e ele vem diariamente compensando o que fez. Antes eu me achava trouxa e idiota por estar com ele, porém hoje vejo que perdoar foi um ato de coragem. Eu me despi do meu orgulho em prol da minha felicidade e se isso faz de mim uma idiota, tudo bem. Que seja.

O Brandon é um cretino. É fato. Impulsivo e, às vezes, inconsequente, porém também é extremamente protetor com as pessoas que ama. Somos feitos de defeitos e de qualidades, e eu acho que finalmente estou pronta para abraçar o que temos com todas as nossas nuances.

Eu aceito a nossa história.

Eu perdoo o seu erro.

Eu aceito esse amor.

Eu só fico confusa em relação a esse bebê. Quando estou sozinha, olho-me no espelho, vendo a pequena saliência que tenho no baixo-ventre. Nesses momentos, dou-me conta de que tem uma vida ali. É real. Lembro-me dos batimentos do ultrassom e escuto o áudio que Margot gravou e me enviou pelo app de mensagens.

Toda vez que escuto aquele "*tum, tum, tum*" algo se agita dentro de mim e tenho vontade de chorar e de sorrir ao mesmo tempo.

Eu já percebi que não vou conseguir tirar esse bebê, pois já o amo. É um sentimento sufocante, angustiante e incomparável. É amor.

Em contrapartida, sinto que algo ainda me bloqueia. É como se alguma coisa aqui dentro evitasse o assunto ou tentasse ignorar sua existência. Eu venho buscando a causa disso, porém também respeito o meu tempo.

— Bê foi o primeiro a comentar — Hope fala e ri. — *Minha namorada. Te amo, gostosa* — ela lê o comentário em voz alta, fazendo-me rir.

— Você o marcou? — pergunto.

— Claro! — responde, como se fosse óbvio.

— Você está pior que Kane com esse lance de internet.

— Verdade — ela admite e ri.

Quando percebo que a massa está no ponto, pego a forma de muffin já untada e vou distribuindo-a. Coloco o recheio, que já estava reservado, e levo ao forno pré-aquecido para assar. Suspiro quando os vejo dentro do forno tão lindo. Pego as tigelas e vou até a bancada para lavar, mas Rose, a única funcionária da casa que tem permissão para ajudar Mary na cozinha, não deixa que eu lave. Não reclamo dessa vez, pois realmente estou cansada e um banho e um soninho agora não cairiam nada mal.

— Tay, pode ir descansar que eu cuido do forno para você — Mary diz.

— Eu geralmente deixava de quinze a vinte minutos quando assava e... — Paro de falar quando vejo que Mary está sorrindo. Céus, ela tem vários cursos de culinária, é claro que sabe o tempo que deve ficar no forno. — Obrigada — agradeço. — Realmente estou cansada.

Beijo o rosto das duas senhoras e da minha amiga e saio pelo corredor, em direção ao quarto. Eu sinto muito sono. Fiz uma bateria de exames de sangue e descobrimos que estou com anemia, então a doutora receitou alguns remédios e disse que, além da gestação já causar sono em alguns casos, a anemia também é uma grande justificativa para o meu cansaço. Passo por uma das meninas que ajuda na limpeza e ela sorri sem jeito para mim. Perguntei para Brandon se ele já transou com alguma delas e ele me disse "com nenhuma das que trabalham no momento aqui", não precisei de muito para entender que já transou com antigas funcionárias da casa também. Enfim, era solteiro e sei que nunca foi nada santo, então não vou ficar pensando no passado, o que realmente importa é o presente e o homem que ele é hoje.

Abro a porta do quarto e entro, trancando-a em seguida, fico meio assustada por estar dormindo e do nada acordar e ter alguém aqui. Acho que isso é um hábito comum de quem morou os últimos três anos em um alojamento de faculdade. O Brandon tem a chave, então é o único que pode me surpreender.

Sobre o alojamento, a ideia inicial era que eu e a Pri nos mudássemos para o quarto da Hope. É um quarto triplo e maior. Poderíamos levar todas as nossas coisas e até adicionar algumas outras, porém, desde que soubemos da gravidez, o assunto meio que morreu.

De uma forma totalmente sutil e sem citar a gestação, o Kane disse que poderíamos todos nos mudar para cobertura dos pais deles que fica no centro de Boston. Não é longe da faculdade, se o trajeto for feito de carro. Hope ficou animada no mesmo momento. Foi engraçado quando George, o pai dela, perguntou no quarto de quem ela ficaria. Kane pareceu se dar conta do que sugeriu e chegou a engasgar com a comida. Já Hope lidou com tudo com uma naturalidade enorme.

Steph e Margot gostaram da ideia do filho e até fizeram alguns planos. Brandon continuou quieto comendo e só levantou os olhos quando sua mãe me perguntou o que eu achava, e só quando eu disse que por mim tudo bem é que ele respirou, parecendo aliviado. Lógico que Justin e Priscila foram incluídos nos planos, mesmo que ainda não tenhamos conversado com eles.

Entro no banheiro, bocejando enquanto tiro a roupa, para tomar banho. O cômodo é todo em mármore branco, com móveis cinza chumbo. Elegante, requintado e masculino. A cara do Brandon. Tem uma banheira pequena que amei usar no primeiro dia, porém fiquei tanto tempo que passei mal com a pressão baixa, depois disso prefiro só a ducha mesmo. Faço um coque alto para não molhar os cabelos e tomo um banho rápido. Vou até o closet, no espaço que agora é meu, e pego uma calça simples e uma camiseta larga. Quando me deito na cama chego a suspirar, como se meu corpo estivesse há dias sem dormir e eu finalmente pudesse descansar.

Ouço um barulho na porta e abro os olhos levemente, sem me mexer. Brandon entra e não consigo evitar o suspiro. Está com uma camisa social branca de mangas compridas e uma calça social grafite. A forma como a roupa molda o seu corpo deixa-o como a definição do próprio pecado. Meu namorado usa até um Rolex no pulso, ficando como um próprio figurão de Hollywood. Solta a pasta em cima da bancada e caminha até a cama, com um sorriso singelo no rosto.

— Oi, amor! — Senta ao meu lado, abaixando-se e deixando um beijo nos meus cabelos. — Como passou o dia? — Não respondo, pois meu cérebro ainda está ocupado demais assimilando a beleza dele. Ele dá um sorrisinho de lado. — Onde sua mente pervertida está?

— Em você — finalmente falo. — Estava aqui pensando que Christian Grey me perdeu.

Agora seu sorriso se torna enorme.

— Bom, até que enfim. Se esse tipo de roupa te excita, serão elas que vou usar todos os dias.

Dessa vez quem sorri sou eu.

— Você fica um gostoso como quarterback, só que assim... — Estalo a língua. — Não é seu aniversário, mas está de parabéns.

Ele gargalha alto.

— Que bom então, pois você me verá muito vestido assim. — Passa a mão em meu rosto. — A cada dia que passa tenho mais certeza de que é essa a vida que quero e não a de jogador profissional.

— Brandon, você é bom. Sabe que como quarterback profissional teria o mundo em suas mãos.

— A parte do mundo que eu quero já está aqui comigo nesse quarto, loirinha. — Pisca e se levanta, começando a abrir os botões da camisa social.

Eu me sento, desviando o olhar da parte do abdômen que começa a aparecer para não perder o foco da conversa.

— Bê, eu não quero que você desista dos seus sonhos por *nossa* causa.

Noto que eu usar a palavra "nossa" o pega de surpresa, porém disfarça rápido.

— Desde a overdose do Justin, comecei a pesar o que realmente vale a pena na vida. Ser jogador exige tempo, disposição e sacrifício. Eu sei que trabalhar na clínica também vai me resultar em viagens, horas extras e dor de cabeça, mas quando estou lá, me sinto realmente útil. Eu gosto da adrenalina dos jogos, porém isso não significa que lá seja o meu lugar.

— Eu não quero que lá na frente você olhe para trás e se sinta amargurado e incompleto.

Ele sorri e volta a se aproximar, agora sem camisa.

Segura meu rosto.

— Taylor, lá na frente eu vou olhar para trás e ter a certeza de que eu fiz a escolha certa. Você e tudo que vem do nosso amor são a minha escolha. Não existe outra. Vamos crescer juntos, trabalhando juntos.

Mordo um sorriso.

— E quem disse que quero trabalhar com você?

Ele ri, afastando-se e começa a tirar os sapatos e então a calça.

— Claro. Que fisioterapeuta iria gostar de trabalhar em uma clínica com centro de última geração para suporte de atletas, não?

Reviro os olhos.

— Cretino.

— Gostosa.

Sorrio negando com a cabeça.

— Você cozinhou de novo, então? — pergunta agora completamente nu.

Lindo.

Todo lindo.

— Fiz Butter Tarts. Falando nisso, sua mãe disse que depois do jantar vai me mostrar as fotos e vídeos que tem de quando você era criança.

— Ah, não! — Faz uma careta. — Eu preferia jantar e vir para o quarto transar — fala com uma expressão tão decepcionada que me faz gargalhar.

Tiro as cobertas de cima de mim, levanto-me chegando perto dele e enlaçando o seu pescoço.

— Podemos resolver seu problema agora, então. — desço uma das mãos por seu corpo, raspando as unhas em seu abdômen, até chegar ao seu membro semiereto.

Ele sorri, trazendo a boca para perto da minha como se fosse me beijar, mas no último momento desvia e me pega no colo, fazendo-me rir.

— Opa, eu te assustei? — pergunta, preocupado, enquanto me carrega para o banheiro.

— Não. — Sorrio, sentindo-me muito bem em seus braços. — Mas talvez seja bom, por um tempo, evitar me pegar desprevenida.

Senhor, por que não posso simplesmente falar sobre a gestação como qualquer grávida normal?

— Combinado. — Beija meus lábios e quando chega ao banheiro, coloca-me de novo no chão. — Agora tire essa roupa, loirinha. Você precisa resolver o meu *problema* aqui — fala, baixando os olhos para seu pau.

Faço o que pede imediatamente, mais do que feliz em resolver *todos* os seus *problemas.*

Capítulo 40

Tudo o que precisamos é esperança
E para isso temos um ao outro
Rise Up — Andra Day

BRANDON DAVIS

— Pode entrar — falo quando batem à porta e logo meu pai passa por ela.

Ele sorri. Aquele sorriso enorme e orgulhoso que um pai dá para um filho.

— Você fica bem como executivo — diz por fim.

— Fico — afirmo, vendo esse como o momento perfeito para ter essa conversa com ele. — Tem uns minutos? Quero conversar com você.

— Sempre vou ter tempo para a minha família, Brandon. Veja isso como um exemplo que deve ser seguido.

— É impossível eu não me tornar um bom marido e um bom pai tendo você como espelho.

Ele se senta com a elegância do cara que manda nessa porra toda. Ele se reinventou quando levou um pé na bunda e foi deixado com uma criança para criar sozinho. Margot e Kane trouxeram luz para as nossas vidas e, então, ela o fez estudar e se tornar o homem poderoso que é hoje. É verdade, ao lado de todo homem foda, existe uma mulher mais foda ainda.

— Pai — continuo —, não quero seguir na carreira profissional como atleta. Eu quero essa normalidade. Trabalhar todos os dias, quem sabe expandir ainda mais as clínicas e fazer centros especialmente voltados para atletas e...

Paro de falar quando vejo que ele se emociona, discretamente limpando os olhos lacrimejados.

— Sua mãe e eu nos perguntávamos quando vocês iriam acordar. Kane estudando Literatura para provar para os outros que consegue, você encenando uma pessoa que não é de verdade por busca de reconhecimento — ele suspira. — Quando seu irmão, no último semestre, decidiu migrar para o curso de música em vez de ciências contábeis, eu e sua mãe comemoramos com Mary e George em um restaurante porque enfim ele tinha acordado. Então continuamos preocupados com você — ele ajeita a lapela do terno, cruzando as pernas. — Quando apareceu aqui falando sobre a gravidez e pedindo nossa ajuda, percebemos que algo tinha mudado. A paternidade faz isso. Você mudou a minha vida, Brandon.

— Eu sei. Nem imagino como deve ter sido cuidar de mim sozinho. Sinto muito por isso, pai.

Ele franze a sobrancelha.

— Você acha que foi um estorvo para mim, filho? — Ele ri. — Você foi o incentivo e o motivo que me fez levantar todos os dias e buscar uma vida melhor. O meu parceiro. Lógico que, quando Margot e Kane chegaram às nossas vidas, esses sentimentos se multiplicaram, porém não quero que pense nem por um minuto que um dia você me atrapalhou. Isso nunca aconteceu, Bê.

Assinto, mordendo o lábio. Não sou um cara que chora com facilidade e esse é um dos motivos que fez Justin e Kane ficarem apavorados quando me viram chorando, mas eu estava desesperado. O medo de Taylor resolver não ter essa criança me deixou desnorteado. Hoje, ainda sinto essa angústia, no entanto venho escondendo-a bem.

— Essa sua busca infinita por atenção tem muito a ver com o trauma da partida da sua mãe.

— Minha mãe é Margot.

— Sua mãe biológica é Perla e nada vai mudar isso, Brandon. Ela gerou e te deu a vida. Sou grato por ela ter trazido você ao mundo. Sou grato por você ter contato com seus avós, que, por sinal, são incríveis.

— Como você pode falar assim dela? Ela nos deixou, pai.

— Eu superei, filho. Olhe para a mulher que tenho ao meu lado, para a família que temos juntos. Não existe espaço para mágoas. Entendo que para você seja diferente, porém precisa aceitar essa situação.

— Pai, não é como se eu pensasse nela com frequência. A minha mãe é Margot e nada mudaria isso.

— Você deveria procurar Perla. Ter uma conversa e encerrar essa história.

— Quem sabe um dia? — pergunto e já mudo o tema. — Voltando ao assunto da empresa, vai precisar reservar um lugar para mim.

Ele sorri, quebrando o clima estranho.

— Claro, filho. Quando se formar, esse cargo vai estar aqui te esperando. — Ele se levanta. — E então você vai me mostrando do que é capaz e vai subindo conforme seu merecimento. Sem regalias.

Dessa vez, eu quem sorrio.

— Eu sou obstinado, pai. Vou te surpreender.

— Não esperava menos de você. — Ele pisca para mim e sai da minha sala.

Lembro-me do que Taylor falou noite passada e gargalho: *"seu pai piscando para sua mãe é como ver você no futuro. Às vezes é constrangedor."* Sou muito parecido com ele mesmo. Todos nos dizem isso e não é como se não tivéssemos espelho. Hoje nós dois estamos de terno azul-marinho, foi engraçado ver nosso reflexo no espelho do elevador. Até Antony, assistente do meu pai, fez um comentário engraçado sobre a nossa semelhança, fazendo-nos rir.

Volto para a planilha que estava avaliando no Excel. Não consigo acreditar na quantidade absurda que a clínica gasta com café. Sim, com cafezinhos. É exorbitante. Isso é uma rede de centros clínicos, não uma cafeteria de luxo. Preciso reduzir esses custos em 50% e reaproveitar o valor em materiais de trabalho essenciais para os exames.

Talvez, se conseguíssemos um fornecedor direto do fabricante, poderíamos comprar em demanda e, além do preço ser mais baixo pela compra, conseguiríamos um desconto através da quantidade adquirida. Eu vou ser o chato. Foda-se. Minha missão nessas férias é diminuir o máximo de gastos possíveis e impossíveis. Mando um e-mail para o setor de compras, pedindo o balanço geral dos últimos doze meses. Claro que o chefe do setor não gosta do pedido e conversa comigo como se eu tivesse dez anos de idade. Bom, pior para ele. Vai ter que me engolir. Minha porta de abre de forma abrupta, com meu irmão passando por ela. Kane de terno, apenas com as mãos e pescoços tatuados aparecendo, parece os mocinhos dos livros que minha garota costuma ler.

— Você não está com o seu celular? — pergunta e só então percebo a apreensão na sua voz.

Abro a gaveta, mexendo na tela e vendo que estou sem bateria.

— Minha bateria acabou — falo, já pegando o telefone fixo. — Taylor está bem? — indago, já discando o número de casa.

— Ela está bem — Kane diz, pegando o telefone da minha mão e o colocando de volta no gancho. — Ela e o bebê estão bem. É sobre Paige.

Eu me inclino, recostando-me na cadeira.

— O que tem Paige?

Ele suspira passando a mão no cabelo.

— Ela faleceu.

Demoro alguns segundos para assimilar o que disse. Arregalo os olhos em seguida, meio chocado.

— O quê?!

— Ela morreu, cara.

— Porra! — Levanto-me, sentindo as pernas tremerem. — Quem te contou isso?

— Foi no grupo da fraternidade. A mãe do Jamie me ligou e queria conversar com você. Parece que ele está em estado de choque. Não fala com ninguém.

Ele continua falando enquanto desligo o notebook e ajeito as minhas coisas. Não consigo nem imaginar como meu amigo deve estar se sentindo, porém vou estar com ele. Caralho, eles estavam comemorando ontem que ele foi escolhido para o draft. Não consigo acreditar que isso aconteceu.

— Você pode ir para casa e contar para as meninas? — peço, sem dar tempo de ele responder. — Conte para Taylor aos poucos, elas não eram chegadas, mas tenho medo de que ela se assuste e...

— Pode deixar — ele afirma.

— Avise a papai também? — Confirma com um gesto assentindo e eu chego perto dele, beijando seu rosto. — Obrigado, mano.

Saímos da minha sala, indo em direção ao elevador. Quando as portas se fecham, continuo chocado e sem entender porra nenhuma. Vi os stories dos dois ontem. Ela estava ainda mais feliz que ele com a convocação. Senhor, Paige tinha vinte e quatro anos. Simplesmente não consigo acreditar. Penso na Taylor e em como me sentiria se isso fosse comigo, o sentimento que passa pelo meu peito é tão ruim que afasto esses pensamentos de uma vez. Eu perderia meu chão e imaginar que meu amigo está sentindo isso quebra o meu coração.

Capítulo 91

Eu serei corajosa
Não vou deixar nada me tirar
O que está à minha frente
Cada suspiro, cada momento nos trouxe aqui
Um passo mais perto
A Thousand Years — Christina Perri

TAYLOR JONES

Sento-me na cama, ainda me sentindo exausta com os últimos acontecimentos. Estou acordada há meia hora, porém sem vontade alguma de levantar. Há seis dias Kane chegou no meio da tarde e lógico que ficamos assustadas, achando que algo tinha acontecido, já que sempre chegava com os pais e o Bê à noite.

Da sua forma, ele nos contou que a Paige havia falecido. Não dava para acreditar, visto que no dia anterior o Brandon tinha feito uma vídeochamada para o Jamie o parabenizando por ter sido escolhido por um bom time no draft. Paige também apareceu na chamada, assim como eu, e os dois pareciam mais do que felizes. Depois postaram vários stories comemorando.

Ainda não consigo acreditar.

Hoje cedo, foi a cerimônia de cremação, algo intimista. Brandon esteve com Jamie no dia do acontecido e ontem voltou para ficar com o amigo. Após a cremação, iriam para a casa dos pais dela, onde deixarão suas cinzas e haverá uma cerimônia de despedida. Eu vou, pois de alguma forma também quero prestar minha homenagem. Não éramos melhores amigas, porém ela sempre me tratou muito bem. Ouço uma batida suave na porta e peço que entre, já sabendo que é a Margot.

— Querida, como se sente? — pergunta.

— Estou bem — respondo, abrindo a gaveta e pegando meu aparelho de detector doppler fetal.

Eu o ligo, encosto-me na cabeceira da cama e levanto a camiseta, sem me importarem ficar só de calcinha na frente dela. Encosto-o na barriga, passando-o no lugar onde a obstetra me ensinou, e então começo a ouvir o *tum*, *tum*, *tum*. Fechos os olhos e respiro, aliviada. Quando os abro, vejo que minha sogra tem um sorriso contido nos lábios.

— Está tudo bem, Taylor. O bebê está bem. — Concordo com um aceno de cabeça, desligando o aparelho e deixando-o ao meu lado sobre a cama, abaixo minha blusa, voltando a me cobrir. — Está cansada? As tonturas passaram?

— Sim, me sinto melhor hoje. — Sem ânimo algum, porém melhor.

— Tem certeza de que quer ir até lá? — fala, referindo-se à cerimônia. — Tudo bem se você não for, querida.

— Eu quero ir — respondo, ainda sem me levantar.

Ela caminha até a cama e se senta ao meu lado. Pega minha mão sobre o cobertor e segura entre as suas.

— Sei que essa situação mexeu com você, isso te trouxe lembranças e...

— E eu passei mal e quase perdi meu bebê — digo, chateada comigo mesma.

— Seu bebê.

— Como?

— Pela primeira vez, você disse "meu bebê".

Mordo o lábio, contendo a vontade de chorar.

— Você teve uma queda de pressão e um desmaio. Acontecimentos normais para uma gestante — comenta, acariciando a minha mão.

— Você acha que ele consegue sentir?

— O quê? — pergunta. — A sua preocupação? — Aceno em positivo. — Acho que ele consegue sentir o seu amor de mãe através da sua preocupação.

Mãe. Eu sou mãe desse bebê.

— O que acha de tomar um banho e ir para a cozinha para lancharmos antes de ir à cerimônia?

— Claro, vou fazer isso. — Ela se levanta, mas se inclina e beija minha testa, caminhando em direção à porta. — Margot — chamo e ela se vira —, muito obrigada por tudo que vem fazendo por mim e pelo bebê.

— Você não está mais sozinha, querida. Somos sua família agora — afirma, dando um sorriso gentil e saindo pela porta.

Eu me levanto e passo as chaves. Caminho até o espelho e tiro a camiseta, ficando apenas com a calcinha básica cinza de algodão. Olho-me no espelho de frente, vendo a pequena saliência. Viro-me de lado e assim fica mais aparente o arredondado em meu ventre. Levo as mãos até a protuberância, sentindo a região durinha.

Mãe.

Eu vou ser mãe, porra!

Um soluço sai da minha boca quando começo a chorar, ainda me olhando no espelho e sem parar de acariciar minha barriga. Sorrio em meio às lágrimas, tentando imaginar se é um menino ou uma menina. Será que vai se parecer com o Bê? Espero que sim, sua beleza merece ser repassada de geração a geração.

Suspiro enquanto as lágrimas saem dos meus olhos de forma involuntária. Eu estou grávida. Vou ser mãe. Essa criança não foi planejada, mas isso não muda em nada o fato de que vai ser extremamente amada. Na verdade, já é amada.

— Você vai ter o melhor pai do mundo, neném — digo com a voz embargada —, e eu prometo ser uma mãe tão boa quanto sua avó foi para mim. — Meus lábios tremem. — Além de nós, você vai ter o vovô e a vovó, e alguns tios e tias bem babões. — Sorrio. — Desculpe por demorar a aceitar tudo isso. Eu te aceito, neném. — Choro mais. — E prometo cuidar de você e te amar até o meu fim.

Suspiro em meio ao choro, sorrindo e me sentindo leve.

— Agora a mamãe vai tomar banho para sairmos, tudo bem? — falo, enquanto me dirijo ao banheiro, ainda acariciando o meu ventre.

A cerimônia solene foi triste. Os pais da Paige estavam tristes e abatidos, já Jamie parecia vazio. Ele não derramou uma lágrima, em raras vezes trocou uma ou duas palavras com Brandon, apenas ficou lá sentado. Ele olhava para as fotos e velas em volta do jarro onde estavam as cinzas da namorada, noiva ao que parece. Ele a pediu em casamento e deu uma aliança para ela durante a comemoração da escolha para o draft. Um acidente tirou sua vida. Jamie estava dirigindo e por isso se sente tão culpado já que teve apenas alguns arranhões.

Deus, ela era tão jovem. Não consigo nem imaginar como ele deve estar se sentindo.

Ele parecia sem vida. Seu corpo estava ali, mas sua alma não.

Esse silêncio dele preocupava a todos, pois uma pessoa que não expõe o que sente nunca se cura. Enquanto olhava para ele, eu revivia o velório dos meus pais. Também não chorei, porém me sentia morta por dentro. No da minha mãe, uma tristeza sem fim; no do meu pai, raiva por ter me deixado sozinha.

Amber também estava muito mal. Sua melhor amiga tinha morrido e eu nem conseguia imaginar como seria perder Pri, Andy ou Hope. Amber ficou sentada ao lado de Jamie. Brandon não saiu do lado do amigo e eu até estava sentada ao seu lado, mas ver Amber sofrer quebrou meu coração. Então, levantei-me e me sentei ao seu lado, segurando sua mão.

Brandon nos olhou por alguns segundos, e eu travei uma guerra silenciosa, encarando-o e desafiando-o a me mandar sair, porém, diferente do que eu imaginava, esboçou um sorriso e mexeu os lábios em um "eu te amo". Meu peito explodiu de felicidade, pois ali, naquele momento, percebi que entre nós dois já não havia espaço para desconfianças mesquinhas.

Realmente fomos feitos para durar.

Quando tudo acabou, viemos para casa. Jantamos e depois nos recolhemos para descansar. Brandon era o mais cansado, já que tinha virado a noite anterior junto do Jamie, que dizia não ter sono. Mesmo assim, hoje de manhã Bê estava acordado cedinho e arrumado para ir trabalhar, vestido em um terno azul-marinho impecável.

Amo quando ele usa um dos ternos azuis.

Quando ele saiu, também levantei e acordei Hope, pedindo ajuda em minha missão. Quando contei, ela me abraçou, dizendo estar feliz por minha decisão e claro que foi às compras comigo. Agora, quase três horas da tarde, sinto-me nervosa, mas mais certa do que nunca da loucura que vou fazer.

Ai, meu Deus!

— Não amarela agora, caralho — Hope me incentiva da sua forma e seu pai, que está dirigindo, repreende. Ela revira os olhos para ele e volta a me fitar. — Vamos descer.

Ela se despede de George enquanto caminhamos em direção ao hall de entrada.

Ela está vestida com suas roupas usuais de roqueira sexy. Eu estou de salto altos, um vestido preto justo que vai até os joelhos, mas tem uma fenda que deixa uma das minhas pernas parcialmente expostas. Hope liga para Kane e em seguida o ramal da recepção toca e uma das meninas nos deixa subir.

— Você está gostosa, amiga! — diz quando chegamos ao andar do Bê. — Vai lá e arrasa com o aspirante a empresário — fala, fazendo-me gargalhar.

Ela aperta o botão para descer para o andar do Kane enquanto eu sigo pelo corredor.

— Boa tarde! — digo à atendente do andar. — Sou namorada do Brandon, meu cunhado já autorizou a minha entrada.

— Claro. — Ela sorri, simpática, e eu tento não imaginar se ela também já transou com ele. — A sala dele é a última do corredor. É só bater e entrar.

Sorrio em agradecimento e caminho em direção à sala, sentindo-me a própria Anastasia a caminho da sala do Christian Grey. Respiro fundo, parando em frente à sua porta e, sem pensar muito, bato e a abro. Brandon desvia os olhos do notebook e vejo surpresa em seu olhar. Seus olhos descem pelo meu corpo, como se estivesse se certificando que está tudo bem.

— Puta que pariu! — diz e pigarreia, fazendo-me sorrir. — Está tudo bem? Quer dizer... — Volta a olhar para o meu corpo no vestido e sapatos elegantes, tal como para o cabelo escovado e a maquiagem básica. — Porra, você está linda.

— Gostou? — indago, fechando a porta atrás de mim, e então as persianas. — Que bom, porque vai me ver muito assim nos próximos anos — repito as palavras que me disse há alguns dias, porém em um novo contexto. — Sentado, senhor Davis — repreendo, quando ele faz menção de se levantar. Ele esboça um sorriso, encostando-se na cadeira estilosa. — Vim acertar alguns termos com você. A porta não tem chaves?

Ele abre a gaveta, meio desconfiado, contudo, animado, entregando-me a chave. Volto a caminhar em direção à porta, ciente de que ele está olhando para a minha bunda, quando me viro, sorrio, vendo que ele nem fez questão de disfarçar. Gosto disso. Sento-me na cadeira à sua frente, abro minha bolsa e tiro de lá a pasta onde está o "contrato" que fiz.

— O que é isso? — pergunta.

— Um contrato. — Ele franze a sobrancelha. — Me inspirei na Anastasia. — Ele estreita os olhos com um sorrisinho, pois já imagina de que Anastásia estou falando. — A mulher do Grey.

Dou de ombros.

— Isso é uma cena do livro?

— Não. Vamos criar nossa própria história.

Ele sorri de lado e, nesse momento, sei que vai entrar no personagem.

— Quais termos a senhorita gostaria de me apontar?

Tiro a folha da pasta e a coloco na mesa, ele se endireita, pegando o papel na mão para ler.

Contrato Unindo Propósitos

A contratante, Taylor Jones, exige que as seguintes exigências pré-estabelecidas sejam seguidas e, caso quebradas, o contratado fica ciente de que a punição terá como resultado o seu membro sexual decapitado.

Ele ri alto, então sei que leu o primeiro parágrafo.

1 – O contratado se compromete a amar sua mulher acima de toda e qualquer situação (você que lute.);

2 – O contratado se compromete a não pedir para comer o cu da contratante (salvo em datas especiais ou datas comemorativas);

3 – O contratado se compromete a chupar a contratante todas as noites (salvo dias de período menstrual da contratante);

4 – O contratado se compromete a não deixar a tampa da privada levantada (isso é muito irritante, Brandon, sério);

5 – O contratado se compromete a não ser um babaca quando estiver estressado (não me tira pra louca que não sou bem certa);

6 – O contratado se compromete a exaltar a beleza da contratante diariamente (isso é essencial);

7 – O contratado se compromete em ser fiel e leal (é bom você ter amor à sua vida, cretino);

8 – O contratado se compromete em nunca, nem por um momento, pensar em desistir da relação de contratado e contratante por mais difícil que seja (você sempre diz que fomos feitos para durar, é bom honrar sua palavra);

9 – O contratado promete estar ao lado da contratante em todas as situações. Bons e maus momentos (se bancar o louco, meto a mão na sua cara);

10 – O contratado promete se manter gostoso, atendendo a todas as necessidades sexuais da contratante (mantenha o cavalão funcionando e tudo vai ficar bem).

Ele gargalha alto, mas pega uma caneta e assina onde tem seu nome, logo em seguida, vira a folha em minha direção, estendendo-me a caneta. Mantenho a pose e também assino.

— Bem, agora você é minha propriedade — declaro.

— E pelo jeito, escravo sexual.

— Bem lembrado — falo e ele volta a rir. — Antes de seguirmos para a parte em que você me come nessa mesa — comento e ele arqueia a sobrancelha —, quero te dar um presente.

— Mais um contrato? — pergunta e eu tiro a caixinha da minha bolsa.

— Digamos que é algo *bem mais* permanente. — Entrego-a em sua mão.

Olha com curiosidade para o objeto e, sem conseguir se conter por muito tempo, ele abre e, quando vê o conteúdo, fica mudo. Vejo quando engole em seco, levantando os olhos para mim. Dentro da caixinha tem um body bordado formando a frase "sou do papai".

— Você... Não... — Pigarreia. — Vamos ter o bebê?

— Sim. — Mordo o lábio quando o vejo murmurar um "porra" e cair no choro.

Eu me levanto, indo até ele, que inutilmente limpa os olhos e afasta a cadeira da mesa para eu me sentar no seu colo. Assim que o faço, ele me ajeita e pela primeira vez, sem receio algum, espalma a mão no meu ventre e apoia a cabeça nos meus peitos, ainda fungando. Vê-lo emocionado e nitidamente aliviado mexe comigo e eu nem tento conter as lágrimas. Quando se acalma, levanta a cabeça, olhando-me com aquele rosto lindo. Passo a mão em sua face, limpando as lágrimas.

— Você vai ser o melhor pai do mundo — declaro.

— Seremos, juntos, os melhores pais do mundo — afirma, fazendo-me sorrir.

Ele olha para minha barriga, que com o vestido parece plana, e acaricia.

— Oi, filho! — Ai, cacete, puta que pariu. Eu amo esse homem. — O papai está aqui, ansioso, esperando por você.

Seguro seu rosto, fazendo-o olhar para mim.

— Eu te amo, Brandon.

Ele me encara, assimilando.

— Caralho, loirinha! — Pigarreia emocionado de novo. — Você quer me matar hoje.

Dessa vez eu sorrio e, sem me conter, levo minha boca até a sua.

— Amo você. Muito!

Ele suspira e segura meu rosto, beijando-me.

Continuamos assim por um bom tempo e dessa vez não transamos. Apenas ficamos ali, aproveitando um a presença do outro e fazendo planos sobre o nosso bebê. *Nosso bebê.* E de repente tudo parece fazer sentido. Tudo aconteceu para amadurecermos. Tudo tinha uma razão, um propósito. Foram muitos altos e baixos e eu não mudaria nada para que o nosso presente continuasse sendo esse que estamos vivendo agora.

Capítulo 42

Você nunca estará só
Quando sentir minha falta, feche os olhos
Posso estar longe, mas nunca fui embora
Quando você cair no sono hoje à noite
Só se lembre que nos deitamos sob as mesmas estrelas
Never Be Alone — Shawn Mendes

TAYLOR JONES

— Está se sentindo bem mesmo? — Bê me pergunta.

— Estou — falo sem muita convicção e ele ri, segurando minha mão.

— Vai passar rápido, amor.

— Claro. Horas aqui dentro. — Aceno com a mão para o avião à nossa volta. — Depois horas de carro.

— Você mesma disse que isso encerraria um ciclo — ele lembra, todo bonitinho.

— Eu sei — suspiro, passando a mão nos braços pela temperatura gelada do avião. — Só estou nervosa, desculpa.

— Está com frio? — questiona e, quando digo que sim, ele se levanta e pega nossa bagagem de mão, no compartimento acima dos bancos, estendendo-se sobre mim.

Ao se sentar, volta a segurar minha mão por baixo da coberta, fazendo um carinho gostoso em meus dedos. Suspiro e apoio a cabeça em seu ombro. Um mês de férias já se passou e a cada dia nossa relação se fortalece mais. Eu me sinto em casa junto à família dele e essa nova fase está sendo tão boa que, às vezes, é difícil de acreditar que é real.

Há duas semanas a imobiliária entrou em contato dizendo que o inquilino tinha feito uma oferta para compra; conversei com Brandon e ele buscou saber se o valor oferecido estava dentro do estimado e realmente estava. Fiquei pensando no que fazer durante três dias, até que decidi que queria vender. O problema era o meu deslocamento, algo essencial para lidar com a parte burocrática e, fora isso, também queria trazer a caixa com os álbuns de recordações da minha família.

Consultei-me com a obstetra e, após algumas recomendações, ela disse que eu estava saudável para fazer a viagem. Estive no Canadá no recesso, Andrew foi comigo, então não me imaginava voltando tão cedo. Depois que aceitei a gestação comecei a fazer terapia, são consultas on-line que duram de quarenta minutos a uma hora, duas vezes por semana. Isso vem me ajudando muito. Quando conversei sobre a venda da casa, minha terapeuta me ajudou a perceber que esse era um ciclo se encerrando e que tudo bem eu estar com receio, com medo.

Toda mudança gera desconforto.

Provavelmente, quando chegarmos em Tobermory, vou, no mínimo, dormir por oito horas seguidas, só depois iremos atrás das partes burocráticas e buscar os álbuns. Brandon pediu para conhecer a cidade e os lugares de que eu mais gostava. Ao dizer que queria fazer um bate e volta, segurou o meu rosto e declarou o seu desejo de que eu tivesse boas recordações da minha cidade natal, então, juntos faríamos boas lembranças.

Se eu já não o amasse, teria amado naquele momento.

Sempre julguei que ele fosse o típico atleta clichê, e não poderia estar mais enganada. Ele pode, sim, ter sido um mulherengo, contudo, o que me importa é quem ele é hoje. E Brandon é perfeito para mim. Acho que alguma força olhou por mim e pensou "vou te compensar por tudo que já sofreu" e então, enviou-me ele. Além de um homem e parceiro maravilhoso, ele já é um pai excepcional: conversa com a minha barriga igual conversa comigo e com as pessoas à sua volta. É lindo de ver e me deixa com o coração quentinho.

As luzes do avião se apagam e por um momento olho para fora através do vidro, as nuvens brancas em meio à penumbra. Caralho, não gosto de pensar na altura em que estamos ou como essa coisa se mantém no céu. Mexo-me desconfortável. Brandon puxa parte do cobertor para o colo dele e me aconchego mais em seu ombro, sinto quando larga a minha mão e alisa a minha coxa.

Todos os meus sentidos ficam em alerta.

Então, ele apalpa a parte interna e escorrega a mão, até chegar na minha virilha. Em modo automático, viro para olhar o seu rosto, entretanto, o cara de pau continua olhando para o filme que passa em seu tablet acoplado no banco da frente. Viajar de classe "A" é outro nível, é tudo espaçoso e privativo e... Perco a linha de raciocínio ao sentir os seus dedos movimentando-se lentamente, para cima e para baixo, por cima do tecido da minha legging. A sensibilidade não é a mesma quando passa a mão na minha boceta nua, contudo, ainda assim, seu toque me afeta.

— Bê — chamo baixinho.

— O que foi, amor? — Vira-se pleno, sem fazer questão de cochichar.

Ainda me encarando, ele sobe os dedos e faz movimentos circulares bem sobre o meu clitóris. Respiro fundo, excitada. Posso culpar os meus hormônios, não? Estou grávida, porra, tudo vem sendo mais intenso. Tento segurar sua mão, porém isso só o faz ir mais rápido e botar mais pressão no contato. Olho de novo para Brandon, que continua me encarando. Sem desviar os olhos, tento puxar sua mão e ele arqueia a sobrancelha, fazendo um sinal negativo com a cabeça.

— Amor — falo, manhosa, e ele ri, sabendo que toda vez que o chamo assim é porque quero algo. — Para, estamos em um avião — resmungo baixinho.

Ele se move, escorregando as costas até ficar com seu rosto na altura do meu.

— Sim, estamos em um avião e é só isso que me impede de tirar o pau para fora e mandar você ajoelhar.

— Ajoelhar para você não é nenhum sacrifício, bonitinho.

Chego o meu rosto para mais perto do seu e mordo seu lábio. Ele estreita os olhos porque odeia quando o chamo de bonitinho.

— Eu sou *todo* lindo, loirinha. Você sabe bem disso.

Sua mão continua trabalhando e eu suspiro, sentindo um tesão delicioso.

— Brandon — falo, dengosa. — É sério. — colo à boca ao seu ouvido. — Além de melada vou ficar toda gozada. É desconfortável.

— Está gostoso?

— Bê... — Ele segura o meu queixo.

— Eu perguntei se está gostoso. — Eu mordo o lábio, sentindo uma vibração gostosa entre as pernas enquanto respondo que sim. — Então relaxa. — Lambe o meu lábio. — Agora me beija.

E eu faço. Meio que me viro de lado, ficando parcialmente de frente para ele, dando mais acesso à sua mão e conseguindo segurar seu rosto para beijá-lo melhor. Seus movimentos ficam cada vez mais ousados, enquanto intercalo entre beijá-lo e olhar em volta, para garantir que nenhum passageiro se levante ou alguma aeromoça apareça.

Sinto aquela contração que antecede o orgasmo e, quando mordo o lábio começando a tremer, Brandon aprofunda o beijo, silenciando qualquer gemido que possa sair por minha boca. Meu coração bate acelerado e me sinto mole. Ele tira a mão do meio das minhas pernas e acaricia a minha coxa.

— Cretino — falo e ele ri.

— Amo você, loirinha.

— Também te amo, bonitinho.

Ele belisca de leve a minha pele, fazendo-me rir.

— Agora você vai conseguir dormir — suspiro com o que diz e só então me dou conta do que fez. Sorrio, ele é muito perfeito. Puta merda. — Você fica sonolenta depois que goza — fala e cobre os meus lábios com os seus.

Tira a mão das minhas pernas, colocando o braço em meu ombro e puxa-me para o seu peito. Descanso a cabeça no tórax musculoso, sentindo o cheiro do seu perfume que virou o meu preferido do mundo. Passo o braço por sua cintura e solto um risinho baixo ao sentir a sua ereção meia bomba só por me tocar. Ele beija os meus cabelos e eu fecho os olhos, sentindo-me relaxada e plena.

— Que ir para algum lugar comer alguma coisa? — Bê sugere. — Podemos voltar depois.

Apenas aceno em negativo. Estamos parados há uns vinte minutos em frente à casa que foi dos meus pais e depois minha. Assinei o restante dos papéis hoje, no início da manhã, assim que o dinheiro da venda foi transferido para a minha conta. Ficou combinado de que eu buscaria as coisas que quero do sótão, hoje ou amanhã, e achei melhor fazer isso de uma vez.

— Vamos — falo, já abrindo a porta e saindo do carro.

Ouço Brandon resmungar alguma coisa, fazendo-me rir.

— Espera! — ede quando fecho a porta, já começando a atravessar a rua. — Caralho, Taylor! — Volta a resmungar quando me alcança, pegando minha mão.

— Não consegue me acompanhar, quarterback? — Olho para seu abdômen coberto pelo moletom. — Seu rendimento realmente está baixando, acho que até engordou um pouquinho, *amor.*

Ele arqueia a sobrancelha, abrindo aquele sorrisinho de lado.

Cretino.

— Engraçado, *amor* — fala baixo. — Não é isso que costumo ouvir quando você está embaixo ou em cima de mim.

— Nunca confie em uma mulher movida pelo tesão.

— Eu sou muito gostoso, loirinha — diz quando paramos em frente à porta do sótão e eu tiro as chaves do bolso para abrir. — Admita que você está bem servida.

— Nem morta — digo e ele gargalha.

— Porra! — exclama, rindo, passando os braços por minha cintura e me abraçando por trás. — Não existe um dia sequer de tédio ao seu lado.

— Eu sei. — Viro a cabeça para encará-lo, — Eu sou demais.

— Sua mãe se acha, né, neném? — indaga, espalmando a mão no meu abdômen.

— Sua mãe é maravilhosa, neném — afirmo para o nosso bebê.

Ainda não sabemos o sexo, então só o chamamos assim, de neném.

— Disso não posso discordar — fala, beijando o meu rosto.

Dou um tapa em sua mão, afastando-o e entrando no espaço conjugado.

O lugar cheira a mofo e sinto o gosto da bile subir, junto à vontade de vomitar.

— Tudo bem? — pergunta.

— Esse cheiro...

— Tranquilo. Me diz o que você quer que já começo a levar para o carro.

— Bê, você fala como se eu fosse levar muita coisa. Ainda não entendi o motivo de alugar um carro *tão* grande.

— Não é um carro *tão* grande. É o carro que temos em casa e que estamos acostumados.

Casa.

Suspiro, sentindo-me enjoada e nostálgica.

— É estranho. Eu cresci aqui, fui muito feliz e triste também nessa casa. Mas era o meu lar, entende? Hoje não é mais.

Ele volta a se aproximar e, dessa vez, põe as mãos no meu rosto.

— Entendo, acredite, eu entendo. — Beija os meus lábios. — Por mais que eu tenha meus pais, meu irmão, hoje a minha casa é onde você e esse neném estiverem. Antes de qualquer bem material, vocês dois são o meu lar.

Sinto meus olhos lacrimejarem.

— Não se fala esse tipo de coisa para uma mulher com os hormônios em ebulição — retruco.

— Você é tão fofa — fala e eu dou um tapa em seu braço. — Uma princesa — diz, rindo.

— Cretino.

Empurro-o e caminho em volta do espaço, mostrando uma coisa ou outra e separando os poucos objetos que quero levar. No fim, tudo não passou de três caixas médias. Resumindo-se a álbuns e a alguns livros da minha mãe.

Observo pela última vez em volta, puxando Brandon para fora. Já no pátio, olho para a garagem, sentindo as lembranças me inundarem como a água de uma cachoeira desenfreada. Outra vez, o homem que amo se põe na minha frente, bloqueando minha visão da garagem.

— Já coloquei tudo no carro, amor. — Beija a minha testa. — Isso fez parte da sua vida, mas esse ciclo se fecha aqui. Você tem três casas no momento. — Ele nem me dá tempo para pensar. — A casa da praia, a cabana e o apartamento. Esse ciclo se encerra para outro começar.

— Eu amo você — afirmo e ele sorri.

— É. Eu sou a porra do homem mais sortudo do mundo.

— Levando em consideração o tamanho do seu pau, a sortuda sou eu, amor. — Pisco e ele apenas ri, fazendo um sinal de negação com a cabeça.

— Taylor? — Ruth, a nova dona da casa, me chama. — Quer entrar? — pergunta, receosa. — Talvez, se despedir?

Refere-se A casa.

Olho para a casa azul com janelas brancas e sorrio.

— Não, mas fico grata pela oferta. Espero que sejam felizes da mesma maneira que a minha família também foi um dia.

— Obrigada! Eu te desejo tudo de bom também, querida. Que esse bebê venha ao mundo com muita saúde.

Claro que ela sabe que estou grávida, qualquer pessoa que troca o mínimo de cinco palavras com Brandon descobre sobre gravidez. Até um sorriso de alguém na fila do supermercado é motivo para ele sorrir de volta e dizer "minha noiva está grávida". Não que sejamos noivos, não somos. No entanto, Brandon ignora esse fato totalmente. A aliança de compromisso que comprou é dourada e, frequentemente, acordo com ela na mão errada e quando digo "*você trocou de novo minha aliança de lugar?*" ele simplesmente puxa um assunto aleatório ou me beija. A dele? Nunca usou na mão na qual namorados usam, sim, na de noivos e casados.

É tão perfeito e irritante ao mesmo tempo, que fico em dúvida entre morder e beijar. Como não sou boba nem nada, faço os dois.

Ele pega a chave da minha mão e sobe os degraus, chegando adiante da senhora e lhe entregando a chave do sótão.

— Agradeço novamente por terem adiantado os papéis da venda. Se a gestação estivesse mais avançada, provavelmente a Taylor não poderia ter vindo.

A senhora descarta o agradecimento com a mão.

— Faça-a feliz, menino.

— Vou fazer, Ruth. — Ele pisca para a senhora, que cora.

Ela cora. Contenho uma risada. Nem a pobre Ruth é imune aos encantos dele.

Ela caminha de volta até mim e, sem olhar para trás, sigo de mãos dadas com ele até o carro.

— Quer ir para o hotel e almoçar por lá? — indaga, assim que dá a partida. — Pode descansar um pouco.

— Claro. Podemos passar em uma conveniência antes de ir para o hotel? Tenho algo em mente.

— Tudo que você quiser, amor — Brandon responde, procurando no GPS a conveniência mais próxima.

— Cuidado — Brandon diz assim que chegamos à ponta do molhes.[3] — Essas pedras são perigosas — avisa, fazendo-me gargalhar.

— Eu cresci vindo aqui todos os domingos, amor.

— Mas você está grávida e tenho medo de que vire o pé, sei lá.

— Tudo bem, bonitinho. — Ele revira os olhos. — Relaxa.

— Você quer um momento sozinha? — pergunta.

— Não. Fica aqui comigo — peço.

Ele me abraça por trás e me aconchego em seus braços. Fecho os olhos, sentindo a brisa gelada do mar tocar o meu rosto. Seguro contra o meu peito a latinha com as cinzas da carta que eu escrevi para os meus pais mais cedo e queimei para jogar aqui, no local onde as cinzas deles foram jogadas. Quero que eles sintam tudo que escrevi. Palavras que não conseguiria pronunciar porque esse lugar vive cheio de turistas e eu não teria privacidade o suficiente.

Para os meus pais,

Mãe, preciso começar essa carta te agradecendo. Você foi a melhor mãe que eu poderia ter. Você me criou para ser forte e corajosa. Você me

[3] Paredão nos portos marítimos, a modo de cais, destinado a proteger das vagas do mar as embarcações, podendo dispor de berços para atracação; quebra-mar.

ensinou, através de pequenos e grandes gestos, como é se sentir amada. Eu amei cada momento no qual tive o privilégio de tê-la ao meu lado. Eu sofri tanto quando você se foi... Eu sentia como se a coisa que mais amava no mundo fosse tirada de mim. Eu perdi o chão, perdi a vontade de continuar seguindo... Eu me senti sozinha.

Pai, eu senti raiva de você. Preciso ser honesta: eu não merecia ter visto você e a minha tia juntos. Eu também estava sofrendo por ver a mamãe morrendo aos poucos e não merecia mais esse peso para as minhas costas. Logo após isso, ficamos apenas só nós dois, mas me sentia a cada dia mais sozinha. Pai, queria que você estivesse comigo. Quando você se foi, apenas um mês depois da mamãe, eu também quis morrer. Doeu tanto... Tanto que não consigo nem explicar. Eu não tinha ninguém no mundo, ninguém! Imagina o terror que senti por ficar sozinha? Enfim, não acho que a dor justifique sua traição, mas te perdoo. Eu também te perdoo por preferir morrer a estar ao meu lado. Esse foi o seu jeito de lidar com o seu luto e, mesmo não entendendo, eu te perdoo. Libero você e eu de qualquer corrente de mágoa que nos mantenha amarrados. Você foi um bom pai, antes de tudo desandar, e é assim que quero me lembrar de você.

Eu amei e amo vocês dois.

Obrigada por me fazerem feliz, por me amarem, por cuidarem de mim. Vou ser a mulher que me criaram para ser. Vou ser fisioterapeuta e fazer de tudo para ser uma profissional tão boa quanto você, mãe. Afinal, você é a minha grande referência.

Além disso, eu encontrei um cara. As coisas não foram bonitas no início e nossa história está longe de ser parecida com a de um conto de fadas, mas somos imperfeitamente perfeitos um para o outro. Eu o amo tanto quanto vejo que me ama. Eu estou grávida... pois é. Precoce, né? Foi inesperado e assustador no início, mas hoje digo com propriedade que, por mais que eu não saiba como é o rostinho desse neném, por mais que eu ainda não tenha sentido o seu cheirinho, ele já faz parte de mim.

Ele é fruto do que eu e o Brandon sentimos e só por isso não poderia ser nada menos do que perfeito. Mãe, o Brandon é lindo! Sabe o príncipe da Bela Adormecida? Não é nada perto da beleza do Bê. Você com certeza diria que fiz uma boa escolha. Pai, ele é inteligente, dedicado e persistente. Você se orgulharia por eu ter um homem tão bom ao meu lado.

Quero tranquilizar vocês e dizer que podem, finalmente, descansar em paz, pois não estou mais sozinha.

Amo vocês com tudo de mim, hoje e sempre!

Com amor, sua filha.
Taylor

Abro a latinha e tiro com a mão as cinzas que virou o papel da carta e as jogo pelo vento, em direção ao mar. Sinto como se eles estivessem, neste momento, ouvindo ou lendo cada palavra dita por mim naquele pedaço de papel.

Sorrio, sentindo as lágrimas caírem pelo meu rosto. Não é um choro de dor, são lágrimas de alívio. Sinto-me livre de todo e qualquer tipo de mágoa e sentimentos ruins. Não quero mais me sentir triste ou ter recordações negativas.

Fecho a latinha, agora vazia, meu namorado a pega da minha mão e joga em uma lixeira perto de nós.

— Sou bom de pontaria — brinca, e sei que quer amenizar o clima, pois me viu chorar.

— Cretino — zombo, virando-me por completo para ele que, com delicadeza, passa a mão no meu rosto, limpando as minhas lágrimas.

— Pronta para ir?

— Para qualquer lugar com você — respondo, sem um pingo de dúvidas.

— Inclusive para a casa dos seus tios à noite? — resmungo uma reclamação e ele ri. — Você pode ligar para ele e rejeitar o convite.

— Não — digo, convicta. — Nenhuma porta vai ficar aberta, amor. Quando eu pisar em Boston de novo, vai ser renovada, com o passado totalmente resolvido. Não quero nenhuma ponta solta.

— Estou com você, loirinha. Sempre vou estar. — Beija minha boca e pega minha mão, guiando-nos pelo caminho de volta dos molhes.

Capítulo 93

Por favor, fique onde você está
Não chegue mais perto
Não tente me fazer mudar de ideia
Eu estou sendo insensível para ser boa
Love In The Dark — Adele

BRANDON DAVIS

Posso sentir o nervosismo da Taylor no momento em que ela toca a campainha. Ponho as mãos em seus ombros, fazendo uma massagem discreta, só para que lembre que estou aqui. As coisas entre nós dois só melhoram a cada dia que passa. Evoluímos muito no último mês.

Finalmente sinto que realmente estamos na mesma página.

Ela aceitou que nos amamos, aceitou o nosso bebê e se sentiu acolhida pela minha família. Caralho, quero casar-me com ela. Não existe nenhuma dúvida sequer de que ela é a mulher da minha vida, além de não existir nada no mundo que me afaste dela. Eu a amo. Porra, eu a amo muito. É algo que vai além do desejo físico e muito complicado de explicar.

Tudo vem se encaixando, ficando nítido, e eu sinto que esse é o caminho certo. Já não existem incertezas para o futuro como antes. Tudo está claro, do tipo cristalino, como a água da cachoeira da cabana no sítio dos meus avós. A porta se abre, revelando um garoto. Deve ser um dos primos, não consigo distinguir se é o mais novo ou o mais velho, já que, pelo que Taylor me falou, eles têm um ano de diferença: um com vinte anos, outro com dezenove.

— Patrick — ela fala e sinto o sorriso em sua voz.

Ainda tenho ciúmes, porém venho fingindo maturidade, pois sei que sou eu quem ela ama.

— Loirinha! Estávamos esperando por você — o garoto diz e a puxa para um abraço.

Loirinha. Engulo a porra da vontade de dizer que *loirinha é o caralho*, só eu posso chamá-la assim. Ele levanta a cabeça, vê-me quando ainda está abraçado nela e sorri. Sorrio de volta, talvez com um *pouquinho* de má vontade.

— Ele é o seu namorado? — pergunta quando se afasta dela.

— Sim, ele é Brandon — ela apresenta e ele me cumprimenta, já nos convidando para entrar.

— Querida! — O senhor fala e se aproxima da Taylor, que está tirando o casaco. Eles se abraçam. Minha atenção está no garoto que está vindo até nós. Alguma coisa em seu semblante me parece familiar. — Você deve ser o namorado — o senhor diz, simpático comigo, e me viro para ele.

— Muito prazer, senhor Hamilton. — Aperto sua mão e sorrio.

— Prima — o garoto chama Taylor e vai para abraçá-la, então para e olha para a barriga. — Está grávida?

Isso faz com que seu tio e o outro primo também olhem, vendo a barriga que só é visível porque a blusa é justa.

— Sim. — Ela sorri e põe a mão no ventre. — Ainda não aparece bem. A obstetra disse que mais um mês e pouco já estará mais aparente.

— Nossa! — Seu tio parece perdido. — Vocês precisam de ajuda? Digo, financeira — ele fala. — De repente, se vierem morar no Canadá, podemos estar mais perto e...

— Paul, pelo amor de Deus, querido, tire esses sapatos da escada. — E, quando a mulher aparece na sala, tudo à minha volta parece silenciar.

Ela também para, encarando-me. Está mais velha, porém de alguma forma ainda é a mesma. Caralho, isso está mesmo acontecendo? Sinto quando Taylor pega em meu braço e chama o meu nome. Quando ouve minha loirinha me chamar, a mulher põe a mão à boca, como se tivesse uma confirmação, e começa a chorar.

— Perla... — O homem vai até ela. — O que houve?

— Está zoando, porra! — Patrick fala, olhando-me, e coloca a mão na cabeça. — *Brandon*, porra... Quais as chances de isso ser real?

— Brandon, nosso *irmão*? — O tal Paul inquire e sinto uma taquicardia até então desconhecida. — Caralho, é ele mesmo! — exclama, depois de olhar algo no celular.

— Amor... — Taylor puxa o meu rosto, fazendo-me olhar para ela. — Que merda é essa de irmão?

— Ela... — falo em um fio de voz. — É a minha mãe biológica.

Quando a palavra "biológica" sai da minha boca, Perla chora ainda mais alto, sentindo o limite imposto por mim. O que ela queria? Um eu te amo seguido de "mamãe"?

— Quer ir embora?

— Não! — O tal do Paul fala. — Quer dizer, fiquem, por favor!

— Vamos lá lavar seu rosto, se acalme — o pai dos garotos diz à esposa, enquanto eles saem da sala.

— Senta, amor — Taylor fala, quando percebe que estou tremendo.

E eu o faço, sentando no sofá.

— Quer água? — Patrick oferece.

— Não, obrigado.

Paul se senta do outro lado da sala no sofá, olhando-me, ele parece feliz.

— Caralho... Isso torna vocês dois primos? — ele pergunta.

— Claro que não — Taylor responde de imediato. — Brandon não tem o sangue do pai de vocês.

— Vocês sabiam de mim? — questiono, tentando entender.

— Sim. — É Patrick quem responde. — Sabemos há uns meses. Achamos sua rede social, mas a mamãe achou melhor não seguirmos você. O plano era irmos mês que vem, para conhecer todos. Vocês estão há quanto tempo juntos? Não tinha foto de vocês na sua rede social, nem na sua. — Olha para Taylor.

— Estamos juntos há um ano. — Sou eu que respondo. — Mas Taylor demorou a me assumir — brinco, tentando aliviar o clima e fazendo os dois rirem.

Meus irmãos. Puta que pariu!

Kane provavelmente vai ter um infarto de ciúmes quando souber.

— Há pouco tempo consegui um sim e ainda não postamos nada, pois aconteceu muita coisa no último mês — falo, dando-me conta de que realmente não temos uma foto juntos.

Não que algum de nós dois seja ativo nas redes sociais, como nossos amigos.

— É bom conhecer você, cara! — Paul diz e Patrick sorri em concordância.

Hamilton e Perla voltam para a sala e volto a me sentir desconfortável.

— Taylor — ela diz —, está grávida. — Sorri fraco, contendo o choro. — Vocês...?

— Estamos juntos — Taylor responde.

— Brandon — me chama. — Posso conversar com você um minuto?

Taylor aperta a minha mão e eu a aperto de volta. Beijo seu rosto e me levanto. Meu pai me criou para enfrentar os meus medos, não, para correr deles. Fugir não é e nunca foi uma opção para mim.

— Sim — respondo de forma breve.

— Certo. Vem comigo, por favor — pede e eu a sigo.

Caminhamos por um corredor pequeno, Perla abre a porta e entramos no que parece ser um escritório de *home office*.

— Sente-se — pede.

— Prefiro ficar de pé — respondo e ela suspira.

— Você é muito parecido com o seu pai — diz.

— Sou.

— Brandon, eu errei muito, sei que não justifica, mas se eu tivesse a cabeça que tenho hoje, não deixaria você. — Não respondo nada. — Seu pai e eu... Não era amor. Eu engravidei, ele assumiu. Então, me desculpe.

— Então disse para ele que iria embora e foi, sem se despedir de mim. Você se separou dele e decidiu esquecer no processo que tinha um filho. Também esqueceu que tinha pais até pouco tempo atrás, não? Eles sentem sua falta, sabia? Quando voltou a falar com eles, no ano passado, minha avó chorou por uma semana seguida, pois tinha medo de que estivesse morta. — Perla volta a chorar. — Não sei o que te moveu a procurar seus pais e a contar ao seu marido e filhos sobre mim, mas, do fundo do coração, se sua intenção é recuperar o tempo perdido: esqueça. Eu já tenho uma mãe. Ela me adotou, me ensinou valores e me amou desde então.

— Fico feliz por isso — diz com a voz trêmula —, por ela amar você. Você e Taylor...?

— Taylor é o amor da minha vida e ela, de alguma forma, ser da sua... *família*, é um desvio de curva que não faz diferença para mim. Ela é a mulher que eu amo, a mãe do meu filho, meu presente e meu futuro.

— Fico feliz por ela ter você — afirma, e eu me aproximo da porta, abrindo-a. — Brandon — ela volta a chamar e eu olho para trás —, sobre os meninos...

— Eles querem me conhecer, percebi. Isso não é um problema para mim, eles não têm culpa de nada.

— Posso dar um abraço em você?

— Hoje não, Perla. Talvez um dia — respondo, sincero, e saio da sala.

Sei que me segue, pois escuto seus passos atrás de mim. Quando chego à sala, Taylor se levanta e sei pelo seu olhar que está me perguntando se estou bem e eu aceno, dizendo que sim.

— Vocês já vão? — Paul pergunta e, pela pouca interação, já consigo saber que ele é mais comunicativo que Patrick.

— Sim. Vou pedir para Taylor os perfis de vocês nas redes sociais. Quando forem na casa dos meus... — corrijo-me. — Dos nossos avós, se quiserem, podemos nos encontrar.

— Nós queremos — Patrick fala e Paul emenda:

— Na verdade, sei seu nome então posso te seguir, acabei de seguir — fala, enrolando-se e me faz dar um sorriso genuíno.

Viro-me para Hamilton.

— Quanto a Taylor, o senhor pode ficar tranquilo. Ela tem a mim e a minha família.

— Fico feliz em saber. — Pegando-me de surpresa, puxa-me para um abraço, que eu retribuo meio sem jeito.

— Nós podemos ir? — pergunto à loirinha, que pega seu casaco e se despede rapidamente de todos.

O caminho até o hotel foi feito em silêncio. Acho que nós estávamos surpresos demais para falar qualquer coisa que fosse. A frase que diz que o mundo é pequeno nunca fez tanto sentido como hoje. Quando chegamos, Taylor tomou um banho e em seguida foi para a cama, dizendo que pediria algo para comermos. Então fui para o banho. Estar de frente com ela não foi nada como imaginei que seria.

Pensei que fosse querer dar um abraço, que choraria por alguma saudade até então esquecida. Contudo, tudo que senti foi indiferença. Ela me botou no mundo, e sou grato por isso, mas a minha mãe é a Margot. Ela supriu todo e qualquer tipo de carência que eu poderia ter. Quanto aos seus filhos, realmente quero conhecê-los, quem sabe possamos ser amigos. Enxugo-me e visto uma calça de moletom, indo até a cama onde a Taylor está sentada com o prato em mãos.

— Foi mal não te esperar, mas eu realmente estou com fome.

— Tranquilo, amor. — Beijo sua testa e então olho para a minha camiseta em seu corpo.

Vejo que pediu suco em vez de refrigerante e sorrio internamente. Vem sendo difícil largar o refrigerante e o café, porém ela é persistente. Tiro a tampa do prato "À la carte" que pediu para mim, pego os talheres e puxo a mesinha para perto da cama, ficando de frente para ela. Jantamos em silêncio, ao terminar, traz seu prato para a mesa e empurro o carrinho para fora do quarto. Tranco a porta e vou para o banheiro, onde escovamos os dentes juntos, como tem sido todos os dias.

Ela faz xixi, lava as mãos e vai para a cama. Isso também se tornou comum entre nós, e claro que quem criou esse hábito fui eu. Faço o mesmo e vou para o quarto, apagando a luz e apenas deixando a luz da televisão iluminando o ambiente. Em vez de deitar-me ao seu lado, sento na cama, ficando de frente para ela, com as pernas ainda para fora da cama. Pego suas mãos sobre as minhas, porém é ela quem corta o silêncio.

— Como você está? — pergunta.

— Bem. — Sou sincero. — Surpreso com a coincidência, mas realmente estou bem. Quero conhecer os garotos. Vamos ver como as coisas vão se desenrolar.

— Uma foto no feed poderia ter evitado esta noite.

— As coisas acontecem como têm que acontecer, amor — respondo. — No fim das contas, você nem conversou com ela sobre...

Deixo a frase no ar, incapaz de dizer que a minha "mãe" foi a mulher que traía a sua com o seu pai.

— Eu não iria falar nada, Bê. Perdoei o meu pai, mesmo não concordando com os motivos que ele me apontou naquela carta de despedida. Só queria ver meu tio, os meninos e até mostrar para ela que está tudo bem. O erro e consciência eram do meu pai e dela. Ele lidou com isso da forma que escolheu e não tenho a ver com a forma que Perla lida com a situação.

Apenas concordo com um gesto, beijando a sua mão.

— Aproveitando essa série de pontos finais e esse recomeço, também quero conversar com você. — Ela franze a sobrancelha. — Quero te pedir perdão de novo por ter sido um filho da puta quando nos conhecemos.

— Brandon...

— Me deixa falar, amor. Por favor! — Ela apenas suspira. — Eu era um garoto imaturo, deslumbrado pela popularidade, carente por atenção e um babaca que pensava que mulher era feita apenas para transar. Desculpe, por favor. Preciso que realmente me perdoe. Me perdoe por olhar para você e ver só o seu corpo, por chegar a cogitar a possibilidade de um ménage sem ser claro e conversar sobre o assunto antes. Desculpe por ter te visto, em algum momento, como parte de um fetiche, porém, principalmente, me desculpe por ter ignorado o que nós dois sentimos e termos ficado dois anos longe. Hoje, vejo com clareza que eu te amo desde sempre, Taylor. Não quero a sombra desse erro entres nós.

— Bê — ela fala e se levanta, montando em meu colo. Seguro sua cintura e me ajeito para que fique confortável. Ela põe uma perna de cada lado das minhas. — Não existe sombra nenhuma. Eu amo tudo o que você é. Vamos esquecer isso. Eu te perdoei há muito tempo.

— Eu amo você! Eu amo de um jeito que nem consigo explicar e...

Paro de falar, arregalando os olhos.

— Você sentiu? — pergunta com a voz embargada, olhando para a barriga dela que está colada ao meu abdômen.

— Sim, foi quase imperceptível, mas eu senti.

Olho para o mesmo lugar e, como se soubesse que estamos olhando e esperando, sinto mais uma vez.

— Meu Deus! — ela diz, já chorando e se levantando, ficando de pé entre as minhas pernas.

— Ei, neném... — falo com as mãos espalmadas em seu ventre, fazendo um carinho. — Mexe para o papai e a mamãe sentir.

Nada.

Taylor também conversa e, de novo, nada.

Ficamos insistindo por alguns minutos até que a loirinha fica cansada de ficar de pé. Quando estamos deitados, começo a rir, feliz e talvez um pouco desesperado.

— É uma menina.

— O quê? — Ela tira a cabeça do meu peito e me olha.

— Teimosa como você e só vai mexer quando quiser mexer. Eu estou muito fodido.

Ela ri e morde o lábio.

— Será?

— Acho que sim, não sei. Mas sinto que é uma menina.

— E se for um menino?

— Vai ser amado igual — declaro —, mas acho que não é.

— Vamos esperar para ver — fala. — O ultra é daqui a duas semanas. Até lá, continua sendo neném.

— Sim, senhora — concordo e ela boceja, voltando para os meus braços.

Acaricio seus cabelos até senti-la ressonando, só então desligo a televisão e me permito dormir também. A viagem de volta é longa, porém não vejo a hora de voltarmos, e sinto que ela também.

Capítulo 44

Não é apenas onde você deita sua cabeça
Não é apenas onde você arruma sua cama
Contanto que estejamos juntos, importa pra onde vamos? Lar
Home — Gabrielle Aplin

TAYLOR JONES

Encontro vocês no estágio

Respondo no grupo da galera, tirando o jaleco e o colocando de volta no armário onde costuma ficar.

— Já está indo, gravidinha? — Minha professora e também a fisioterapeuta dos Tigers pergunta. Ela se aproxima e passa a mão na minha barriga de seis meses. — Ei, Louisie — chama minha neném. — Até segunda — fala, fazendo-me rir.

— Ela só mexe quando quer. — Dou de ombros.

— Como o pai dela costuma dizer, ela só faz o que quer...

— E é teimosa como a mãe — completo a frase e dessa vez é ela quem ri.

— Estou feliz que tenha conseguido estágio, querida. Sempre quis que fosse você.

— Mesmo tendo que deixar você na mão daqui a três meses? — pergunto.

— Você vai se afastar por uma boa causa. — Pisca e eu sorrio.

— Nunca pensei que diria isso, mas não vejo a hora dela nascer.

— Entendo você, querida. Quando estava grávida, também não via a hora de ver o rostinho do meu menino.

Conversamos mais um pouco, até que pego minha bolsa e me despeço, não quero perder o início do jogo. Quando saio no corredor, acho engraçado, porém fico zero surpresa ao ver Justin e Pri me esperando. Ele apaga o cigarro, jogando a bituca no lixo. Já aprendeu que se jogar no chão a namorada vai fazê-lo juntar e procurar o lixo mais próximo.

— Já disse que vocês não precisam vir me buscar, né?

Em todas as partidas, eles, ou Hope e Kane, vêm me buscar para me levar até a arquibancada.

Eles e Brandon entraram em um consenso de que é perigoso alguém me empurrar sem querer, já que em dia de jogos as coisas ficam bem agitadas por aqui. Justin meio que ignora o que falei e dá o braço para que eu pegue. Pri vem do meu outro lado e fico no meio dos dois enquanto caminhamos em direção ao estádio.

As aulas voltaram há pouco mais de um mês e tudo mudou muito.

Brandon e eu nos mudamos para um apartamento que fica a menos de dez minutos do campus. É pequeno e tem dois quartos, perfeito para nós. O plano inicial era nos mudarmos para o apartamento dos pais dele, porém, quando conheci o lugar... Porra. É uma cobertura enorme e fiquei com medo de morar em um lugar tão grande. O pessoal decidiu que não iria morar conosco, pois precisávamos de espaço e de privacidade para curtir nossa bebê quando nascesse.

Então, começamos a procurar um local próximo da faculdade e não demoramos a achar. O aluguel não é barato devido à localização, entretanto não é como se dinheiro fosse problema para Brandon. Não com a poupança absurda que ele tem e muito menos com a ajuda nada sutil que seus pais estão nos dando. Não estou reclamando. Até uma diarista tenho e isso vem facilitando muito a minha vida. Mudamo-nos uma semana antes das aulas começarem.

Hope se mudou para o alojamento com Pri, ocupando o meu lugar. Kane e Justin continuam morando na fraternidade, porém tanto eles como as meninas estão com seus dias contados em suas respectivas moradias. Recentemente, também alugaram um apartamento com dois quartos e os quatro vão morar juntos assim que a pequena reforma que estão fazendo estiver concluída.

Eu consegui o estágio tão sonhado no setor de fisioterapia desportiva do campus e não poderia estar mais feliz com isso. Eu realmente estou feliz.

Assim que as aulas começaram, Brandon foi convidado a ser o capitão do time. Para surpresa de todos, ele negou; para uma surpresa maior ainda, ele indiciou Nickolas como candidato. Apontou alguns defeitos, mas também fez o time ver as qualidades do running back. Nicky, obviamente, não esperava e ficou chocado. Eles tiveram uma conversa, que o Brandon não me contou detalhes, apenas disse que foi "esclarecedor". Não fiz mais perguntas.

Meu *namorido*, como costumo brincar, continua sendo o quarterback e fica um tesão jogando. Culpo os hormônios por achar isso. Faço isso simplesmente porque posso culpar. Ele vem mantendo contato com Paul e Patrick, para o total desespero do Kane, que simplesmente morre de ciúmes dos meninos. Quando se encontraram, no fim das férias, Brandon fez questão de apresentar Kane aos dois e nem isso amenizou os ciúmes do roqueiro. Hope diz que talvez ele supere o ciúme (ou não).

Já com a tia Perla, Brandon não mantém contato. Foi educado com ela quando estiveram no sítio, como seria com qualquer pessoa. Ela se encontrou com Margot e agradeceu por ter sido a mãe que ela não pôde ser.

Também conversei com Perla.

Ela me contou que tinha descoberto um caso antigo do tio Hamilton, de quando ela ainda estava grávida de Patrick, e não lidou muito bem com a situação. Ao que parece, não é a única a ter um filho fora do casamento. Perla me disse que não sabe explicar, no entanto, uma coisa levou a outra e acabou acontecendo com meu pai. Meu tio sabe da traição, de alguma forma eles arrumaram um jeito de se perdoarem e agora vivem sem mentiras entre si. A enteada dela, diferente do Brandon, está frequentando a sua casa e elas até mantêm uma boa relação. Quando minha tia me pediu desculpas, disse que esse assunto já tinha um ponto final. O ponto final que eu tive através da carta, que joguei as cinzas no mar.

— Aquela ali sentada não é Amber? — Pri fala baixinho ao meu ouvido.

E como se sentisse nosso olhar, ela olha em nossa direção. Está sentada na primeira fileira, abaixo de onde Hope, meu cunhado e a galera estão. Esses costumam ser os lugares que os jogadores da casa reservam. Ela desce os olhos até a minha barriga e sorri. Eu e Pri sorrimos para ela quando chegamos perto, Justin só dá aquele aceno de cabeça entediado dele, seu cumprimento padrão.

— Quer sentar aqui, cunhadinha? — Kane pergunta.

— Não precisa. — Olho para Amber, indicando com a cabeça o lugar ao seu lado. — Posso?

— Claro — ela diz, sem jeito.

Andy se inclina para beijar meu rosto, assim como os meninos da banda.

— Não esperava ver você aqui — falo para ela, já que se formou no fim do semestre passado.

Amber tem os olhos nas meninas dançando, em específico na líder delas, e sei que está se lembrando da Paige.

Ela suspira e então se vira para mim.

— Se eu te contar o motivo, você provavelmente não vai acreditar — diz.

— Fiquei curiosa agora.

— Nickolas.

— O quê?! — pergunto, de boca aberta, e ela ri.

— É... — Ri. — Estamos juntos. Desde o início das férias, na verdade. Ele é da minha cidade. Só aconteceu.

— Vocês estão namorando à distância? — pergunto, animada.

Se bem lembro, a cidade natal da Amber fica a mais de duas horas de Boston.

— Não. Estou trabalhando em um escritório aqui em Boston. — Mexe os ombros. — Ele e eu estamos sempre juntos.

— Porra — murmuro. — Que legal! Bem que disseram que ele mal aparece nas festas e sempre deixa um dos meninos responsável por cuidar do local.

— É... — Ela sorri e olha para o campo, vendo os meninos começarem a entrar. Quando seus olhos batem no namorado, ela acena e ele manda um beijo de volta. Ownt, que fofos! — A vida tem dessas, muitas surpresas. — Ela vira e olha para minha barriga. — Parabéns pelo neném. Louisie, né?

— Obrigada. — Sorrio e passo a mão na barriga saliente. — Sim.

— Fico realmente feliz por vocês dois, Taylor. De verdade — ela diz.

— Obrigada.

— Ei! — Brandon chega à barra de proteção do campo, olha rapidamente para Amber, dando um aceno rápido. — Tudo bem?

— Claro, garoto! Vai jogar — resmungo, sentindo todos os olhares em nós.

— Fiquei preocupado, você não me viu entrar.

— Sério, Brandon? Puta merda! Vai jogar, porra — xingo de novo.

— Antes vai ter que me dar um beijo.

Respiro fundo, controlando a vontade de socar o seu rostinho bonito.

— Brandon! — chamam e, pela entonação, deve ser Nickolas, o capitão.

— Meu beijo — Bê volta a falar, ignorando o chamado.

Levanto-me a contragosto, mas quando chego perto, ele segura meu rosto e me dá um beijão, fazendo todos à nossa volta gritarem. Quero morrer de vergonha, ao mesmo tempo em que quero levá-lo para o vestiário e tirar sua roupa para brincar no meu parquinho favorito.

— Cretino! — digo quando ele sela meus lábios e começa a se afastar caminhando de costas, ainda de frente para mim.

— Gostosa! — ele grita de volta, fazendo-me corar, logo virando e indo em direção ao meio do campo.

E pelo resto do jogo, grito e comemoro cada ponto que ele faz.

Meu quarterback. *Meu amor.*

Capítulo 95

Toda a minha dúvida de repente desaparece de alguma maneira
Um passo mais perto
Eu morri todos os dias esperando por você
A thousand years — Christina Perri

BRANDON DAVIS

— Você precisa relaxar.

— Cara, por que você está aqui mesmo? — questiono, e Nickolas ri alto.

— Porque somos melhores amigos agora.

— Ah, não fode! — Ele toma um gole da sua cerveja, ainda rindo.

— É sério, relaxa. Ela está bem.

Olho para Taylor um pouco mais à nossa frente, junto das meninas. Ela faz nove meses de gravidez, amanhã. Hoje acordou com alguns desconfortos e ainda assim, teimosa para caralho, quis vir ao festival. O fato de estarmos em uma área VIP privada que Gusman nos arrumou não ajuda em nada quanto ao meu nervosismo.

O combinado era de que iríamos e assim que a Radioactive e Justin tocassem iríamos embora. Acontece que ela também me passou a perna nesse fator. Eles estão conosco há mais de uma hora e nada da loirinha se mexer para irmos. Olho para o relógio, pouco mais de 19h e respiro fundo, agoniado.

— Quem diria que você e Amber estariam inclusos no nosso círculo íntimo — Kane diz. — Parece que foi ontem que estava tentando comer a minha cunhada e a minha namorada.

Viro a cabeça na hora, encarando Nickolas, que pigarreia sem jeito. Justin ri.

— Acho melhor não falarmos sobre isso. Até porque não gosto de lembrar que Bê passou bastante tempo comendo a minha garota. — Nickolas olha para as meninas, também levando minha atenção novamente a elas. — Muito menos de que a minha garota também pegava a sua garota — murmura.

Também não gosto de pensar isso.

Os ménages costumavam ser muito interessantes, mas deixaram de ser no momento em que precisei começar a pensar em compartilhar a Taylor. Tipo, não. Nem pensar. *Nem pensar mesmo*.

— Só faltou Jamie — Justin diz, pensativo.

— É uma pena que ele não tenha vindo — falo.

Desde que Paige faleceu, há alguns meses, tem aparecido pouco. Ele seguiu o plano, entrando no time para o qual foi convocado, continua jogando profissionalmente, porém alguma coisa nele se perdeu. Ele foi uma das primeiras pessoas que Justin convidou para vir ao festival, assim que Gusman ofereceu essa oportunidade, estendendo o convite à Radioactive. Jamie disse que não poderia, pois teria jogo, contudo, ao que parece, é mentira.

— O que é tão engraçado? — Kane não pergunta para ninguém em especial.

Todos nós olhamos para as meninas. Amber está curvada, em uma falha tentativa de segurar a barriga, acredito que para conter o riso. Hope gargalha alto, com a cabeça para trás. Priscila tem a mão sobre a boca, rindo de uma forma mais contida. Taylor também gargalha daquele jeito lindo que só ela ri. Está com uma calça preta folgada com elástico na cintura e uma blusa de manga comprida justa, marcando o volume da barriga.

Nossa Louisie.

É legal a forma que ela e a Amber agora se dão bem. Também foi bom ver Nickolas deixar de ser um cuzão e se tornar um homem decente. O passado realmente foi deixado para trás. Quem diria que a época mais tranquila em relação às festas seria a minha melhor fase na faculdade? Sinto-me praticamente casado, prestes a ser pai e, porra, não poderia estar mais feliz.

Vejo o exato momento em que a expressão de Taylor muda para uma careta, então arregala os olhos e olha para baixo. Sigo seu olhar, vendo a poça de água entre suas pernas.

— Porra! — xingo já me levantando e indo até ela. — Amor.

— Bê, a bolsa estourou! — exclama, apavorada.

— Cuidado para não escorregar — falo, segurando-a e fazendo com que saia de onde está, com medo de que sei lá... Escorregue e caia.

— Ai, meu Deus! Ai, meu Deus! — choraminga. — Minha calça está toda molhada, que vergonha!

— Está com dor? — pergunto.

— Cólicas esporádicas — responde baixinho.

— Caralho, loirinha! — Respiro fundo, controlando-me. — Não era para estarmos aqui.

— Ai — começa a chorar —, estou com medo.

Olho o pessoal à minha volta e tiro a chave do carro, entregando para o meu irmão.

— Você sabe onde estacionei. Traz o carro para o portão "A" que é o mais perto. Vou levá-la no colo.

— Eu vou caminhando! — reclama quando tento pegá-la.

Tento não rir da careta engraçada que ela faz, ou do jeito ainda mais engraçado que está, com as pernas abertas. Lógico que, de acordo com o avanço da gestação, ela passou a caminhar de forma diferente, até brincamos com a Tay, que às vezes parecia como um patinho. No entanto agora, por estar com as pernas molhadas, está caminhando com elas ainda mais abertas que o normal. Justin fala algo no ouvido da Priscila e logo corre entre as pessoas. Estranho, porém continuo prestando atenção na loirinha ao meu lado.

— Tem certeza de que não quer que eu te pegue no colo?

— Claro que não, né, Brandon! — reclama, com as unhas fincadas no meu braço buscando apoio, olhando para o chão como se fosse cair a qualquer momento.

— Amor, você não vai cair, não vou deixar.

— Nos não deveríamos ter vindo — fala, quando Hope se põe do seu outro lado e segura sua mão.

— Vai dar tudo certo, amiga. Liguei para Margot e eles já estão indo para o hospital — minha cunhada diz.

— Consegue descer? — pergunto à minha garota quando vejo os degraus das escadas.

Devem ter o quê, uns quinze? Vinte?

— Sim — responde sem soltar o meu braço, mas solta a mão da Hope e desce um degrau, segurando no guarda-corpo da escada. — Não sai do meu lado.

— Nunca!

Devagar, descemos o lance de escadas e caminhamos corredor afora até pisar no pátio. Uma ambulância está aguardando com as luzes da sirene ligadas. Justin está parado ao lado de um paramédico.

— Eles vão dar uma carona para vocês até o portão "A", onde o Kane já deve estar à espera — diz, quando chegamos perto dele.

Dessa vez, Taylor nem reclama quando, com jeito, a pego no colo, ajudando-a a subir na ambulância. Também subo, assim como Hope. Justin, Nickolas e as respectivas namoradas irão nos encontrar no hospital.

— Brandon, a bolsa da Louisie. Precisamos pegar no apartamento — Taylor fala. — Também tem que pegar a minha com as coisas que a sua mãe disse que provavelmente eu precisaria.

Ela pega a minha mão e aperta, começando a puxar respirações curtas. Uma contração.

Bem, quando as contrações aumentarem, talvez eu perca os dedos.

Seis horas depois...

Taylor geme, sentada sobre a bola onde se move para frente e para trás. Sua cabeça está apoiada na minha barriga enquanto aliso suas costas. Nessas seis horas em que está sendo monitorada e esperando o corpo agir, já vi várias nuances dela. Neste momento, está quieta, porém sei que quando a contração vier forte novamente, provavelmente vou apanhar ou ouvir algum xingamento como em alguns minutos atrás.

— Está de quanto em quanto tempo, pai? — a doutora pergunta assim que entra no quarto.

— Três em três minutos — respondo.

— Certo. Taylor, preciso que você deite de novo na cama, quero ver se tivemos progresso com a dilatação.

A contragosto, Taylor se levanta, apoiando-se em mim. Ajudo-a a ir até a cama, no entanto a contração volta antes mesmo de ela se deitar. Tay se curva, apoiando as mãos no colchão e gemendo, tentando manter as respirações ritmadas conforme aprendeu. Passo a mão em suas costas, massageando e tentando de alguma maneira aliviar a sua dor e não recuo nem quando ela vira a cabeça para mim e me manda aquele olhar de *"vou te matar"*.

— Vamos ter só uma filha, Brandon — sibila com a voz brava, quando começa a subir na cama com minha ajuda.

Não respondo. Quero ter mais filhos e sei que ela também, pois lamenta até hoje por ser filha única.

— Abra as pernas — a doutora instrui e a ajuda. — Vou tocar em você agora. — Ela põe a mão e sorri. — Muito bom, Taylor. Você está com dez centímetros de dilatação e eu já posso sentir a cabeça da bebê.

Taylor volta a ficar apavorada, agarrando meu braço. A dor volta e o som que ela emite dessa vez é mais forte.

— Nunca mais você goza dentro de mim sem camisinha! — fala em meio a gemidos e eu faço de tudo para segurar o riso, sentindo-me nervoso. — É sério, mantenha essa porra desse pau longe de mim! — grita dessa vez.

Abaixo a cabeça e mordo o lábio. Com uma força anormal, minha loirinha agarra com a mão a gola de minha camiseta e puxa meu rosto para perto do seu.

— Eu. Vou. Te. Matar! — diz pausadamente, com uma voz assustadora.

No entanto, logo solta e volta a resmungar de dor. Passo a mão em sua testa suada, tirando os cabelinhos grudados na sua pele.

— Taylor, estou sentindo a bebê, preciso que faça força quando a dor vier.

— Eu não consigo — minha loirinha geme.

— Você consegue, amor! — Seguro sua mão. — Estou aqui com você.

Limpo a lágrima que rola por seu rosto.

— Ai, senhor — reclama, com outra contração vindo.

A médica continua entre as pernas dela e só então me dou conta de que têm mais duas enfermeiras no quarto.

— Agora, Taylor, empurra — a doutora pede e minha garota faz força. — Mais uma vez, empurra com toda a força que conseguir!

Taylor chora e, pelo semblante pálido e cansado, sei que está exausta.

— Pode gritar, amor. Estou aqui com você.

— Empurra, Taylor. Vamos lá, empurre, sua bebê está vindo.

Taylor faz o que pedimos e empurra com tanta força que seu rosto chega a ficar vermelho. E, surpreendentemente, nem gritou tão alto. Ela respira fundo e olha para a frente, como se procurasse algo e só então também me viro. A médica está com nossa bebê no colo e, por um momento, sinto meu coração parar.

— Por que ela não está chorando? — Taylor verbaliza o meu questionamento. — Por que ela...

E sua voz morre no instante em que a médica posiciona a bebê de bruços no seu colo e dá um tapa na bundinha.

O quarto é inundado por um choro alto.

Fico paralisado, tentando assimilar o susto e ao mesmo tempo a emoção por ver a minha filha pela primeira vez. Também ouço um soluço alto e só então volto a virar para a minha loirinha.

— Você foi perfeita, amor. — Beijo sua testa, sem me importar com o suor. — Eu te amo muito, loirinha. Muito!

— Pai — a doutora chama —, quer cortar o cordão umbilical?

Aproximo-me da médica e faço conforme as instruções da enfermeira. Em seguida, nossa menininha é enrolada em uma mantinha e colocada nos braços da minha garota. Fico a uns passos delas, olhando a cena. Meu coração acelera de uma forma que parece querer pular da minha caixa torácica.

— Seja bem-vinda, filha — Taylor murmura baixinho, beijando a testa enrugada.

Suspiro, sentindo-me completo, pleno e feliz.

Nem se eu vivesse mil vidas seria capaz de contemplar uma paisagem mais linda do que essa que está aqui, agora, na minha frente.

Taylor levanta os olhos marejados para mim, chama-me e sem pensar duas vezes eu vou. Vou com ela, pelas duas, até o fim do mundo.

Epílogo

Se você soubesse
O que o futuro guarda
Depois de um furacão
Vem um arco-íris
Firework* — *Katy Perry

TAYLOR JONES

Cinco anos depois

— Ele é muito parecido com Justin — Hope fala, alisando a cabecinha de Kevin.

— Inclusive a personalidade — Pri diz, ajeitando o peito na boquinha do bebê, que resmunga por ser atrapalhado. — Semana passada, no shopping, duas senhoras pararam para olhá-lo. Elas fizeram de tudo para ele sorrir e só ganharam um silencioso não.

Hope joga a cabeça para trás, gargalhando. Eu a acompanho.

— Você acha isso engraçado porque Louisie é a criança mais falante e espontânea que conhecemos. — Volta o seu olhar a Hope. — E você...

— Estou grávida.

Por um minuto, Pri e eu ficamos olhando para ela, esperando que diga que está brincando como das últimas vezes.

— Tenho uma fofoca quente! — Amber fala assim que entra na sala do SPA do hotel onde estamos tomando um *coffee break*. — Que caras são essas?

— Estamos esperando Hope dizer que está brincando — Pri fala e Amber franze a sobrancelha. — Ela disse que está grávida.

Amber olha para Hope com cara de tédio.

— Gente, é verdade dessa vez — Hope afirma.

— Sério mesmo? — questiono.

— Sim! Estou de seis semanas. Ao que parece, vou me apresentar barriguda na nossa próxima turnê — ela diz e sorri.

— Ai, cunhada — inclino-me no sofá abraçando-a. — Parabéns! Mais alguém sabe? — pergunto e ela é abraçada por Amber também.

— Kane já deve estar contando para os caras.

— Fico muito feliz por você, amiga — Pri leva uma das mãos até a de Hope e aperta, na mesma hora Kevin resmunga, reclamando pelo movimento da mãe. Priscila ri. — Como eu disse, ele é todo Justin — fala, fazendo todas nós gargalharmos.

— Com quem Louisie e Dylan estão? — inquiro Amber.

Pouco tempo depois de minha filha nascer, ela descobriu que estava grávida e deu à luz a um menino lindo.

Como ironia do destino, nossos filhos são extremamente grudados. Não que eu me importe, Amber e Nickolas fazem parte da nossa família há um bom tempo.

— Com Margot e Steph — diz, tranquila, confiando nos meus sogros tanto quanto eu. — Agora, a fofoca! — exclama, animada.

— Credo, que feio esse negócio de fofoca — Hope resmunga, fazendo todas nós olharmos para ela. — Continua, conte de uma vez — conclui e voltamos a rir.

— Deixei as crianças com Margot e Steph e fui até o nosso quarto acordar Nicky, senão ele dorme eternamente. — Faz uma careta, fazendo-nos rir de novo. — Quando abri a sacada e olhei para a do lado, Jamie e a namorada estavam no maior amasso! Eu acho que ele estava dedando-a!

— Jura?! — pergunto, chocada, arrumando-me no sofá. — Ah, mas isso era questão de tempo para acontecer, eu avisei.

— Eu também sempre achei. Disse para Nicky que esse lance de namoro falso para acalmar os ânimos da mídia iria acabar em sexo.

— E o que a mídia tem a ver com a vida pessoal dele? — Pri questiona. — Pelo amor de Deus, não é como se a menina fosse menor de idade.

— Ela tem dezenove anos — falo.

— Vocês são estranhos — Pri volta a falar. — No Brasil, dezoito anos já é maior de idade, então sigo vendo as coisas pelo ponto de vista da minha nação.

— E não é como se ele fosse velho né, gente? — Hope diz.

— Ele tem trinta e um anos, cunhada. É um ano mais novo que Brandon — defendo.

— São doze anos de diferença, mas não é como se isso fosse o fim do mundo — Pri comenta, arrumando Kevin em seu colo e dando batidinhas nas costinhas para ele arrotar. Sorrio, lembrando-me de quando fazia isso com a minha bebê. — O que me preocupa é a garota ser parecida com Paige.

— É, isso é estranho mesmo, mas Nicky me disse que isso é uma coincidência. Jamie nem a conhecia.

— Como não, se ela é cheerleader do time? — questiono.

— Não fazia nem um mês que ela estava na equipe e não é como se Jamie fosse muito simpático com os desconhecidos, né?

— É. Ele mudou muito — Pri concorda.

Elas continuam fofocando e por um momento eu me perco olhando para cada uma delas e me lembrando das nossas trajetórias.

Hope acabou entrando para aulas de canto e virou vocalista da banda junto com Kane. Eles se casaram em Las Vegas com a bênção de Elvis Presley, um pouco antes de Kane se formar. Meu cunhado terminou as aulas no EAD, já que depois do festival, o que tocaram no dia em que Louisie nasceu, a banda explodiu. Os meninos ganharam uma popularidade absurda e começaram a fechar muitos shows. As coisas tomaram uma proporção ainda maior quando Hope assumiu os palcos ao lado do, agora, esposo.

Pri e Justin se casaram em uma praia no Brasil. A cerimônia foi discreta e intimista. Passamos dez dias de férias no resort em que foi a cerimônia. O DJ já estava famosinho no país e até tocou no Rock in Rio, um festival anual muito aguardado pelos baladeiros de plantão. Os dois moram, atualmente, em Ibiza, e ele só toca às sextas e aos sábados, para poder estar com Pri, que é sua produtora musical, e com o bebê. Justin é um pai e marido exemplar, parece que foi ontem que brigou na faculdade com o tóxico ex da esposa. Falando no embuste, Erick foi preso por lavagem de dinheiro. Parece que seu pai, o deputado brasileiro, não era o político mais honesto e seu filho participava ativamente de seus esquemas.

Nicky foi convocado para o draft e joga hoje como titular no mesmo time do Jamie. Amber é jornalista, e ela e Nicky fazem um casal peculiar.

Andy e Tiago também se casaram e adotaram dois meninos. O mais irônico da história, é que o pai do Andy teve problemas de saúde e precisou morar junto do filho gay que tanto desprezava. A vida tem suas surpresas.

Will continua pegando todas nos shows, e Bruce e Adam seguem com as suas... *dinâmicas*. Eles não assumem, porém todos sabem que têm uma relação. Adam andou passando dos limites com a bebida e houve uma intervenção por parte do agente da banda. Na volta da turnê, ele vai ter uma assistente que vai cuidar da sua rotina. Hope está torcendo para que essa assistente não acabe na cama dele e do Bruce.

Jamie é a estrela dos *Kings of the Ball* e há uns meses se envolveu em um escândalo. Sei que com toda essa confusão, ele acabou entrando em um namoro falso com uma menina doze anos mais nova, estou curiosa pelo desenrolar dessa história.

Brandon e eu continuamos morando em Boston. Compramos uma cobertura perto da matriz da clínica e moramos lá desde então. Ele e eu nos casamos no civil no dia da minha formatura. Foi simples, íntimo e lindo. Brandon não seguiu carreira profissional como atleta e, no início, tive medo dele se arrepender, contudo, hoje vejo que fez a escolha certa. Ele ama o que faz. Nos últimos anos, expandiu a rede de clínicas e recentemente abriu mais quatro centros de recuperação desportiva, nos quais eu atuo como diretora chefe. Nós fazemos uma dupla e tanto, seja no meio profissional ou no pessoal.

Eu sou feliz. Muito feliz.

Olho para a cabine no canto da sala, vendo meu vestido pendurado. Diferente do nosso casamento no civil, anos atrás, o religioso será grande. São mais de 500 convidados. Foi uma loucura escolher tudo e só não enlouqueci, pois a cerimonialista é muito competente. Brandon sempre me acalmava em cada surto que eu tinha, fazendo jus à sua promessa de me amar mais a cada dia que passasse.

Alguém dá duas batidinhas à porta e, em seguida, a cerimonialista passa por ela.

— Trago a madrinha fujona — ela diz puxando Hanna, a namorada de mentira do Jamie.

Ela sorri sem jeito, totalmente desconfortável. Quando Brandon o convidou como padrinho, deixou que escolhesse quem trazer e, mesmo sendo um namoro falso, fico feliz que a tenha trazido no lugar das acompanhantes de luxo que costumava sair.

— Seja bem-vinda, Hanna! — Levanto-me, indo cumprimentar a menina, que nem imagina que era o assunto da conversa minutos atrás. Ela também não sabe que todos temos conhecimento sobre a relação falsa. — Fico muito feliz que você faça parte desse dia.

— Obrigada — agradece sem jeito e, de perto, ficam ainda mais nítidas as sardas no seu rosto. Iguais às que Paige tinha. Sorrio, afastando esse pensamento.

— Bem... — A cerimonialista bate duas palminhas chamando nossa atenção. — Hora da maquiagem!

BRANDON DAVIS

— E aí, cara! — Nick empurra o ombro de Jamie. — Como é?

— Como é o quê? — Jamie pergunta.

— Como é a sensação de ser o tiozão comendo a ninfetinha?

Todos gargalham, enquanto Jamie manda o companheiro de time ir se foder.

— E aquela história de namoro falso? — Justin questiona.

— Amber te viu dedando a garota na sacada — Nicky responde e Justin assovia.

— Sua esposa está com muito tempo ocioso não é, Nickolas? Se estiver precisando de ajuda, é só me chamar — Jamie retruca e Nicky fecha a cara.

— Enquanto ficam aí cuidando onde um cara solteiro mete o pau, deveriam estar me parabenizando por enfim eu ser pai — Kane comenta.

— Mano, nós já te parabenizamos — respondo.

— Umas cinco vezes — Justin completa, Kane resmunga algo sobre como não se fazem mais amigos iguais aos de antigamente.

A porta se abre e só tenho tempo de ver os cabelos loirinhos pulando na minha direção. Pego minha filha no colo, girando-a no ar, enquanto ela dá sua risadinha linda.

— Você está parecendo uma princesa, neném.

Pois é, o apelido de neném pegou.

— E a mamãe parece uma rainha!

Sorrio.

— Ela está muito bonita? — pergunto.

— A mais bonita de todas! — diz, com sua língua esperta. De esguelha, vejo Dylan ir para o colo do Jamie, logo pulando para o do pai. — Papai, se a mamãe é a rainha, você é o rei?

— Isso mesmo, meu amor. — Ajeito os cachinhos loiros que pularam para fora da sua coroa.

Ela é loira como a mãe, porém é a minha cara. Toda vez que olho para essa menina sou invadido por uma felicidade que mal cabe em meu peito.

— E eu sou uma princesa, né? — Concordo. — Então, Dylan é o meu príncipe.

Olho para ela, sentindo minha respiração falhar. Os caras à nossa volta também ficam quietos.

— É cedo para você ter um príncipe, neném. — É Justin quem responde.

— Mas eu quero que Dylan seja meu príncipe, titio! — ela retruca e Nickolas assovia, olho feio para ele, que disfarça, fingindo ajeitar algo no terno do filho.

— *Hoje* ele vai ser um príncipe ao seu lado — falo, referindo-me a entrarem na igreja juntos, levando as alianças.

No entanto, é claro que ela não entende isso.

— Tudo bem! — Envolve meu pescoço com seus bracinhos pequenos.

Kane chega perto do Nickolas, olhando para Dylan, que não demora muito a estender os bracinhos na direção do meu irmão, que o pega no colo.

— Precisamos conversar, garoto — Kane diz ao menino de quatro anos.

— Deixa de ser louco, ele é um bebê, cara — Nickolas adverte, porém sorri no processo.

— É desde pequeno que se ensinam os valores.

Então, começa a "conversar" com o menino, que está muito mais interessado em tentar arrancar o alargador da sua orelha ou o piercing do seu nariz.

Prestes a me casar no religioso em uma cerimônia grandiosa, sinto-me plenamente feliz. No fim das contas, são as pequenas coisas que importam. É sobre chegar a casa no fim da tarde, pôr a minha filha para dormir e fazer amor com a minha esposa. É sobre estar com os amigos e conversar besteiras aleatórias que nos fazem rir como idiotas. É sobre ter certeza de que fez as escolhas certas e não se arrepender em nenhum momento.

— Brandon! — Ela ri, tentando se desvencilhar de mim assim que entramos na nossa suíte. — Para, amor.

— Como "para"? Eu passei a festa toda torcendo para chegar o momento em que pudesse te comer de uma vez.

Solto sua bunda, buscando com as mãos, sem tirar a boca do seu pescoço, o zíper que abra esse vestido.

— Calma! — Ela me empurra e, no susto, até consegue, pois dou uns passos para trás, meio perdido. Ela caminha até a bancada e pega a cadeira levando para frente do espelho. — Senta aqui.

— Amor...

— Senta, Brandon.

Suspiro e, totalmente a contragosto, me sento.

Ela vem para trás de mim e, olhando-me pelo espelho, solta os grampos dos cabelos. Já está no modo sexy e, seja o que for o lance dessa cadeira, já sou totalmente a favor. Com o cabelo solto e muito devagar, ela abre o zíper do vestido, deixando cair aos seus pés. Revelando a lingerie branca.

Puta merda!

Meus olhos passam pela sandália de salto e vão subindo para a meia três quartos, calcinha pequena, o espartilho sexy e o sutiã. Um detalhe bem específico é que o tecido é todo transparente, não deixando nada para a imaginação.

Ela caminha em minha direção, abaixa-se atrás de mim e fala ao meu ouvido:

— Você vai poder me tocar como quiser depois...

Morde minha orelha.

— Mas, enquanto eu estiver dançando, não ponha as mãos em mim.

— Vou poder comer como eu quiser? — pergunto, só para ter certeza, ela ri.

— Sim, tudo que quiser.

— Só para deixar bem claro — continuo, não sou bobo nem nada —, vou pode comer seu cu também?

— Eu falei tudo que você quiser, amor.

Respiro fundo, contendo o tesão. Não rola anal com a frequência que gostaria que rolasse, mas quando acontece... Porra! É a coisa mais gostosa do mundo. Taylor também curte, só não gosta do desconforto que sente no outro dia. Ela liga o som do quarto e conecta o seu celular pelo Bluetooth. Quando volta para perto, vê que não tirei os olhos dela.

— Gostou da lingerie, amor? — pergunta.

— Pra caralho.

— Que bom! Nem vai precisar tirá-la para me comer. — Não tenho tempo de perguntar nada, pois ela põe a música e chega perto da cadeira. — Abre as pernas — comanda e eu faço.

Ela levanta uma perna, apoiando sobre meus ombros. Fico olhando pelo espelho, hipnotizado. Cheira o meu pescoço e depois joga o cabelo para trás, sensualizando no ritmo da música. Passa a mão nos peitos e depois puxa meu cabelo de leve. Tira a perna de cima, virando-se de forma sensual e caminha pelo meu lado.

Em outro movimento inesperado, põe uma perna de cada lado das minhas, segura minha cabeça entre as mãos e me põe entre seus peitos, enquanto ondula a cintura, deixando-me zonzo. Ela mantém uma perna no meio das minhas, roçando de leve na minha calça e se vira, ficando de bunda para mim.

Uma confusão gostosa de pernas que puta que pariu.

Ela põe as duas mãos apoiadas no meu joelho e move a bunda, simulando um rebolado que me faz imaginar o movimento sobre meu pau.

Taylor se levanta e agora se posiciona entre as minhas pernas, abrindo-as ainda mais. Põe as mãos nas minhas coxas, esfregando-as enquanto desce até o chão, ficando de cara com o volume da minha cueca. Olha para a calça social marcada e sorri, mordendo meu pau sobre a roupa.

— Porra, amor! — Tento pôr a mão em seus cabelos, porém ela me dá um tapa e volta a levantar.

Afasta-se um pouco e se move, passando as mãos nos seios e levando ao meio das pernas e então, dessa vez, Tay as afasta e desce com elas afastadas e quase tenho o caralho de um infarto quando vejo que a calcinha é aberta.

Puta merda!

A porra da calcinha é aberta, deixando o caminho livre para a minha boca e para o meu pau! Passo a mão nos cabelos, louco de tesão e com vontade de pular essa dança e partir para a parte em que eu meto gostoso na sua bocetinha. Ela volta para perto de mim e põe o pé sobre a minha coxa, esfregando a lingerie ousada na minha cara.

Foda-se!

Levo as duas mãos à sua bunda e enfio a cara no meio das suas pernas, passando a língua com gosto por toda a sua boceta molhada. Ela geme, apoia as mãos em meus ombros e chupo com mais afinco. Tomo-a em minha boca, tomando posse de tudo que tem para me dar. Quanto mais o tempo passa, mais gostosa ela fica.

Taylor leva as mãos dos meus ombros para o meu rosto e rebola, sinto suas pernas tremerem em antecipação ao orgasmo, percebendo que não fui o único a ficar louco com essa dança. Quando puxa os meus cabelos e aperta meu rosto contra o seu centro, começa a gozar. Lambo os dois lábios, mas não tomo o seu gozo, pois quero usá-lo como lubrificante.

Eu a ajudo a se afastar, deitando-a na cama. Começo a tirar peça por peça do smoking preto até estar nu em sua frente. Ela lambe os lábios e eu apenas aceno em negativo. Nada disso. Não é sua boca que eu quero no meu pau agora. Seguro suas as pernas, puxando contra mim, deixando-as retas contra o meu abdômen. Sem nenhuma enrolação, ponho a cabeça do meu pau na sua entrada, metendo devagar na sua boceta. Ela arfa e se inclina contra mim querendo mais.

— Gostosa do caralho — murmuro em um entra e sai lento.

— Vai... — geme. — Ficar metendo assim? — provoca. — Quando era mais novo, você comia com mais forç...

Corto sua fala, arrancando um gritinho quando firmo as duas pernas com uma das mãos, usando a outra para dar um tapa estalado em seu clitóris.

— Eu te como com força sempre e você sabe disso, loirinha. Adora ter essa boceta arrombada por mim.

— Talvez... — Morde o lábio e respira fundo, controlando a excitação. — Mas hoje eu quero que arrombe o meu cu e me pegue tão gostoso que me faça gritar.

Estreito os olhos saindo dela. Sem nenhum cuidado, viro seu corpo, fazendo com que fique com o rosto sobre o colchão.

— Empina esse rabo, gostosa, que eu vou fazer você gritar feito uma puta.

Ela se ajeita, ficando de quatro e balançando a bunda para mim.

— O lubrificante está aqui na mesa de cabeceira.

Sorrio, indo até o local pegar, feliz por ela ter pensado em tudo.

Volto a me posicionar atrás dela e antes de pôr o lubrificante, cuspo em seu cuzinho, levando a língua e fazendo um movimento circular de leve, vendo-o piscar para mim.

— Está louca para me dar esse rabo, né? — Dou um tapa com força na sua bunda, o som reverberando pelo quarto.

Despejo lubrificante em seu orifício, em seguida passo uma quantidade generosa no meu pau, dando uma atenção maior a cabeça. Posiciono-me entre suas pernas, roço algumas vezes, fazendo-a piscar e se inclinar, buscando me receber. Começo a meter com calma, ouvindo-a choramingar, dividida entre a dor e o tesão. Quando sinto que meti até o talo, paro. Respiro fundo, controlando a vontade de meter com força, enquanto acaricio suas costas, esperando que se acostume à sensação de estar preenchida.

Quando começa a rebolar, sei que já posso me mover e é o que eu faço. Seguro as duas bandas da sua bunda, começando com um vai e vem lento, gostosinho. Ela geme e eu me controlo para ir devagar, já sentindo um tremor de tesão na virilha.

— Amor — fala, manhosa. — Esse é o momento em que você mete sem dó.

— Não faz isso comigo — peço —, estamos em lua de mel e você não vai querer sentir nenhum desconforto amanhã.

— Para o caralho com o desconforto. Só me fode gostoso que eu já estou quase gozando!

Sem me segurar mais, apoio um joelho na cama e meto sem dó, arrancando um grito da sua garganta.

Cacete, que sensação boa!

Só me concentro em meter. Meter. Meter. Ela grita, gemendo feito a safada que é. Busco seu clitóris, sentindo-me no limite, no entanto, como minha mulher não é boba nem nada, já está se masturbando e até ri quando sente minha mão. Volto a segurar os dois lados da cintura quando aviso que vou gozar e mal tenho tempo de pedir que venha comigo, pois ela o faz antes.

Quando sinto seu cu se contrair esmagando meu pau, chego ao meu limite, encontrando a minha libertação. Saio dela, que desaba os joelhos na cama, deitando-se. Abro sua bunda, assistindo o cuzinho dilatado vazando a minha porra.

Que visão do caralho! Ela me olha por sobre o ombro. Corada, suada, satisfeita.

— Eu te amo, cretino — declara e sorri.

Eu abro um sorriso enorme.

— Não tanto quanto eu te amo, loirinha — falo e beijo sua coxa.

Ela se ajeita na cama e eu subo, ficando ao seu lado. Taylor pousa a cabeça no meu peito e eu a abraço. Minha esposa passa uma perna sobre as minhas e ficamos abraçadinhos, aconchegados um ao outro. Suspiro, sentindo-me grato por tudo que a vida me deu, principalmente pelo fato dela se permitir me dar uma segunda chance.

Chego à certeza de que esse não é um ponto final, sim, apenas mais um capítulo da nossa história.

Agradecimentos

Agradeço primeiro a Deus, por me permitir chegar até aqui. Wisley, obrigada por entender as várias vezes em que sacrifiquei nosso tempo juntos para escrever. Obrigada por me apoiar e estar ao meu lado. Eu te amo!

Mona, obrigada por existir. Obrigada pelos surtos e diversos assuntos aleatórios e diálogos malucos que só nós mesmas entendemos. Obrigada por estar comigo em cada capítulo e por viver a insanidade que foi esse processo de escrita. Obrigada por sacrificar seu tempo mesmo tendo formatura, casamento e pós para administrar. Você é muito especial para mim.

Ariane, você acreditou em mim antes de eu mesma fazer isso, então, sim, você vai estar em todos os agradecimentos. Obrigada por estar comigo aqui, obrigada por estar comigo na vida.

Camila, obrigada por topar ajudar na revisão do e-book de última hora. Será o primeiro de vários. Tan, vou te colocar em um potinho. Nem pense em me deixar. Ha-ha.

Meninas do Whats, do Instagram, parceiras, obrigada por estarem comigo: incentivando, mandando mensagens, comentando e curtindo posts. Essa interação me ajuda e incentiva. Obrigada a você que já está comigo há um tempo e a você que conheceu minha escrita agora.

Camila Cocenza, Maya Passos, Carina Reis, MINHAAAAAAS P*TINHAS, obrigada por nossa amizade, obrigada por tanto! Até breve.

Jéssica Luiz

Autora de Romances

www.lereditorial.com

@lereditorial